CW01648322

WŁADZA ABSOLUTNA

REMIGIUSZ
MRÓZ

WŁADZA ABSOLUTNA

FILIA

Wydanie I, Poznań 2018

Projekt okładki: © Mariusz Banachowicz
Zdjęcie na okładce: © CHAjAMP/Shutterstock

Redakcja i korekta:
Gabriela Niemiec
Mirosław Krzyszkowski

Skład i łamanie:
MELES-DESIGN

ISBN: 978-83-8075-543-7

Wydawnictwo Filia
ul. Kleeberga 2
61-615 Poznań
wydawnictwofilia.pl
kontakt@wydawnictwofilia.pl

Seria: FILIA Mroczna Strona
mrocznastrona.pl

Druk i oprawa: Abedik SA

Dla tych nielicznych,
którzy w polityce budują mosty, zamiast je palić

Nie rozmawiamy – okładamy się wzajemnie faktami i teoriami zaczerpniętymi z pobieżnie przejrzanych gazet, magazynów i streszczeń.

Henry Miller

MAPA POLITYCZNA „W KRĘGACH WŁADZY”

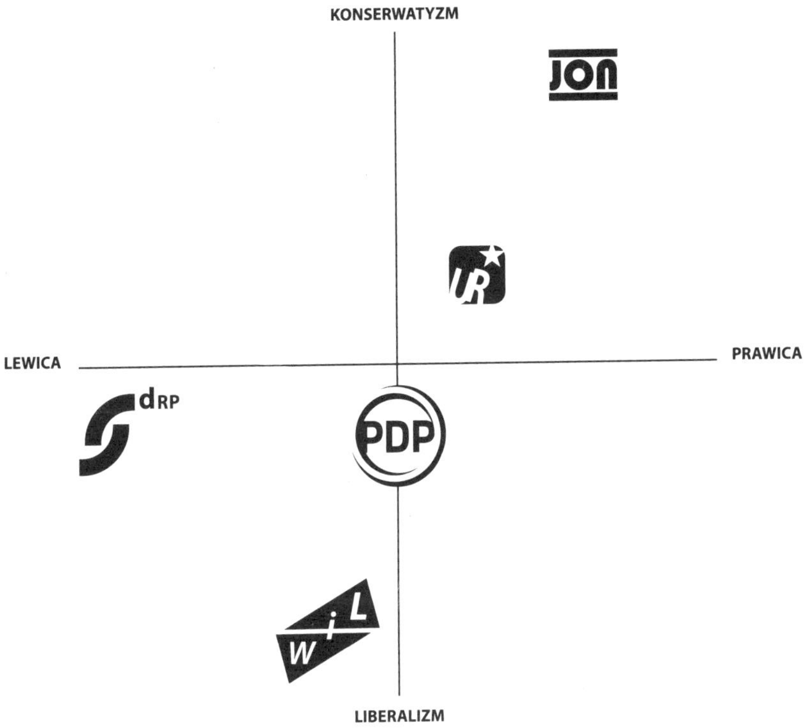

Legenda:

PDP – Partia Dobra Publicznego (pot. Pedep)

UR – Unia Republikańska

SdRP – Socjaldemokracja Rzeczypospolitej Polskiej

WiL – Wolność i Liberalizm

JON – Jedność Obozu Narodowego

CZĘŚĆ 1

Rozdział 1

Chaos na sejmowym korytarzu był wszechogarniający, Patryk Hauer robił jednak wszystko, by zachować spokój. Żona prowadząca jego wózek sprawnie torowała drogę do niewielkiego pomieszczenia przy sali plenarnej, a on wydawał krótkie, zdecydowane komendy przez telefon.

Nie miał żadnego ustawowego umocowania, by to robić, ale w tej sytuacji właściwie nikt go nie posiadał. Po śmierci prezydent oraz marszałków sejmu i senatu powstała luka w systemie władzy. Polska konstytucja nie przewidywała najczarniejszego scenariusza, ustawodawca nie założył, że kiedykolwiek dojdzie do ataku na jedyne trzy osoby mogące sprawować funkcję głowy państwa.

Tak zaplanowany zamach nie był przypadkiem. Nie chodziło tylko o uderzenie w organy władzy, ale o sparaliżowanie całego kraju. Hauer nie miał wątpliwości, że to, co się wydarzyło przy Wiejskiej, to dopiero początek.

Skończywszy wykrzykiwać stanowcze polecenia pod adresem szefa Biura Ochrony Rządu, wsunął komórkę do kieszeni marynarki, którą wcześniej naprędce narzucił na szpitalne ciuchy. Ścisnął mocno podłokietniki wózka i nabrał głęboko tchu. Powtórzył sobie w duchu, że nie potrzebuje konstytucyjnych kompetencji, by być tym, który odnajdzie jakiś porządek w trwającym pandemonium.

– Wszyscy są na miejscu? – zapytała Milena, umiejętnie lawirując między pędzącymi korytarzem politykami, dziennikarzami i funkcjonariuszami Straży Marszałkowskiej.

Nawet na tak proste pytanie trudno było znaleźć odpowiedź. Plan Hauera był wprawdzie nieskomplikowany – zakładał, by przy udziale premiera i prezesa Trybunału Konstytucyjnego czym prędzej zebrał się Konwent Seniorów – ale okazał się problematyczny w realizacji. Liczyła się każda chwila, tymczasem z częścią osób nie sposób było się skontaktować, inne zaś nie mogły dostać się do sejmu.

– Patryk?

Poseł Unii Republikańskiej obejrzał się przez ramię.

– Wszyscy są? – powtórzyła żona.

– Nie wiem – odparł. – BOR próbuje ich ściągnąć, ale widzisz, co się dzieje.

Jakby na potwierdzenie jego słów jeden z pędzących ku klatce schodowej parlamentarzystów niemal wpadł na wózek. Milena szarpnęła za uchwyt w ostatniej chwili, a Hauer musiał się zaprzeć, by nie wypaść z siedziska.

– Nieważne, kto się zbierze – oceniła. – Musimy działać natychmiast.

– I zadziałamy. Dowieź mnie tylko w jednym kawałku do ciemnego saloniku.

Ruszyła naprzód, nie zważając na gęstniejący tłum, jakby wózek był taranem. Konwent Seniorów miał zebrać się w jednej z dwóch niewielkich salek mieszczących się tuż za fotelem marszałka sejmu. Miejsce wydawało się odpowiednie, bo aby się do niego dostać, dziennikarze musieliby przejść przez salę plenarną, którą można było szybko zamknąć. Jego nazwa też nie była przypadkowa – salonik nie miał okien, znajdował się na uboczu i był skromnie umeblowany. Uczestnicy spotkania nie będą musieli przejmować się ani medialnym szumem, ani niepożądanymi osobami, które mogłyby przysłuchiwać się prowadzonym rozmowom.

Kiedy Milena i Patryk znaleźli się w środku, większość osób już na nich czekała. Brakowało jednak prezesa TK, premiera oraz dwóch ministrów.

Nikt z zebranych nie zwrócił uwagi na nowo przybyłych. W niewielkim pomieszczeniu panował zamęt nie mniejszy od tego na korytarzach sejmowych. Politycy przekrzykiwali się, prowadzili gorączkowe rozmowy przez komórki, wertowali konstytucję i przedstawiali własne recepty na rozwiązanie sytuacji. Chwila wystarczyła, by Hauer zrozumiał, że każdy ma swój sposób na zażegnanie kryzysu.

Jednocześnie do nikogo nie docierało jeszcze, co tak naprawdę się stało. Brakowało też osoby, która byłaby w stanie pokierować zebranym gremium. Gdyby znalazł się tu premier, być może mimo utraty reputacji udałoby mu się zaprowadzić porządek. Prezes TK mógłby zrobić to samo, wykorzystując prestiż zajmowanego stanowiska.

Jednego ani drugiego jednak nie udało się namierzyć. W ciemnym saloniku zebrali się przewodniczący klubów, liderzy partii i członkowie prezydium sejmu. Teresa Swoboda szarpała za rękę przewodniczącego SORP, Krystiana Hajkowskiego, starając się coś mu wytłumaczyć. Olaf Gocki z WiL-u żywiołowo dyskutował z Hubertem Korodeckim z Pedepu, a gdzieś między innymi politykami krążył szef BBN-u, starając się okiełznać zarwetes. Kazimierz Halski z prawicowego JON-u, najbardziej zaprawiony z nich wszystkich, wydawał się całkowicie zagubiony.

Tuż za Hauerami do saloniku weszła chorąży Kitlińska, funkcjonariuszka BOR-u, która była bezpośrednio odpowiedzialna za bezpieczeństwo prezydent Seydy.

Rozmowy nagle ucichły, a cały chaos znikł jak ręką odjął. Wszyscy skupili wzrok na Kitlińskiej. Jej czarny żakiet był postrzępiony i zabrudzony, a białą bluzkę pokrywały plamy krwi. Kobieta wodziła wzrokiem po pomieszczeniu, jakby zastanawiała się, czy znalazła się we właściwym miejscu.

Patryk obrócił wózek w jej stronę, a potem skinieniem głowy podziękował strażnikowi, który przyprowadził funkcjonariuszkę.

– Niech pani powie, że ona nie zmarła – odezwał się Cezary Benke, którego naprędce ściągnięto jako znawcę prawa konstytucyjnego.

Kitlińska potrząsnęła głową.

– Że nie doszło do śmierci mózgu, że istnieje jeszcze…

– Doszło – ucięła.

Wszyscy doskonale wiedzieli, że chodziło o nadzieję na uratowanie nie tylko Seydy, ale także kraju. Gdyby nie nastąpił zgon w sensie prawnym, sytuacja byłaby do uratowania, przynajmniej w kwestii sukcesji władzy. Stanowczość w głosie Kitlińskiej nie pozwalała jednak na przyjęcie jakiegokolwiek optymistycznego scenariusza.

Hauer zaklął głośno, skupiając na sobie uwagę pozostałych. Wyprostował się, jakby miał zamiar wstać z wózka, i powiódł wzrokiem po zebranych.

– Sprawa jest jasna – powiedział, a potem odchrząknął. – Nie ma prezydenta ani marszałków sejmu i senatu. Konstytucja nie przewiduje, kto powinien objąć władzę, więc musimy jak najszybciej wybrać nowe prezydium i…

– A co do tego czasu? – wtrącił się Hajkowski. – Nawet jeśli teraz wybierzemy marszałka, i tak jesteśmy w ciemnej dupie. Mamy dziurę w systemie władzy, która jest nie do załatania.

Większość polityków spojrzała na profesora Benkego. Nieco ekstrawagancki konstytucjonalista oddychał nierówno, jakby pędził tu na złamanie karku. Być może tak było, wszak on najlepiej wiedział, jak wiele jest na szali.

– Pan przewodniczący ma rację – przyznał. – Ciągłość władzy państwowej została przerwana.

– Tym bardziej należy czym prędzej ją przywrócić – zauważyła Swoboda.

Cezary zamknął oczy i nabrał tchu. W normalnych okolicznościach żadnemu ze zgromadzonych nie musiałby niczego tłumaczyć. W chwilach paniki i zagubienia jednak nikt nie był już niczego pewien.

– To nie takie proste – powiedział Benke. – To tak, jakby pani samochód spadł z urwiska, a pani zamierzałaby po chwili kontynuować jazdę jakby nigdy nic.

– Nie przesadza pan? – włączyła się Milena.

– Nie. W tej chwili Polska została pozbawiona części władzy państwowej, samo jej istnienie jako bytu państwowego jest wątpliwe i... na Boga, teraz właściwie wszystko może się zdarzyć.

Cezary spojrzał na szefa BBN-u, jakby spodziewał się, że ten podejmie wątek.

– Z pewnością nasi sąsiedzi już reagują? – spytał profesor, nie doczekawszy się żadnej reakcji.

– Tak – przyznał nerwowo Wojciech Chmal. – Rosjanie uaktywnili się w obwodzie kaliningradzkim, Białorusini skierowali pod Brześć 38. Brygadę Desantowo-Szturmową Sił Operacji Specjalnych, a Ukraina wyraziła gotowość, żeby wspomóc nas w odparciu jakiegokolwiek ataku.

– Ataku? – jęknął Olaf Gocki. – To w ogóle możliwe?

– Wszystko jest możliwe – powtórzył Benke. – A interwencja w celu zapobieżenia upadkowi państwa jest dopuszczana nawet przez ONZ, jakkolwiek w takiej sytuacji powinna być zaaprobowana przez Radę Bezpieczeństwa i...

– W porządku – uciął Gocki, przenosząc wzrok na szefa BBN-u. – Na ile to prawdopodobne?

– Trudno powiedzieć. Mamy niespotykaną dotychczas sytuację.

Hauer starał się wyczytać z tonu głosu Chmala, jak realna jest groźba, ale właściwie wszyscy brzmieli, jakby świat miał za moment się skończyć.

– Jak zareagowała Unia? – spytał Patryk.

– Potępiono atak, wyrażono solidarność z Polską, a wysoka przedstawiciel do spraw zagranicznych i polityki bezpieczeństwa podkreśliła nienaruszalność granic – odparł szef BBN-u.

– To wszystko?

– Nie mieli czasu na nic więcej.

Wojciech Chmal miał rację. Od wybuchu minęło raptem pół godziny, dziennikarze nie zdążyli nawet dotrzeć do polityków, od których cokolwiek zależało. Cała komunikacja odbywała się zapewne za pośrednictwem Twittera i to na tej platformie pojawiały się wszystkie informacje.

– Niemcy, Czechy i Słowacja milczą – dodał szef BBN-u. – Litwa zapewniła o swojej gotowości do pomocy.

– W razie interwencji zbrojnej Rosji i Białorusi?

– Nie sprecyzowali.

– Oczywiście, że nie – skwitowała Teresa Swoboda. – W tej chwili każdy boi się zbyt daleko idących deklaracji.

Hauer przypuszczał, że milczenie większości krajów unijnych wynika raczej z tego, że ich przywódcy wiszą na telefonie z Trojanowem i innymi przedstawicielami drugiego bloku, starając się zachować *status quo*.

– Problem w tym, że Rosja nie będzie tak wstrzemięźliwa – dodała Teresa.

– Do cholery… – odezwał się Hajkowski. – Naprawdę się pani wydaje, że…

– Że Trojanow wykorzysta sytuację? – ucięła. – A byłby to pierwszy raz, kiedy Rosja robiłaby coś podobnego? Zapomniał już pan o Osetii? Afganistanie? Abchazji? Gruzji? Ukrainie?

Przewodniczący SORP milczał.

– Mam wymieniać dalej?

– Nie – odparł. – Ale to zupełnie co innego.

– Przed aneksją Krymu też tak mówiliśmy. A potem obudziliśmy się z ręką w nocniku – ciągnęła coraz bardziej stanowczo Swoboda. – W dodatku nie mamy pewności, kto był zamieszany w ten zamach.

– Chce pani powiedzieć...

– Że Rosji był wyjątkowo na rękę – dokończyła. – I że biorąc pod uwagę naszą historię, powinniśmy być wyjątkowo czujni.

Krystian Hajkowski przewrócił oczami i rozłożył ręce.

– Niewiarygodne, że nawet w takiej chwili jest pani gotowa uprawiać politykę.

– Politykę?

– Jak zwykle za wszystko wini pani Rosję.

– Tylko dlatego, że daje mi ku temu powody.

Hauer zdał sobie sprawę, że im dłużej ta rozmowa będzie trwała, tym bardziej oddalą się od kwestii, do których jak najszybciej powinni się zabrać.

Uderzył o podłokietniki wózka na tyle mocno, by skupić na sobie uwagę pozostałych. Milena położyła mu rękę na ramieniu, ale zignorował ten uspokajający gest.

– Dosyć tego – rzucił. – Najwyższa pora zająć się tym, na co mamy wpływ.

– Czyli? – spytał Hajkowski.

Patryk spojrzał na szefa BBN-u, a potem wskazał mu drzwi.

– Niech pan skontaktuje się z ministrem obrony narodowej, szefem sztabu czy kimkolwiek, kto w tej chwili ma władzę nad wojskiem – rzucił. – Musimy wysłać jasny sygnał, że nasze granice są nienaruszalne.

– Sygnał?

– Wystarczą dwie dywizje. Jedną trzeba rzucić na granicę z Rosją, drugą z Białorusią.

– Ale…

– Nie traćmy więcej czasu – przerwał mu Hauer. – Teraz liczy się tylko to, żeby pokazać, że kontrolujemy sytuację w kraju. Jeden zagraniczny żołnierz na naszym terytorium stworzy precedens, po którym już nie będzie odwrotu.

Chmal nie odpowiadał, a żona mocniej ścisnęła ramię Patryka. Właściwie nie powinna uczestniczyć w tym zebraniu, ale najwyraźniej w umysłach polityków panował taki chaos, że nikt o tym nie pomyślał. Jedynie Kitlińska raz po raz zerkała na Milenę z pewną rezerwą.

– Jeśli jakiekolwiek obce wojsko przekroczy naszą granicę, będziemy musieli zareagować – dodał Hauer, nie odrywając spojrzenia od szefa BBN-u. – Dojdzie do tragedii, rozumie pan?

– Tak, tyle że…

– Nasza suwerenność zostanie nie tylko zakwestionowana, ale także zagrożona. A my nie będziemy mieć innego wyjścia, jak odpowiedzieć na to siłą. Dojdzie do kryzysu, którego nie zażegnamy rozmowami i politycznymi wybiegami.

Patryk miał wrażenie, że kilku zebranych dopiero teraz zdało sobie sprawę z powagi sytuacji. Wojciech Chmal skinął zdecydowanie głową, a potem wyciągnął telefon i wybierając numer, opuścił pomieszczenie.

Jedna sprawa załatwiona, uznał Hauer. Teraz należało zabrać się do pozostałych. Polecił jednemu z ministrów zrobić wszystko, by namierzyć premiera, a potem przeniósł wzrok na Benkego.

– Panie profesorze – zaczął. – Co z artykułem dziesiątym b Regulaminu Sejmu?

Cezary otworzył usta, ale nie zdążył odpowiedzieć, gdyż Olaf Gocki klasnął głośno, jakby właśnie pojawiła się szansa na zażegnanie kryzysu. Jego entuzjazm szybko podzielił przewodniczący SORP.

– Oczywiście! – skwitował Hajkowski. – W sytuacji braku marszałka jego obowiązki sprawuje najstarszy wiekiem wicemarszałek.

Rozejrzał się, jakby szukał potwierdzenia, że faktycznie największy problem właśnie został rozwiązany.

– Kurwa! – dodał. – Dlaczego nikt wcześniej na to nie wpadł?

Oczywiste było, że przynajmniej jedna osoba już dawno o tym pomyślała. Jednak fakt, że Cezary Benke nie podzielał optymizmu, kazał sądzić, że nie było to rozwiązanie tak dobre, jak się wydawało szefowi SORP.

– Co jest nie tak? – spytał Krystian. – Przecież ten przepis mówi jasno o zastępstwie marszałka.

Profesor poprawił brunatną, kraciastą muszkę, która wedle wielu stanowiła manifestację całego jego stylu bycia.

– Wszystko jest nie tak – odparł. – Przede wszystkim to, że Regulamin Sejmu to nie ustawa.

– I?

– A także nie rozporządzenie czy jakikolwiek inny akt prawny o mocy powszechnie obowiązującej.

– Mimo wszystko…

– Jest uchwałą – ciągnął Benke, nie mając zamiaru dać sobie przerwać. – A zatem źródłem prawa wewnętrznie obowiązującego. Odnosi się jedynie do organów, które go wydają, w tym wypadku do sejmu.

– Żartuje pan sobie? – skontrował Hajkowski. – Są tam przecież przepisy, które obowiązują nie tylko posłów. Regulamin wywołuje efekty poza sejmem, to bardziej niż oczywiste.

– To nie znaczy, że można traktować go jako źródło prawa – zauważył Olaf Gocki. – Konstytucyjny katalog jest zamknięty, nie ma tam ani uchwał, ani regulaminu.

Pojawiło się jeszcze kilka innych zdań, po czym wszyscy skupili wzrok na Cezarym. Jedynie on i Teresa Swoboda milczeli, a Hauer szybko zrozumiał, dlaczego przewodnicząca jego partii nie zabiera głosu.

To ona była najstarszym wicemarszałkiem. To jej przypadłoby wykonywanie obowiązków prezydenta, gdyby uznano, że może się to stać na podstawie regulaminu.

– Mylę się, panie profesorze? – dodał Olaf.

– Nie – przyznał Benke. – Konstytucja wymienia w artykule osiemdziesiątym siódmym określone akty prawne i nie przewiduje, by ten katalog można było rozszerzyć.

– A więc nie możemy działać na podstawie regulaminu.

– To zależy.

– Od czego?

Cezary uniósł wzrok.

– Historię piszą zwycięzcy – rzucił. – A interpretację prawa ci, którzy są aktualnie przy władzy.

Wsunąwszy jedną rękę do kieszeni, a drugą żywo gestykulując, Benke zaczął wygłaszać stanowczo za długi i zbyt szczegółowy wykład na temat poglądów danych konstytucjonalistów. Najpierw przywołał opinię Wojciecha Sokolewicza, według którego zamknięty katalog źródeł prawa był wartością nadrzędną, a potem Kazimierza Działocha, który stał na odmiennym stanowisku.

Szybko stało się jasne, że zarówno jedno, jak i drugie spojrzenie da się obronić. Cezary przedstawił ich jeszcze kilka i przerwał dopiero wtedy, gdy Hauer uniósł dłoń ze zniecierpliwieniem.

Skierował wzrok na Swobodę.

– Musi pani natychmiast zwołać konferencję prasową i poinformować, że obejmuje pani władzę w kraju – powiedział, jakby to on był jej szefem, a nie odwrotnie.

Teresa nie odpowiadała.

– Moment – rzucił Hajkowski. – Może jednak warto się zastanowić.

– Nie ma nad czym – włączyła się Milena. – Każda chwila jest na wagę...

– A pani właściwie co tutaj robi? – zabrał w końcu głos Hubert Korodecki. Dotychczas sprawiał wrażenie, jakby był całkowicie przytłoczony świadomością śmierci Seydy. Była nie tylko jego szefową, ale także wieloletnią przyjaciółką. I to właśnie on ze wszystkich zebranych otrzymał najboleśniejszy cios.

– Nie należy pani do konwentu, nie została pani zaproszona – dodał. – Na dobrą sprawę nie jestem pewien, czy ma pani w ogóle prawo uczestniczyć w tym spotkaniu.

Kitlińska drgnęła nerwowo, jakby była gotowa wyprowadzić żonę Hauera na zewnątrz. Milena zupełnie zignorowała uwagę, skupiając się na pisaniu esemesa. Była to tak wyraźna manifestacja obojętności, że w przynajmniej kilku politykach obozu rządzącego musiało się zagotować.

– Spokojnie – zaapelował Patryk. – W tej chwili liczy się każda para rąk, a...

– Ale nie ta, która chce, żebyśmy podpisali na siebie wyrok.

– Jaki wyrok, do kurwy nędzy?

Korodecki zbliżył się do Patryka, pochylił się i spojrzał mu głęboko w oczy.

– Dobrze wiesz, że każdy niuans będzie potem analizowany jak przez lupę – oznajmił. – Jedno nasze potknięcie, niewielkie spieprzenie nawet błahej sprawy, a cała społeczność międzynarodowa będzie musiała uznać, że mamy nielegalny rząd.

Uwadze Patryka nie uszła reakcja Gockiego, Hajkowskiego i kilku innych polityków niezwiązanych z prawicą. Czuł, że za moment straci grunt i na jakiekolwiek posunięcie ze strony Swobody będzie za późno.

– Panie profesorze – podjął, patrząc na Benkego. – Jakie jest pana zdanie?

– Cóż...

– Proszę mówić wprost: jest inne wyjście?

– Nie – odparł bez wahania Cezary. – Albo uznamy, że Regulamin Sejmu wystarcza, albo musimy zmierzyć się z faktem, że ciągłość władzy została przerwana.

Hauer odczekał chwilę, przypuszczając, że któryś z oponentów podniesie sprzeciw. Kiedy wydawało mu się, że nikt już tego nie zrobi, Hajkowski potrząsnął głową.

– Nie ma mowy – rzucił. – Nie pozwolimy na to, żeby UR przejęła całą władzę w kraju.

– Całą? – zaoponował Patryk. – Premier jest z Pedepu, rząd jest z Pedepu, a poza tym...

– Premiera nigdzie nie ma.

– Co nie znaczy, że...

– To może znaczyć wszystko – wpadł mu w słowo Korodecki. – A nas nie stać na to, żeby w takiej chwili dokonywać przewrotu na scenie politycznej.

– UR nie ma mandatu do rządzenia – przyznał Olaf.

Patryk potarł nerwowo czoło, nie dowierzając temu, co się dzieje. Przekrzykiwanie się, przerywanie sobie i wzajemne podejrzenia były naturalnymi elementami codziennej politycznej rzeczywistości, Hauerowi wydawało się jednak, że w sytuacji kryzysu zejdą na drugi plan.

– Zwariowaliście? – odezwała się Milena. – Chcecie rozgrywać to jak międzypartyjną wojenkę, kiedy trzeba ratować samo istnienie kraju?

Zanim ktokolwiek zdążył odpowiedzieć, Patryk znów podniósł rękę. Fakt, że siedział na wózku inwalidzkim, zdawał się nie odejmować mu estymy, ale jej dodawać.

– Wystarczy tych, kurwa, przepychanek – rzucił. – O kilka razy za dużo takie rzeczy w naszej historii doprowadziły do tragedii. Jeśli nie chcemy powtórki z tysiąc siedemset dziewięćdziesiątego piątego, pora się dogadać.

– I co niby proponujesz? – rzucił Hajkowski.

Patryk wymierzył palcem w Teresę.

– Pani premier przejmie obowiązki, zgodnie z prawem.

– Prawem, które jest wewnętrznie obowią...

– Daj spokój, człowieku – uciął Hauer. – Obce wojska stoją na granicy, gotowe dokonać pieprzonego rozbioru Polski, a ty będziesz rzucał nam kłody pod nogi tylko dlatego, że nie pasuje ci partia, z której pochodzi wicemarszałek sejmu?

– Nie pochodzi, ale jest jej przewodniczącą. To pewna różnica.

– Która niedługo nie będzie miała żadnego znaczenia – oświadczył Patryk. – Bo zaraz po przejęciu obowiązków i zapewnieniu stabilności państwa wybierzemy nowe prezydium sejmu, nowego marszałka.

– Ale...

– Parlamentarną większość wciąż ma Pedep z SORP, podejmiecie decyzję według własnego uznania.

Hajkowski wymienił krótkie spojrzenie z Hubertem.

– Taka jest moja propozycja – dodał Hauer. – Zapewniamy stabilność, a potem załatwiamy całą resztę. Wszystko po kolei.

Patryk znów zrobił pauzę – i tym razem nadzieja na konsens wydawała się uzasadniona. Nikt nie zgłosił sprzeciwu, choć nawet sama Teresa sprawiała wrażenie, jakby miała zamiar to zrobić.

Po chwili wespół z Hubertem zaczęła jednak układać swoje przemówienie. Wciąż nie było pewne, czy wszyscy zgodzą się, by to ona przejęła obowiązki prezydenta, ale stało się jasne, że powinna przynajmniej być na to gotowa.

Patryk odniósł wrażenie, że sprawy w końcu zaczynają iść w dobrym kierunku. I być może wszystko zakończyłoby się tak, jak powinno, gdyby nie to, że długie dyskusje i sprzeczki okazały się gwoździem do trumny.

Kiedy zdyszany szef BBN-u wpadł do ciemnego saloniku, dla wszystkich było oczywiste, że zwlekali zbyt długo.

Przyciskając komórkę do ucha, Chmal rozejrzał się nerwowo, jakby spodziewał się, że pod jego nieobecność wybrano nowego prezydenta.

– Rosjanie weszli – oznajmił. – To początek końca...

Rozdział 2

Tempo, w jakim zorganizowano konferencję prasową, zaskoczyło nawet przyzwyczajoną do błyskawicznych reakcji Kitlińską. Ledwo Chmal oznajmił, co zdarzyło się na granicy z obwodem kaliningradzkim, załatwiono wszystkie formalności, ucięto wszelkie dysputy i rozwiano każdą obiekcję pod adresem Teresy Swobody.

Funkcjonariuszka BOR-u nie mogła pozbyć się wrażenia, że gdyby tylko zadziałano tak szybko na samym początku, Rosjanie nigdy nie mieliby szans na wykonanie swojego ruchu.

Przysłuchiwała się konferencji Swobody z przejęciem, podobnie jak wszyscy obecni w sejmie, zgromadzeni przed telewizorami czy śledzący wydarzenia w internecie.

Teresa używała krótkich, zdecydowanych zdań. Oznajmiła, że na mocy przepisu, który Hauer przywołał w kuluarach, przejmuje obowiązki głowy państwa. Zaraz potem oświadczyła, że ciągłość władzy państwowej została zachowana i wszelka interwencja państw obcych będzie traktowana jako uderzenie w suwerenność kraju.

Kiedy skończyła, odwróciła się i nie przyjmując pytań od rozgorączkowanych dziennikarzy, ruszyła w kierunku sejmowego gabinetu prezydenta. Zazwyczaj był chyba najrzadziej używanym pomieszczeniem przy Wiejskiej, ale teraz to właśnie w nim miało skoncentrować się całe życie polityczne kraju.

Kitlińska machinalnie ruszyła za Swobodą, ale musiała zatrzymać się, kiedy drogę zastąpił jej Hauer. Pozostali uczestnicy spotkania z ciemnego saloniku minęli ich razem z żoną posła.

– Coś nie tak? – zapytała Kitlińska, wodząc wzrokiem za oddalającą się Teresą.

Patryk wskazał na jej żakiet i bluzkę.

– Jest pani cała we krwi.

– W tej chwili można to powiedzieć o każdym.

– Ale nie w sensie dosłownym.

Skinęła głową i dopiero teraz zorientowała się, że Hauer zatrzymał ją nie ze względu na zakrwawione ubranie. Politycy już robili to, do czego zostali stworzeni – starali się przejąć jak najwięcej władzy.

Owszem, Kitlińska odpowiadała bezpośrednio za bezpieczeństwo głowy państwa, a zatem także osoby, która teraz wykonywała te obowiązki, ale nie była zaufaną osobą obozu Unii Republikańskiej.

Przeciwnie, nieraz wykraczała poza służbową neutralność i nie kryła się z sympatią ani wobec Seydy, ani Pedepu. I kto jak kto, ale Patryk doskonale o tym wiedział.

Teresa Swoboda z pewnością miała zamiar natychmiast zająć się problemem na granicy z Rosją, ale jednocześnie już zaczynało się czyszczenie przedpola w kraju. Hubert Korodecki, a także przedstawiciele WiL-u i PDP zostali na korytarzu, podczas gdy politycy UR i JON-u podążyli za wicemarszałek sejmu.

Kitlińska uzmysłowiła sobie, że odsunięcie jej będzie tylko kroplą w morzu.

– Jak pani ma na imię? – odezwał się Hauer, wyrywając ją z zamyślenia.

Obejrzał się nerwowo, jakby poirytowany tym, że musi czekać na odpowiedź, kiedy mogą ważyć się losy państwa.

– Anita.

– W takim razie posłuchaj…

– To, że zna pan moje imię, nie znaczy, że przeszliśmy na ty.

Patryk uniósł brwi, a Kitlińska wskazała na niknącą w korytarzu Swobodę.

– Dlaczego nie wspomniała o Rosjanach? – rzuciła.

– Tak jest lepiej. Przynajmniej w tej chwili.

– Świat powinien wiedzieć, co się dzieje.

– Nie – zaoponował stanowczo Patryk.

– Obowiązują przecież umowy międzynarodowe, wciąż możemy liczyć na naszych partnerów.

– Tak jak w trzydziestym dziewiątym?

– Porównuje pan tamtą sytuację do tej?

Hauer znów zerknął w głąb korytarza. Z pewnością wolał być tam, gdzie za moment miały zapadać najważniejsze decyzje, ale najwyraźniej dostał od Swobody inne zadanie. Podobnie musiało być z Mileną, której Kitlińska nigdzie nie dostrzegała.

– Media jeszcze nie wiedzą o przekroczeniu granicy – powiedział cicho Patryk. – Jeśli uda nam się przekonać Trojanowa, by wycofał wojsko, a wszystko pozostanie w tajemnicy, możemy jeszcze uniknąć tragedii.

– Chyba pan żartuje.

– Nie.

– Świat powinien się dowiedzieć jak najszybciej, NATO musi zareagować, a ONZ…

– Chce pani konfliktu?

Nie musiała odpowiadać.

– Zapewniam, że by do niego doszło, gdybyśmy poinformowali o interwencji.

Kitlińska zbliżyła się do Patryka i pochyliła nieco.

– Nie byłoby żadnej interwencji, gdyby państwo tak długo się między sobą nie kłócili. Właściwie gdyby nie ona, to z pewnością do teraz trwałyby jeszcze…

Anita urwała i zastygła w bezruchu z otwartymi ustami. Dopiero teraz dotarło do niej, że Hauer zachowywał się zbyt spokojnie. Fakt, że nie udał się ze Swobodą do gabinetu, mogła tłumaczyć tym, że dostał inne zadanie, ale jego opanowanie było zbyt daleko idące.

Powinien być znacznie bardziej przejęty. Wejście rosyjskich wojsk to właściwie wypowiedzenie wojny. Konsekwencje były przemożne, nie tylko dla Polski, ale także dla całego świata. Ta jedna decyzja Trojanowa była przewracającą się kostką domina, która wprawi w ruch wszystkie inne.

Chyba że…

Kitlińska spojrzała na stojących na korytarzu polityków spoza Unii Republikańskiej. Teraz dostrzegła, że otaczają Milenę, która najwyraźniej coś im tłumaczyła.

Funkcjonariuszka BOR-u nie potrzebowała dodatkowego potwierdzenia.

– Na Boga… – jęknęła. – Nie doszło do żadnej interwencji, prawda?

Hauer zmusił się do bladego uśmiechu, a Anita przypomniała sobie, że Chmal opuszczał zebranie z telefonem w ręku. Zaraz potem Milena ostentacyjnie ignorowała uwagi Korodeckiego, skupiając się na pisaniu esemesa.

Nie miała już wątpliwości, że tych dwoje było ze sobą w kontakcie.

– To… to jest…

– Czym to jest, oceni już historia – dokończył za nią Hauer. – Ja natomiast wiem, czym było. Absolutną koniecznością.

Anita spojrzała na polityków rozmawiających z Mileną. Zdawali się nie mniej zagubieni niż ona.

– Chyba nie sądzi pani, że rosyjski prezydent wysłałby wojsko do kraju NATO, narażając się na reakcję sojuszu?

– Nie. Chyba nie.

W jej głosie zabrakło przekonania, ale bynajmniej jej to nie dziwiło. Była kompletnie zbita z tropu. Samym wybuchem na Wiejskiej, śmiercią prezydent i członków prezydium sejmu, a także tym, co działo się później.

Na Milenę i Hauera najwyraźniej jednak nie podziałało to tak jak na resztę. Przeciwnie, natychmiast odnaleźli się w sytuacji i wykorzystali ją tak, by postawić na swoim.

Najwyraźniej opinie o ich wyrachowaniu i bezwzględności nie były przesadzone.

– Oczywiście wszystko było możliwe – dodał Patryk. – Wielu szaleńców zmieniało losy świata swoją jedną decyzją, a Trojanow z pewnością do zrównoważonych nie należy.

Kitlińska patrzyła mu prosto w oczy, szukając w nich czegoś, co pozwoliłoby jej sądzić, że rozmawia z człowiekiem, a nie maszyną stworzoną do zbijania politycznego kapitału i wykorzystywania wszystkich okazji, by zyskać więcej władzy.

W końcu to dostrzegła. Niewyraźny, ale zauważalny ślad, który zdawał się potwierdzać, że Hauer ma sumienie i nieco empatii. Przebłysk emocji mógł być spowodowany zarówno wstrząsem po śmierci prezydent, zamieszaniem, jakie po tym nastąpiło, chwilową bezsilnością Patryka, jak i w końcu tym, że stracił bliską osobę. Być może bliższą, niż sam był gotów przyznać, bo podczas ich spotkania w domu Swobody Kitlińska odniosła nawet wrażenie, że między dwójką polityków coś iskrzy.

Teraz jednak nie miało to żadnego znaczenia. Dla Hauera z pewnością liczyło się tylko to, że wraz z UR mógł w końcu przejąć stery w kraju.

– Wygląda pani na wstrząśniętą – odezwał się.

– Dziwi się pan?

– Trochę – przyznał, a potem wymienił się krótkim spojrzeniem z żoną. – Siedzi pani w tym dostatecznie długo, żeby spodziewać się takich rzeczy.

– Takich?

Patryk znów lekko się uśmiechnął.

– Powiedzmy po prostu, że jeśli ma pani zaufanie do jakiegokolwiek polityka, najwyraźniej opuściła pani kilka lekcji historii w szkole.

Kitlińska nie wiedziała, co odpowiedzieć.

– I zapewniam panią, że gdybyśmy wszyscy nagle przestali kłamać, świat wcale nie byłby lepszym miejscem. Wręcz przeciwnie.

– Odpowie pan za to – odparła cicho.

– Nie.

Czekała na dodatkowy komentarz, ale Hauer sprawiał wrażenie, jakby nie miał zamiaru go udzielić. Dopiero po chwili najwyraźniej uznał, że jest go Kitlińskiej winny.

– Niech się pani zastanowi.

– Nad czym?

– Nad tym, że mamy immunitet.

Odniosła wrażenie, że nie mówi o sobie i Milenie, tylko o całej klasie politycznej.

– Producenci byle suplementów diety odpowiadają za każde niewielkie, nieistotne kłamstewko w sprawie tego, co sprzedają – powiedział. – My wprost przeciwnie.

Nie dając jej szansy na odpowiedź, odwrócił wózek i skierował się w stronę żony. Anita przyglądała im się, kiedy zaczęli wymieniać między sobą ciche uwagi. Przypuszczała, że zdają sobie relację z tego, jak dobrze wyszedł ich mały fortel.

Milena poinformowała o wszystkim mężczyzn obecnych na zebraniu w ciemnym saloniku, z pewnością łagodząc uderzenie swoim urokiem osobistym. Patryk niechybnie zapewnił ją, że z Kitlińską poszło mu równie dobrze.

Kiedy obydwoje udali się do sejmowego gabinetu prezydenta, Anita potoczyła wzrokiem dokoła, zastanawiając się, co powinna zrobić. Odniosła wrażenie, że jest nie tylko zbędna, ale także niewidzialna.

Dziennikarze mijali ją, pędząc do tego czy innego biura parlamentarnego. Politycy zupełnie ignorowali jej obecność, a funkcjonariusze służb rzucali jej jedynie przelotne spojrzenia.

Dla wszystkich było jasne, że nie ma czego tutaj szukać. Dla niej także.

Zastanawiała się, którędy najlepiej opuścić budynek sejmu, by nie przykuć niczyjej uwagi. Prezydent opowiadała jej kiedyś o przynajmniej kilku możliwych opcjach, dzięki którym posłowie mogli niezauważeni wymknąć się z gmachu. Pamiętała o drodze z sali plenarnej przez Dolną Palarnię i Stary Dom Poselski, którą mogłaby dostać się na dziedziniec, a z niego wyjść na Wiejską lub Górnośląską. Znała także przejścia podziemne do Nowego Domu Poselskiego i trasę, dzięki której niezauważenie zmieniali się stenotypiści sejmowi, w trakcie obrad korzystający z przejścia przed mównicą.

Ostatecznie przeszła bezpośrednio do budynku senatu, a potem opuściła gmach przy alei na Skarpie.

W okolicy kręciły się tylko pojedyncze osoby, ale przypuszczała, że od strony Wiejskiej zobaczyłaby nieprzebrany kordon mundurowych. Cały kompleks z pewnością był otoczony, a tuż za funkcjonariuszami kotłowali się wzburzeni reporterzy, starając się dołączyć do tych szczęśliwców, którym udało się dostać do sejmu.

Kitlińska ściągnęła poły żakietu tak, by zakryć krew na bluzce, a potem ruszyła przed siebie.

Dopiero kiedy oddaliła się od parlamentu, uświadomiła sobie, że w całym tym zamieszaniu nie sprawdziła nawet prywatnego telefonu. Wyjęła komórkę z kieszeni, a potem przejrzała wiadomości i nieodebrane połączenia.

Tak jak się spodziewała, przede wszystkim próbowała się z nią skontaktować kobieta, która była dla niej jak matka. Nie, która właściwie była jej matką, mimo że nie łączyły ich więzy krwi. Anita szybko napisała, że wszystko z nią w porządku, ale wedle wszelkich prawideł działania wszechświata nie mogło okazać się to wystarczająco uspokajające.

– Nic mi nie jest – odezwała się Kitlińska, gdy odebrała połączenie przychodzące.

– Kitka...

Tylko siostra Bożena tak do niej mówiła – i być może dlatego tak nie lubiła tego określenia.

– Jesteś pewna? – dodała.

I tylko ona mogła zadać takie pytanie.

– Widziałam cię w telewizji, miałaś krew na...

– Wiem, proszę siostry – ucięła Anita. – Ale tak, jestem pewna.

– Co... co tam się teraz dzieje?

Kitlińska obróciła się w kierunku gmachu i przez moment zastanawiała się nad odpowiedzią. Swoboda, Hauer i Milena z pewnością układali już scenariusz na nadchodzące godziny. Zaczną od ogłoszenia żałoby, a potem wezmą się do roboty, by raz zdobytej władzy już nie oddać.

– Nie wiem, ale z pewnością nic dobrego – odparła po chwili Anita. – Nie mam tam czego szukać.

– Jak to? Odpowiadasz przecież za bezpieczeństwo...

– Prezydent Seydy – dokończyła Kitlińska.

Nastała ciężka cisza, która sprawiła, że Anita nie musiała dodawać nic więcej.

– Niech Bóg zlituje się nad jej duszą – odparła siostra Bożena. – Gdzie teraz jesteś?

– Niedaleko sejmu. Jadę do domu.

– Nie powinnaś być teraz sama.

Owszem, nie powinna. Nikt nie powinien. Prawda była jednak taka, że Kitlińska nie miała gdzie się udać. Nie było też nikogo, kto mógłby dotrzymać jej towarzystwa. Siostrę zakonną, która ją wychowała, pominęła, bo od lat ich spotkania sprowadzały się wyłącznie do kłótni. Teraz nie byłoby inaczej, nawet wziąwszy pod uwagę okoliczności.

– Gdyby ktoś mnie szukał, niech siostra powie, że wszystko jest okej – odezwała się Anita. – I że jestem u siebie.

– Kitka, kto miałby...

– Naprawdę? – ucięła czym prędzej Kitlińska. – Nawet w takiej chwili będzie mi siostra wygarniać samotność?

Bożena na moment zamilkła, a potem zapewniła ją o swoim wsparciu i się pożegnała. Anita z ulgą schowała telefon do kieszeni. Nie miała ochoty sprawdzać, kto jeszcze próbował się z nią skontaktować.

Niedokończone pytanie siostry zakonnej właściwie było na miejscu. Lata temu Kitlińska poświęciła wszystko karierze: najpierw zaciągnęła się do wojska, a potem podjęła służbę w Biurze Ochrony Rządu. Szła ścieżką wytyczoną przez przedwcześnie zmarłego ojca, jakby stało się to jej wewnętrznym imperatywem.

Co chciała dzięki temu osiągnąć? Sama nie wiedziała. Szukała swojej drogi, być może próbowała w jakiś sposób zrekompensować sobie dotkliwy brak ojca, a być może lepiej go dzięki temu zrozumieć.

Tak czy inaczej, w tej chwili żałowała, że wybrała tę drogę. Wszystko, co stało się w ostatnich godzinach, było rezultatem także jej zaniedbania. Odpowiadała za bezpieczeństwo prezydent, to ona powinna być tą, która jako pierwsza wypatrzy zamachowca i w porę zareaguje.

Może podziękowano jej i odesłano z sejmu nie tylko dlatego, że była związana z Pedepem, ale także dlatego, że zawiodła jako funkcjonariusz.

Zaklęła głośno i rozejrzała się bezradnie. Nie wiedziała, dokąd się skierować, więc ostatecznie weszła do pobliskiego parku Rydza-Śmigłego. Przeszła przez kładkę nad Książęcą, a potem usiadła na skarpie przed Elizeum, niewielkim podziemnym salonikiem, którego przeznaczenie do dziś pozostawało niejasne.

Wpatrywała się bezmyślnie w pobliski neoklasycystyczny budynek wodozdroju, kiedy rozległ się dźwięk przychodzącej wiadomości. Niechętnie wyjęła telefon i wyświetliła esemesa.

Pochodził od numeru, którego nie znała. Jednak to nie tajemniczy nadawca, ale treść sprawiła, że Anita poczuła się zbita z tropu.

Musimy się spotkać.

W wiadomości nie było nic więcej. Kitlińska przez moment wlepiała wzrok w ekran, po czym odpisała. Była równie oszczędna w słowach, zapytała tylko o to, kim jest człowiek, który do niej pisze.

Odpowiedź nadeszła natychmiast:

Kimś, kto ma ci coś do powiedzenia.

Co konkretnie?

Dowiesz się, kiedy się spotkamy.

Kitlińska oderwała wzrok od komórki i rozejrzała się. Zrobiła głęboki wdech i przytrzymała powietrze w płucach, choć miała wrażenie, że skrawek zieleni w sercu miasta w nikły sposób równoważy ilość spalin.

Nie miała zamiaru kontynuować wymiany esemesów. Anonimowy rozmówca z pewnością był dziennikarzem, któremu wydawało się, że znalazł prosty sposób, by otrzymać relację z pierwszej ręki. Numer jej telefonu nie był trudny do zdobycia.

Odłożyła komórkę na trawiastą skarpę, ale tylko na moment. Kiedy rozległ się odgłos kolejnej wiadomości, od razu po nią sięgnęła.

Nie masz pojęcia, co tak naprawdę się wydarzyło.

Anita uznała, że najlepiej będzie, jeśli nie odpisze. Nie miała zamiaru dać się naciągnąć na tak marny wybieg.

Tajemniczy nadawca nie dawał jednak za wygraną.

Ten zamach to nie zwykły atak religijnego szaleńca. Tu chodzi o znacznie więcej.

Zawahała się, ale tym razem też nie odpowiedziała.

Zamieszani są ludzie na szczytach władzy. Nie wyobrażasz sobie, jak daleko to sięga.

Teoria spiskowa? Kitlińska przypuszczała, że pojawi się prędzej czy później, jak w każdym przypadku, kiedy dochodziło do tragedii. Ludzie nie potrafili pogodzić się z tym, że wypadek czasem był tylko wypadkiem, fanatyzm fanatyzmem, a zabójstwo zabójstwem. Szukali czegoś więcej, jakby istnienie złożonej, wielowarstwowej intrygi w jakiś sposób nadawało większego znaczenia czyjejś śmierci.

Jesteś jedyną osobą, która może mi pomóc.

Anita przez moment się zastanawiała, po czym w końcu uznała, że najlepiej będzie odprawić natręta już teraz. Wybrała jego numer i przyłożyła telefon do ucha. Wsłuchując się przez chwilę w sygnał, zaczynała już się obawiać, że rozmówca nie odbierze.

Ten w końcu jednak się odezwał.

– Gdzie jesteś? – rozległ się męski, ale dość wysoki głos.

Rozpoznała go bez trudu. Jego właściciela widywała wielokrotnie przy Wiejskiej, kiedy był jeszcze reporterem sejmowym.

Potem często pojawiał się w telewizji, relacjonując kilka istotnych wydarzeń. Był na fali wznoszącej i coraz częściej mówiło się o tym, że będzie miał własny program na antenie NSI.

– Bianczi?

Młody dziennikarz milczał.

Fakt, że to on był nadawcą esemesów, zupełnie zmieniał postać rzeczy. Bianczi nieraz udowodnił, że za punkt honoru stawia sobie weryfikację źródeł, nie rzuca słów na wiatr i jest gotów dążyć do prawdy za wszelką cenę, nawet jeśli grozi mu za to aresztowanie.

– Halo? – upomniała się o uwagę Anita.

– Jesteś w bezpiecznym miejscu? – spytał.

– Nie wiem, czy gdziekolwiek jest teraz…

– Mam na myśli, czy nikt cię nie słyszy.

– Nie, nikt. Jestem w parku Rydza-Śmigłego.

Bianczi namyślał się przez krótką chwilę.

– Świetnie – skwitował w końcu. – Możemy się tam umówić.

– Nie lepiej w Autonomii? To rzut kamieniem stąd.

Słynąca z dyskrecji restauracja wydawała się idealnym miejscem, by prowadzić rozmowę, której nikt nie powinien się przysłuchiwać, reporter NSI jednak najwyraźniej był innego zdania.

– Nie – zaoponował stanowczo. – Żaden polityk nie może nas widzieć.

– Nie przesadzasz?

– Nie. Zachowuję nienaturalny spokój, zważając na okoliczności.

– Jakie okoliczności?

Słyszała, z jakim trudem przełyka ślinę, i oczami wyobraźni zobaczyła, jak Bianczi ociera pot z czoła i gorączkowo się rozgląda, wypatrując zagrożenia.

– Nie przez telefon – odparł. – Wyjaśnię ci wszystko, jak się zobaczymy.

– Najpierw muszę wiedzieć, czy to nie wybieg.

– Wybieg?

– Żeby zdobyć materiał z pierwszej ręki o zamachu.

Bianczi zaklął cicho, a potem nerwowo zakaszlał.

– Naprawdę myślisz, że stać byłoby mnie na coś takiego?

– Nie wiem, co mam myśleć.

Dziennikarz zastanawiał się przez moment, a Kitlińska miała wrażenie, jakby na odpowiedź musiała czekać całą wieczność. Ta w końcu jednak nadeszła.

– Dotarłem do czegoś.

– A konkretnie?

– Do tajnej notatki z Ministerstwa Spraw Wewnętrznych – podjął. – Rzuca zupełnie nowe światło na to, co się wydarzyło. Zupełnie.

– Więc pójdź z nią do kogoś, kto może coś z tym zrobić – odparła cicho Anita. – Ja w tej chwili...

– Nie mogę nikomu ufać.

– Nawet Hauerowi?

Bianczi znów kaszlnął.

– Nie wiem – odparł słabym głosem.

Tego się nie spodziewała. Sympatie stacji telewizyjnych były dobrze znane, a dziennikarzy jeszcze bardziej. NSI przychylnie odnosiła się do Unii Republikańskiej, a Hauer i Bianczi nieraz pokazywali, że łączy ich mocna relacja.

– Mówisz poważnie? – odezwała się Kitlińska.

– Tak. Ta sprawa naprawdę sięga dalej, niż sądzisz.

– Co jest w tej notatce?

– Sama zobaczysz – odparł tonem nieznoszącym sprzeciwu. – Za godzinę na tyłach Muzeum Wojska Polskiego, pasuje?

Anita znajdowała się niedaleko, miejsce wydawało się odpowiednie. O ile w okolicy mogli kręcić się przechodnie, o tyle na schodach na niewielkiej skarpie ona i Bianczi nie powinni nikogo spotkać.

– Pasuje – odparła.

– Do tego czasu uważaj na siebie.

Kitlińska rozejrzała się uważnie, jakby rzeczywiście istniał jakiś powód, dla którego powinna zachować ostrożność.

– Nic mi nie grozi – zauważyła.

– Mylisz się.

Znów zaległa chwilowa cisza.

– Obserwują mnie – dodał Bianczi. – I przypuszczam, że od teraz ciebie też.

Zanim zdążyła dopytać o cokolwiek, rozłączył się. Spojrzała na zegarek, a potem podniosła się i powoli ruszyła w kierunku muzeum. Nie mogła opędzić się od myśli, że w głosie Biancziego brakowało wahania, które pozwalałoby sądzić, że dziennikarz się myli.

Rozdział 3

Po tym, jak Straż Marszałkowska zamknęła część korytarza prowadzącego do sejmowego gabinetu prezydenta, Patryk i Milena nie musieli się obawiać, że usłyszy ich przypadkowy reporter.

Oboje zapewnili się, że wszystko poszło zgodnie z planem – zarówno Kitlińska, jak i politycy innych partii nie sprawiali wrażenia, jakby mieli zamiar robić problemy. Bogiem a prawdą, na jakąkolwiek interwencję było już za późno.

Teresa Swoboda przejęła władzę, nic nie mogło tego zmienić. A przyznanie przez kilku parlamentarnych wyjadaczy, że zostali w prosty sposób ograni, byłoby dla nich właściwie politycznym samobójstwem.

Patryk spoglądał na żonę, dostrzegając na jej twarzy wyraźną satysfakcję. Tak naprawdę to ona jako jedyna zachowała w krytycznym momencie zimną krew. To jej pomysłem było, by przekonać Chmala do jedynego sensownego posunięcia. Zaapelowali do jego poczucia obowiązku i utwierdzili go w przekonaniu, że jeśli nie zdecydują się na ten niewielki fortel, w kraju zapanuje chaos. Szef BBN-u nie miał wyjścia – tym bardziej że Rosjanie i Białorusini rzeczywiście zmobilizowali kilka dywizji. Byli gotowi wejść w każdej chwili, choć z pewnością bacznie obserwowali wszystkie ruchy ze strony NATO.

Tym razem Mil nie prowadziła wózka Hauera. Szła obok, co uważny obserwator z pewnością wziąłby za symptomatyczne.

– Nie mogło pójść lepiej – odezwała się.

– Co?

– Mówię, że...

– Słyszałem, co powiedziałaś – wpadł jej w słowo Patryk, zatrzymując wózek.

Żona zrobiła jeszcze krok, nim zorientowała się, że został z tyłu. Obróciła się do niego i spojrzała mu w oczy ze zdziwieniem.

– Po prostu nie dowierzam – dodał.

– W co?

– W to, że tak to ujęłaś.

Milena błagalnie uniosła wzrok. Zerknęła w kierunku, z którego przyszli, by upewnić się, że nikt nie słyszy wymiany zdań.

– Jakie ma znaczenie, jak to ujmę? – żachnęła się, podchodząc do męża. – Ogarnęliśmy sytuację, Patryk. Szybko i sprawnie rozegraliśmy Hajkowskiego, Gockiego i Huberta. Jesteśmy na najlepszej drodze do tego, żebyś...

– Seyda nie żyje, do cholery.

– Tak, zauważyłam.

Milena kucnęła przed jego wózkiem, co mogłoby uchodzić za pojednawczy gest, gdyby nie to, że patrzyła na Hauera tak, jakby miała zamiar mu wygarnąć.

– Zauważyłam też, jak się do siebie zbliżyliście w ostatnim czasie.

– Słuchaj...

– Najpierw ty posłuchaj – przerwała mu. – Możesz umartwiać się, ile chcesz, wspominać ile wlezie, zmieniać sobie zdjęcie na Fejsie na czarno-białe i do woli wpinać jakieś bzdurne symbole w klapy marynarki. Ale nie w tej chwili. Teraz masz stanąć na wysokości zadania.

Hauer wytrzymał jej wzrok, a potem poklepał się po udach. Milena w odpowiedzi bezradnie pokręciła głową, jakby miała do czynienia z dzieciakiem.

Nie powiedział jej o tym, że podczas ostatniego spotkania z Seydą na moment wróciło mu czucie w nogach. Pojawiła się nadzieja, że wstanie z wózka, a słowa Mil okażą się czymś więcej niż tylko przenośnią.

– Przed tobą ogromna szansa, Patryk.

– Tak bym tego nie ujął.

– Jak w takim razie?

– Zamiast „szansa" użyłbym słowa „obowiązek".

– Litości... – jęknęła, kładąc mu dłonie na kolanach. – Nie mówisz do wyposzczonej bandy gamoni, którzy łakną głodnych kawałków od swojego ukochanego polityka, tylko do mnie.

– Wiem doskonale, do kogo mówię.

W jego głosie zadrgała wroga, oskarżycielska nuta, której nie zdołał ukryć. I dla Mileny z pewnością znaczyła więcej niż jakakolwiek uwaga wyrażona wprost.

– Rozwiniesz? – rzuciła.

– Lepiej nie.

– Rzeczywiście. Może lepiej nie.

Podniosła się, a potem wskazała wzrokiem zamknięte drzwi gabinetu, w którym Swoboda naradzała się ze swoimi współpracownikami.

– Idziesz? – spytała Milena.

Hauer nie miał zamiaru opuszczać tego spotkania, chciał uczestniczyć we wszystkim, co się działo. Nie był jednak pewien, czy powinien mieć żonę u swojego boku. Wbrew temu, co dał do zrozumienia Kitlińskiej, nie czuł się dobrze z tym, co zrobili.

Nie chodziło o rezultat, ale o sposób, w jaki został on osiągnięty. Miał wrażenie, że ledwo lekarz stwierdził zgon Darii, zaczęli mościć się na jej miejscu. I mimo górnolotnych słów o obronie kraju wszystkim zależało jedynie na tym, by jak najszybciej zapewnić sobie władzę.

– Patryk?

Milena zaś była tą, która zdawała się najbardziej zdeterminowana. Zachowała zimną krew tylko dlatego, że śmierć Seydy zupełnie jej nie dotknęła. Przeciwnie, była jak każda inna okazja, którą należało natychmiast wykorzystać.

Hauer bez słowa ruszył przed siebie, ale żona szybko się z nim zrównała i złapała za uchwyt wózka. Patryk posłał jej ostrzegawcze spojrzenie, sądząc, że tyle wystarczy, by zrozumiała, że posunęła się o krok za daleko. Szybko cofnęła rękę, sięgnęła do torebki i wyjęła z niej opakowanie afobamu.

– Chyba sobie żartujesz – rzucił Hauer.

– Pomoże ci.

– Pomaga mi w stresujących sytuacjach. Ta taka nie jest.

Milena nie nalegała, a po chwili oboje zatrzymali się przed drzwiami do gabinetu. Dwóch funkcjonariuszy Straży Marszałkowskiej zastąpiło im drogę – najwyraźniej nie mieli zamiaru wpuszczać ich do środka.

Hauerowie wymienili się zdezorientowanymi spojrzeniami.

– Przepraszam, panie pośle, ale to zamknięte spotkanie – oznajmił jeden z mężczyzn.

– Zamknięte dla kogo?

– Dla wszystkich.

Patryk z niedowierzaniem wychwycił kategoryczność w głosie funkcjonariusza. Dobitnie uświadamiała mu, że mężczyzna działa na bezpośrednie polecenie Teresy.

– Zaszło jakieś nieporozumienie – włączyła się Mil. – Niech pan powie pani marszałek, że…

– Prosiła, by nie przeszkadzać.

– W takim razie niech pan po prostu nas wpuści. Zapewniam, że marszałek Swoboda na nas czeka.

Hauer nie zabierał głosu. Zdawał sobie sprawę, że z jakiegoś powodu został wyłączony z rozmów, które mogły okazać się kluczowe dla przyszłego kształtu sceny politycznej w Polsce.

– Słyszy mnie pan?

– Słyszę nie mniej wyraźnie niż panią marszałek, która przed chwilą poleciła, by nikogo nie wpuszczać.

– Nie miała na myśli mojego męża.

Funkcjonariusz chciał zaoponować, ale zobaczywszy, że Patryk łapie żonę za rękę i posyła jej uspokajające spojrzenie, spasował. Milena się zawahała, ale ostatecznie po chwili Hauerowie ruszyli w kierunku klatki schodowej.

Po drodze do wyjścia w milczeniu mijali spieszących w przeciwnym kierunku polityków. Pierwszy był Halski z JON-u, zaraz za nim pędzili Hajkowski i Gocki, a jako ostatni do gabinetu prezydenckiego zmierzał Korodecki.

Dopiero on zatrzymał się przy Hauerach.

– Gdzie ci się tak spieszy, Hubert? – spytała Milena.

– Tam, gdzie i wam powinno – odparł nieco zmieszany. – Nie idziecie na posiedzenie Rady?

– Jakiej Rady?

– Bezpieczeństwa Narodowego. Teresa zwołała je przed chwilą.

Hauer robił wszystko, by nie dać po sobie poznać zaskoczenia. Odniósł jednak wrażenie, że jego żona poradziła sobie z tym znacznie lepiej – choć to ona z pewnością boleśniej odczuła ten cios. Im większa ambicja, tym głębsza rana, a aspiracje Mil właściwie nie znały granic.

– Nie wezwała was?

Milena przyjęła poprawny uśmiech.

– Patryk jest teraz potrzebny gdzie indziej.

– Gdzie?

Zbliżyła się o krok, poklepała Huberta po plecach, a potem wskazała mu kierunek, w którym przed momentem zmierzał.

– Tym się nie przejmuj – powiedziała. – Każdy ma swoją rolę do odegrania. A twoją jest...

– Znam swoje obowiązki.

– Na pewno? Bo wydaje mi się, że w tej chwili powinieneś robić wszytko, żeby znaleźć Chronowskiego.

Hubert skinął głową z obojętnością.

– Skontaktowaliśmy się już z premierem – oznajmił. – Jest w KPRM-ie, zajmuje się naglącymi sprawami.

– I jakie to sprawy? – wtrącił się Hauer.

Korodecki otworzył usta, ale się zawahał. Potem przeniósł wzrok w głąb korytarza, jakby chciał zasugerować, że skoro Swoboda najwyraźniej nie ufa im na tyle, by dopuścić ich na posiedzenie RBN-u, on także nie powinien.

– Sprawy związane z bezpieczeństwem – dodał. – A teraz wybaczcie.

Odprowadzili go wzrokiem, nie mając okazji do odpowiedzi. Oboje przez moment trwali w milczeniu, boleśnie odczuwając, że z jakiegoś powodu naprawdę zostali odsunięci na drugi tor.

A może przesadzali? Patrykowi przeszło przez myśl, że Teresa na dobrą sprawę nie miała powodu, by zapraszać go do RBN-u. Zwołała przedstawicieli wszystkich partii, a Unię Republikańską reprezentowała sama, jako jej szefowa.

O ile Hauer był gotów przyjąć, że to nie żadna zagrywka polityczna, o tyle dla jego żony nie było to tak oczywiste.

– Co ona odwala? – syknęła Mil.

– Nie wyolbrzymiaj.

– Nie wyolbrzymiam – zaoponowała stanowczo. – Powinieneś w tym uczestniczyć, a może nawet przewodzić całemu temu pieprzonemu spotkaniu.

– Przewodzi mu głowa państwa.

– Na papierze. W rzeczywistości to na ciebie wszyscy by patrzyli.

Bardziej niż te kwestie Patryka zajmowało to, o czym wspomniał Korodecki. Jeśli premier rzeczywiście się odnalazł i zamiast w sejmie przebywał w swojej kancelarii, mogło znaczyć to tylko jedno.

Atak na Wiejskiej mógł nie być odosobnionym przypadkiem, ale początkiem większego scenariusza. Zagrożenie wciąż mogło być realne.

– Ale może właśnie dlatego cię tam nie chce – dodała Milena. – Może obawia się, że podkopiesz jej pozycję.

Patryk szczerze w to wątpił. Swoboda była dla niego być może nie jak matka, ale z pewnością jak dobra ciotka, która od lat robiła wszystko, by rozciągnąć nad nim parasol ochronny, jednocześnie pozwalając mu się rozwijać.

– Nie sądzę – odparł.

– Bo masz skrzywione postrzeganie tej kobiety.

Hauer westchnął.

– Daj spokój – rzucił. – Niedawno raz na zawsze udowodniła, że nie ma zamiaru wbijać mi noża w plecy. Nawet ty musisz to widzieć.

– Nawet ja?

– Wiesz, co miałem na myśli...

– Że jestem podejrzliwa wobec ludzi, którzy zarabiają na życie manipulacjami, kłamstwami i zdradami?

Pytanie właściwie było całkiem zasadne, ale nie w stosunku do Swobody. Ona jako jedyna od zawsze działała na korzyść Hauera. I nawet kiedy wydawało się, że jest inaczej, ostatecznie udowadniała, że ma na względzie jego dobro.

– Naprawdę musimy teraz to przerabiać? – spytał.

Mil rozłożyła ręce i się obróciła.

– A co innego mamy do roboty? – odparowała. – Zapewnieniem bezpieczeństwa zajmuje się Chronowski i jego ludzie, zażegnywaniem konstytucyjnego kryzysu Swoboda i jej nowi przyjaciele, a my...

– Spokojnie, na nas też przyjdzie pora.

– Może już przyszła – odparła cicho Milena.

– Co masz na myśli?

– Że jeśli nie mamy żadnej innej możliwości, zajmijmy się mediami.

– Mam wrażenie, że robi to w tej chwili każdy polityk.

– Ale żaden z nich nie był w ciemnym saloniku.

Hauer nabrał głęboko tchu. Lista jego priorytetów była długa i nie znajdowało się na niej występowanie przed kamerami. Jeszcze przed momentem sądził, że będzie zaangażowany w przywracanie spokoju w kraju, stabilności konstytucyjnych organów i porządku na arenie międzynarodowej, a w końcu w organizowanie żałoby i wsparcia dla rodziny Seydy.

Tymczasem najwyraźniej pozostało mu jedynie zrobienie cyrku w mediach.

– To niepowtarzalna szansa – dodała Milena.

Nie odpowiadał.

– Pomniki powstają tylko po opadnięciu popiołów.

Zasadniczo miała rację, choć przypuszczał, że w tym wypadku będą wznoszone na cześć Darii. Całkiem zasadnie. Jako pierwsza kobieta w kraju przebiła szklany sufit i pokazała, że głową państwa wcale nie musi być mężczyzna. Jej kadencja była krótka, ale przełomowa – owszem, popełniała błędy, lecz nie na tyle duże, by po latach stały się orężem w rękach jej przeciwników.

Ktoś jednak zawinił, inaczej zamachowiec nigdy nie miałby szansy zbliżyć się do prezydent. Biuro Ochrony Rządu? ABW? CBŚP? Wojskowy wywiad lub kontrwywiad? Lista potencjalnych winowajców była długa, a Hauer przypuszczał, że im więcej popiołów opadnie, tym liczniejsze będą nie pomniki, ale powstające na zgliszczach teorie.

– Musimy zorganizować konferencję prasową – dodała Mil.

Rzucanie górnolotnych frazesów i zapewnianie obywateli o tym, że wszystko jest pod kontrolą, było ostatnim, czego w tej chwili chciał. Być może żona miała jednak rację. Nie miał państwowych obowiązków, ale te polityczne mówiły jasno, że należy kuć żelazo, póki gorące.

– Patryk?

Odpowiedział na pytanie wyciągnięciem dłoni. Kiedy położyła na niej tabletkę afobamu, żadne z nich nie musiało dodawać nic więcej. Jedyny problem polegał na tym, że nie mieli gotowego tekstu, a improwizacja w takich okolicznościach raczej nie wchodziła w grę.

– Zajmij się spędem – odezwał się Hauer.

– Hę?

– Zwoływaniem reporterów. Ja zacznę układać przemówienie.

– Nie musisz.

Zabrzmiało to, jakby przygotowała je zawczasu, ale wiedział, że to niemożliwe. Nawet Milena nie była tak przewidująca.

– Nie pójdę na żywioł.

– Pójdziesz – odparła, jakby rzeczywiście zależało to wyłącznie od niej. – Bo nie musisz mówić niczego konkretnego. Zapewnisz, że Polacy mogą czuć się bezpiecznie, ale tak naprawdę dasz do zrozumienia, że jest wprost przeciwnie.

Patryk uniósł brwi.

– Wyślesz sygnał, że stoimy na krawędzi urwiska, że w każdej chwili obce wojska mogą dokonać interwencji, terroryści ponownie zaatakować, banki upaść, a sklepy zostać pozamykane – wyrzuciła z siebie na jednym oddechu Milena. – Zbudujemy poparcie na najsolidniejszym fundamencie politycznym, jaki istnieje. Na strachu.

– Który zniknie, kiedy tylko Chronowski wyjdzie z KPRM-u i oznajmi, że znają tożsamość zamachowca i mają wszystko pod kontrolą.

– Nieistotne. Obietnice ze strony słabego rządu nie dadzą ludziom poczucia bezpieczeństwa.

Hauer przypomniał sobie wyświechtaną frazę autorstwa Franklina Delano Roosevelta o tym, że jedyną rzeczą, której naprawdę musimy się obawiać, jest nasz własny strach. Nie była do końca trafna. Bać powinniśmy się tych, którzy go wykorzystują.

Spojrzał na żonę, zastanawiając się, w jaki sposób udaje jej się nie tylko powściągać emocje, ale także kalkulować tak chłodno, jakby nie wydarzyło się nic ponad normę.

– W porządku – odparł w końcu. – Ale najpierw musimy czymś przyciągnąć kamery i dziennikarzy. Szeregowy poseł z UR, nawet jeśli był obecny na spotkaniu w saloniku, nie będzie zbyt apetycznym kąskiem.

– Coś wymyślimy.

– W kilka minut?

– Już nie takie rzeczy robiliśmy.

Miała rację, nieraz podkradali innym politykom show różnymi wybiegami – teraz jednak wydawało się, że reporterzy mają wręcz nadmiar potencjalnych kandydatów do rozmowy. Patryk zamknął oczy, próbując zebrać myśli, a kiedy podniósł powieki, zobaczył kucającą przed nim Milenę. Skrzyżowała ręce na jego udach i wpatrywała się w niego, jakby usilnie szukała czegoś w jego oczach.

– To początek przełomu, Patryk.

– Wiem.

– Dziś zaczniemy budować coś, co zapewni nam przyszłość.

Skinął głową bez przekonania.

– Coś, co zmieni ten kraj – ciągnęła. – Narzucimy narrację strachu, która zupełnie go przebuduje.

– Co masz na myśli?

– Powtórzymy to, co działo się w Stanach po jedenastym września.

Skrzywił się, jakby użyła porównania, o którym nie chciał myśleć.

– Wiesz doskonale, jak to zmieniło USA – kontynuowała. – Bush mógł właściwie dowolnie ograniczyć swobody obywatelskie. Stworzono nowe systemy inwigilacji, kontroli i…

– I chcesz tego samego tutaj?

Milena podniosła się powoli, a potem popatrzyła na niego z góry.

– Czy chcę, czy nie, tak się stanie – oznajmiła. – Polska nie jest już tym samym krajem, jakim była kilka godzin temu. I tylko od nas zależy, czy to my stworzymy ją na nowo, czy zrobi to ktoś inny.

Zastanawiał się, czy jakakolwiek inna para w polityce prowadziła w tej chwili podobną rozmowę, czy w siedzibach partii trwały zbliżone dyskusje i czy główni gracze układali takie same wizje przyszłości.

Pewnie tak. W końcu większość polityków przez lata przygotowywała się właśnie do tego, by wykorzystać sytuacje kryzysowe do realizacji własnych celów.

– Zacznij ogarniać swoje przemówienie – zgodziła się w końcu Milena. – Ale tylko w głowie. Nie chcę, żeby to brzmiało jak recytacja z promptera.

– Okej.

– Ja w tym czasie załatwię resztę.

– Jak?

Mil nie odpowiedziała, a Patryk dopiero teraz zrozumiał, co od samego początku miała na myśli żona. Istniał tylko jeden sposób, by skupić na nim i jego konferencji uwagę dziennikarzy: powiedzieć o czymś, na temat czego pozostali politycy milczeli.

– Jak? – powtórzył.

– Dobrze wiesz.

– Nie ma mowy – odparł czym prędzej. – Nie będę tym, który w momencie kryzysu mąci.

– Nie mamy wyjścia.

– I nie wystąpię przeciwko Swobodzie.

– Nawet po tym, jak odsunęła cię na bok?

– Musiała mieć jakiś powód.

– Miała. Polityczny – odparła bez zastanowienia Milena. – Ale nawet gdyby było inaczej, ktoś musi podnieść wątpliwości związane z Regulaminem Sejmu. Prędzej czy później i tak się to stanie.

– Ale nie za moją sprawą.

– Za twoją – zaoponowała, a potem wyciągnęła telefon i odeszła kawałek, nie czekając na reakcję Hauera.

Zaklął w duchu, upominając się po raz kolejny, że mimo szoku powinien zachować trzeźwy i ostry umysł, inaczej Milena przejmie inicjatywę we wszystkich sprawach. Owszem, w końcu któryś polityk poda w wątpliwość przejście władzy na podstawie przepisów wewnętrznie obowiązujących, ale Patryk nie miał zamiaru być tą osobą. Nawet jeśli oznaczało to, że cała uwaga mediów miała umknąć mu sprzed nosa.

Ruszył w stronę żony, ale zatrzymał się, kiedy rozległ się dźwięk wiadomości z jego telefonu. Sięgnął po komórkę i zmarszczył czoło.

Przeczytał esemesa dwa razy, zanim dotarło do niego, co oznacza.

– Mil.

Żona obróciła się, nie przerywając prowadzonej przez telefon rozmowy.

– Rozłącz się.

Ściągnęła gniewnie brwi, zapewne przekonana, że to próba odwiedzenia jej od planu, który naprędce ułożyła.

– Konferencja nie wchodzi w grę – dodał.

– Poczekaj moment – rzuciła do słuchawki, po czym zasłoniła ją dłonią. – Słuchaj, Patryk, to naprawdę…

– Nie chodzi o Swobodę. Ani o regulamin, ani o mnie.

Patrzył jej w oczy dostatecznie długo, by zrozumiała, że pojawiło się coś nowego. Przeprosiła rozmówcę, a potem w końcu się rozłączyła.

– Co jest? – spytała.

– Muszę gdzieś być.

– Oczywiście, że tak. Przed sejmem, na tle gruzowiska, wygłaszając przemówienie.

– Nie.

Powiedział jej tyle, ile sam wiedział, nie pozwalając sobie na spekulacje i gdybania. Nie otrzymał wiele informacji, ale to, co znajdowało się w wiadomości, w zupełności wystarczyło, by odwołać konferencję i zająć się czymś znacznie ważniejszym.

Po chwili znajdował się już w niewielkim, przystosowanym do jego potrzeb vanie, dzięki któremu mógł sprawnie przemieszczać się po stolicy. Kierowca wprawdzie nie ustawał w gorączkowych komentarzach, wieszcząc upadek cywilizacji lub nawet koniec świata, ale Hauer słuchał jedynie trzy po trzy.

Podziękował ultracrepidarianowi, kiedy ten zaparkował tuż za budynkiem, w którym mieściła się Giełda Papierów Wartościowych. Patryk spojrzał w kierunku alei Lortenza, niewielkiej wybetonowanej ścieżki, która niknęła gdzieś między drzewami.

– Pomóc panu?

– Nie trzeba – odparł Hauer. – Droga wygląda solidnie.

– To zależy, dokąd pan chce się dostać – zauważył kierowca. – Im głębiej w lasek, tym więcej jest ziemistych ścieżek.

– Poradzę sobie.

Tak naprawdę nie wiedział, jak długi odcinek będzie musiał pokonać, by stawić się w miejscu spotkania. Przypuszczał jednak, że znajduje się ono nieopodal.

Nie pomylił się. Przejechał raptem dwieście, może trzysta metrów i znalazł się na tyłach Muzeum Wojska Polskiego, niedaleko Elizeum.

Kitlińska już na niego czekała.

Rozdział 4

Ona wciąż miała na sobie zakrwawiony żakiet i bluzkę, on szpitalne ciuchy, które próbował ukryć pod marynarką. Anita przypuszczała, że dla przypadkowego obserwatora wyglądaliby doprawdy osobliwie. Tyle że tutaj nie musieli się tym przejmować.

W normalny słoneczny dzień być może spotkaliby kilku przechodniów, ale w takich chwilach nikomu w głowie nie były ani spacery, ani oglądanie rozstawionych na tyłach muzeum maszyn.

– Gdzie Bianczi? – rzucił na powitanie Hauer.

Kitlińska podciągnęła rękaw i zerknęła na zegarek.

– Nie wiem. Powinien już być.

Patryk przyglądał jej się przez chwilę w milczeniu. Dziwił się jej obecnością nie mniej niż ona jego – był jedną z ostatnich osób, które spodziewała się tu zastać, szczególnie że wciąż miała w pamięci słowa dziennikarza o braku zaufania i o tym, że spisek sięga dalej, niż mogłaby przypuszczać.

– Dlaczego cię tu ściągnął? – zapytał Hauer.

– Nie wiem.

Najwyraźniej znów przeszli na ty, ale tym razem Anita nie miała zamiaru oponować. Uznała, że jeżeli Bianczi ostatecznie postanowił poprosić o pomoc swojego najbliższego, być może jedynego sojusznika ze świata polityki, to ona także powinna dać mu choćby niewielki kredyt zaufania.

– A ciebie? – zapytała.

Patryk sięgnął do schowka przy podłokietniku, wyjął telefon i pokazał jej krótką wiadomość od reportera NSI. Bianczi pisał jedynie, że natychmiast musi spotkać się z nim na tyłach Muzeum Wojska Polskiego i że odkrył coś, co rzuca zupełnie inne światło na zamach.

Kitlińska oddała komórkę politykowi.

– To wszystko? – spytała.

– Tak. Ale ty z pewnością nie powiedziałaś mi wszystkiego.

Rozejrzała się uważnie. Reporter powinien być tu już kwadrans temu, a ona powoli zaczynała odczuwać niepokój. Może coś się stało? Gdyby nie to, że Hauer dostał równie enigmatycznego esemesa, mogłaby przypuszczać, że Bianczi ściągnął go tu zamiast siebie. Ale tak nie było. Najwyraźniej dziennikarz uznał, że w trójkę mogą coś osiągnąć.

– Więc? – dodał Patryk. – Co jeszcze wiesz?

– Tylko tyle, żeby nikomu nie ufać.

– Tak ci powiedział? – odbąknął Hauer. – Czy to twoja filozofia życiowa?

Nie odpowiadała, wciąż wodząc wzrokiem po okolicy. Był to jeden z tych momentów, kiedy jedynie dzięki służbowej broni czuła się komfortowo.

– Dodał, że dotarł do jakiejś tajnej notatki MSW – odezwała się w końcu.

– Jakiej notatki?

Wzruszyła ramionami.

– I to ma rzucić nowe światło na atak pod sejmem?

– Tego też nie wiem – przyznała Kitlińska. – Powiedział mi tyle, że pokaże mi ją, kiedy się spotkamy.

Hauer zaśmiał się nerwowo i sam potoczył wzrokiem dokoła.

– Zebrało mu się na teorie spiskowe? – rzucił, a potem westchnął. – Może nie powinienem się dziwić. Od dziecka na lekcjach polskiego na dobrą sprawę właśnie tego nas uczą.

– Czego?

– Doszukiwania się we wszystkim ukrytych znaczeń. Koń Wernyhory w *Weselu* gubi cholerną podkowę, a nauczyciel wytłumaczy ci, że to nie kowal dał ciała, tylko autor chciał stworzyć symbol wielkiego szczęścia, jakie spotka znalazcę.

Anita odchrząknęła.

– Bianczi brzmiał dość poważnie.

– Nie wątpię. Jeśli uwierzył, że na coś trafił, i zdołał przekonać do tego samego siebie, z pewnością przyłożył się też do tego, żeby przekonać ciebie.

Kitlińska nie miała zamiaru wdawać się w dyskusje z Hauerem. Wychodziła z założenia, że jakakolwiek rozmowa z politykiem mija się z celem, a oprócz tego zdawała sobie sprawę, że Patryk stawił się tak szybko, dlatego że sam ufał Biancziemu. Cokolwiek by mówił, fakty świadczyły same za siebie.

– I skąd niby miał tę notatkę? – odezwał się.

– Nie powiedział.

– Oczywiście, że nie.

– Co chcesz przez to powiedzieć?

– Że ściemniał – odparł wprost Hauer.

– Po co miałby to robić?

Poseł UR wzruszył ramionami.

– A kto wie, co chodzi po głowie Biancziemu? – odparł. – Może wymyślił sobie, że jeśli nas tutaj ściągnie, będzie miał dobry materiał.

– Może – przyznała Kitlińska, jednak zrobiła to bez przekonania. Zatoczyła ręką krąg, wskazując w ten sposób Patrykowi okolicę. – Ale w takim razie gdzie on jest?

– Niechybnie wyłoni się zza jakiegoś drzewa razem z kamerą NSI.

Anita zerknęła na boki.

– Jakoś nigdzie nie widzę ani jego, ani żadnego obiektywu. Jesteśmy tutaj tylko my, Hauer.

Obawiała się, że będzie musiała powtórzyć mu to jeszcze kilka razy, zanim dotrze do niego, że nie tylko coś jest na rzeczy, ale także że nie poszło po myśli Bianczīego. Patryk jednak spasował i zamiast odpowiedzieć, sięgnął po telefon.

– Dzwonisz do niego?

– Nie – odparł. – Mówił, żeby się z nim nie kontaktować.

Powód mógł być tylko jeden – reporter musiał usunąć wszystkie połączenia, które sam nawiązał, i wiadomości, które wysłał. I nie chciał, by jakiekolwiek przychodzące pozostawiły ślad.

Kilkanaście minut później oboje stracili cierpliwość, ale żadne z nich nie miało zamiaru opuszczać miejsca umówionego spotkania.

– Może i to nie żaden wybieg z jego strony, tylko zwykła pomyłka – odezwał się po chwili Patryk.

– Pomyłka?

– Mógł doszukać się spisku tam, gdzie go nie było. A teraz stara się jakoś to odkręcić i zanim to zrobi, nie ma zamiaru się pokazywać.

– Z pewnością.

Hauer mówił z dziwnym, wręcz nienaturalnym spokojem. Sprawiał wrażenie alkoholika, który po długim wyczekiwaniu w końcu wziął łyk upragnionego trunku i wprawił się w błogostan.

– Słyszałaś kiedyś o teorii Ramseya?

– Nie – mruknęła Kitlińska, niespecjalnie zainteresowana tym, czego ta dotyczyła.

– To twierdzenie, które tłumaczy uporczywe doszukiwanie się przez nas teorii spiskowych – wyjaśnił Patryk, kładąc dłonie na kółkach wózka.

– Jest bardziej wiarygodne od twojej koncepcji z koniem Wernyhory?

– Tak. Zresztą teoria dotyczy także tego, że odnajdujemy kształty w chmurach, figury geometryczne na rozgwieżdżonym niebie i tak dalej.

– I do czego się sprowadza? – spytała niechętnie.

– Do tego, że w Warszawie jest przynajmniej dwójka ludzi, którzy mają identyczną liczbę włosów na głowie.

– Co proszę?

– A mówiąc ogólniej, do tego, że w każdym zbiorze znajdzie się wystarczająco dużo elementów, by utworzyć z nich jakiś wzorzec.

Anita przestała słuchać. Niektórzy wyłączali się, gdy rozmowy zmierzały w kierunku polityki, kwestii takich jak aborcja, dyskryminacja mniejszości narodowych czy moda, dla niej takim tematem była matematyka.

Hauer jeszcze przez chwilę rozwodził się nad tym, że człowiek jest skonstruowany tak, by szukać porządku w chaosie, a ona zaczęła odnosić wrażenie, że nie mówi o teoriach matematycznych, ale o aktualnej sytuacji w kraju.

Ignorując kolejne uwagi Patryka, włączyła LTE w telefonie i sprawdziła portale informacyjne. Nie było na nich nic nowego, wszędzie powtarzały się te same zdjęcia spod sejmu.

Anita przypuszczała, że niebawem pojawią się także amatorskie filmiki. Mgliście pamiętała, że kilka osób, zamiast udzielać pomocy rannym, wyjęło komórki i zaczęło kręcić.

Przeglądając witrynę NSI, natrafiła jednak na nagłówek, który nagle pojawił się na głównej stronie i zajął większą część najważniejszej kolumny. Początkowo nie mogła uwierzyć w to, co widzi.

Hauer dopiero po chwili uświadomił sobie, że rozmówczyni kompletnie przestała go słuchać.

– Co się stało? – spytał.

Kitlińska zacisnęła usta i podała mu komórkę.

– Sam zobacz – odparła. – To tyle, jeśli chodzi o twoją teorię Ramseya.

Patryk wbił wzrok w wyświetlacz, a ona obserwowała jego reakcję. Cokolwiek wcześniej zapewniało mu spokój ducha, najwyraźniej przestało działać. Oczy mu się rozszerzyły, oddech przyspieszył, a wargi się rozchyliły.

Kitlińska przypuszczała, że artykuł dopiero co się pojawił. Tekst sprawiał wrażenie pisanego na gorąco i ewidentnie nie przeszedł jeszcze podstawowej korekty. Wielkie litery nagłówka oznajmiały: „DZIENNIKARZ NSI POTRĄCONY NA ROWERZE".

– To nie przypadek – odezwała się niemal automatycznie.

Hauer milczał, wpatrując się w ekran, jakby dzięki temu mogły pojawić się nad nim nowe informacje. Te były jednak nad wyraz skąpe, najwyraźniej do redakcji dotarła jedynie ogólna wieść. W całym zamieszaniu związanym z zamachem i tak należało uznać za cud, że nie zagubiła się gdzieś w medialnym szumie.

– Hauer?

– Piszą, że jakiś samochód potrącił go na ulicy.

– Tak, czytałam.

– I że stało się to na Batorego, nieopodal skrzyżowania z Waryńskiego.

Tego nie wiedziała, ale najwyraźniej strona odświeżała się sama.

– To pod Ministerstwem Spraw Wewnętrznych – dodał Patryk.

W końcu przestał wlepiać wzrok w komórkę i przeniósł go na nią.

– Sugerujesz...

– Jest tam ścieżka rowerowa. Bianczi z pewnością z niej korzystał.

Jej wzmianka, że to nie wygląda na przypadkowe zdarzenie, była zupełnie niepotrzebna. Ale czy sama była pewna, że ktoś go zaatakował? Nie, tak naprawdę nie było powodu sądzić, że to celowe działanie ludzi, których Bianczi rzekomo chciał zdemaskować.

Dopiero teraz Kitlińska zdała sobie sprawę, że przez eksplozję pod parlamentem wszyscy zrobili się nieco paranoiczni. Ona także.

– Dowiedzieli się, co z nim? – zapytała.

– Jeśli tak, to zachowali to dla siebie. Jest tylko informacja, że trafił do szpitala.

– Którego?

– Nie napisali, ale jeśli jego stan był taki, jak wynika z tonu tego artykułu, to do najbliższego – odparł Hauer nieobecnym tonem. – Może do Świętej Rodziny, może do Czerniakowskiego, nie wiem.

Potarł nerwowo kark, a potem oddał Kitlińskiej telefon.

– Tak czy inaczej, zajmę się tym.

– Ty?

Patryk ewidentnie nie miał zamiaru wdawać się w dyskusje. Musiał uznać, że skoro Bianczi nie dotarł na spotkanie, znikł powód, by współdziałać z Kitlińską.

– Jestem mu to winny – powiedział.

– Może, ale...

– Nie ma sensu, żebyś się do tego mieszała. Wracaj do domu, odpocznij, przygotuj się na to, co cię czeka.

– A co mnie czeka?

– Naprawdę musisz pytać?

Rzeczywiście nie musiała tego robić. Doskonale zdawała sobie sprawę, że nie tylko w mediach stanie się kozłem ofiarnym. Pod pręgierzem znajdzie się cała formacja, ale przede wszystkim ci funkcjonariusze, którzy odpowiadali za bezpieczeństwo prezydent.

Rykoszetem oberwą zaś wszyscy z otoczenia Seydy. Bogu ducha winni urzędnicy, którzy układali plan dnia. Sekretarka, która łączyła jej telefony. Asystenci, którzy przytrzymali ją zbyt długo lub wypuścili z kancelarii zbyt szybko.

Hauer nie miał racji, kiedy mówił o szukaniu porządku. W takim chaosie nie szuka się ani jego, ani teorii spiskowych, ale winnych.

– Nie mam zamiaru odpuszczać – oświadczyła Anita. – To do mnie Bianczi zadzwonił w pierwszej kolejności. Musiał mieć jakiś powód.

– Może taki, że akurat do ciebie udało mu się znaleźć numer.

– Nie, wyraźnie mówił o braku zaufania do innych.

– Mhm.

– Z jakiegoś powodu na początku uznał, że może ufać tylko mnie.

– Bo?

– Nie wiem. Może miało znaczenie to, że byłam z otoczenia Seydy.

– W takim razie powinien skontaktować się z Korodeckim albo…

– Owszem, powinien – przerwała mu Anita. – Ale tego nie zrobił.

Przez chwilę obydwoje milczeli, podczas gdy gdzieś w oddali rozległ się dźwięk pojazdu na sygnale. Kitlińska przypuszczała, że to nie karetka, wszystkie do tej pory dawno rozwiozły rannych spod sejmu do warszawskich szpitali. Być może transport krwi, której z pewnością w tej chwili brakowało.

Hałas stawał się jednak coraz głośniejszy – i to nie tylko dlatego, że pojazd się zbliżał. Dołączyły do niego kolejne.

Zanim zdążyła się nad tym zastanowić, równocześnie rozległy się dźwięki dzwonków zarówno jej komórki, jak i Patryka. Kitlińska zwlekała z odebraniem, uznając, że ważniejsze jest, by usłyszeć rozmowę Hauera.

– Tak? – spytał.

Chwilę czekał na odpowiedź, a ona w tym czasie sprawdziła, kto dzwoni. Próbował skontaktować się z nią zastępca szefa BOR-u. Z pewnością po to, by ustalić, co się z nią dzieje i dlaczego opuściła budynek sejmowy.

Anita zignorowała go i skupiła się na Hauerze.

– Niedaleko – odezwał się, a potem znów słuchał. – Mogę być w sejmie za dziesięć minut.

Zawiesił wzrok gdzieś w oddali i Kitlińska odniosła wrażenie, jakby zapomniał o jej obecności. Coś zupełnie zaprzątnęło jego myśli, a narastający dźwięk syren sprawiał, że atmosfera zdawała się jeszcze bardziej napięta.

– Co się dzieje? – spytał. – Skąd te wszystkie auta na sygnałach na Jerozolimskich?

Anita żałowała, że nie słyszy odpowiedzi.

– Co? – rzucił Patryk. – Jest pani pewna?

Rozmówczyni najwyraźniej potwierdziła, bo Hauer ciężko wypuścił powietrze.

– W porządku, ale...

Urwał i znów słuchał w milczeniu. Tym razem trwało to znacznie dłużej niż poprzednio. Kiedy osoba po drugiej stronie skończyła, Hauer głośno przełknął ślinę.

– Tak, rozumiem. Oczywiście.

Opuścił rękę z telefonem, a potem spojrzał nieobecnym wzrokiem na Kitlińską.

– Co się dzieje? – zapytała.

– Zaraz zbiera się sejm.

– I?

– I wybierze mnie na marszałka.

– Co takiego?

Hauer niemal niezauważalnie uniósł głowę. Popatrzył w kierunku Alei Jerozolimskich, po których gnała kawalkada radiowozów, a potem spojrzał na Kitlińską.

– Za piętnaście minut Polska będzie mieć nowego prezydenta – oznajmił.

Rozdział 5

Dotarcie na Wiejską z parkingu przy Lorentza na piechotę zajęłoby Hauerowi znacznie mniej czasu, gdyby tylko mógł tam pójść. Zamiast tego musiał jednak poczekać, aż kierowca wyjedzie na Jerozolimskie, zawróci na ślimakach przed mostem Poniatowskiego, a potem skieruje się z powrotem na zachód.

Przesadził, mówiąc Kitlińskiej, że kwadrans dzieli go od objęcia władzy. W rzeczywistości będzie musiał poczekać przynajmniej dwa.

Zanim opuścił park przy Książęcej, błyskawicznie uzgodnił z Anitą plan działania. Jeszcze chwilę wcześniej nie był na to gotowy, ale wieści od Teresy Swobody zupełnie zmieniały sytuację.

Kwestię Biancziego musiał zostawić komuś innemu, a samemu zająć się sprawami państwowymi.

Nawet w jego głowie brzmiało to dumnie, jakby samo w sobie stanowiło powód, by zapisał się złotymi zgłoskami w historii Polski.

Tak czy inaczej, nie mógł skupiać się w tym momencie na tym, czy wypadek dziennikarza był przypadkowym zdarzeniem, czy celowym działaniem. Kitlińska zaś mogła to zrobić. Uzgodnili, że zlokalizuje Biancziego, a potem uda się do szpitala i kiedy tylko się czegoś dowie, skontaktuje się z Hauerem.

Przy odrobinie szczęścia będzie rozmawiała już nie z szeregowym posłem, ale z marszałkiem sejmu. Osobą pełniącą obowiązki Prezydenta Rzeczypospolitej Polskiej.

– Może pan trochę przyspieszyć? – spytał Hauer.

Kierowca zerknął na niego spod oka.

– Pan płaci w razie czego? – spytał.

– Z nawiązką. A potem publicznie przyznam, że policja powinna piętnować nie tych, którzy delikatnie przekraczają prędkość, ale tych, którzy blokują lewy pas, nie włączają kierunkowskazów i tamują ruch.

Mężczyzna pokiwał głową z zadowoleniem, ale nie przyspieszył.

– Dodam do tego, że zatrzymanie przez drogówkę to nic innego jak dorosła wersja bycia zatrzymanym przez nauczyciela za bieganie po szkolnym korytarzu.

Rozmówca uśmiechnął się lekko, ale zrobił to wyłącznie z uprzejmości.

– Panie, mój głos i tak pan masz – zadeklarował. – Ale po takich rzeczach od mundurowych raczej ich pan nie dostaniesz.

Wskazówka prędkościomierza nawet nie drgnęła, więc Patryk ostatecznie zrezygnował z dalszych prób i uznał, że musi uzbroić się w cierpliwość.

– Normalnie chętnie bym depnął – odezwał się po chwili kierowca, zjeżdżając z mostu Poniatowskiego w Wioślarską. – Ale sam pan widzisz, ile teraz policji jeździ. Co oni w ogóle robią?

Hauer wiedział tylko tyle, ile naprędce przekazała mu Swoboda. I nie miał oporów, by dzielić się tym z kierowcą – za kilkanaście minut mężczyzna i tak usłyszy wszystko w radiu.

– Przecież już dawno po sprawie – dodał kierowca. – Co się stało, to się stało, nie? Po co popierdalają na bombach, jakby pół miasta się paliło?

– Cóż...

– Jest jakieś zagrożenie? – kontynuował kierowca. – Mów pan, jeśli tak.

– Służby tego nie wykluczają.

– Że... czego?

– Zidentyfikowali człowieka, z którym współdziałał zamachowiec. I kiedy ruszyli jego tropem, okazało się, że atak pod sejmem mógł być tylko początkiem.

– Pajacujesz pan...

– Chciałbym – przyznał Patryk, który nagle zwęszył okazję, by szybciej zjawić się w gmachu przy Wiejskiej. – Ale niestety takie mam informacje. I dlatego kluczowe jest, żebym czym prędzej...

– Nie musisz pan mówić nic więcej – oznajmił mężczyzna, po czym mocno wcisnął pedał gazu i minął samochód próbujący zmienić pas. – To jest stan wyższej konieczności.

Hauer uśmiechnął się w duchu.

Milena miała rację, kiedy wspomniała o potędze strachu i tym, co dzięki niemu można osiągnąć. Widział to teraz jak na dłoni, a kierowca vana właściwie stanowił ilustrację tego, co żona chciała mu przekazać.

Kiedy zajechali pod wejście dla niepełnosprawnych od strony Górnośląskiej, Milena już czekała na męża. Patryk szybko pożegnał rozmówcę i ruszył w kierunku budynku. Nie musiał niczego jej tłumaczyć. Zaraz po wejściu do samochodu napisał jej krótką wiadomość, która mówiła wszystko.

Mimo to Mil sprawiała wrażenie, jakby dotarła do niej zupełnie inna nowina.

– Coś nie w porządku? – zapytał, wodząc wzrokiem po grupie zebranych nieopodal dziennikarzy.

– Wszystko.

– Służby dorwą tego gościa, zanim...

– Nie to mam na myśli – ucięła, a potem położyła rękę na oparciu wózka i kiedy Hauer go zatrzymał, obróciła się do niego. – Nie jestem zresztą nawet pewna, czy zagrożenie jest realne.

– Myślisz, że to szopka Chronowskiego?

– Nie takie rzeczy już robił. A teraz to idealna sytuacja, żeby utrzymał się przy władzy.

Niełatwo było to przyznać, ale Adam Chronowski zdawał się niezniszczalny. Przetrwał ataki, które powinny raz na zawsze przekreślić jego karierę, i wychodził obronną ręką nawet z najgorszych opresji. Każdy inny na jego miejscu siedziałby już za kratami, on jednak wciąż był szefem rządu.

Wielokrotnie sprawiał wrażenie bezbronnego, znajdującego się pod ścianą desperata, ale ostatecznie za każdym razem wychodził z kłopotów bez szwanku. I wszystko wskazywało na to, że tym razem także może tak się stać.

– Będziemy go mieć na oku – zapewnił Patryk.

– Mniejsza o niego.

– Więc o co chodzi?

– O to, co zaraz się wydarzy.

Hauer ściągnął brwi, spodziewał się bowiem zupełnie innej reakcji. Spojrzał przed siebie, myśląc o tym, że od sali posiedzeń dzieli go jedynie krótki łącznik między budynkami. Jeszcze przed momentem spieszyło mu się tak, że powinien przemknąć przez korytarz jak huragan. Rezerwa żony ostudziła jednak entuzjazm.

– Skąd ten dystans? – spytał.

– Stąd, że zaraz zostaniesz odsunięty na boczny tor.

– Wręcz przeciwnie.

– Nie – uparła się. – Swoboda wszystko to sobie zaplanowała. Ciebie wypchnie na marszałka, tymczasową głowę państwa, a sama zostanie szefową rządu.

– Mniejszościowego? UR nie ma większości, Mil.

– Ale będzie ją miała po wyborach.

– Nie ma żadnych wyborów.

– Będą – zapewniła go. – Bo zaraz po tym, jak ty pójdziesz na strażnika żyrandoli, Swoboda doprowadzi do samorozwiązania sejmu. Każe ci rozpisać nowe wybory, a opozycja zgarnie w nich całą pulę. Teresa zostanie premierem.

– Nawet jeśli, to...

– Skończy się twoja kariera, Patryk.

– Nie przesadzaj.

– Nie przesadzam – odparła ciężko i mocniej ścisnęła wózek, jakby trzymała nie jego uchwyt, ale dłoń męża. – Pałac Prezydencki to czarna dziura, dobrze o tym wiesz. Nikt stamtąd nie wraca.

Miał wrażenie, że Milena nieco dramatyzuje, ale co do najważniejszej kwestii się nie myliła. Żaden prezydent nie zdołał wrócić do bieżącej polityki po zakończeniu kadencji. Niektórzy twierdzili, że to klątwa Krakowskiego Przedmieścia, ale prawda była taka, że chodziło o podstawowe zasady rządzące tym światem.

Prezydent miał być niezależny, nie podlegać szefowi swojego ugrupowania i nie sympatyzować z żadną partią. Nawet jeśli tylko udawał bezstronność, prędzej czy później prowadziło to do konfliktów z jego środowiskiem. Drzwi się zamykały, a mosty wprawdzie nie paliły, lecz stopniowo niszczały. Po tym nie było już powrotu do partyjnej polityki.

– Teresa doprowadzi do łączonych wyborów prezydenckich i parlamentarnych – dodała Mil. – Będzie walczyć o wszystko. O władzę absolutną.

– Wiem. I ja tak samo postąpiłbym na jej miejscu.

– Ale ty nie wystawiłbyś siebie jako kandydata na prezydenta.

– Nikt nie mówi, że...

– Naprawdę chcesz się oszukiwać? – przerwała mu. – Zaraz zostaniesz marszałkiem właśnie po to, by być kandydatem w wyborach. I wygrasz je, wedle wszelkiego prawdopodobieństwa. Druga kadencja też będzie w zasięgu, o ile nie dojdzie do jakiejś tragedii.

Hauer przełknął ślinę. Wszystko działo się stanowczo zbyt szybko, w dodatku doszła sprawa z Bianczim i rzekomą tajną notatką. Przez to wszystko nie miał czasu, by zastanowić się, jak dalekosiężne okażą się dziś podejmowane decyzje.

– Twoja prezydentura będzie trwała dziesięć lat – ciągnęła Milena. – I co potem?

Nie miał odpowiedzi na to pytanie.

– Co będziesz robił przez kilkadziesiąt kolejnych, Patryk?

Na to także nie.

– No? – ponagliła go.

– Co chcesz ode mnie usłyszeć?

– Że wyjąłeś głowę z kibla, do którego wpadła po śmierci Seydy, i zobaczyłeś świat, który cię otacza – wycedziła, pochylając się nad mężem. – Rozumiem szok, rozumiem zagubienie, nawet chwilową niemoc. Ale zostałeś ograny.

Hauer nie odpowiadał.

– Nie widzisz tego?

– Nie.

Milena wyprostowała się i wskazała w kierunku łącznika.

– Za kilka minut zapadnie tam decyzja o końcu twojej kariery. Owszem, odłożona o dziesięć lat, ale ostateczna.

– Więc co proponujesz?

– Nie przyjmować propozycji Swobody.

Patryk parsknął cicho.

– Jak sobie to wyobrażasz? – rzucił. – Sama mówisz, że do głosowania zostało parę minut. I miałbym w ostatniej chwili...

Urwał, zawieszając wzrok w głębi korytarza.

Słowa żony odbiły mu się echem w głowie. „Zostałeś ograny".

Na Boga, miała rację, właśnie do tego doszło. Teresa nie zaprosiła go na zebranie Rady Bezpieczeństwa Narodowego właśnie z tego powodu, by plan powołania go na marszałka przedstawić mu w ostatniej chwili. By nie miał ani czasu do namysłu, ani sposobności do wycofania się.

– W końcu... – skwitowała cicho Milena. – Obudziłeś się.

Zamrugał nerwowo, uznając w duchu, że żona zna go lepiej niż on sam. Położył dłonie na kółkach wózka, ale nie wprawił ich w ruch. Wbijał wzrok przed siebie, ignorując Milenę. W oddali dostrzegał już kręcących się przy sali parlamentarzystów UR. Z pewnością wszyscy wyczekiwali go nerwowo, szczególnie Teresa.

Gdyby się nie zjawił lub odmówił objęcia stanowiska marszałka, niechybnie doprowadziłby do pogłębienia kryzysu. Sam fakt, że inne ugrupowania zgodziły się na kogoś z UR, dobitnie świadczył o tym, jak krytyczna jest sytuacja.

– To nic nie zmienia – odezwał się. – Nie mamy się jak wycofać. Nie mogę po prostu oświadczyć, że nie przyjmuję propozycji, kiedy wszystkie partie najwyraźniej już się dogadały. Wiesz, w jakim świetle by mnie to postawiło?

– Wiem. Mąciciela, niewdzięcznika i osoby, która uchyla się od obowiązku, narażając stabilność państwa na niebezpieczeństwo.

– Więc sama rozumiesz, że…

– Ale nie musisz rezygnować wprost.

– To znaczy?

Paru posłów go wypatrzyło. Jeden szturchnął drugiego, po czym zaczęli wskazywać go sobie i sprawiać wrażenie, jakby starali się go ściągnąć samym wzrokiem.

– Zgłoś kogoś innego.

Patryk spojrzał na nią z niedowierzaniem.

– Wniosków może być dowolna liczba – dodała. – Wystarczy, że podpisze się pod nim…

– Grupa piętnastu posłów, tak.

– Zbierzesz ich bez trudu, nawet w kilka minut – zauważyła coraz bardziej nerwowym głosem Milena. – Będą dwa wnioski, Swoboda będzie musiała razem poddać je pod głosowanie.

Tak stanowił Regulamin Sejmu i nie sposób byłoby go obejść, ale Hauer nie sądził, by to mogło rozwiązać problem. By plan się powiódł, musiałby ujawnić się jako inspirator drugiego wniosku – tylko wtedy część posłów poważnie zastanowiłaby się nad głosowaniem na kontrkandydata. Tyle że efekt byłby taki sam, jak gdyby otwarcie się wycofał.

Jego kariera polityczna skończyłaby się nie za dziesięć lat, ale już dzisiaj.

– To nic nie zmieni – zauważył.

– Zmieni, jeśli wybierzesz dobrego kandydata.

– Hm?

– Do wyboru marszałka potrzebna jest bezwzględna większość, prawda?

Pytanie było retoryczne i Milena dobrze o tym wiedziała.

– Wystarczy, że jej nie osiągniesz – kontynuowała. – A jeśli twój przeciwnik będzie cieszył się szerokim poparciem, to możliwe.

Czuł na sobie spojrzenia gorączkujących się posłów. Założenie Mil miało sens, ale mogłoby udać się tylko wtedy, gdyby mieli więcej czasu. Mogliby zebrać nawet kilka grup po piętnastu posłów. Gdyby pojawiło się paru kandydatów, głosy rozłożyłyby się tak, że nikt nie zostałby wybrany.

Hauer wycofałby się wtedy, popierając któregoś z przeciwników. Dla dobra ogółu, by partie szybciej się porozumiały.

Dopiero kiedy ta myśl nadeszła, uświadomił sobie, jakim wyczynem musiało być dla Swobody uzgodnienie jego kandydatury. WiL, SORP i Pedep z pewnością miały zamiar zgłosić swoich ludzi.

Szczególnie ta ostatnia partia, w końcu to z jej szeregów pochodzili poprzedni marszałek i zmarła prezydent. To PDP wedle wszelkiej logiki powinna wystawić kandydata.

Fakt, że Teresie udało się temu zapobiec, potwierdzał tylko, że sytuacja jest absolutnie wyjątkowa. Trudno było nawet oszacować, ilu ludzi musiało odłożyć partykularne i partyjne interesy na bok, by jak najszybciej zażegnać kryzys.

Nie mógł tego przekreślić. Nie w takiej sytuacji.

Patryk bez słowa ruszył przed siebie, a zebrani przed salą parlamentarzyści wyraźnie odetchnęli.

– Co ty robisz? – spytała Milena, ruszając za nim.

– To, co powinienem.

– Czekaj…

– Na co? Aż wszystko pójdzie w cholerę?

Hauer przyspieszył, obawiając się, że jeśli da Milenie choć moment, ta natychmiast go wykorzysta. Przypuszczał, że nie potrzebowałaby wiele czasu, by przekonać go, że powinien mieć na względzie przede wszystkim to, na co pracował przez całe życie – swoją karierę.

– Co ty, kurwa, robisz? – powtórzyła, nie zwalniając kroku.

Nie odpowiedział, a po chwili znaleźli się już w towarzystwie innych posłów. Mil natychmiast przyjęła poprawny, przepełniony dumą uśmiech, ale kiedy ich spojrzenia się spotkały, Patryk dostrzegł w oczach żony wściekłość, jakiej nigdy wcześniej nie widział.

Zdawał sobie sprawę, że decyzja o postąpieniu zgodnie z planem Swobody będzie znaczyła, iż do Pałacu Prezydenckiego wprowadzi się samotnie.

Rozdział 6

Zlokalizowanie Biancziego okazało się trudniejsze, niż Kitlińska sądziła. Po pandemonium na Wiejskiej wszystkie szpitale w stolicy zdawały się wypełnione po brzegi, lekarze – zajęci pomaganiem pacjentom, a pozostały personel robieniem wszystkiego, by opanować bezład.

Ostatecznie jednak odnalazła dziennikarza w szpitalu MSW przy Wolskiej. Miejsce zdawało się nieprzypadkowe, ale Anita odsunęła od siebie myśli o teorii spiskowej, uznając, że Bianczi wszystko jej wyjaśni.

Kiedy dotarła do Centralnego Szpitala Klinicznego, szybko odszukała oddziałową i poprosiła, by ta skierowała ją do ofiary wypadku rowerowego ze skrzyżowania Batorego z Waryńskiego.

Pielęgniarka z niepokojem popatrzyła na jej bluzkę.

– Nic pani nie jest? – spytała.

Anita nie odpowiadała. Przez myśl jej nie przeszło, by zmienić ubranie, na którym wciąż była zaschnięta krew zmarłej prezydent.

– Była pani w okolicach sejmu?

Kitlińska dopiero teraz pomyślała o tym, że aby dowiedzieć się czegokolwiek o stanie Biancziego i w ogóle się do niego zbliżyć, będzie musiała wykorzystać panujący chaos.

– Tak – odparła w końcu, a potem sięgnęła po niewielką legitymację przypominającą dowód osobisty.

Obok czarno-białego zdjęcia widniały jej imię i nazwisko, a poniżej stopień chorążego. W lewym górnym rogu znajdowały się godło państwowe i symbol Biura Ochrony Rządu.

Oddziałowa nie przyglądała się dokumentowi zbyt długo, a Anita nie musiała nawet go obracać, by pokazać jej pouczenie, w myśl którego jednostki rządowe i samorządowe musiały udzielić niezbędnej pomocy legitymującej się osobie.

– Wszystko z panią w porządku?

– Tak, to nie moja krew.

Pielęgniarka wciąż patrzyła na nią z niepokojem.

– Muszę się natychmiast zobaczyć z ofiarą tego wypadku – dodała Kitlińska. – Może mnie pani do niego skierować?

– Do tego dziennikarza?

Anita skinęła szybko głową. W innym szpitalu i w innych okolicznościach być może miałaby trudności z dostaniem się do Bianicziego. Tu i teraz jednak przepisy prawa traciły na znaczeniu. Liczyło się tylko to, by wzajemnie sobie pomagać, szczególnie jeśli chodziło o administrację, urzędy i służby.

– Ten chłopak trafił do nas w stanie krytycznym – odezwała się oddziałowa. – Obawiam się, że...

– Kiedy będzie w stanie ze mną porozmawiać?

– Źle mnie pani zrozumiała.

Kitlińska poruszyła się nerwowo.

– Nie udało nam się go uratować – dodała kobieta, a potem spojrzała na zegarek. – Lekarz stwierdził zgon kilkanaście minut temu. Bardzo mi przykro.

Anita wpatrywała się pustym wzrokiem w jej oczy, czekając, aż rozmówczyni oświadczy jej, że zaszła pomyłka. Że Bianczi żyje. Że faktycznie doszło do nieszczęśliwego wypadku. Że fakt, iż trafił akurat do szpitala MSW, był jedynie przypadkiem. I że nie ma żadnego spisku.

– Pani chorąży?

Pytanie dziwnie zabrzmiało w ustach pielęgniarki, jakby ta nie wiedziała, jak powinna odnosić się do funkcjonariuszki BOR-u.

– Zrobiliśmy, co mogliśmy, ale obrażenia były zbyt rozległe.

Kitlińska potrząsnęła głową, a potem odsunęła rudą grzywkę na bok.

– Rozumiem.

– Naprawdę bardzo mi przykro. Znała go pani?

– Nie.

Oddziałowa otworzyła usta, ale się nie odezwała. Wyglądała, jakby w końcu uświadomiła sobie, że to nie Kitlińska, ale Biuro Ochrony Rządu poszukiwało Bianczíego. I że nie miało to nic wspólnego z względami osobistymi.

– Mój Boże... – jęknęła pielęgniarka. – To jest w jakiś sposób związane z tym, co się dzieje?

– Niestety nie mogę udzielać żadnych informacji.

Kobieta ukradkowo się rozejrzała.

– Tak, jasne, rozumiem.

– Ale byłabym wdzięczna, gdyby pani odpowiedziała na kilka moich pytań.

– Oczywiście – zadeklarowała bez wahania rozmówczyni. – Tutaj? Czy woli pani gdzieś, gdzie jest spokojniej? Może chciałaby pani porozmawiać z lekarzem, który zajmował się tym chłopakiem?

– Nie trzeba.

Kitlińska potrzebowała jedynie podstawowych informacji i wyszła z założenia, że łatwiej uzyska je od tej kobiety. Konkrety zresztą znajdą się dopiero w akcie zgonu – choć jeśli rzeczywiście miał miejsce jakiś spisek, dokument niechybnie zostanie sfałszowany.

Nie, nie było sensu poddawać się paranoi. Powtórzyła sobie to w duchu, zanim podjęła temat.

– Obrażenia wskazywały na wypadek komunikacyjny? – odezwała się.

– Tak. To znaczy w pewnym sensie...

– Czyli?

– Przyznam szczerze, że rzadko widuję ofiary w takim stanie po wypadkach w mieście. Raczej na przedmieściach, może na Wisłostradzie, sama nie wiem...

– Co ma pani na myśli?

Na dobrą sprawę mogła dopowiedzieć sobie resztę, ale chciała usłyszeć to od pielęgniarki.

– Wydawało mi się, że w tamtym miejscu samochody po prostu nie jeżdżą tak szybko – oznajmiła kobieta. – A to wygląda, jakby wpadło na niego mocno rozpędzone auto.

Kitlińska wstrzymała oddech. Mimo że w wyobraźni natychmiast zobaczyła pokiereszowaną twarz, połamane kości i poszarpaną skórę, uświadomiła sobie, że słowa oddziałowej dają także cień nadziei.

– Były problemy z ustaleniem tożsamości? – spytała.

– Nie. Przy chłopaku znaleźliśmy legitymację prasową.

A zatem nadzieja prysła tak szybko, jak się pojawiła. Anitę zastanawiało jednak, co jeszcze miał przy sobie Bianczi. Samą notatkę? Ksero? A może skan na telefonie?

– Chciałabym zobaczyć ciało – powiedziała. – To możliwe?

– Cóż...

Naprawdę by mi to pomogło.

Sądziła, że tym razem będzie musiała pokazać pouczenie znajdujące się na odwrocie legitymacji, ale pielęgniarka nie miała zamiaru robić jej problemów.

– Wszystko zależy od tego, czy już zabrano je na dół...

– Możemy to sprawdzić?

Skinęła głową niemal bez wahania, po czym poprowadziła ją korytarzem w kierunku sali, w której leżał Bianczi.

Kitlińska spodziewała się zobaczyć przykryte prześcieradłem ciało, zachlapaną krwią pościel i pozostawione w nieładzie narzędzia medyczne, za pomocą których lekarze próbowali do ostatniej chwili ratować życie pacjenta.

Zamiast tego zobaczyła leżącego na łóżku Biancziego, który sprawiał wrażenie, jakby odpoczywał.

Nie miała wątpliwości, że to w istocie młody dziennikarz, którego często widywała przed sejmem. Nie mogła uwierzyć, że już nigdy więcej nie zobaczy żadnej relacji z jego udziałem, że Bianczi nie będzie nagabywał żadnego parlamentarzysty o komentarz i nie podpadnie władzy, starając się odkryć kolejną aferę.

– Największe obrażenia odniósł w obrębie klatki piersiowej – odezwała się pielęgniarka, widząc, że Kitlińska jest zaskoczona tym, w jak dobrym stanie znajduje się reszta ciała. – Doszło do wielonarządowych urazów wewnętrznych, siła uderzenia była tak duża, że... – Na moment urwała i głęboko westchnęła. – Nic nie można było zrobić.

Kitlińska rozejrzała się po pomieszczeniu.

– Wiadomo, kto w niego wjechał? – spytała.

– O ile wiem, nie. Sprawca uciekł z miejsca zdarzenia.

– Coś przy nim znaleziono? Oprócz legitymacji?

Pielęgniarka wskazała niewielki plecak na krześle przy łóżku, który sprawiał wrażenie, jakby należał raczej do kobiety, nie do mężczyzny. Był otwarty, wystawał z niego rękaw kraciastej koszuli, a w środku wszystko było w nieładzie.

– Przegrzebałam go, starając się potwierdzić tożsamość pacjenta – odezwała się oddziałowa, nieco zakłopotana.

Anita podeszła do niego i odchyliła lekko klapę. Przypuszczała, że gdyby nie dzisiejszy chaos, plecak nie leżałby obok szpitalnego łóżka, ale znalazłby się pod czujnym okiem jakiegoś funkcjonariusza.

Sięgnęła po telefon Bianczjego i sprawdziła ostatnie połączenia. Rzeczywiście wykasował wszelkie ślady po kontakcie z nią oraz Hauerem. Kitlińska zdążyła przejrzeć kilka wiadomości i maili, ale nie znalazła niczego, co rzucałoby więcej światła na tę sprawę.

Musiała przerwać poszukiwania, kiedy zza jej pleców rozległ się stanowczy męski głos.

– Co pani robi?

Obróciła się w kierunku korytarza i zobaczyła niskiego mężczyznę w garniturze, który braki we wzroście najwyraźniej rekompensował sobie zwiększaniem masy mięśniowej. Niewiele brakowało, a szerokość jego ramion byłaby większa niż wysokość całego ciała.

– Kim pani jest? – spytał, sięgając do wewnętrznej kieszeni marynarki.

– Chorąży Kitlińska. Biuro Ochrony Rządu.

Tuż za mężczyzną pojawiło się dwóch kolejnych. W przeciwieństwie do niego od razu ruszyli ku Anicie, a jeden z nich zdecydowanym ruchem odebrał jej telefon Bianczjego.

– Co to ma znaczyć? – spytała Kitlińska.

– Na to pytanie pani powinna odpowiedzieć – odparł mężczyzna stojący w progu.

– Może to zrobię, jak tylko dowiem się, kto pyta?

Rozmówca wyjął legitymację, ale mignął nią tylko przed Kitlińską i ta nie zdążyła dostrzec nazwiska. Bez trudu rozpoznała jednak logotyp Agencji Bezpieczeństwa Wewnętrznego.

Zanim zdążyła się zastanowić, jak najlepiej postąpić w tej sytuacji, dwóch funkcjonariuszy zabezpieczyło plecak, a trzeci odprawił pielęgniarkę i wskazał Anicie korytarz.

Oddziałowa nie zwlekała, choć na odchodnym posłała jeszcze niepewne spojrzenie Kitlińskiej. Potem szybkim krokiem opuściła szpitalną salę.

– Pozwoli pani, że odprowadzę panią do wyjścia? – spytał agent.

Jej brwi zbliżyły się do siebie.

– Jeszcze nikt nigdy nie kazał mi wypierdalać w tak kulturalny sposób.

– Mogę mniej się starać.

– Proszę się nie krępować.

– Ale prawdę mówiąc, nie mam powodu – rzucił mężczyzna, a potem ponownie wskazał Anicie wyjście, tym razem znacznie bardziej stanowczo.

– Dla prostactwa zawsze się jakiś znajdzie.

Uśmiechnął się sztucznie i zbliżył do Kitlińskiej. Patrzył na nią tak długo, aż zrozumiała, że nic tu po niej. Kryzys państwowy czy nie, ABW przejęła tę sprawę i wszystkie reguły, zasady i regulacje będą teraz przestrzegane co do litery. Przynajmniej jeśli chodziło o obchodzenie się z rzeczami zmarłego.

Anita spojrzała na plecak, przekonana, że przegapiła jedyną i niepowtarzalną okazję, by się czegoś dowiedzieć. Bianczi mógł wieźć na spotkanie z nią i Hauerem nie tylko odpowiedzi, ale także dowody na poparcie swoich tez.

– Wie pani, że mamy prawo użyć siły.

Kitlińska skitowała zdawkowym skinieniem głowy, a po chwili szli już szpitalnym korytarzem, nie odzywając się do siebie. Agent przestał milczeć, dopiero kiedy opuścili gmach.

– Skończmy te podchody – rzucił, łapiąc ją za rękę.

Natychmiast odtrąciła jego dłoń.

– Co tu robisz? – spytał.

– A wy?

Wzruszył ramionami i rozejrzał się, jakby spodziewał się, że ktoś przysłuchuje się rozmowie.

– Potrącenia rowerzystów to poważny problem na ulicach – dodała. – Ale nie na tyle, żeby zajmowała się nimi ABW.

– Sprawdzamy po prostu, co miało miejsce.

– Macie powody sądzić, że…

– Słuchaj – uciął agent. – Pod ministerstwem zginął znany dziennikarz, a wszystko, co się w tej chwili dzieje, każe dokładnie przyglądać się takim sprawom.

Kitlińska zmrużyła oczy i pokiwała głową, pozorując głębokie zamyślenie.

– I właśnie dlatego ja też tutaj jestem – zadeklarowała.

– Gówno prawda.

– Sprawdzam po prostu, co…

– Jesteś członkiem ochrony prezydenckiej, powinnaś być teraz w sejmie.

– Odesłano mnie.

– W takiej chwili?

Przyglądał jej się stanowczo zbyt wnikliwie, by czuła się komfortowo. Nagle naszła ją myśl, że będzie obiektem zainteresowania służb specjalnych nie tylko z powodu możliwego niedopełnienia obowiązków. Przynajmniej część funkcjonariuszy przyjrzy jej się jako osobie, która hipotetycznie mogła mieć coś wspólnego z zamachem.

Niepokojący był również fakt, że rozmówca wiedział, kim ona jest.

Przyglądał jej się jeszcze przez chwilę, po czym schował ręce do kieszeni i nieco się wycofał.

– Będziemy w kontakcie – rzucił, a potem obrócił się i ruszył do budynku.

Kitlińska stała przez chwilę w bezruchu, nie wiedząc, co powinna zrobić, gdzie się udać i u kogo szukać pomocy. W końcu skierowała się na przystanek autobusowy, byleby nie stać przed szpitalem, gdzie czuła na sobie spojrzenia każdego przechodnia.

Zastanawiała się, czy zadzwonić do Hauera, ale przysłuchując się rozmowie dwójki przypadkowych pasażerów w autobusie, zrozumiała, że polityk nie odbierze. W sejmie doszło do jakichś perturbacji, a z tego, co udało jej się wyłapać, wynikało, że Patryk znajduje się w samym centrum wydarzeń.

Jechała na Ochotę, bezmyślnie wpatrując się w okno. Warszawa zdawała się poradzić sobie z pierwszym szokiem po ataku, teraz ogarniał ją dziwny marazm. W autobusie, poza rozmową dwójki siedzących przed Kitlińską osób, również było cicho. Miejsce obok niej przez całą podróż pozostawało puste.

Podniosła się, kiedy autobus dojeżdżał do przystanku nieopodal Bohaterów Września. Anita mieszkała w jednym ze starych bloków, które od pewnego czasu były coraz szczelniej otaczane przez nowo powstające osiedla.

Zanim jednak wysiadła, kątem oka zauważyła, że na siedzeniu obok coś leży. Odwróciła się i spojrzała na kanciasty, dość gruby smartfon, który już na pierwszy rzut oka odstawał od dzisiejszych flagówek.

Powiodła wzrokiem po autobusie, ale nie zauważyła nikogo, kto mógłby zostawić telefon. Wydawało jej się też, że nikt się nie przysiadał, ale po prawdzie cały czas skupiała się na tym, co za oknem, a nie w środku.

Włączyła wyświetlacz i zobaczyła krótką wiadomość utworzoną w standardowym androidowym notesie.

„Dowiedz się prawdy. Jesteś to winna Seydzie".

Znów się rozejrzała. Większość pasażerów wysiadła na wcześniejszych przystankach, najwyraźniej niewielu o tej porze jechało na Szczęśliwice. Podeszła do stojącej kawałek za nią dziewczyny ze słuchawkami w uszach.

– Przepraszam – powiedziała, podnosząc telefon. – Nie widziała pani, kto to zostawił?

Kiedy dziewczyna wyjęła jedną ze słuchawek, Kitlińska powtórzyła pytanie.

– Nie.

– Dawno pani wsiadła?

– Przy szpitalu na Banacha.

Zakładając, że dziewczyna nie przegapiłaby osoby zostawiającej smartfon, należało uznać, że ktoś zrobił to między Wołoską a Banacha. O ile Kitlińska pamiętała, to jakieś pięć, może sześć przystanków. Wystarczająco dużo sposobności, by nie tylko wsiąść, ale potem także wysiąść z autobusu.

Zaklęła cicho, a potem podziękowała dziewczynie i wyszła na ulicę. Ścisnęła mocniej telefon, zastanawiając się, kto mógł go zostawić. Skreśliła od razu wszystkich związanych ze światem polityki – byli zbyt zajęci bałaganem w sejmie, by zajmować się innymi rzeczami.

A więc służby? Być może jakiś funkcjonariusz, którego ruszyło sumienie? Lub ktoś z otoczenia Seydy? Jej mąż?

Możliwości było zbyt wiele, a Anita uznała, że najlepiej będzie przestać się nad nimi zastanawiać i zamiast tego sprawdzić, co kryje smartfon. Nie chciała jednak robić tego w domu. Wciąż miała w pamięci słowa Bianczlego o tym, że jest obserwowany – i że ona także niebawem będzie. Wtedy nie potraktowała ich jako poważnej przestrogi, teraz jednak musiała to zrobić.

Ruszyła w kierunku niewielkiego baru orientalnego na końcu ulicy, w którym niemal codziennie się stołowała. Route 18 wyglądał niemal jak porzucony barak lub lokalna mordownia, ale były to jedynie pozory. Połowa okolicznych mieszkańców żywiła się obiadami dzień w dzień branymi tu na wynos. Druga połowa zamawiała dostawę.

Anita zasiadła na swoim stałym miejscu przy automatach do gier, wyciągnęła smartfon i zaczęła przeglądać jego zawartość. Wyglądało na to, że został wyczyszczony i przywrócony do ustawień fabrycznych. Oprócz krótkiej notatki nie było w nim niczego innego.

Kitlińska zamówiła kurczaka w cieście kokosowym i jeszcze raz wyświetliła plik tekstowy. Dopiero po chwili dostrzegła, że suwak po prawej stronie znajduje się na samej górze, a wiadomość w istocie jest dłuższa.

Kiedy przewinęła w dół, zamarła.

Rozdział 7

Wystarczyło, że Hauer wjechał na salę obrad, a posłanki i posłowie UR natychmiast go oblegli. Usiłował przebić się do siedzącej w pierwszym rzędzie Swobody, ale udało mu się pokonać tylko kilka metrów, zanim był zmuszony się zatrzymać.

Członkowie Unii Republikańskiej zarzucali go pytaniami, zapewniali o swoim wsparciu, życzyli mu powodzenia w Pałacu Prezydenckim i składali gratulacje, podkreślając, że powinien znaleźć się w nim już dawno.

Owszem, miał taki plan. Kiedy okazało się, że premierostwo jest chwilowo poza zasięgiem, wraz z Mileną byli gotowi zmodyfikować swoje zamiary. Przy pomocy Cezarego Benkego chcieli rozszerzać kompetencje prezydenta dopóty, dopóki zasady konstytucji nie staną się tak napięte, by pęknąć.

Było to jednak w innych okolicznościach, przy innym układzie politycznym i zupełnie innej dynamice. Teraz wszystko się zmieniło. Cała władza bez wątpienia będzie koncentrować się w sejmie, a ten, kto znajdzie się w pałacu przy Krakowskim Przedmieściu, zostanie wyłączony z wszelkich mających znaczenie spraw.

Manipulacje, sprytne wybiegi i kreatywna interpretacja konstytucji na nic się nie zdadzą. Jeśli Patryk zostanie wybrany na marszałka sejmu, będzie musiał pożegnać się ze wszystkim, o czym tak długo marzył.

Ale czy było inne wyjście? Gdyby ktoś zadał mu to pytanie pół godziny temu, odpowiedź mogłaby być różna. Gdyby padło podczas spotkania Rady Bezpieczeństwa Narodowego, z pewnością znalazłby przynajmniej kilka rozwiązań.

Teraz jednak za sprawą Teresy partie się dogadały. Konsens został osiągnięty, krucha równowaga ustalona. A ten, kto ją zburzy, na zawsze zapisze się w oczach wyborców jako wywrotowiec działający na szkodę Polski.

– Gratuluję – rzucił jeden z posłów, podając mu rękę.

Hauer machinalnie podziękował i potrząsnął jego dłonią. W prześwicie między otaczającymi go politykami dostrzegł szefa WiL-u, który z oddali przypatrywał się tej kotłowaninie.

Znajdował się z tyłu sali, tuż za rzędem ław, w miejscu, które zazwyczaj zajmowali posłowie poruszający się na wózkach. Patryk uniósł ku niemu rękę, a kilka osób odwróciło się, by zobaczyć, z kim się wita.

Zanim tłum znów zdążył zatarasować mu drogę, Hauer ruszył przed siebie. Szybko znalazł się obok Olafa Gockiego, a oblegający go członkowie UR w końcu odpuścili. Z jakiegoś powodu uznali, że dwóch mężczyzn na wózkach ma prawo do rozmowy w cztery oczy.

– Gratulacje wyłażą ci już pewnie uszami, więc…

– Więc tym bardziej mi je złożysz?

– Otóż to – odparł z uśmiechem Olaf i podał mu rękę. – Powinszowanie.

– Idź w cholerę.

– Nie jesteś wniebowzięty?

– Nie – odparł pod nosem Patryk. – Jak to się stało?

Gocki sprawiał wrażenie zaskoczonego, jakby jego uwadze uszła nieobecność Hauera na spotkaniu, podczas którego zapadła decyzja.

– Nie wiesz?

– Nie.

– Teresa nie zrelacjonowała ci, co się działo na RBN-ie?

– Nie – powtórzył nieco poirytowany Patryk. – Miała inne rzeczy na głowie. Ja zresztą też.

Olaf na moment spuścił wzrok, jakby zbliżyli się do tematu, którego nie zamierzał poruszać.

– Bianczi? – spytał.

Hauer w pierwszej chwili nie wiedział, jak zareagować. Z jakiegoś powodu od razu pomyślał, że Gocki odnosi się do spotkania za Muzeum Wojska Polskiego, o którym nie powinien wiedzieć. Dopiero potem Patryk uświadomił sobie, że nie chodzi o to, ale o wypadek. Media już jakiś czas temu o nim informowały.

– Przykro mi – dodał Olaf. – Wiem, że trzymaliście się razem.

– Co?

Gocki wyraźnie się zmieszał.

– O tym też nic nie wiesz? – jęknął.

– Wiem, że ktoś potrącił go pod MSW. Nic więcej.

Przewodniczący WiL-u przypatrywał mu się przez chwilę, jakby starał się ustalić, czy Patryk nie mija się z prawdą.

– Przed chwilą podali informację – odezwał się w końcu.

Czekał, aż Hauer dopyta jaką, ale ten odpowiedział milczeniem.

– Słuchaj... przykro mi – dodał Gocki. – Bianczi nie żyje. Zmarł w szpitalu przy Wołoskiej.

– Co takiego?!

Gocki westchnął głęboko i rozejrzał się za kimś w galerii dla publiczności.

– Któraś dziennikarka NSI skontaktowała się ze szpitalem, dosłownie przed momentem przekazali nam informację. Podobno nie było szansy, by go uratować.

Hauer słyszał wypowiadane przez Olafa słowa, ale z trudem rozpoznawał ich znaczenie. Zdawały się stać w sprzeczności z rzeczywistością, nie układać w żadną logiczną całość.

Od kiedy tylko Patryk usłyszał o wypadku, założył, że młody reporter się wyliże. Nie dopuszczał myśli, że kolizja mogła skończyć się jego śmiercią.

Mimo woli pomyślał o wszystkich rozmowach w Autonomii, spotkaniach w sejmie i ich niedawnej wizycie w prezydenckim kompleksie przy Frascati. To wtedy Bianczi wyłożył Seydzie wszystko, czego dowiedział się na temat wschodzącej gwiazdy polityki popieranej przez celebrytów. Obnażył rosyjskie źródła finansowania kampanii Marka Zwornickiego i właściwie zakończył jego karierę – sam natomiast był na początku swojej. Miał współtworzyć istotny program w nowej ramówce NSI, odpowiednik *Uwagi* czy *Interwencji* w innych stacjach.

Hauer zacisnął usta, a potem uderzył pięścią w podłokietnik wózka. Kilka osób spojrzało na niego kontrolnie z oddali, a Gocki chrząknął nerwowo.

– Szkoda tego chłopaka – powiedział.

Nawet nie wiedział, jak bardzo. Plany Biancziego były śmiałe, ale nie aroganckie, cechowała je zdrowa ambicja. A przede wszystkim uzasadniona – nie tylko Hauer wieszczył mu świetlaną przyszłość w mediach.

Gocki miał rację, byli blisko. Od pewnego czasu Patryk traktował go nie jak dziennikarza dybiącego na informacje, ale przyjaciela. Być może był to błąd, ale jeśli tak, to Hauer nie zdążył się o tym przekonać, a Bianczi – dać mu powodów, by tak sądzić.

– Tak czy inaczej, czas działać – dodał Olaf.

Patryk potarł nerwowo czoło, a rozmówca wskazał miejsce za fotelem marszałka.

– Zaraz zrobimy szybki Konwent, a potem...

– Jak do tego doszło? – przerwał mu Hauer.

– Co masz na myśli?

Dobre pytanie, uznał Patryk. Sam nie był pewien, czy odnosił się do wytypowania go na nowego marszałka, czy do śmierci Biancziego.

Ta druga sprawa zaprzątała mu myśli znacznie bardziej. Właściwie w jednej chwili stała się ważniejsza niż jakiekolwiek rozgrywki międzypartyjne. Do czego takiego dotarł Bianczi? Komu zagroził na tyle, że musiał zginąć?

Na tym etapie Hauer nie był już gotów przyjąć, że to mógł być zwykły wypadek. Moment był zbyt znaczący, a w zbiegi okoliczności wierzyli jedynie ci, którzy nie dostrzegali ciągów przyczynowo-skutkowych.

– Patryk? – upomniał się o uwagę Gocki. – Pytasz o...

– O zgodę w sprawie marszałka.

Olaf skinął głową bez przekonania.

– No tak – mruknął. – Zgodziliśmy się na ciebie, bo zdajesz się cieszyć teraz największym zaufaniem społecznym.

Miał rację. W ostatnich rankingach zajmował pierwsze miejsce, w poprzednich znajdował się tuż za Seydą. Tyle że byłby to ostatni powód, dla którego pozostałe partie mogłyby go poprzeć.

– Przestań pierdolić – rzucił. – I mów, dlaczego na mnie stanęło?

Olaf obrócił swój wózek w kierunku ław rządowych.

– Co obiecała wam w zamian Teresa? – dodał Patryk.

– Nic.

– Więc dlaczego się...

Urwał, w końcu uzmysławiając sobie, w czym rzecz. Po raz kolejny w poskładaniu wszystkich elementów w logiczną całość pomogły mu słowa żony. Milena jednak nie miała racji co do tego, że to Swoboda chciała odsunąć go na boczny tor. Zamierzali to zrobić wszyscy inni, a ona jedynie im uległa.

Rzeczywiście w tej chwili był najpopularniejszym politykiem w kraju. Nie dość, że dysponował ogromną platformą w mediach społecznościowych, to jeszcze zaskarbił sobie mnóstwo sympatii po wypadku samochodowym. Ludzie śledzili jego rekonwalescencję, kibicowali mu, niemal na własnej skórze odczuwali jego żal po tym, jak premierostwo przeszło mu koło nosa. A ci, których do siebie nie przekonał, zaczęli patrzeć na niego przychylnym okiem po tym, jak ujawnił kilka kompromitujących rząd faktów.

W nadchodzących wyborach miał być lokomotywą wyborczą Unii Republikańskiej. Kandydatem na premiera, który sprawi, że partia wygra w cuglach.

Pozostałe ugrupowania mogły temu zapobiec tylko przez wypchnięcie go do Pałacu Prezydenckiego. W takiej sytuacji musiałby wyrzucić legitymację partyjną do kosza, zachowywać pozory bezstronności i nie włączać się w kampanię.

Swoboda namaściła go na marszałka nie dlatego, że bała się o swoją pozycję. Przehandlowała go, by partia już teraz przejęła jedno centrum władzy.

– Jakie było wasze ultimatum? – spytał Hauer. – Prezydentura dla UR, pod warunkiem że to ja trafię na Krakowskie Przedmieście?

Milczenie Olafa było wystarczającą odpowiedzią.

– Teresa dostała, co chciała, a w dodatku sama powalczy o premierostwo – dodał Patryk. – Tak to wygląda, co?

– Liczy się to, że się dogadaliśmy.

– Z nią tak – odparł cicho Hauer. – Ze mną nie.

– Zapewniała, że ma twoją zgodę.

– Nie grałeś z nią nigdy w pokera. Nie masz pojęcia, jak dobrze blefuje.

Gocki wyraźnie się spiął.

– Teraz to i tak bez znaczenia – zadeklarował. – Jeśli się wycofasz, wbijesz nóż w plecy nie tylko jej, ale sobie i całej partii.

Z pewnością tak by się stało. Jedyną zaletą takiego rozwiązania byłoby to, że mógłby próbować dowiedzieć się, na co trafił Bianczi i dlaczego zginął. W Pałacu Prezydenckim tego nie zrobi. Wszystkie służby odpowiadały przed ministrem spraw wewnętrznych i premierem, jako prezydent Patryk nie będzie miał żadnego pola manewru. W dodatku znajdzie się na świeczniku, więc jakiekolwiek działania na boku nie pozostaną niezauważone.

– Naprawdę jesteś gotów doprowadzić do skandalu? – spytał Gocki.

– Nie.

– Więc zasuwaj naprzód i…

– Ale nie mam też zamiaru zostać marszałkiem – uciął Hauer, podjeżdżając bliżej. – A co istotniejsze, ty pomożesz mi w wycofaniu się.

Zwątpienie natychmiast pojawiło się na twarzy Gockiego, ale Patryk przypuszczał, że za moment zniknie. Wystarczyło, by przedstawił przewodniczącemu WiL-u plan, który wiązałby się z korzyściami politycznymi dla niego i jego partii.

Czasu było niewiele, ale rąk do pracy nie brakowało. Hauer sięgnął po komórkę, napisał wiadomość Mil, a zaraz potem zaczął tłumaczyć Olafowi, na czym polega jego pomysł. Przerwał tylko na moment, by zerknąć na odpowiedź żony.

„Okej".

Tyle wystarczyło, by miał pewność, że zrobi to, co zaproponował. Nie musiał niczego tłumaczyć, nie musiał przekonywać jej, że ma rację. Żyli w osobliwej symbiozie na tyle długo, by Milena od razu zabrała się do działania.

Jedyny znak zapytania stanowiła reakcja Gockiego. Mógł upierać się przy swoim, starając się w ten sposób ugrać nieco więcej, niż Hauer mu proponował. Ostatecznie jednak tego nie zrobił, być może ze względu na naglący czas – i fakt, że układ był dla niego opłacalny.

Uścisnęli sobie ręce, a potem Olaf oddalił się w kierunku ciemnego saloniku. Krótkie spotkanie Konwentu Seniorów było jedynie formalnością. Przedstawiciele klubów i kół mieli ustalić porządek obrad, a potem na sali miał dokonać się wybór marszałka.

Tyle że jeśli wszystko pójdzie po myśli Hauera, rezultat będzie inny.

Patryk zajął miejsce za ostatnimi ławami poselskimi i cierpliwie czekał na wieści z kuluarów. Zgodnie z jego przypuszczeniami członkowie Konwentu szybko wrócili na salę plenarną.

Na dobrą sprawę nie mieli nad czym debatować.

Obserwował Swobodę, kiedy ta zajmowała fotel marszałka. Posłała mu długie, krytyczne spojrzenie, a on miał wrażenie, że po raz pierwszy odbiera od niej tak wrogi sygnał.

Nie potrzebowała wiele, by zrozumieć, że to on na ostatniej prostej wykoleił cały jej plan.

– Otwieram posiedzenie – oznajmiła, po czym trzykrotnie uderzyła laską marszałkowską o podłogę. Czym prędzej załatwiła pozostałe formalności, powołując sekretarzy i oznajmiając, którzy jako pierwsi będą pełnić swoją funkcję.

Potem zrobiła pauzę i nabrała głęboko tchu. Przez chwilę się namyślała, a kiedy jej wzrok uciekł w kierunku wymierzonych w nią z galerii kamer, Patryk zrozumiał, że zastanawia się, jak najlepiej rozegrać tę sytuację. Nie miała wiele czasu do namysłu – i na jej miejscu niejeden polityk z pewnością pokierowałby się emocjami. Teresa była jednak w polityce zbyt długo, by stracić orientację.

– Jak państwo wiedzą, jeszcze przed momentem wydawało się, że w trakcie tego posiedzenia wybierzemy nowego marszałka sejmu, który tymczasowo będzie pełnić obowiązki prezydenta – podjęła.

Po sali jak infekcja rozeszły się niewyraźne szepty. Ostatnią rzeczą, jakiej spodziewali się posłowie, było to, że po dogadaniu się wszystkich klubów pojawi się jakaś komplikacja.

– By ustalić porządek obrad, zebrał się Konwent Seniorów – kontynuowała Teresa. – Jednak to, co miało być jedynie formalnością, stało się problemem.

Przeniosła wzrok na Olafa Gockiego, który właśnie zajmował miejsce obok Hauera. Tyle wystarczyło, by Patryk wiedział, że wszystko poszło po jego myśli. Milena zadziałała równie szybko jak on, ale tak naprawdę to dopiero teraz miała na dobre zabrać się do roboty.

– W trakcie obrad pojawił się sprzeciw co do porządku dziennego, wniesiony przez jednego z posłów – dodała Swoboda. – Jak państwo wiedzą, uniemożliwia to przyjęcie jednolitej opinii Konwentu.

Było to dość skuteczne, choć rzadko używane narzędzie, dzięki któremu opozycja mogła torpedować prace sejmu. Właściwie stanowiło jedną z najbardziej efektywnych metod obstrukcji parlamentarnej – członek Konwentu Seniorów mógł zgłaszać sprzeciw co do każdego punktu porządku dziennego, a marszałek miał obowiązek poddać wszystkie pod głosowanie w sejmie.

Tym razem jednak nie chodziło o paraliżowanie działania rządu, ale o zyskanie nieco czasu.

– Brak zgody co do porządku wniósł przedstawiciel Wolności i Liberalizmu – ciągnęła Teresa. – Poseł Gocki podniósł, że wybór marszałka w tak istotnej chwili powinien być poprzedzony debatą. Zgodnie z artykułem sto siedemdziesiątym trzecim ustęp czwarty Regulaminu Sejmu jestem zmuszona poddać to pod rozwagę izby.

Potoczyła wzrokiem po ławach sejmowych, w których nadal panowało poruszenie. Szmer zdawał się narastać, a Hauer przypuszczał, że niewielu posłów domyśla się, z czego wynika nagłe zawirowanie.

Jedynie kilku starych wyjadaczy obróciło się i ukradkowo zerknęło na Patryka.

– Proszę zatem posła Gockiego, by zajął miejsce na mównicy – dodała Swoboda.

Olaf od razu ruszył przed siebie z zawziętym wyrazem twarzy, jakby spoczął na nim obowiązek wykonania dziejowej misji. Miał mówić przede wszystkim o tym, że w tak krytycznej sytuacji potrzebne jest porozumienie nie kilku osób ze ścisłego kierownictwa partii, ale także pozostałych posłów. Że to wiekopomny moment, w którym sejm nie może pozwolić sobie na to, by choć jedna osoba miała wątpliwości co do obsadzenia *de facto* urzędu prezydenta.

Dęte przemówienie nie miało żadnego znaczenia. Jego jedynym celem było zyskanie czasu.

Patryk spojrzał w kierunku miejsca dla publiczności i dostrzegł żonę pochyloną nad telefonem. Nie wątpił, że dopina na ostatni guzik nowy układ, który mieli firmować przede wszystkim on i Olaf Gocki.

Kluczem nie było osiągnięcie szerokiego konsensu, o czym z mównicy perorował Olaf. Liczyło się to, by kilku najważniejszym graczom złożyć propozycję, której nie opłacało im się odrzucać.

Kiedy Milena skończyła rozsyłać esemesy, podniosła wzrok i skinęła lekko głową do męża. Tyle wystarczyło, by wiedział, że wszystko jest w porządku. Na potwierdzenie tego po chwili podszedł do niego Krystian Hajkowski.

Zaraz po nim zjawiła się wiceprzewodnicząca klubu parlamentarnego UR, a po niej przedstawiciel Pedepu. Obrazu dopełnił poseł z Jedności Obozu Narodowego.

Dziennikarze natychmiast dostrzegli pielgrzymki, które urządzali sobie politycy. Kamery skupiły się na Patryku, a wystąpienie Gockiego stało się jedynie tłem dla tego, co działo się z tyłu sali sejmowej.

Po raz pierwszy to tutaj, a nie w przednich rzędach, rozgrywały się rzeczy najważniejsze. A kiedy wysłannik JON-u się oddalił, do Hauera podeszła w końcu szefowa Unii Republikańskiej.

– Mam dwa pytania, Patryk.

Ton głosu Swobody dobitnie świadczył, że Teresa nie ma zamiaru się niczego dowiadywać, ale chce jedynie zrugać go za to, co zrobił.

– Chętnie odpowiem, jeśli...

– Pierwsze – ucięła, przysiadając na oparciu krzesła przed nim. – Gdzieś ty był, do cholery?

– Słucham?

– Kiedy zwołałam RBN.

Spojrzał na nią podejrzliwie.

– Sama poleciła pani nie wpuszczać mnie na posiedzenie.

– Tylko przez moment – odparła cicho i rozejrzała się, upewniając, że siedzący nieopodal posłowie są zajęci innymi sprawami. – Uznałam, że łatwiej będzie dogadać się z resztą, jeśli główny zainteresowany nie będzie uczestniczył w pertraktacjach.

Właściwie było to słuszne założenie. Dzięki temu mogli otwarcie mówić o plusach i minusach jego kandydatury, bez obawy, że potraktuje krytykę czy wątpliwości jako obrazę.

– Nie słyszała pani o takiej zasadzie jak nic o nas bez nas?

Swoboda zignorowała tę uwagę.

– Drugie pytanie – dodała. – Co ty, do cholery, robisz?

– To, co powinienem.

Teresa z irytacją pokręciła głową.

– Wszystko było już ustalone – rzuciła. – I nie masz pojęcia, ile mnie to kosztowało.

– Panią? Główny koszt spadłby na mnie.

Swoboda uniosła brwi, a on nie odrywał wzroku od jej oczu.

– Przehandlowała pani stanowisko tymczasowego prezydenta dla UR w zamian za to, że wypadnę z obiegu. Że nie będę motorem napędowym partii w wyborach.

Podniósł wzrok na galerię i przekonał się, że całe to pielgrzymowanie posłów sprawiło, iż jego pozycja w oczach mediów jeszcze bardziej wzrosła. A teraz, kiedy podeszła do niego Teresa, sytuacja stała się dla nich całkowicie jasna.

Udało mu się narzucić własną narrację. Teraz to on wyszedł na osobę, która prowadziła międzypartyjne rozmowy. Na rozjemcę, który wszystkich konsolidował.

Mając na uwadze alternatywny scenariusz, który jeszcze niedawno przedstawiał Milenie, należało uznać to za cud. Choć żona z pewnością określiłaby to inaczej – jako polityczny majstersztyk.

– Nie miałam wyjścia – zastrzegła Swoboda. – To był jedyny możliwy układ.

– Niezupełnie. Bo jak pani widzi, stworzyłem inny.

– Jaki?

Patryk oderwał wzrok od kamer i popatrzył na pusty fotel na galerii, który był przeznaczony dla prezydenta.

– Wyszedłem z założenia, że obowiązków prezydenta w takiej sytuacji nie powinien przejmować ktoś, kto nie ma rozeznania w rządzeniu, kto nigdy nie pełnił funkcji żadnego organu władzy wykonawczej ani...

– To wersja dla dziennikarzy – mruknęła Teresa. – A mnie ona nie interesuje, Patryk.

– Ale brzmi dobrze, prawda? Dość sensownie.

Swoboda zbyła temat zdawkowym skinieniem głowy.

– Złożyłem więc propozycję Gockiemu, a Milena w tym samym czasie skontaktowała się z Hajkowskim z SORP.

– Jaką propozycję?

– Żeby nie dokonywać wyboru nowego marszałka, bo wprowadziłoby to zbyt daleko idące zamieszanie.

Swoboda podniosła się z oparcia. Wiedziała doskonale, co to dla niej oznacza. Miała pozostać na stanowisku tymczasowej głowy państwa, a w konsekwencji automatycznie stać się kandydatką UR na prezydenta.

W takim układzie musiałaby nie tylko zrzec się legitymacji partyjnej, ale przede wszystkim oddać władzę w ugrupowaniu komuś innemu.

Teresa prychnęła cicho.

– Byłeś ostatnią osobą, którą bym o to podejrzewała, Patryk.

– O co?

– O przewrót. O zamach stanu w partii. O rebelię.

– Rebelię i rewolucję różni tylko to, czy się powiodła – odparł. – Poza tym ani jednego, ani drugiego nie zrobiłem.

– Nie? A mimo to konsekwencje są jasne. Ja trafię do Pałacu Prezydenckiego, a ty zostaniesz szefem partii. I kandydatem na premiera. Tak to sobie zamierzyłeś?

Zamilkła, ale nie zamknęła ust, jakby miała coś dodać i w ostatniej chwili się powstrzymała. Zaraz potem zmarszczyła czoło i się zamyśliła. Dopiero teraz dotarło do niej, że Patryk nie przepchnąłby takiego układu ani z WiL-em, ani z Pedepem i SORP. Wszystkim im zależało na tym, by odstawić Hauera na boczny tor, a nie czynić z niego kandydata na szefa rządu.

– Co im obiecałeś, Patryk? – spytała, pochylając się nad nim.

– To, czego chcieli.

– Czyli?

– Że w przypadku wygranej UR nie będę ubiegał się o fotel premiera.

Spojrzała na niego z niedowierzaniem. Dobrze wiedziała, że premierostwo było nie tylko jego marzeniem, ale także czymś, co napędzało całą jego karierę polityczną od samego początku. Nie szukał estymy przy Krakowskim Przedmieściu, nie chciał brylować na salonach międzynarodowych – interesowała go realna władza. A ta skupiała się przy Alejach Ujazdowskich.

– Dla nich to wymarzona sytuacja – dodał Patryk. – Ja rezygnuję z bycia lokomotywą wyborczą, a pani zostaje wyłączona z kampanii parlamentarnej.

Swoboda szukała dobrej odpowiedzi, ale wyraźnie nie mogła jej znaleźć. Z pewnością ostatnim, czego się spodziewała, było to, że Hauer odsunąłby swoje aspiracje na bok. Być może łatwiej byłoby jej to zrozumieć, gdyby wiedziała, co stało się z Bianczim. I co dziennikarz próbował przekazać mu przed śmiercią.

Patryk zdawał sobie sprawę, że jedynym miejscem, w którym może dojść do prawdy, jest Ministerstwo Spraw Wewnętrznych. A rezygnując z premierostwa, nie obiecywał nikomu, że nie będzie ubiegał się o ministerialny stołek.

Gdyby miał więcej czasu do namysłu, być może podjąłby inną decyzję. W tamtej chwili jednak ta wydała się najwłaściwsza. Jednocześnie stawiał na swoim, zachowywał stabilność władzy w kraju i tworzył szansę na odkrycie, dlaczego Bianczi zginął.

Podczas gdy Gocki kontynuował swoje przemówienie i mówił o tym, że w obecnej sytuacji nie powinno się wymieniać Teresy, ta wbijała nieruchomy wzrok w Patryka. Hauer odniósł wrażenie, że przestała mrugać.

– Jesteś tego pewny? – spytała.

Nie upewniała się, czy nie postradał zmysłów. Nie wygarniała mu, że ją wymanewrował. Nie robiła mu nawet wyrzutów o to, że postępował bez konsultacji z kimkolwiek. Chciała jedynie wiedzieć, czy na pewno jest gotów przekreślić swoje plany. Cała Swoboda.

– Wiesz, że w moim scenariuszu... – zaczęła.

– Byłoby po mnie. Politycznie.

– Niekoniecznie – zaoponowała z przekonaniem. – Po dwóch kadencjach w pałacu mógłbyś ubiegać się o jakąś funkcję unijną, może nawet o stanowisko w ONZ. Jesteś jeszcze młody, Patryk, zdążyłbyś wrócić potem do kraju i...

– To zbyt długa i zbyt niepewna perspektywa.

– Więc zamiast niej rezygnujesz z fotela premiera?

– Nie rezygnuję – odparł z uśmiechem. – Nie obiecywałem nikomu, że to deklaracja na lata. Po wyborach mogę zostać ministrem, ale to nie przekreśla premierostwa w przyszłości, prawda?

Teresa skinęła głową, dopiero teraz rozumiejąc, że jej uwaga o młodości miała zastosowanie także do tego scenariusza. Hauer mógł zostać ministrem, później premierem, a ostatecznie prezydentem. I w ten sposób spędzić aktywnie w polityce nie kilka, ale kilkadziesiąt lat. Wciąż przy władzy, wciąż mając realny, a nie iluzoryczny wpływ na kraj.

Swoboda spojrzała w kierunku mównicy. Olaf właśnie kończył, a brak buczenia, uderzania o blaty i rzucania obelg z ław sejmowych świadczył o tym, że jego słowa znalazły szerokie poparcie.

– W porządku – odezwała się. – Wygląda na to, że nie mamy innego wyjścia.

– Ano nie.

– I w takim razie potrzebujemy kandydata na premiera.

Patryk pokiwał głową.

– Najpierw wygrajmy wybory – zauważył. – Potem będziemy zastanawiać się, kto powinien...

Urwał, dostrzegając nagłe zamieszanie, jakie zapanowało w rzędzie przed nimi. Kilkunastu posłów zebrało się wokół jednego, który trzymał tablet. Gocki przerwał swoje przemówienie, a kiedy Patryk spojrzał na galerię, zobaczył, że Milena gorączkowo rozmawia przez telefon.

– Coś jest nie tak – powiedział.

Teresa rozejrzała się nerwowo. Zanim zdążyła odpowiedzieć, podbiegł do niej jeden z młodszych posłów Unii Republikańskiej. Trzęsącymi się dłońmi podał jej tablet.

– Co się dzieje? – spytał Hauer.

Swoboda wbiła spojrzenie w ekran, a potem wstrzymała oddech.

– Pani premier?

Podniosła wzrok.

– NSI informuje, że... że ktoś właśnie przejął władzę w kraju – odparła niepewnym, obcym głosem, który zdawał się należeć do kogoś innego.

Podała mu tablet, a on spojrzał na kadr sprzed Pałacu Prezydenckiego, który dobrze znał. Na tle budynku stała osoba, która właśnie ogłosiła objęcie obowiązków głowy państwa.

Rozdział 8

Krótka wiadomość, którą Kitlińska znalazła w podrzuconym telefonie, była potwierdzeniem, że zamach miał drugie dno. Nadal nie miała pojęcia, kto mógł zostawić komórkę w autobusie, ale jedno było oczywiste – musiała być to osoba ze ścisłych kręgów władzy.

Anita jeszcze raz przejrzała treść. Na początku znajdowała się sygnatura tajnej notatki, o której wspominał Bianczi. W-29/17. Kitlińska zakodowała ją sobie w pamięci, przypuszczając, że jeszcze nieraz się jej przyda.

Pod nią Anita mogła przeczytać kilka szczegółów. Ten, kto podrzucił komórkę, twierdził, że premier Chronowski nie jest zamieszany w całą sprawę. A co więcej, nie miał pojęcia o tym, że w istocie organizowany był zamach.

Kitlińska spodziewała się właściwie wszystkiego, tylko nie takiej deklaracji. Cała wiedza, jaką posiadała na temat szefa rządu, kazała jej sądzić, że to on za wszystkim stoi. Najwyraźniej jednak było inaczej i tym razem obarczanie winą Chronowskiego było nieuzasadnione.

Dalej autor wiadomości informował, że ktoś w MSW doskonale wiedział, do czego miało dojść pod sejmem. Nie podawał szczegółów, ale twierdził, że był to wysoko postawiony urzędnik. I to właśnie on miał być autorem notatki.

Nie było to przełomowe, ale wiele wyjaśniało.

Jeśli donosiciel, sygnalista, demaskator, zwał jak zwał, się nie mylił, to właśnie w MSW Kitlińska musiała szukać odpowiedzi. W dodatku otrzymała jasną informację, by nie tracić czasu na najbardziej oczywistego podejrzanego, Adama Chronowskiego.

Ale czy ktoś w ministerstwie naprawdę mógł pomagać zamachowcowi? A jeśli tak, to co konkretnie było w notatce?

Pytania w głowie Anity mnożyły się do momentu, aż jej rozmyślania przerwał dźwięk telefonu. Zobaczywszy, że dzwoni sam szef Biura Ochrony Rządu, Kitlińska nie zwlekała ani chwili z odebraniem.

– Tak, panie pułkowniku? – rzuciła.

Moment, w którym przełożony się kontaktował, był niepokojący i Anicie przeszło przez myśl, że BOR także może być zamieszane w całą sprawę. Szybko jednak odsunęła od siebie tę myśl. Cokolwiek twierdził Bianczi, służby mające chronić polityków nie działały na ich szkodę. Równie dobrze można by oskarżać lekarzy o umyślne odbieranie życia pacjentom.

– Gdzie jesteś? – spytał szef.

– W domu.

Uznała, że na dobrą sprawę nie mija się z prawdą. Przesiadywała w Route 18 równie często jak w mieszkaniu, a zresztą przełożony nie musiał znać szczegółów.

– W takim razie zbieraj się i zapierdalaj do Pałacu Prezydenckiego.

Było to ostatnie, co Kitlińska spodziewała się usłyszeć.

– Ale...

– Coś jest niejasne, chorąży?

– Nie, panie pułkowniku, tylko nie rozumiem, dlaczego akurat...

– Nie jesteś od rozumienia czegokolwiek. Zakładaj żakiecik, spinaj pośladki i zasuwaj na Krakowskie Przedmieście. Jesteś tam w tej chwili potrzebna.

– Tak jest.

Dowódca wydał kilka krótkich, zdecydowanych komend, których nie zrozumiała. Dopiero po chwili Anita uświadomiła sobie, że wokół szefa musi kręcić się teraz całkiem sporo osób.

– Co się dzieje, panie pułkowniku?

– Nie wiesz?

– Nie.

– To włącz sobie radio po drodze. A teraz do roboty.

– Tak jest – powtórzyła.

Zanim zdążyła zastanowić się, co przełożony może mieć na myśli, ten już się rozłączył. Kitlińska spojrzała na niedojedzonego kurczaka i uznała, że resztę weźmie na wynos. Po chwili wychodziła z baru z torebką pod pachą, jednocześnie sprawdzając w internecie wiadomości.

Zatrzymała się przed przystankiem jak rażona piorunem. Wyglądało na to, że jej obecność w Pałacu Prezydenckim rzeczywiście była konieczna. Pojawił się nowy gracz, który wedle wszelkiego prawdopodobieństwa właśnie stał się nową głową państwa.

Zdążyła przeczytać jedynie pierwszą linijkę pod nagłówkiem, nim znów zadzwonił telefon. Tym razem był to Hauer.

– Co ty odstawiasz? – zapytał.

– Nie bardzo wiem, co masz na...

– Do kurwy nędzy, powinnaś była powiedzieć mi o Bianczim.

Dopiero teraz uświadomiła sobie, że Patryk prawdopodobnie dowiedział się o jego śmierci z mediów. Rzeczywiście, mogła go poinformować, ale miała tyle na głowie, że nawet o tym nie pomyślała.

– Planowałam to zrobić – odparła.

– Ale?

– Wyszło inaczej.

Usłyszała, jak poseł cicho zaklął, i zaczęła zastanawiać się, czy nie powinna być bardziej delikatna. Mimo że tych dwóch łączyła relacja polityka z dziennikarzem, Patryk momentami zdawał się traktować Biancziego niemal jak młodszego brata.

Potwierdzała to przeciągająca się cisza. Kitlińska już chciała się odezwać, ale Hauer ją ubiegł.

– Gdzie jesteś?

Anita potrząsnęła torbą z jedzeniem na wynos i powiodła wzrokiem za autobusem.

– Dlaczego wszyscy mnie o to pytają?

– Może dlatego, że mamy najpoważniejszy kryzys w historii tego pieprzonego kraju? – odburknął Patryk.

– Trwa już od kilku godzin, a ja…

– Nie mam na myśli zamachu.

– A co? – spytała Kitlińska, w końcu dostrzegając autobus.

– To, co wydarzyło się przed pałacem.

– Czyli? Nie zdążyłam sprawdzić.

Odpowiedź Patryka znikła w szumie głosów pasażerów, gdy Anita wsiadała do środka. Nie widziała nigdzie wolnego miejsca, więc stanęła przy oknie i oparła się o nie ramieniem. Przyłożyła słuchawkę mocniej do ucha.

– Nie słyszałam, co mówiłeś.

Tym razem jednak odnotowała, jak Hauer głośno wzdycha.

– Wicemarszałek senatu zorganizował konferencję prasową z udziałem prezesa Trybunału Konstytucyjnego – podjął. – Oznajmił, że to on jest następną w kolejności osobą do przejęcia obowiązków prezydenta, a nie Swoboda. I sędzia go poparł.

Kitlińska uświadomiła sobie, że ożywione rozmowy wokół pasażerowie prowadzą właśnie na ten temat. Wszyscy byli rozgorączkowani, jakby właśnie doszło do czegoś bardziej wiekopomnego niż atak na urzędującą głowę państwa.

– Jesteś tam? – spytał Hauer.

Anita potrzebowała chwili, by ułożyć wszystko w głowie. Co ta sytuacja oznaczała? Zamach stanu? Dwie osoby jednocześnie pełniące obowiązki prezydenta? Uzurpowanie sobie władzy?

Tak czy inaczej, BOR był teraz na pierwszej linii. Ład konstytucyjny nie był już wyłącznie zagrożony – rozsypał się na kawałki.

– Jak to możliwe? – spytała Kitlińska. – I dlaczego prezes TK miałby go poprzeć?

Przypuszczała, że podobne pytania rozlegają się nie tylko w autobusie, ale także w każdym innym miejscu. Z jednej strony wyglądało to na przewrót, z drugiej stał za tym człowiek kierujący organem dbającym o przestrzeganie konstytucji. Może to Teresa Swoboda uzurpowała sobie władzę?

Kitlińska była pewna co do jednego. W obydwu wypadkach chaos będzie nie do opanowania. Politycy poszli na wojnę i tym razem ich orężem nie były bon moty, pomówienia i wyciąganie brudów.

– W pierwszej chwili też zadawaliśmy sobie to pytanie – odparł Patryk. – Ale wygląda na to, że ma to sens.

– Co takiego?

– Możliwe, że się pomyliliśmy.

Nie przypuszczała, że kiedykolwiek usłyszy taką deklarację z ust jakiegokolwiek posła. Prezydent Seyda w ostatnim czasie twierdziła wprawdzie, że Hauer jest inny niż wszyscy –

i że pod skorupą cynicznego gracza kryje się porządny człowiek – ale Anita szczerze w to wątpiła.

– Prezes TK jasno wyłożył sytuację.

– To znaczy?

– Sedno jest takie, że w wybuchu najpierw zginęli Seyda i marszałek sejmu, właściwie od razu. Marszałka senatu jednak przez chwilę reanimowano.

– Więc...

– Więc w akcie zgonu widnieje inny moment niż w przypadku marszałka sejmu.

Nie musiał tłumaczyć nic więcej. Gdyby obydwaj marszałkowie zginęli w jednym momencie, władza automatycznie przeszłaby na wicemarszałka sejmu. Ale tak najwyraźniej nie było.

– Obowiązki z mocy prawa przejął więc marszałek senatu – dodał Hauer. – Na kilkadziesiąt sekund, może na kilka minut, nie wiem, jak długo go reanimowano, ale to bez znaczenia. Liczy się to, że przeżył poprzednika.

– Tak, rozumiem...

– A kiedy zmarł, jego obowiązki przeszły zgodnie z regulaminem na jego zastępcę – ciągnął Patryk, jakby jej nie słyszał. – Czyli na najstarszego wiekiem wicemarszałka senatu.

Poseł na moment zamilkł.

– Nie ma żadnej procedury, która sprawiłaby, że kolejność następstwa w takiej sytuacji wraca do sejmu. Mamy tylko regulamin, a na jego podstawie...

– Tak, rozumiem – powtórzyła tym razem głośniej Anita. – Więc co teraz?

– Nie wiem.

– Swoboda zrzeknie się władzy?

– Według prezesa TK nie ma czego się zrzekać, bo nigdy jej nie objęła.

– Ale wystąpiła przecież przed kamerami, wykonywała uprawnienia, zwołała Radę Bezpieczeństwa Narodowego...

– To wszystko może okazać się niebyłe.

Niebyłe. Tylko w prawie tak łatwo można było sprawić, że coś nigdy nie istniało. Kitlińska złapała za poręcz, kiedy autobus zahamował przed kolejnym przystankiem. Drzwi się otworzyły, a ona odsunęła się nieco.

– Jezu... – jęknęła. – Myślisz, że to naprawdę zasadne?

– Może. Nie wiem.

Pauza, którą zrobił, była właściwie bardziej niepokojąca niż jego słowa.

– W tej chwili nikt nie jest niczego pewien.

Spojrzała na kilka osób wchodzących do środka i odniosła wrażenie, jakby jej się przypatrywali. Odwróciła się tak, by nikt nie widział jej twarzy.

– Komu my teraz podlegamy? – spytała cicho. – Czyje rozkazy mamy wykonywać?

– Najlepiej bezpośrednich przełożonych.

– W porządku – rzuciła. – Ale od kogo oni mają je przyjmować?

Uświadomiła sobie, że gdyby doszło do drugiego ataku, o którym mówiono już od kilku godzin, kraj zostałby sparaliżowany. A gdyby któreś z państw ościennych zdecydowało się na interwencję, wojsko nie byłoby w stanie zareagować, podzielone na dwa obozy.

Dwa w najlepszym wypadku. W takich okolicznościach równie dobrze mogliby pojawić się dowódcy, którzy uznaliby, że dla dobra kraju to oni powinni objąć przewodnictwo.

A wszystko dlatego, że w konstytucji zabrakło przepisu o tym, kto jest następny w kolejności do objęcia władzy. Amerykanie byli znacznie lepiej przygotowani – w ich systemie lista ta wymieniała niemal dwudziestu polityków. W Polsce dwóch.

– Co zamierza Swoboda? – spytała Anita.

– Jedzie właśnie do Pałacu Prezydenckiego. I ty też powinnaś.

Co do tego nie miała najmniejszych wątpliwości. Nawet bez rozkazu od szefa wiedziałaby, że w tej chwili będzie potrzebny tam każdy funkcjonariusz BOR. Normalnie pozostawali w cieniu, snuli się za politykami i działali tak, by ich obecność nie rzucała się w oczy, teraz jednak będzie wprost przeciwnie. Kitlińska nie chciała nawet myśleć o potencjalnych niebezpieczeństwach grożących zarówno Swobodzie, jak i wicemarszałkowi senatu.

– Jestem w drodze – powiedziała. – Ale ponawiam pytanie.

– Już na nie...

– To nie była żadna odpowiedź – ucięła Anita. – Co zrobi Swoboda?

– Spotka się z prezesem TK i wicemarszałkiem senatu.

– I?

– Jak Bóg da, dogadają się co do tego, kto rządzi i w jakim zakresie.

– A jak Bóg nie da?

– To każdy z nas będzie musiał wybrać sobie stronę.

Mając na uwadze właściwie całą polską historię, przygotowanie się na ten scenariusz wydawało się najsensowniejszym wyjściem. Ale za kim stanęłaby Kitlińska? Politycznie z pewnością było jej bliżej do wicemarszałka. Pochodził z SORP, która pozostawała w koalicji z Pedepem. Z pewnością wykazałby znacznie większą determinację w dochodzeniu prawdy na temat zamachu niż opozycja.

Chyba że sam był zamieszany w spisek, który zdawał się powoli odkrywać Bianczi. Anita uznała, że w tej chwili nie może wykluczyć nikogo z kręgu podejrzeń.

– Będziesz w pałacu? – odezwała się.

– Nie, mam pełne ręce roboty w sejmie.

– To znaczy?

– Zaraz zbieramy się po przerwie na posiedzeniu.

– Będziecie wybierać marszałka?

– Może – odparł ciężko Hauer. – Według niektórych to by rozwiązało kryzys, bo konstytucja jasno stanowi, że to marszałek sprawuje funkcje głowy państwa.

– Jest jakiś kandydat?

– Był. Teraz już go nie ma.

Anita oparła głowę o szybę. Wszystko to uniemożliwiało jej podjęcie działań, na których w tej chwili zależało jej najbardziej. Owszem, powinności służbowe były istotne, a Kitlińska znajdowała się w szeregach BOR-u nieprzypadkowo i miała poczucie obowiązku, ale czuła, że jej najważniejszym zadaniem jest to powierzone jej przez Biancziego.

I z pewnością także po to dzwonił do niej Hauer. Nie pytał wprost o postępy, bo musiał zdawać sobie sprawę, że gdyby do czegoś dotarła, poinformowałaby go o tym.

Być może powinna. Uznała jednak, że najlepiej będzie, jeśli nie zrobi tego przez telefon.

– Musimy omówić parę spraw – odezwała się.

– Byle szybko, bo...

– W cztery oczy – ucięła. – Przyjedź do pałacu, jak tylko będziesz mógł.

– W porządku. O ile państwo się nie zawali.

– O ile – potwierdziła.

Rozłączył się bez dopytywania o powód spotkania. Kitlińska zrobiła kilka płytkich wdechów, starając się poukładać myśli. Wyobrażała sobie już najgorsze rozwiązania tej sytuacji – że po dotarciu na Krakowskie Przedmieście okaże się, iż część funkcjonariuszy opowiada się za Swobodą, a część za wicemarszałkiem senatu.

Nie zdążyła rozwinąć niepokojącej wizji, bo znów rozległ się dzwonek telefonu. Anita miała wrażenie, że termin „gorąca linia" w tym przypadku byłby pewnym niedomówieniem.

– Słucham? – spytała, nie rozpoznając numeru.

– Kita? – odezwał się męski głos.

Spojrzała na wyświetlacz i jeszcze raz sprawdziła, kto dzwoni. I tym razem jednak nie skojarzyła numeru z nikim, kogo znała. A z pewnością powinna, skoro nieznany rozmówca użył ksywy, którą posługiwali się wyłącznie jej bliscy znajomi. I o ile zdrobnienia używanego przez siostrę Bożenę nie lubiła, o tyle wersja przyjaciół jej odpowiadała. Tyle że ludzi, którzy się nią posługiwali, mogła policzyć na palcach jednej ręki.

– Kto mówi? – spytała Anita.

– Nie poznajesz?

– Nie.

Męski głos był chrypliwy i głęboki i mimo że było w nim coś znajomego, Kitlińska nie mogła przypisać go do żadnej konkretnej osoby.

– Nie oglądasz telewizji?

– Słucham?

– Mówi Zygfryd Flesiński.

Dopiero teraz Anita zaskoczyła. Dziennikarski wiarus, który zaczynał przygodę jeszcze jako opozycyjny pismak, był od pewnego czasu jednym z najbardziej poważanych graczy na medialnej arenie. Właściwie nie było chyba nikogo, kto choćby minimalnie interesował się polityką i o nim nie słyszał.

– *Zygzakiem do celu* – dodał.

– Tak, już kojarzę, ale... przepraszam, skąd ma pan mój numer?

Zygzak zaniósł się suchym, nieprzyjemnie brzmiącym kaszlem.

– Nie wchodźmy na płaszczyznę dla panów i pań – odparł. – Ten grząski teren zachowuję dla polityków.

– W porządku.

– I powinnaś raczej zapytać, dlaczego mówię do ciebie *per* Kita.

– Zapytam. Ale wszystko po kolei.

Zygfryd zaśmiał się chrapliwie.

– Obawiam się, że nie mamy czasu na długie rozmowy. I bynajmniej nie chodzi o to, że kraj wali się na naszych oczach.

– A więc o co?

– O to, że ktoś chce cię zniszczyć.

Anita oderwała wzrok od okna, dostrzegając, że pasażer tuż obok się podnosi. Zerknęła na zwolnione miejsce, zastanawiając się po pierwsze nad tym, co Zygzak ma na myśli, a po drugie nad tym, czy to przypadkiem właśnie nie on zostawił jej wcześniej smartfon.

– Jesteś tam czy już cię załatwili?

– Jestem – odparła. – Ale nie bardzo rozumiem, o czym pan mówi.

Flesiński znów charknął, wyraźnie niezadowolony, że nie chciała zwracać się do niego na ty.

– Byłaś w szpitalu MSW sprawdzić, co z Bianczim.

– Upf – wydała z siebie, nie wiedząc, czy rozmówca potraktuje to jako potwierdzenie, czy zaprzeczenie.

– Ktoś z naszej redakcji cię widział.

– I co z tego?

– Nic – przyznał Zygfryd. – Samo w sobie to nic takiego. Postawiłem kogoś przed szpitalem tylko po to, by wiedzieć, kto może interesować się losem chłopaka.

Kitlińska nie odpowiadała, czekając, aż Zygzak przejdzie do rzeczy.

– Zainteresowanie wykazałaś tylko ty i ABW, a ja dość szybko ustaliłem, że nie byłaś tam służbowo.

– Ma pan jakieś pytanie?

– Nie.

Anita zajęła zwolnione miejsce, ale kiedy zobaczyła starszego mężczyznę tuż obok, od razu się podniosła. Ten był jednak tak pochłonięty rozmową na temat wydarzeń z Krakowskiego Przedmieścia ze swoim towarzyszem podróży, że nie zwrócił na nią uwagi.

– Wolę o nic nie pytać – dodał Zygzak. – Zresztą dzwonię raczej po to, żeby dawać ci informacje, a nie je z ciebie wyciągać.

– Więc śmiało, będzie to dla mnie przyjemna odmiana.

– Dostaliśmy całą masę brudów na twój temat.

– Co proszę?

– Przesłano nam…

– Nam, czyli komu?

– Redakcji NSI – wyjaśnił Flesiński. – Choć obawiam się, że nie jesteśmy jedyni. Zadzwoniłem już do kilku osób i okazało się, że pakiet dotarł także w inne miejsca.

– Nie bardzo rozumiem…

– Ktoś zebrał kompromaty na ciebie, Kita – rzucił Zygfryd i ciężko westchnął. – I to całkiem sporo. Gdyby nie to, że namierzyliśmy cię przed szpitalem, przypuszczam, że puściłbym to dalej w obieg. Ale jeśli połączyć te dwie rzeczy…

Zawiesił głos, ale nie dokończył.

– To co? – spytała Anita.

– To wygląda mi to na co najmniej podejrzane działanie.

Mimo że faktycznie nie wyciągał z niej informacji, w tej deklaracji w istocie kryło się pytanie.

– Sądzi pan, że ktoś zebrał na mnie brudy, bo odwiedziłam Bianczìego?

– Nie. Ktoś je zebrał z powodu, dla którego to zrobiłaś.

A zatem miała rację. Zygzak chciał się dowiedzieć, co łączyło ją z młodym reporterem jego stacji.

– Niech pan zapyta wprost, jaki to powód.

– Nie muszę. Sama mi to powiesz – odparł z przekonaniem. – Tyle że nie przez telefon.

– Ale...

– Posłuchaj – przerwał jej poważniejszym głosem. – Jeśli ktoś w całym tym pandemonium znalazł czas, żeby wysyłać paczki brudów na twój temat, to znaczy, że trafiłaś na coś dobrego. Rozumiesz?

– Tak – odparła, uznając, że może rzeczywiście najlepiej będzie nie ciągnąć tego tematu przez telefon. – Co jest w tych materiałach?

Wydawało jej się, że słyszy dźwięk przerzucanych kartek, ale równie dobrze to wyobraźnia mogła zadziałać.

– Zaczyna się całkiem niewinnie – rzucił Zygzak. – Od kilku twoich zdjęć z jakąś dziewczyną. Wychodzicie z kina, chyba w Złotych Tarasach. Seans musiał być późny, bo przy szatni nie ma wiele osób. Przypuszczam zresztą, że w przeciwnym wypadku nie trzymałybyście się za rękę i nie...

– Wystarczy.

– I nie całowałybyście się potem pod schodami jak dwójka napalonych nastolatków. Czy też nastolatek.

Anita milczała.

– Wiesz, co to za dziewczyna? – spytał.

– Oczywiście, że tak.

Nie miała zamiaru dodawać, że to Agnieszka, jej wieloletnia partnerka, z którą rozstała się jakiś rok temu. Wiedziała też doskonale, kto zrobił tamte zdjęcia. Byli w kinie kilkuosobową grupą i ktoś z przyjaciół musiał strzelić kilka fotek. Wówczas niewinnych, teraz kłopotliwych.

– Co jeszcze jest w materiałach?

– Tyle nie wystarczy, żebyś miała problemy z przełożonym?

W zupełności wystarczało, pomyślała Kitlińska. Państwo mogło do woli deklarować, że nie dyskryminuje osób homoseksualnych, ale odległość, jaka dzieliła rzeczywistość od tych zapewnień, była jak stąd do wieczności. Szczególnie w służbach.

– Co jeszcze? – powtórzyła Kitlińska.

– Niestety całkiem sporo – odparł ochrypłym głosem Zygfryd. – Okazuje się, że po zamachu polubiłaś kilka postów radykalnych grup na Facebooku.

– Co takiego? Nie logowałam się nawet na...

– Z tych materiałów wynika co innego – uciął Flesiński. – A oprócz tego są informacje o twoich zaległościach podatkowych, składkowych i niespłaconych kredytach. Wisienką na torcie jest przekroczenie liczby punktów karnych.

To ostatnie akurat było prawdą, dlatego zmuszona była jeździć autobusami.

– To wszystko?

– Nie – odparł niewyraźnie Zygfryd, jakby łykał jakąś tabletkę. – Wiedziałaś, że twoja matka najprawdopodobniej była tajną współpracowniczką SB?

Ta kobieta dopuściła się wielu grzechów, ale współpraca ze Służbą Bezpieczeństwa z pewnością do nich nie należała.

– TW „Lola" – dodał Flesiński, nie doczekawszy się odpowiedzi. – Oprócz tego wszystko wskazuje na to, że miałaś powiązania z ludźmi, którzy na obrocie paliwami narazili skarb państwa na straty w wysokości kilkudziesięciu milionów złotych.

Anita miała wrażenie, jakby znalazła się w alternatywnej rzeczywistości. Doskonale zdawała sobie sprawę z tego, że dochody z VAT stanowią lwią część wpływów budżetowych – i że to właśnie ludzi, którzy je pomniejszają, państwo ściga z największą determinacją.

– Nie wiem, kogo ani czym wkurzyłaś, Kita – dorzucił Zygzak. – Ale na twoim miejscu zacząłbym się obawiać.

Kitlińska z trudem przełknęła ślinę.

– Co mam robić? – spytała.

– Uciekać z kraju. I to jak najszybciej – odparł bez wahania Flesiński. – Bo będzie tylko gorzej.

Rozdział 9

Wydawało się, że zamieszanie w parlamencie nie mogło być większe, ale kiedy w kompleksie budynków przy Wiejskiej w końcu zjawił się Adam Chronowski, wcześniejszy rwetes jawił się jedynie jako preludium.

Mimo zapewnień, że za moment zostanie zorganizowana konferencja prasowa w holu głównym, dziennikarze zarzucali premiera i jego współpracowników pytaniami, przekrzykiwali się, a w końcu także zaczęli się przepychać. Funkcjonariusze BOR-u robili, co mogli, by utrzymać porządek, ale szybko stało się jasne, że do opanowania sytuacji nie wystarczyłby nawet oddział sił specjalnych.

Dopiero po półgodzinie Chronowskiemu udało się przejść do wydzielonej, zamkniętej dla dziennikarzy strefy. Zaraz potem skierował się w dół spiralnymi schodami i przeszedł od podziemnego przejścia łączącego dwa główne budynki, C i D, z budynkiem G.

W łączniku czekali już na niego dwaj politycy, z którymi miał się spotkać. Obaj milczeli, co nie było niczym specjalnie dziwnym – tajemnicą poliszynela było, że Patryk Hauer i Krystian Hajkowski nie darzą się najmniejszą sympatią.

Miejsce spotkania było niecodzienne i w normalnych okolicznościach trzech rozmówców raczej nie mogłoby liczyć na prywatność. Dziś jednak nikt nie przechodził z budynku komisyjnego na salę plenarną, a dodatkowo na polecenie premiera Straż Marszałkowska zamknęła przejście z obydwu stron.

To samo można byłoby osiągnąć w jakimkolwiek gabinecie w budynku C lub D, toteż Hauer zdawał sobie sprawę, że Chronowski wybrał to konkretne miejsce z innego powodu. Dostanie się tutaj na wózku stanowiło nie lada wyzwanie.

Premier chciał już na wstępie pokazać, kto znajduje się na silniejszej pozycji. Musiał liczyć na to, że Patryk będzie zabiegał o inne miejsce spotkania, tym samym przyznając się do swoich ograniczeń.

Hauer nie miał jednak zamiaru tego robić. Wolał poprosić Straż Marszałkowską o zniesienie wózka po spiralnych schodach, niż pozwolić, by Chronowski odniósł choćby prozaiczny triumf.

Adam wymienił uścisk dłoni z Hajkowskim, a potem spojrzał na Patryka. Hauer unikał wzroku zarówno jednego, jak i drugiego polityka. Nie wiedział, czy byli zamieszani w zamach, ale ta wiedza była mu niepotrzebna, by postrzegał ich jako ucieleśnienie całego zła, jakie tkwiło w polskiej polityce.

To oni odpowiadali za to, co stało się Seydzie. To oni podali jej GHB, zrobili kompromitujące zdjęcia i szantażowali ją nimi. Nawet jeśli nie mieli związków z zamachowcem, swoimi działaniami zasłużyli sobie na dożywocie w najbardziej zapyziałym więzieniu w kraju.

– Cieszę się, że udało ci się tu dostać – odezwał się Chronowski.

Patryk nie odpowiadał.

– Nie było żadnych kłopotów?

– Jakoś sobie najwyraźniej poradził – odezwał się Hajkowski.

Jedynym atutem takiego miejsca spotkania było to, że tutaj opadały wszystkie maski. W zasięgu wzroku ani słuchu nie było dziennikarzy, a żaden mikrofon kierunkowy nie mógł przypadkowo wyłapać więcej, niż powinien.

– Milczący Hauer – rzucił premier. – Zjawisko rzadko spotykane.

– Coś nie tak? – spytał Hajkowski, zbliżając się do Patryka.

– Może brak twoich neofickich zwyczajów z rana zbił cię z tropu?

Hauer milczał, ale nie mógł opędzić się od wrażenia, że jednego ani drugiego polityka zupełnie nie obeszła śmierć Darii. O ile w przypadku Hajkowskiego było to zrozumiałe, o tyle Adam powinien okazać choć trochę żalu, wszak pomijając wszystko, co działo się ostatnio, przez lata byli w bliskich relacjach.

– Neofickich zwyczajów? – zainteresował się Krystian.

Chronowski wzruszył ramionami.

– Kiedyś przed posiłkiem się modlono – wyjaśnił. – Teraz najpierw nagrywa się snapa, a dopiero potem zabiera do śniadania.

Hajkowski zaśmiał się cicho, Patryk zaś trwał z kamiennym wyrazem twarzy. Nie miał zamiaru ani ponaglać rozmówców, ani włączać się w bezsensowną wymianę zdań. Wychodził z założenia, że w tym wypadku najlepszym sposobem pokonania wroga jest niepodejmowanie walki.

– Dobra – rzucił w końcu Chronowski i zatarł dłonie. – Bierzmy się do roboty. Gdzie jest teraz Swoboda i co odpierdala?

Hauer w końcu odwrócił wózek w kierunku premiera.

– Sformułuj inaczej pytanie, to może się dowiesz.

Adam prychnął.

– Stajesz w obronie damy? – spytał. – Godne pochwały, szczególnie że chciała cię klasycznie wychujać.

– I prawie jej się udało – dodał Krystian. – Gdyby wybrano cię na marszałka, obudziłbyś się z ręką w nocniku.

Zostałbyś samozwańczą głową państwa, kiedy wicemarszałek w najlepsze urzędowałby już przy Krakowskim Przedmieściu.

Zadowolenie polityków Pedepu i SORP mówiło samo za siebie. Od początku zakładali, że wicemarszałek senatu przejmie władzę. Fakt, że obydwie partie zwlekały i zgodziły się najpierw na wersję Swobody, a potem Hauera, tylko to potwierdzał.

Dlatego premiera nikt nie mógł znaleźć. Chronowski ukrył się, by nikt nie zadał mu żadnego niewygodnego pytania. Zamiast tego w zaciszu swojego gabinetu układał plan. Cholernie dobry plan, musiał przyznać Patryk.

Koalicjanci nie tylko mieli na powrót pełną władzę, ale skompromitowali pozostałe ugrupowania. W tej chwili UR i WiL sprawiały wrażenie elementów destabilizujących – i próbujących wbrew prawu skorzystać z sytuacji kryzysu, by przejąć uprawnienia głowy państwa.

Fakt, że Patryk i reszta dali się ograć, dowodził także innej rzeczy.

Ani UR, ani WiL, ani JON nie były przygotowane na to, co się działo. Cała opozycja została zaskoczona, a obóz rządzący wręcz przeciwnie. Jego politycy sprawiali wrażenie, jakby byli zawczasu gotowi na rozwój wypadków.

– Co zamierza Swoboda? – powtórzył Chronowski.

– Ja ci mogę powiedzieć – wtrącił się Krystian. – Wysiedli wicemarszałka, zajmie jego miejsce, a potem będzie jak Wu Zetian.

– Nie znam.

Hajkowski spojrzał na Patryka, jakby spodziewał się, że to on wyjaśni, o kogo chodzi.

– Jedyna chińska władczyni, która została cesarzem – powiedział Hauer. – Po tym, jak objęła władzę, wszystkim przybywającym przed jej oblicze oficjelom radziła okazać jej szacunek przez seks oralny.

– Hę? – rzucił Chronowski. – Kazała robić sobie minetę?

Patryk potwierdził obojętnym skinieniem głowy.

– I jeśli właśnie ten akt uległości miał na myśli twój sługus, to rzeczywiście, moglibyście spodziewać się takiego powitania w Pałacu Prezydenckim – dodał Hauer. – A teraz może przejdziemy do rzeczy?

Hajkowski chciał zareagować, ale premier powstrzymał go ruchem ręki.

– Cały czas staram się to zrobić – oznajmił. – Ale najpierw muszę wiedzieć, jakie ruchy podejmuje Swoboda.

– Twój człowiek w pałacu ci nie doniósł?

– Mój człowiek?

– Czy jest z Pedepu, czy z SORP, nie ma żadnego znaczenia. Wicemarszałek senatu jest na twojej smyczy.

Adam uśmiechnął się lekko, jakby ta myśl przynosiła mu wiele satysfakcji.

– Nadal spodziewam się odpowiedzi.

– Ale ode mnie jej się nie doczekasz – odparł Patryk. – Chcesz wiedzieć, co myśli i co planuje Teresa, skontaktuj się z nią. Ja mogę powiedzieć ci tylko to, czego dowiedziałem się od Benkego.

– Czyli? – wtrącił się Hajkowski. – Co uważa najwybitniejszy ze skompromitowanych konstytucjonalistów?

Hauer zupełnie go ignorował, skupiając wzrok na szefie rządu. I nie mógł przestać myśleć o tym, jak niewiele brakowało, by cała kariera Chronowskiego legła w gruzach.

– Benke twierdzi, że wasza interpretacja następstwa w przejmowaniu obowiązków prezydenckich jest absurdalna.

Chronowski i Krystian wymienili się teatralnie zadziwionymi spojrzeniami.

– Oczywiście nie trzeba profesury, żeby w końcu zdać sobie z tego sprawę – ciągnął Patryk. – Prezes TK wprawdzie dość dobrze to umotywował, nawet mnie na jakiś czas zamącił w głowie, ale ostatecznie działa przecież na twoje zlecenie.

Adam położył dłoń na piersi, jakby został ubodzony.

– Insynuujesz, że prezes jest upolityczniony? – spytał.

– Nie muszę niczego insynuować. Robią to za mnie ustawy.

Konstrukcja normatywna właściwie mówiła sama za siebie. Nominację sędziemu wręczył prezydent, minister sprawiedliwości postawił go na czele jednego z sądów, a ostatecznie sejm wybrał go na prezesa Trybunału Konstytucyjnego. W dodatku sejm tej kadencji. Był to człowiek Chronowskiego, który przed kamerami powiedział dokładnie to, co premier chciał usłyszeć.

– Argumentacja prezesa TK jest bzdurna – dodał Patryk. – Konstytucja mówi jasno, że to marszałek sejmu sprawuje obowiązki. Wyjściem awaryjnym jest objęcie ich przez marszałka senatu, ale nie usprawiedliwia to takiego następstwa, które...

– I? – przerwał mu Krystian. – Co zrobisz? Postawisz go przed Trybunał Stanu?

– Nie. Prezes TK nie może odpowiadać przed Trybunałem Stanu.

Hauer po raz pierwszy spojrzał na przewodniczącego SORP.

– Ale wicemarszałek senatu w zakresie, w jakim zastępuje głowę państwa, jak najbardziej – dodał, po czym przeniósł wzrok na premiera. – O prezesie Rady Ministrów nie muszę chyba wspominać, co?

Adam znów się uśmiechnął.

– Jeśli mi grozisz...

– Nie.

– To dobrze.

– Bo wychodzę z założenia, że groźby są narzędziami tych, którym brakuje argumentów. Ja mam ich pod dostatkiem.

– W takim razie zachowaj je dla siebie – poradził mu Chronowski, a uśmiech całkowicie znikł z jego twarzy. – Bo nie spotkaliśmy się, żeby wysłuchiwać twoich...

– W takim razie po co tu jesteśmy?

Miał nadzieję, że Adam w końcu przejdzie do rzeczy – i najwyraźniej tak miało się stać. Jakby na potwierdzenie tego Hajkowski cofnął się o pół kroku. Był to niemal niezauważalny, ale symptomatyczny ruch.

– Powinniśmy dojść do porozumienia – odezwał się Chronowski.

– W sprawie?

– Tego, co teraz się wydarzy. Nikt nie potrzebuje zamętu w kraju.

– Zamęt już trwa.

– Ale jakakolwiek przepychanka na szczytach władzy tylko go zwiększy.

– Może trzeba było pomyśleć o tym, zanim zorganizowaliście szopkę na Krakowskim Przedmieściu? – odparował Hauer. – Może trzeba było porozmawiać z nami, ustalić wspólny plan działania?

– Żebyście mieli czas zebrać więcej takich ludzi jak Benke i uzyskać od nich korzystną dla was wykładnię konstytucji?

Patryk pokręcił głową z niedowierzaniem. Po swoich rozmówcach nigdy nie spodziewał się niczego dobrego, ale nie posądzał ich też o to, że w chwili, kiedy wszystko się waliło, oni zaczną podkopywać fundamenty. Tymczasem właśnie to zrobili, posługując się wicemarszałkiem senatu.

Wszyscy trzej przez moment milczeli. Adam spojrzał na zegarek, jakby był już spóźniony na konferencję, która mogła okazać się jego najważniejszym występem przed kamerami.

– Wprowadzę stan wyjątkowy, Hauer – odezwał się.

– Nie masz kompetencji.

– Rada Ministrów złoży niedługo wniosek na ręce osoby pełniącej obowiązki prezydenta.

Patryk zaklął w duchu. Z ustawowego punktu widzenia nic nie stało na przeszkodzie, by Chronowski podjął takie działania.

Byłby to nokautujący cios dla całej opozycji. Premier miałby obowiązek zrobić wszystko, by przywrócić ład w kraju. Swobody obywatelskie zostałyby ograniczone, służby mogłyby zatrzymać każdego pod zarzutem zamiaru dopuszczenia się czynu karalnego. A cenzura w środkach masowego przekazu sprawiłaby, że mówiłoby się tylko o tym, czego życzyłaby sobie władza.

Jednocześnie nie było sposobu, by powstrzymać Adama. Rada Ministrów i wicemarszałek senatu postąpią zgodnie z jego wolą.

– Możecie protestować – dodał. – Ale tak czy inaczej, wprowadzimy stan wyjątkowy.

– I po to ta rozmowa? Żeby mi to oznajmić?

– Nie chcę ci nic oznajmiać, tylko się dogadać.

– Jak?

Chronowski podszedł do niego i przykucnął obok wózka. W jakiś sposób udało mu się sprawić, że gest ten wypadł nie tylko protekcjonalnie, ale także lekceważąco.

– Zależy nam na konsensusie, Patryk.

– Konsensie.

– Co?

Hauer spojrzał na niego z góry.

– Zastanów się. Kiedy ktoś streszcza program Pedepu, mówi się, że to bezsens czy bezsensus?

– Chcesz się teraz bawić w językowe przepychanki?

– Nie, bo nie zależy ci ani na konsensie, ani na konsensusie – odparł Patryk. – W dupie macie jakiekolwiek porozumienia i jedyne, czego chcecie, to spacyfikować opozycję.

– W takim razie po co z tobą rozmawiam?

– Bo chcesz przekonać mnie, że najlepszym wyjściem dla kraju będzie międzypartyjna zgoda co do stanu wyjątkowego – powiedział bez wahania Hauer, a potem odsunął nieco wózek, gdyż Chronowski wyglądał, jakby miał zamiar oprzeć się o podłokietnik. – Boisz się reakcji zagranicy i potrzebujesz wspólnego frontu. A w dodatku...

– Nie.

– Więc o co chodzi?

– O to, że chciałem cię uprzedzić. Zwyczajnie poinformować, że wprowadzamy stan wyjątkowy – odparł i podniósł się. – I powiedzieć ci, że uderzanie w nas z tego powodu obróci się przeciwko wam.

– Doprawdy?

Premier skinął zdecydowanie głową.

– Tak. Bo zagrożenie nadal istnieje.

– Ty nim jesteś, Adam.

– Nie – zaoponował Chronowski, a potem bezradnie uniósł wzrok. – Służby dotarły do informacji o zamachowcu. Był to kazaski ekstremista.

– Kazaski?

– Zradykalizował się już w Polsce, choć prawdę mówiąc, warunki miał już w Kazachstanie. Tak czy inaczej, znamy jego tożsamość. Nazywał się Azamat Szachmatow.

Hauer miał wrażenie, że premier czeka na jakiś komentarz, ale niespecjalnie wiedział, co odpowiedzieć. Fakt, że służby tak szybko dotarły do zamachowca, nie był niczym dziwnym. Na dobrą sprawę Szachmatow najprawdopodobniej zostawił współczesny odpowiednik listu pożegnalnego – wpis lub nagranie w sieci.

– Dotarliśmy też do człowieka, z którym się spotykał – ciągnął Adam. – Nazywa się Abdul Gani.

– Macie go?

– Nie, wciąż go poszukujemy.

Szef rządu znów zawiesił głos.

– I? – ponaglił go Patryk.

– I nie masz nic do powiedzenia w tej sprawie?

– A co niby miałbym...

– Widziano cię z Szachmatowem, Hauer.

– Co ty pieprzysz?

– Są zdjęcia.

Patryk wbił wzrok w oczy Chronowskiego, czekając, aż ten w jakikolwiek sposób da mu do zrozumienia, że to typowa dla niego groźba – oparta jedynie na manipulacji i fabrykowaniu materiałów.

Adam jednak sprawiał wrażenie zbyt pewnego siebie.

– Jakie zdjęcia? – odparł Hauer.

Premier sięgnął do wewnętrznej kieszeni marynarki, wyjął złożoną na pół fotografię, a potem podał ją Patrykowi. Ten jednak ani drgnął.

– Kiedy zaczęliśmy badać, co w ostatnim czasie robił Szachmatow, gdzie bywał i z kim się spotykał, zauważyliśmy pewną prawidłowość – wyjaśnił Chronowski. – Kazach dość często pojawiał się w Starbucksie przy placu Trzech Krzyży. Lubisz to miejsce, prawda?

Patryk nie musiał brać do ręki zdjęcia, by wiedzieć, co się na nim znajduje. Zamachowiec rzeczywiście nawiązał z nim kontakt niedługo przed atakiem. Hauer wziął go jednak wtedy za przypadkowego obywatela jednego ze wschodnich państw, nieszkodliwego człowieka, który chciał po prostu wymienić kilka zdań ze znanym politykiem.

Nie miał jednak pojęcia, że ktokolwiek zrobił im wtedy zdjęcie.

– Właściwie powiedzieć, że często tam bywasz, to nie powiedzieć nic – dodał Adam. – Tankujesz tam podwójne espresso codziennie rano, ucinając sobie pogawędkę ze Swobodą.

Patryk zabrał fotografię i ją rozłożył. Nie mylił się, kadr pokazywał moment, gdy Azamat z nim rozmawiał. Zdjęcie było wykonane z któregoś stolika obok.

– Śledziliście mnie? – spytał Hauer.

Chronowski nie musiał potwierdzać, wszystko było jasne. W tamtym okresie Adam doskonale zdawał sobie sprawę, jakie zagrożenie stanowi dla niego Patryk. Służby widocznie miały na niego oko, a kiedy ustalono, że Szachmatow bywał w tym konkretnym Starbucksie, ktoś kazał sprawdzić wszystkie zdjęcia Patryka. I szybko natrafiono na to.

– To niepokojące powiązanie – odezwał się Hajkowski.

Satysfakcja w jego głosie była jak brzęczenie natrętnej muchy.

– Bardzo niepokojące – dodał Chronowski.

Obaj spojrzeli na Patryka z wyraźną wyższością i odczekali chwilę, jakby spodziewali się, że będzie błagał ich o to, by nikomu nie pokazywali zdjęcia. Nie doczekawszy się żadnej odpowiedzi, odwrócili się i powoli ruszyli w kierunku budynków C i D.

Po kilku krokach Adam obejrzał się przez ramię.

– Albo nas poprzesz, Hauer, albo jesteś skończony – rzucił. – Jeśli to zdjęcie wyjdzie na światło dzienne, pożegnasz się nie tylko z polityką, ale i z wolnością. Media cię przeżują i wyplują, a potem wezmą się za ciebie służby. Samo to zdjęcie będzie wystarczające, by postawić ci zarzut współorganizowania zamachu, a zapewniam cię, że dołożymy do tego coś jeszcze.

Na moment się zatrzymał, jakby o czymś zapomniał.

– Ach – dodał. – Zaraz przyślę kogoś, żeby wniósł ci wózek na górę.

Hauer odprowadził ich wzrokiem, nie odzywając się ani słowem. Czuł coraz mocniej oplatającą go falę gorąca i zdawał sobie coraz bardziej sprawę z tego, w jak nieciekawej pozycji się znalazł. Chronowski powtórzył zagrywkę z Seydą, choć tym razem nie był to wynik jego przebiegłości, ale raczej uśmiechu losu.

Jedno było pewne – Adam i Hajkowski nie mieli zamiaru cofać się przed niczym. A dzięki temu, co się stało, otrzymali szansę, by wprowadzić stan wyjątkowy i tym samym zyskać niczym nieograniczoną władzę. Absolutną.

Patryk wyjął telefon, chcąc czym prędzej poinformować Swobodę, by pod żadnym pozorem nie pozwalała na objęcie władzy przez wicemarszałka senatu.

Przypomniał sobie, że jest pod ziemią, dopiero kiedy zobaczył, że nie ma zasięgu.

Rozdział 10

Na przystanku autobusowym pod Bristolem kłębił się tłum ludzi, jakby tuż obok któryś market rozdawał darmowe pluszaki w kształcie warzyw i owoców. Kitlińska przeszła na drugą stronę ulicy, a potem ruszyła w kierunku Pałacu Prezydenckiego, nie zwracając uwagi na trącające ją osoby.

Wszyscy chcieli być bliżej wydarzeń, a te w tej chwili koncentrowały się w okazałym gmachu. Jakiś czas temu w towarzystwie dziennikarzy i kamer przyjechała tu Teresa Swoboda i teraz z pewnością w jednym z licznych gabinetów toczyła werbalną potyczkę z wicemarszałkiem senatu.

Kitlińska nie wiedziała zbyt wiele na temat Daniela Ignaszewskiego – i właściwie to samo mogła powiedzieć o jakimkolwiek innym wicemarszałku w historii senatu. Zazwyczaj nie byli to ludzie znajdujący się na czele polityczno-medialnych sił szturmowych, ale raczej wyważeni profesjonaliści, działający głównie na sali obrad. Rzadko wikłali się w partyjne przepychanki, nie szczuli się wzajemnymi zarzutami i pozostawali w cieniu. Daniel Ignaszewski nie różnił się w tym względzie od innych.

Dlaczego więc zdecydował się na tak radykalny krok? Ryzykował właściwie rozpętaniem wojny domowej, i to w dosłownym znaczeniu. Anita uznała, że albo nie miał wyjścia, albo w jego otoczeniu znalazło się zbyt wiele osób próbujących przekonać go, że ma dziejową misję do spełnienia.

Tak czy owak, miała teraz odpowiadać za jego bezpieczeństwo. Jego lub Swobody, w zależności od tego, jakie będą ich ustalenia.

Kitlińskiej udało się przebić pod Pałac Prezydencki i dzięki legitymacji BOR-u minąć pierwszy posterunek żołnierski. Zatrzymał ją dopiero jeden z funkcjonariuszy jej własnej formacji.

– Chorąży Kitlińska?

Anita potwierdziła ruchem głowy, choć przed momentem pokazała mężczyźnie dokument, na którym widniały jej imię i nazwisko.

– Nie mogę pani przepuścić.

Spojrzała w kierunku arkad i zrobiła krok ku rozmówcy.

– Jestem członkiem ochrony głowy państwa – powiedziała. – Muszę...

– Już nie.

– Co proszę?

– Została pani zwolniona ze służby.

– Zwolniona? – wypaliła, rozglądając się. – Chyba pan...

– Takie otrzymałem informacje.

– Od kogo?

Kilku żołnierzy stojących za nią zwróciło uwagę na nieco zbyt żywiołową wymianę zdań i skupiło badawcze spojrzenia na Kitlińskiej.

– Od dowódcy.

– To jakaś bzdura. Kompletna bzdura.

Mężczyzna również się zbliżył, a potem podał jej dokument, który stanowił potwierdzenie jego słów.

– Wymierzono pani karę dyscyplinarną wydalenia ze służby – powiedział oficer.

– Ale...

– Przysługują pani wszelkie uprawnienia wynikające z przewidzianej w ustawie procedury.

Anita z niedowierzaniem spojrzała na krótką informację podpartą artykułem trzydziestym piątym ustawy o BOR. Dokument musiał być napisany naprędce, bo nie zawierał właściwie niczego innego.

– To jakieś nieporozumienie – powiedziała. – Kto to wystawił?

– Szef.

Spojrzała na podpis na dole kartki i przeszło jej przez myśl, że skoro dokonał się przewrót na szczytach władzy, być może w trybie natychmiastowym wymieniono także dowództwo Biura. Obok pieczątki znajdowało się jednak nazwisko jej przełożonego.

– To niemożliwe – powiedziała. – Szef jeszcze pół godziny temu sam mnie tu wezwał.

– Najwyraźniej okoliczności się zmieniły.

– Jakie okoliczności?

Rozmówca skinął ręką na jednego z żołnierzy, a ten czym prędzej ruszył w ich stronę.

– Nie jestem upoważniony do przekazania pani szczegółów – oznajmił.

– Więc niech pan przekaże mi ogólniki.

– Sama doskonale je pani zna.

Żołnierz stanął obok Anity, wbił w nią znaczące spojrzenie, a potem położył rękę na przewieszonym przez ramię automacie. Kitlińska zerknęła na znany jej PM-84 glauberyt i mimo woli pomyślała o tym, że niebawem coraz więcej mundurowych będzie nosiło takie na ulicach.

Czy to działo się naprawdę? Anita miała wrażenie, jakby znalazła się w przededniu wydarzeń, które Margaret Atwood opisywała w *Opowieści podręcznej*. Jakby jeden moment dzielił kraj od tego, by nagle wszystko się zmieniło, a obywatele nazajutrz obudzili się w zupełnie nowej rzeczywistości.

Ona zaś tę pobudkę miała już teraz.

– Musi pani opuścić teren – rzucił oficer.

Żołnierz natychmiast zareagował, przesuwając dłoń po glauberycie.

– Zaraz...

– Takie dostałem rozkazy.

– Muszę porozmawiać z szefem.

– Teraz nie jest to możliwe.

Rozmówca nie miał zamiaru dłużej tego ciągnąć. Jeszcze raz skinął na stojącego obok mężczyznę, a ten złapał Kitlińską za ramię. Od razu uznała, że jakiekolwiek protesty i wzmianki o naruszaniu nietykalności cielesnej będą mijały się z celem.

Pozwoliła wyprowadzić się ze strzeżonego, zamkniętego terenu, a potem zatrzymała się na moment pod pomnikiem Poniatowskiego, szukając drogi wyjścia z tłumu. Trochę trwało, nim udało jej się przezeń przebić, prawdziwy problem pojawił się jednak, gdy już to zrobiła – nie wiedziała, co robić dalej.

Skierowała się w stronę Starego Miasta, ignorując rwetes i niecichnące rozmowy zgromadzonych ludzi. Miała wrażenie, że znajduje się poza tym wszystkim, a to, co się dzieje, zupełnie jej nie dotyczy.

Usiadła na schodach przed jedną z restauracji na Rynku i wbiła wzrok w pomnik na środku placu. Przez moment trwała w bezruchu, po czym gwałtownie sięgnęła po komórkę.

Szef odebrał po drugim sygnale.

– Całą dokumentację dostaniesz w swoim czasie – zastrzegł od razu. – Jak możesz się domyślić, mamy teraz ręce pełne roboty.

– Panie pułkowniku...

– Sytuacja jest jasna – uciął. – Sprzeniewierzyłaś się złożonemu ślubowaniu, dopuściłaś się czynów...

Urwał, by wydać kilka krótkich rozkazów jednemu z podkomendnych. Na dobrą sprawę nie musiał kończyć – Kitlińska pamiętała wszystkie ustawowe formułki odnoszące się do dyscyplinarki.

– Przepraszam, nie mam teraz czasu – rzucił, a potem się rozłączył.

Anita miała ochotę uderzyć komórką o bruk. Najwyraźniej Zygzak miał rację i kompromaty, które dostały media, trafiły także do Biura Ochrony Rządu. A może już wyciekły i trafiły do mediów? W natłoku informacyjnym nie sposób było trzymać ręki na pulsie.

Kitlińska włączyła sieć komórkową i wpisała swoje imię i nazwisko w Google. Już kilka pierwszych wyników potwierdzało jej najgorsze obawy. Wprawdzie sprawą zajęły się jedynie mniejsze, niewiele znaczące portale, ale publikowały wszystko, co miały.

Zdjęcia z Agnieszką, doniesienia o TW „Loli", podejrzenia o udział w wyłudzaniu podatku VAT i o narażenie budżetu państwa na wielomilionowe straty. Materiałów było wystarczająco, by BOR natychmiast się z nią pożegnało. Może aż nadto.

W innych okolicznościach sprawa trafiłaby do nagłówków wszystkich większych serwisów informacyjnych, ale w trwającym medialnym szaleństwie stanowiła drugorzędny news. Przynajmniej dla dziennikarzy. Dla Anity oznaczało to koniec życia, jakie znała.

Tyle lat zmarnowanych, tyle szans niewykorzystanych. I tylko po to, by ostatecznie zostać zawróconą sprzed Pałacu Prezydenckiego przez uzbrojonego żołnierza.

Kiedy po raz kolejny rozległ się dźwięk komórki, Kitlińska obawiała się, że dzwoni Agnieszka. Nie kontaktowały się ze sobą od kilku miesięcy, ale teraz z pewnością czekała je długa i poważna rozmowa.

Anita przypuszczała, że jej ex nie będzie robiła wyrzutów. Z ich związkiem kryła się jedynie Kitlińska, Agnieszka nigdy nie musiała i nie chciała tego robić. Jeśli dzwoniła, to jedynie po to, by zrozumieć sytuację.

Kontaktował się jednak ktoś inny.

Anita zmrużyła oczy, a potem przesunęła palcem po wyświetlaczu.

– Myślałam, że masz do załatwienia...

– Gdzie jesteś? – wpadł jej w słowo zdyszany Hauer.

– Znów to pytanie?

– Mów, do kurwy nędzy!

Kitlińska machinalnie podniosła się ze schodów.

– Miałaś być w Pałacu Prezydenckim – dodał szybko. – Jesteś tam?

– Nie.

– W takim razie musisz jak najszybciej się...

– Zwolnili mnie ze służby – ucięła. – Dyscyplinarnie.

Usłyszała zasuwane drzwi i przypuszczała, że Patryk właśnie znalazł się w białym vanie, którym przemieszczał się od pewnego czasu po mieście.

– Co? – spytał. – Dlaczego?

– Bo interesuję się notatką, którą nie powinnam – odparła cicho. – Bo skontaktowałam się z dziennikarzem, który...

– To teraz nieważne.

– Może dla ciebie.

Słyszała, jak Hauer ponagla kierowcę, twierdząc, że musi natychmiast znaleźć się na Krakowskim Przedmieściu. Zaraz potem rozległ się głośny dźwięk silnika. Jeśli ruszali spod sejmu, Anita przypuszczała, że dojazd do Pałacu Prezydenckiego zajmie im najwyżej kwadrans.

– Chronowski zaraz wprowadzi stan wyjątkowy – rzucił Patryk. – Ograniczy swobody obywatelskie, wyrżnie demokratyczne gwarancje wolności, a potem zaknebluje usta opozycji i mediom.

Kitlińska zaczęła iść powoli w kierunku Świętojańskiej, nie zastanawiając się nawet nad tym, dokąd zmierza.

– Nie może tego zrobić – powiedziała.

– Jeszcze nie. Ale jak tylko wszyscy zgodzą się co do tego, że to Ignaszewski przejął obowiązki, będzie pozamiatane.

– A zgodzą się?

– Nie wiem – przyznał Hauer. – Jest takie zamieszanie, że trudno cokolwiek ustalić. Ale z pewnością łatwiej będzie przepchnąć wicemarszałka senatu niż Swobodę.

– Bo?

– Po pierwsze, Ignaszewski uchodzi za umiarkowanego polityka i cieszy się sympatią posłów. Po drugie, Pedep i SORP wciąż mają większość w parlamencie.

Anita przez moment zastanawiała się nad tym, kto tak naprawdę mógłby podjąć w tej sprawie decyzję. Spodziewała się, że sejm, pewnie w drodze jakiejś uchwały. A w takim wypadku koalicja rzeczywiście miałaby decydujący głos.

– Kontaktowałeś się z Teresą?

– Nie. Próbuję się do niej dodzwonić, od kiedy wyczołgałem się z pieprzonego łącznika pod ziemią, ale…

– Z czego?

– Nieważne – rzucił pod nosem Hauer. – W każdym razie Swoboda ma wyłączony telefon. Przypuszczam, że właśnie ustala z Ignaszewskim i prezesem TK, jak konkretnie powinni postąpić.

Kitlińska zatrzymała się pod bazyliką przy Świętojańskiej i pustym wzrokiem popatrzyła przed siebie.

– Odda władzę? – spytała.

– Jeśli uzna, że tylko w ten sposób zapewni stabilność państwa, to tak – przyznał Patryk.

– Ale nie wie, że tuż po wyjściu z pałacu przywitają ją uzbrojeni żołnierze.

– Otóż to.

Kitlińska zamilkła, a Hauer znów krzyknął coś do kierowcy. Potem oznajmił jej, że za nieco ponad dziesięć minut powinien być na miejscu.

– Na Krakowskie nie wjedziecie – oznajmiła. – I plakietka o niepełnosprawności niewiele wam pomoże. Zajedźcie od Trębackiej, będę was wypatrywać.

Anicie udało się dotrzeć tam po kilku minutach, na Hauera musiała poczekać nieco dłużej. Ruch wokół Krakowskiego Przedmieścia przywodził na myśl poniedziałkowe godziny szczytu, kiedy jednocześnie zawodzi komunikacja zbiorowa i dochodzi do kolizji na głównych arteriach Warszawy.

Kiedy Hauer opuścił vana, szybko do niego podeszła.

– Jak zamierzasz się tam dostać? – zapytała.

Poklepał po kółkach wózka.

– Na przełaj.

– W takim razie będziesz potrzebował większych kół.

– Te mi w zupełności wystarczą – odparł, a potem ruszył zdecydowanie przed siebie.

Kitlińska przypuszczała, że ta determinacja na niewiele się zda, ale o dziwo stłoczeni przed Pałacem Prezydenckim ludzie zaczęli się rozstępować. Najwyraźniej niepełnosprawność jednak miała nieliczne zalety.

Kiedy przedarli się pod pomnik Poniatowskiego, jeden z funkcjonariuszy wypatrzył Hauera i natychmiast go rozpoznał. Podniósł rękaw marynarki do ust, powiedział kilka zdań, a potem odczekał i skinął głową.

Patryk i Kitlińska zatrzymali się przed żołnierzami w oczekiwaniu, że BOR-owiec wyda pozwolenie, by przeszli dalej. Ten jednak odwrócił się i ostentacyjnie zignorował Hauera. Była to aż nadto wymowna deklaracja.

– Jakiś plan awaryjny? – mruknęła Anita.

Patryk zbliżył się do stojącego najbliżej żołnierza, wyciągnął legitymację poselską i zaczął coś mu tłumaczyć. Bezskutecznie. Mężczyzna spuścił wzrok tylko na moment, by zerknąć na dokument, a potem wrócił do omiatania tłumu czujnym spojrzeniem.

Hauer po chwili musiał odpuścić. Mógł w tej chwili być politykiem cieszącym się największym zaufaniem w sondażach, mógł być typowany na następnego premiera i przywódcę całej prawicy, ale z formalnego punktu widzenia nie miał żadnej władzy.

Próbował przekonać żołnierza jeszcze przez chwilę, po czym obrócił się do Kitlińskiej i rozłożył ręce.

Rzadko widziała bezsilne gesty w jego wykonaniu. Wydawało jej się, że przez całą swoją karierę Hauer nigdy nie pozwolił sobie publicznie na coś podobnego. Zaczął cofać się w jej kierunku, ale zatrzymał się na widok kogoś nadchodzącego od strony arkad przed głównym wejściem.

Pewny siebie, sprężysty krok, wyprostowana postura i łysa głowa. Tego człowieka nie można było pomylić z nikim innym.

Kitlińska stanęła obok Patryka, czekając, aż Korodecki ich dostrzeże. Szef prezydenckiej kancelarii zdawał się jednak tak pochłonięty jakąś myślą, że wyglądał, jakby nie wiedział, gdzie się znajduje.

– Hubert! – krzyknął Hauer.

Ledwo Korodecki ich dostrzegł, przyspieszył kroku.

– Co tam się dzieje? – spytał Patryk, wskazując na okna Pałacu Prezydenckiego.

– Ty mi to powiedz.

– Hę?

– Co wy, kurwa, odstawiacie? – syknął Korodecki. – Kompletnie zwariowaliście?

– Nie wiem, o czym...

Hubert gwałtownie machnął ręką, a Kitlińska dopiero teraz dostrzegła, że poczerwieniał ze złości. Zanim którekolwiek z nich zdążyło zapytać go, co ma na myśli, ten szybko się oddalił.

Przez moment Anita i Hauer trwali w milczeniu.

– Wygląda na to, że szefowa twojej partii jednak dogadała się z Ignaszewskim.

– Najwyraźniej.

– I że deal albo nie jest dobry dla Pedepu, albo...

– Hubert ma w dupie partię – zauważył Patryk. – Dla niego liczy się w tej chwili tylko Seyda.

Kitlińska niewiele rozumiała z tej sytuacji, ale to jedno wydawało się całkiem logiczne. A skoro tak, to reakcję Huberta musiała wziąć za złą monetę. Jakiekolwiek ustalenia zapadły w pałacu, z jej punktu widzenia z pewnością były niekorzystne.

Po chwili oboje dostrzegli nadchodzącą z oddali Teresę Swobodę. Nie sprawiała wrażenia zadowolonej, ale na dobrą sprawę rzadko bywało inaczej. Podeszła do rządowej limuzyny, która czekała nad nią przed wejściem, ale zawahała się, gdy jeden z ochroniarzy otworzył jej drzwi.

– Chyba cię zauważyła – odezwała się Anita.

Patryk potwierdził cichym mruknięciem, a chwilę potem Swoboda przywołała do siebie jednego z żołnierzy i wskazując Hauera, wydała mundurowemu kilka poleceń. Mężczyzna zawahał się, ale ostatecznie ruszył w stronę Krakowskiego Przedmieścia.

Po chwili Hauer i Kitlińska w końcu zostali wpuszczeni na dziedziniec. Szefowa Unii Republikańskiej czekała na nich przy samochodzie. Silnik pracował, jakby Teresa chciała wysłać sygnał, że to nie będzie długa rozmowa.

– Zanim cokolwiek powiesz, zastanów się dwa razy – poradziła na powitanie, patrząc na Patryka.

Hauer wskazał wzrokiem prezydenckie włości.

– Miałem zamiar tylko zapytać, czy sprzedała pani duszę, czy przy okazji też kraj.

– Ani jednego, ani drugiego.

Swoboda zmierzyła wzrokiem Anitę, a potem pytająco uniosła brwi.

– Co ona tu robi?

– Analizuje siłę taranowania tłumu przez osoby niepełnosprawne.

– Żartujesz sobie, Patryk?

– W żadnym wypadku. To może być przyczynek do naprawdę ciekawych badań.

Teresa odprawiła funkcjonariusza, który otworzył jej drzwi, a potem zerknęła do środka limuzyny. Wyraźnie czekała, aż Hauer poleci Anicie, by ta na moment ich zostawiła.

– Chcesz rozmawiać przy niej?

– Tak.

– Ona jest z BOR-u – zauważyła Swoboda, jakby był to wystarczający powód, by jej nie ufać. – A w tej chwili każdy, kto…

– Właściwie zostałam zwolniona – włączyła się Kitlińska. – I może pani zwracać się do mnie bezpośrednio. Stoję obok.

Hauer machnął ręką, jakby te przepychanki były poniżej poziomu jednej i drugiej, a potem zbliżył się do Teresy. Ta wciąż patrzyła na Anitę, a w jej wzroku było coś głęboko niepokojącego.

– Co pani uzgodniła z Ignaszewskim? – spytał Patryk.

– Nic.

Hauer zmarszczył czoło.

– Z marionetkami nie ma sensu rozmawiać – wyjaśniła. – Jedyne, co się z nimi robi, to pociąga za sznurki.

– Fakt. W takim razie rozmówiła się pani z władcą marionetek?

Teresa niechętnie skinęła głową i znów obrzuciła Kitlińską nieprzychylnym spojrzeniem.

– Może jej pani ufać – dodał Patryk. – Siedzi w tym samym bagnie co ja. I oboje zapadamy się w podobnym tempie.

– Ja może w trochę większym.

– Tak ci się tylko wydaje – odparł. – Bo nie wiesz o zdjęciu ze Starbucksa, które ma Chronowski.

– Jakim zdjęciu?

Swoboda kaszlnęła nerwowo, a Anita zrozumiała, że o cokolwiek chodziło, najwyraźniej szefowa UR też się o tym dowiedziała. Zanim zdążyła powstrzymać Patryka, ten szybko wyjaśnił, w czym rzecz.

Kitlińska słuchała z uwagą, a kiedy skończył, zagwizdała pod nosem.

– Masz rację – skwitowała. – Zapadasz się w takim samym tempie.

– W szybszym – włączyła się Swoboda. – I dawno byłbyś już na dnie, gdyby nie ja.

Hauer zerknął w kierunku głównego wejścia do pałacu.

– Co pani zrobiła?

– Zawarłam z nimi umowę, dzięki której unikniesz politycznej śmierci.

– To znaczy?

Znów zawahała się z powodu Kitlińskiej, ale kiedy Hauer po raz kolejny zapewnił ją, że nie ma powodu, by nie ufać byłej funkcjonariuszce BOR-u, Swoboda w końcu spasowała. Odeszli kawałek, by żaden z żołnierzy nie usłyszał wymiany zdań, a Teresa dodatkowo zniżyła głos.

– Było tylko jedno wyjście – powiedziała. – Dogadać się.

– Z nimi się najwyraźniej nie da.

– Nawet z diabłem paktujesz, kiedy stoisz na progu piekła i nie masz drogi odwrotu, prawda?

Patryk nie sprawiał wrażenia przekonanego i patrzył na szefową partii z niepokojem. Ta zrobiła głęboki wdech i dopiero teraz na jej twarzy uwidocznił się cały trud, który musiała zadać sobie w ostatnich godzinach, by zażegnać kryzys.

– Poszliśmy na kompromis – oznajmiła. – Oni wprowadzą stan wyjątkowy, my realizujemy umowę, którą ty wynegocjowałeś w sejmie. Obie strony dostają to, co chciały. Obydwie wygrywają.

– A Polska przegrywa – odezwała się Kitlińska. – Jak zwykle.

Dwoje polityków zignorowało tę uwagę.

– Akceptujemy fakt, że Ignaszewski pełni obowiązki – ciągnęła Swoboda. – Bo zastąpił w tej roli marszałka senatu, który zmarł jako ostatni w zamachu.

– Nasza akceptacja w kuluarach nie wystarczy, żeby to zalegitymizować – zauważył Patryk.

Teresa skinęła głową.

– Taką interpretację potwierdzi Trybunał Konstytucyjny – wyjaśniła.

Kitlińska nie miała wątpliwości, że stałoby się to tak czy inaczej. To koalicja PDP–SORP wprowadziła do tego gremium najwięcej członków i niechybnie zagłosowaliby oni tak, jak liczył na to Chronowski.

– Zaraz potem sejm wybierze mnie na swojego marszałka – dodała Teresa. – Przejmę obowiązki, rozpiszę wybory i…

– Prezydenckie?

– Najpierw parlamentarne – odparła. – Sejm podejmie decyzję o skróceniu kadencji.

Nie sposób było tego uniknąć. Do samorozwiązania miało dojść już wcześniej, ale Chronowskiemu za każdym razem udało się temu zapobiec. Tym razem jednak było mu to na rękę – okoliczności będą sprzyjały jego zwycięstwu.

– Jest pani pewna, że to roztropne? – spytał Hauer.

– Nie. Ale z pewnością odważne.

– A nie słyszała pani nigdy, że nawet męstwo nie pomoże tam, gdzie przezorność mała? Bo…

– Samobójcze dążności Polska ma i miała – dokończyła Teresa. – Tak, słyszałam. To Fredro, prawda?

Patryk potwierdził cichym mruknięciem.

– Możemy się na tym przejechać – powiedział. – Fakt, że będzie pani w pałacu, niczego nie zmieni. Ze stanu wyjątkowego korzyści i tak czerpie administracja rządowa, a Chronowski nie zawaha się przed… cóż, przed niczym.

– Nie mamy wyjścia.

Rzuciła tę uwagę cicho, ale zdawała się bardziej donośna niż wszystko, co wcześniej powiedziała. Swoboda miała rację, znaleźli się pod ścianą. Gdyby poszła z premierem na noże, kraj pogrążyłby się w chaosie. Stan wyjątkowy i tak zostałby wprowadzony, a Hauer mógłby pożegnać się z życiem, które dotychczas znał. Może nawet z wolnością, jeśli prokuratura dorobiłaby zgrabną wersję do zdjęcia ze Starbucksa.

– Pani będzie w pałacu… – zauważył, a potem zawiesił głos. – Ja w myśl umowy nie mogę być kandydatem na premiera.

– Mhm.

– Kto więc poprowadzi UR w wyborach?

Na to pytanie Swoboda nie miała odpowiedzi. W partii było wiele osób, które dobrze rokowały, wielu potencjalnych zastępców Teresy lub Hauera, ale kłopot polegał właśnie na mnogości kandydatów. Żaden się nie wybijał.

– Jak mamy zamiar wygrać? – dodał Patryk.

Swoboda położyła rękę na oparciu wózka i nachyliła się do Hauera.

– Obnażając prawdę o tym sukinsynie – oznajmiła. – Bo jestem przekonana, że to na jego rękach jest krew Seydy i marszałków.

Anita odchrząknęła głośno, skupiając na sobie uwagę rozmówców. Nie musiała długo zastanawiać się nad tym, czy przekazać im to, czego dowiedziała się z telefonu podrzuconego w autobusie.

Swoboda i Hauer byli jej sojusznikami, przynajmniej w tym momencie.

Streściła im wiadomość ze smartfona – i podkreśliła zapewnienie, że Chronowski nie tylko nie miał nic wspólnego z zamachem, ale o nim nie wiedział. Po tym zaległo chwilowe milczenie.

– Nie wiemy, kto zostawił ci tę komórkę – zauważyła Teresa. – Mógł to być…

– Tylko ktoś związany z Bianczim – ucięła Kitlińska. – Albo z tym, kto dostarczał mu informacje z ministerstwa. Inaczej w wiadomości nie podano by sygnatury W-29/17 ani wzmianki o tym, że jakiś wysoko postawiony urzędnik miał informacje o zamachu, zanim do niego doszło.

Politycy UR wymienili się nieco zagubionymi spojrzeniami. Z ich punktu widzenia najlogiczniej i najłatwiej było zrzucić całą winę na Chronowskiego. Jeśli mieli go wyjąć z kręgu podejrzeń, sytuacja stawała się niezrozumiała.

Kto za tym wszystkim stał? Kto kilkoma sprawnymi ruchami zniszczył życie Kitlińskiej, przekreślił karierę Hauera i sprawił, że cały kraj pogrążył się w chaosie?

Ktokolwiek to był, nie próżnował. Potwierdziło to nagłe, głośne wycie syren alarmowych, które dla zebranych przy Krakowskim Przedmieściu było jak eksplozja.

Szybko narastający, przeciągły dźwięk natychmiast wywołał panikę. Ludzie zaczęli krzyczeć, przepychać się i w beznadziejnych próbach szukać drogi wyjścia z tłumu. W okamgnieniu przed Pałacem Prezydenckim zakotłowało się, jakby wszyscy naraz zaczęli walczyć o życie.

Modulowane wycie z głośników było ogłuszające i paraliżujące, Kitlińska nie rozumiała, co się dzieje. Wiedziała jedynie, że ten przeraźliwy sygnał zastrzeżony jest dla sytuacji największego zagrożenia kraju.

– Co się dzieje?! – ryknęła do Hauera, starając się przekrzyczeć syreny.

Patryk rozejrzał się bezradnie, równie zdezorientowany jak ona. Swoboda również sprawiała wrażenie, jakby znalazła się w zupełnie obcym świecie. Przed nimi panika wciąż narastała, a za ich plecami nagle pojawili się wojskowi i funkcjonariusze BOR-u. Wszyscy biegli w ich kierunku.

– Co się dzieje?! – powtórzyła Anita.

Nie doczekała się odpowiedzi.

Rozdział 11

Z okna w antyszambrze Adam Chronowski doskonale widział to, co działo się przed Pałacem Prezydenckim. Chaos wywołany wyciem sygnału alarmowego był niewielką ceną za doprowadzenie do tego, by wszyscy zgodnie uznali, że stan wyjątkowy to jedyne sensowne rozwiązanie.

W mediach już powinna pojawić się informacja, że w pokoju hotelowym, który wynajmował Azamat Szachmatow, znaleziono plany kompleksu przy Krakowskim Przedmieściu. Fakt ten w połączeniu z nieudanymi wysiłkami, by odnaleźć Abdula Ganiego, sprawiał, że ogłoszenie alarmu i ewakuacja całej okolicy miały wyglądać na uzasadnione.

W rzeczywistości jednak istniały dwa istotne elementy, o których opinia publiczna nie wiedziała.

Po pierwsze, plany – ujawnione niegdyś nieopatrznie w Biuletynie Informacji Publicznej podczas kancelaryjnego przetargu – pojawiły się w pokoju hotelowym na wyraźne polecenie Chronowskiego.

Po drugie, Abdul Gani nie stanowił dla nikogo żadnego zagrożenia. Znajdował się w bezpiecznym miejscu i miał tam pozostać tak długo, jak Chronowski uzna to za stosowne.

Adam uśmiechnął się do swojego odbicia w szybie, a potem powiódł wzrokiem po uciekających sprzed pałacu ludziach.

Zawsze wychodził z założenia, że prawdziwym kunsztem nie jest zaprowadzanie porządku tam, gdzie istnieje chaos, ale wręcz przeciwnie – tworzenie zamętu w miejscu, gdzie panuje ład.

Entropię postrzegał zresztą zawsze jako siłę budującą, nie niszczącą. W końcu to z chaosu zrodził się wszechświat. Chaos był istotą wszechrzeczy.

Adam wsunął rękę między zapięte guziki marynarki i dopiero po chwili uświadomił sobie, że przyjmuje iście napoleońską pozę. Jego uśmiech stał się jeszcze szerszy, ale zbladł nieco, kiedy rozległ się dzwonek telefonu.

Chronowski rozpiął marynarkę i wyjął komórkę. Zgodnie z jego przypuszczeniami dzwonił człowiek, którego głosu bynajmniej nie chciał słuchać. A właściwie nie jego, ale syntetyzatora mowy używanego za każdym razem przez rozmówcę.

Ten konkretny program pojawił się w internecie stosunkowo niedawno, ale szybko zjednał sobie sympatię użytkowników. Twórcy wyposażyli go w dziwny wschodni akcent i wybrali dość adekwatną nazwę. Ivan od pewnego czasu robił furorę głównie dlatego, że zaczęli używać go youtuberzy do naigrywania się z Bogu ducha winnych ludzi przez telefon. Dodatkowo syntezator podzielił los wszystkich bliźniaczych aplikacji i stał się podstawowym narzędziem do wszelkiej maści przeróbek znanych filmów i seriali.

Przez to mechaniczny głos kojarzył się Chronowskiemu jedynie z szyderą i kpiną, co dodatkowo go rozsierdzało, ilekroć nieznany człowiek się z nim kontaktował. Nigdy się nie przedstawił i nie dał Adamowi żadnej szansy, by ten poznał jego tożsamość. Chronowski nazywał go Ivanem, zakładając, że wschodni akcent wybrany został nieprzypadkowo.

Przez moment wzbraniał się przed odebraniem. Ostatecznie jednak przyłożył komórkę do ucha i nabrał głęboko tchu.

– Tak?

– Odbieraj od razu, jak do ciebie dzwonię – rozległ się dźwięk syntezatora.

– Musiałem coś…

– Następnym razem odczekam trzy sygnały i się rozłączę.

Chronowski powiódł wzrokiem za kilkoma żołnierzami, którzy pędzili w stronę Teresy Swobody. Wiedzieli, że w tej sytuacji to przede wszystkim jej powinni zapewnić bezpieczeństwo. Adam żałował, że nie ma nikogo, kto zadbałby w podobny sposób o niego. Był zdany wyłącznie na siebie.

– Rozumiesz? – spytał Ivan.

– Tak.

– I wiesz, co się wtedy wydarzy?

– Wiem.

– Świetnie. A teraz obiecaj, że nie będę musiał nigdy więcej czekać.

Spełnił polecenie bez wahania. Podczas wcześniejszych rozmów nieznajomy poniżał go jeszcze bardziej i dawno uświadomił mu, kto w tym rozdaniu ma wszystkie mocne karty. Chronowskiemu nie pozostało nic innego jak wykonywać wszystkie rozkazy.

Przez chwilę na linii panowała cisza.

– Wszystko poszło tak, jak powinno? – zapytał syntetyczny głos.

– Wystarczy, że włączysz jakikolwiek kanał. Jestem pewien, że wszystkie teraz…

– Zadałem ci konkretne pytanie.

Chronowski przyłożył czoło do szyby. Chłód szkła był przyjemny, zdawał się zmniejszać ból głowy, który poczuł niemal od razu, kiedy zobaczył, kto dzwoni.

– Wszystko poszło tak, jak sobie tego życzyłeś. Stan wyjątkowy ogłosimy niebawem.

I przy poparciu społecznym, dodał w duchu Adam. Kiedy obywatele zobaczą, co dzieje się na Krakowskim Przedmieściu, sami będą prosić go o ograniczenie swobód obywatelskich i wyprowadzenie na ulice większej liczby funkcjonariuszy.

– Swoboda zgodziła się na przedstawione warunki? – spytał Ivan.

– Tak, choć musiałem ją przycisnąć zdjęciem Hauera z placu Trzech Krzyży.

– Zrozumiałe.

– Zaraz po tym, jak Trybunał ogłosi swoją decyzję, wybierzemy Teresę na marszałka – dodał Adam. – Ale muszę przyznać, że to mnie trochę niepokoi. Oddajemy im pałac, a wcale nie musimy tego robić.

Rozmówca milczał, a Chronowski wyprostował się i omiótł spojrzeniem antyszambr.

– Teresa może wyrządzić nam tutaj szkody – zauważył. – Będzie mogła...

– Niczego nie będzie mogła.

– Jesteś pewien?

Znów chwila ciszy.

– Tak – odparł rozmówca przez syntezator.

Nie było sensu dyskutować, zresztą całkiem możliwe, że była to prawda. Po wprowadzeniu stanu wyjątkowego to premier i ministrowie zyskają dodatkowe uprawnienia. Osoba pełniąca obowiązki prezydenta – nie.

Swoboda będzie jedynie figurantką, upoważnioną do wykonywania tylko tych czynności, które będą niezbędne, by jak najszybciej doprowadzić do wyborów.

Chronowski nie miał wątpliwości, że poprawi w nich wynik swojej partii. Gdyby ktoś zapytał go o to jeszcze dwadzieścia cztery godziny temu, odparłby, że to nie jego sprawa. Miał zamiar wycofać się z polityki i... nie, właściwie nie wycofać się, ale po prostu uciec. Znalazł się na przegranej pozycji i nie pozostało mu nic innego.

Wtedy. Teraz zaś sytuacja całkowicie się zmieniła. Dwie osoby spośród tych, które zginęły, należały do Pedepu. Śmierć Seydy i marszałka sejmu zapewni im nie tylko sympatię mas, ale stworzy także niepowtarzalną okazję, by je porwać.

W dodatku Adam miał przekonanie, że rozmówca posługujący się syntezatorem da mu narzędzia, które pomogą w zwycięstwie. Gdyby nie był tego pewien, być może nie poszedłby tak łatwo na współpracę. Wszystko wskazywało jednak na to, że niewielkim kosztem Chronowskiemu uda się osiągnąć bezapelacyjne, totalne zwycięstwo. W dodatku w całkowicie demokratyczny sposób.

– Kitlińska została zwolniona? – odezwał się Ivan, wyrywając premiera z zamyślenia.

– Tak.

– Nie będzie stwarzała kłopotu?

– Nie.

– Gwarantujesz to?

– Zajmę się Kitlińską – zapewnił premier. – Ale dalej nie jestem pewien, czy to…

– Musisz być pewien tylko tego, że w twoim najlepszym interesie jest wykonywanie moich poleceń.

Co do tego akurat nie miał wątpliwości. Wprawdzie nie podobało mu się wiele rzeczy, które musiał zrobić, w tym zawarcie całego tego układu ze Swobodą, ale nie miał wyjścia. Ivan trzymał go w garści.

Kitlińskiej nie było mu szkoda. Fakt, że parę prawdziwych i parę spreparowanych kompromatów wystarczyło, by cała jej kariera się zawaliła, świadczył tylko o tym, jak była wątła.

Wykonywanie niektórych poleceń Ivana dostarczało mu jednak prawdziwej satysfakcji. Jak tych, które dotyczyły

Hauera. Spotkanie w podziemnym łączniku było świetnym pomysłem, a zdjęcia ze Starbucksa przy placu Trzech Krzyży stanowiły mannę z nieba.

Adam czekał na kolejne wytyczne z nadzieją, że okażą się równie przyjemne w realizacji. Dźwięk mechanicznego głosu jednak się nie rozległ, a Chronowski wiedział, że czas ucieka. Powinien jak najszybciej poinformować ludzi, z czego wynika ogłoszony alarm.

– Co teraz? – spytał.

Ivan jeszcze przez moment milczał.

– Musisz usunąć notatkę w MSW o sygnaturze W-29/17.

– Co to za notatka?

– Nieistotne. Musi zniknąć.

– Rozumiem.

– Zapisałeś sygnaturę?

Adam poklepał kieszenie marynarki, ale nie znalazł niczego do pisania.

– Zrobię to, jak się rozłączymy, bo…

– Teraz – uciął Ivan. – W-29/17. MSW.

Chronowski odstawił komórkę od ucha i przez chwilę szukał aplikacji, w której mógłby zapisać sygnaturę. Rzadko korzystał z telefonu w innym celu niż dzwonienie. Kiedy w końcu uporał się z prostym zadaniem, znów przyłożył komórkę do ucha.

– Co dalej? – zapytał.

– Po tej notatce ma nie zostać żaden ślad. Rozumiesz?

– Zadbam o to.

– Żaden.

– Rozumiem, rozumiem – zapewnił Adam, przypuszczając, że dla szefa rządu usunięcie wszelkich śladów w Ministerstwie Spraw Wewnętrznych nie będzie specjalnie wymagającym zadaniem. – Notatka zniknie.

– Oprócz tego zrobisz jeszcze kilka rzeczy.

– Jakich?

– Użyjesz instrumentów, do których zyskasz dostęp dzięki stanowi wyjątkowemu.

– To znaczy?

Ivan raz po raz potrzebował nieco więcej czasu na odpowiedź, jakby wolniej wklepywał tekst do syntezatora. A może po prostu sprawdzał, czy się nie pomylił? W trakcie ich rozmów Adam nie wyłapał choćby jednej literówki.

– Poddasz Hauera skrupulatnej inwigilacji.

– Będę potrzebował powodu.

Rozmówca nie odpowiadał.

– Halo?

– Niech służby założą mu podsłuch – oznajmił Ivan. – Ma być również śledzony.

– Ale...

Adam zawiesił głos, czekając, aż znów rozlegnie się syntetyczny głos. Tym razem stało się to dość szybko.

– Masz powód. Zdjęcie z terrorystą.

Właściwie stanowiło to całkiem niezłą wymówkę, żeby zyskać kontrolę nad całą opozycją. To w gabinecie Hauera będą odbywały się najważniejsze rozmowy, to on będzie sterował całym frontem przeciwko Pedepowi i SORP. Nawet jeśli nie ubiega się o stanowisko premiera.

Owszem, Richard Nixon przejechał się na podsłuchach, ale dzięki niemu wszyscy kolejni prezydenci byli na tyle uważni, że nie dali się złapać. Z Chronowskim będzie podobnie. A jeśli kiedykolwiek inwigilacja wyjdzie na jaw, zdjęcie rzeczywiście będzie wystarczającą dupokrytką.

– To wszystko?

– Nie. Miej oko na Kitlińską.

– Mówiłem, że nie sprawi problemu.

– Nie interesuje mnie twoje zdanie. Uważaj na nią.

– W porządku.

– I daj jej do zrozumienia, że nie powinna zajmować się sprawami, które jej nie dotyczą.

– Jak?

Chronowski znów musiał poczekać chwilę na odpowiedź. Kiedy w końcu Ivan mu jej udzielił, premier notował wszystko w pamięci. Wiedział, że nie może niczego pominąć. W końcu zrozumiał także, że z jakiegoś powodu funkcjonariuszka BOR-u stanowi największe zagrożenie. Przynajmniej do czasu, aż Adam zrobi to, co mu polecono.

Rozdział 12

Wieczorem wszystko było jasne. Plany, które znaleziono w jednym z hoteli, wyciekły parę lat temu podczas organizowania publicznego przetargu przez Kancelarię Prezydenta. Na architektonicznych rzutach zobaczyć można było rozkład nie tylko pomieszczeń, ale także tuneli w ścianach, wentylacji, instalacji elektrycznej czy monitoringu.

Dodatkowo w dokumentacji znalazły się szczegóły związane z wytrzymałością ścian i zabezpieczeniami całego gmachu. W rękach zamachowca stanowiło to właściwie gotowy scenariusz tragedii, więc nikogo nie dziwiło, że służby podjęły decyzję o rozpędzeniu tłumu.

Równie zrozumiałe stało się wprowadzenie stanu wyjątkowego.

Milena i Hauer oglądali wieczorną konferencję prasową Swobody w swoim mieszkaniu. Na stole stał cały półmisek brownies z fasoli, ale jedno ani drugie nie sięgnęło nawet po jeden kawałek.

Teresa chwilę mówiła o tym, że w momencie kryzysu udało się osiągnąć ponadpartyjne porozumienie, że dobro Polski jest najwyższą wartością i że zapewnienie bezpieczeństwa i stabilności stanowi najistotniejszy obowiązek polityków.

Milena zakryła dłonią usta i cicho ziewnęła.

– Kto pisze jej te przemówienia? – spytała pod nosem.

– Sama to robi.

Żona spojrzała na Patryka z niedowierzaniem.

– Jest ze starej gwardii – dodał. – Pamięta jeszcze czasy, kiedy przed opozycyjnymi wiecami siadała w zadymionej klitce, pochylona nad kilkoma serwetkami, i na szybko spisywała najważniejsze myśli.

– W tym wypadku najwyraźniej zapomniała nawet o tym – skwitowała Mil, wskazując na ekran szerokokątnego telewizora. – Żadnego hasła przewodniego, żadnego powtarzającego się motywu, żadnej osi. Po prostu klepie.

Hauer skrzywił się, bo choć była to prawda, zawsze czuł sprzeciw, ilekroć ktoś znajdował sposób, by dezawuować Teresę Swobodę. Nawet jeśli robiła to Milena.

– Nie zjedna sobie nikogo takim paplaniem.

– Nie musi – odparł Patryk.

– Żartujesz? Nie słyszałeś nigdy, że polityk otwiera usta tylko w jednym celu?

– Żeby skłamać?

– Nie. To potrafi robić nawet z zamkniętymi. – Mil wymierzyła palcem w telewizor. – Teresa powinna budować kapitał wyborczy, a tymczasem zachowuje się jak dziennikarka relacjonująca wydarzenia, na które nie ma żadnego wpływu.

– Bo w pewnym sensie nie ma.

– Nieistotne – odparła z niezadowoleniem Milena, jakby fakt, że przewodnicząca UR zachowuje się w ten sposób, mógł im zaszkodzić. – Powinna stwarzać wrażenie, że to od niej wszystko zależy.

– Może ma nadzieję, że to się rozumie samo przez się.

Hauer sięgnął po fasolowe brownie, słodzone jedynie stewią i erytrytolem. Przepis Milena znalazła na blogu Panna Anna Biega jakiś czas temu, a potem sama go zmodyfikowała. Zero mąki, zero mleka, zero masła i zero cukru. Początkowo brzmiało to tak, jakby brownies miały również zero smaku, ale już po pierwszym kęsie Patryk wiedział, że zje wszystkie.

– Właśnie przejęła obowiązki głowy państwa – dodał z pełnymi ustami. – To mówi więcej niż gładkie formułki polityczne.

– Mówi tyle, że jest drugorzędnym graczem.

– Bo?

– Najpierw sama oznajmiła w sejmie, że obejmuje funkcję, potem poparła interpretację Trybunału Konstytucyjnego, a teraz postąpiła tak, jak chciał tego Chronowski.

Patryk odłożył ciastko.

– Przede wszystkim ze względu na mnie i na to, że...

– Tak, pamiętam o tym jebanym zdjęciu – syknęła Mil. – Zapewniam cię, że nie zapomniałam o nim ani na moment.

Fotografia z placu Trzech Krzyży jemu także nie dawała spokoju. Zdawał sobie sprawę, że dzięki niej Adam nie tylko może trzymać go w szachu, ale także dopilnować, by Hauer nie postąpił wbrew międzypartyjnej umowie.

Milena nazywała ją traktatem cesyjnym i wydawało się, że to właściwe określenie. Nawiązanie do dokumentu, w którym po wysiłkach targowiczan Polska zrzekała się na rzecz Rosji ćwierci miliona kilometrów kwadratowych swojej powierzchni, było jak najbardziej na miejscu. Tyle że w tym wypadku zrzekano się kariery, a nie terytorium.

Kiedy Swoboda przeszła do przekazywania informacji o tym, że niedługo rozpisze wybory parlamentarne, a dopiero potem nowy marszałek sejmu zarządzi wybory prezydenckie, Milena odwróciła wzrok.

– Dalej tylko relacjonuje – mruknęła. – Mimo że to przecież ona decyduje o wyborach do sejmu. I to ona uznała, że najpierw je przeprowadzimy, a dopiero potem będziemy wybierać głowę państwa.

Miała rację nie tylko co do tego. Swoboda rzeczywiście nie wypadła najlepiej, nawet pomijając sprawy retoryczne. Była zgarbiona, jej makijaż i fryzura po całym dniu wyraźnie wymagały poprawek. Przypominała zmęczoną życiem podstarzałą gospodynię domową, a nie dawną przywódczynię opozycji.

Ten dzień dał się jednak wszystkim mocno we znaki i Hauer przypuszczał, że w tym względzie Teresa nie odbiegała od nikogo, kto oglądał jej przemówienie spod Pałacu Prezydenckiego.

Kiedy przeszła do zapewnień, że służby są na tropie drugiego zamachowca, Abdula Ganiego, mówiła bez polotu i przekonania. Właściwie wyglądała, jakby to na nią polowano.

Na terrorystach być może nie robiła wielkiego wrażenia, ale Hauer nie miał wątpliwości, że wciąż jest groźna. Jeśli nie dla Abdula Ganiego i jemu podobnych, to dla swoich przeciwników w sejmie.

Nadal była politycznym drapieżnikiem, który nie zawaha się przed tym, by rozszarpać na strzępy wroga w werbalnym pojedynku przed kamerami. I Adam Chronowski z pewnością o tym wiedział – zajmował się takimi starciami na tyle długo, by nie popełniać grzechu niedoceniania przeciwnika.

– Zaprzepaszcza idealną okazję, żeby zyskać trochę poparcia – dodała Milena.

– Może uznała, że nie każda jest dobra.

– Co?

– Nie na wszystkim warto zbijać polityczny kapitał, Mil.

Żona spojrzała na niego, jakby nagle zorientowała się, że siedzi obok niej zupełnie inny, obcy człowiek.

– Czy ty słyszysz, co mówisz?

Hauer nie odpowiedział. Od pewnego czasu odbywali podobne sprzeczki, a Milena nieraz próbowała uświadomić mu, jak zmienił się w ostatnim czasie. Było w tym trochę prawdy. Pierwszym impulsem, by przewartościować całe swoje życie, była śmierć Małgorzaty Bukowskiej. Patryk miał świadomość, że się do niej przyczynił, choć nie bezpośrednio.

Potem wypadek. Zupełna zmiana priorytetów, przynajmniej na pewien czas.

A teraz strata Seydy. I to akurat w momencie, kiedy wspólnie zaczynali układać plan, który mógłby realnie zmienić ten kraj.

Milena jednak nie ciągnęła tematu, a on równie chętnie go porzucił. Na powrót skupili się na przemówieniu Teresy, która w końcu zaczęła operować nieco pewniejszym głosem. Sprawiała wrażenie, jakby uświadomiła sobie to, o czym przed momentem pomyślał Hauer – że mimo wszystko wciąż jest drapieżnikiem. Patryk przez chwilę słuchał jej z uwagą, po czym odpłynął myślami.

– To bez sensu – odezwał się cicho.

Mil potwierdziła, kiwając głową.

– Mówię to od początku. Jeśli dalej będzie tak bełkotać, ludzie będą mieli po tych nudach większą traumę niż po wybuchu pod sejmem.

– Mam na myśli to, że w ogóle...

Hauer urwał, a potem bezradnie wskazał telewizor.

– Co? – spytała Mil.

– Że w ogóle tam jest. Że przemawia z tego miejsca. Że Chronowski praktycznie oddał jej Pałac Prezydencki.

Milena sięgnęła po brownie, ale ugryzła tylko niewielki kawałek, jakby nie była to dietetyczna wersja słynnego amerykańskiego przysmaku, ale bomba kaloryczna prosto z cukierni.

– Dlaczego to zrobił? – kontynuował Patryk. – Przecież miał wszystkie karty, mógł to rozegrać tak, jak chciał. Pełnia władzy była na wyciągnięcie ręki. Prezydent, rząd, sejm, Trybunał Konstytucyjny. Wszystko, co potrzebne do wygrania wyborów.

– Nie wszystko.

– Więc czego twoim zdaniem zabrakło?

– Poparcia społecznego – odparła Mil i oddała mu kawałek ciastka. – Wiedział, że jeśli w takiej sytuacji sięgnie po całą pulę, wyborcy zobaczą w nim zadatki na dyktatora. A jego PR od pewnego czasu nie był zbyt dobry, jak być może zauważyłeś.

Patryk zmarszczył czoło, zastanawiając się, czy tyle wystarczyłoby, żeby Chronowski dobrowolnie oddał część władzy w ręce Teresy.

– Musiał zachować pozory – dodała Milena.

– Tak sądzisz?

– A jak inaczej to wytłumaczysz?

– Nie wiem – przyznał. – Ale czy to wszystko wygląda ci na typowy sposób działania tego sukinsyna?

Mil wzruszyła ramionami.

– Bo mnie nie. Wręcz przeciwnie, jeśli Chronowski cokolwiek udowodnił w trakcie całej swojej kariery, to właśnie to, że nie ogląda się na konsekwencje i chwyta wszystko, co ma w zasięgu.

– Może tym razem ktoś przemówił mu do rozsądku.

– A może chodzi o coś innego – odparł Patryk, nie odrywając wzroku od kończącej konferencję prasową Swobody. – Może czegoś nie rozumiemy.

– Czego?

Pytanie pozostało bez odpowiedzi, choć właściwie hipotezy Patryk mógłby mnożyć. Premier z pewnością realizował plan, który miał zapewnić mu władzę większą niż dotychczas.

Każdy inny polityk mógłby coś ugrać na oddaniu opozycji tymczasowej prezydentury, może nawet zacząć uchodzić za męża stanu. Ale nie Chronowski. On musiał zdawać sobie sprawę z tego, jak był postrzegany, i wiedzieć, że nawet takim posunięciem tego nie zmieni.

Musiało chodzić o coś innego. Coś na tyle ważnego, że był gotów zaryzykować oddanie Pałacu Prezydenckiego w ręce Unii Republikańskiej.

– No? – odezwała się Milena, wyrywając go z zamyślenia. – Czego twoim zdaniem nie rozumiemy?

Przesunęła się na skraj kanapy, a potem nachyliła do męża. Położyła mu rękę na udzie, jakby po raz kolejny zapomniała, że po wypadku nie ma czucia od pasa w dół. W istocie jednak Mil nie zapominała o niczym – i nic nie robiła bez powodu.

Cokolwiek chciała mu w ten sposób uświadomić, nie miało to znaczenia. Hauer poczuł bowiem delikatne mrowienie w miejscu, gdzie żona położyła rękę. Drugi raz w ciągu krótkiego czasu.

Zamiast jednak myśleć o tym, co mogło to oznaczać, wrócił pamięcią do poprzedniego razu. Do spotkania z Seydą, po którym wszystko miało się zmienić.

– Patryk?

Zamrugał kilkakrotnie, jakby dzięki temu mógł pozbyć się tych obrazów spod powiek.

– Co on chce osiągnąć? – rzucił.

– Mówiłam ci.

Hauer pokręcił głową, a potem odsunął wózek od kanapy i skierował się ku lodówce. Wyciągnął z niej butelkę piwa i odwrócił się do Mil.

– Wychodzi z założenia, że Teresa mu nie zaszkodzi – dodała. – I jeśli oglądał jej konferencję, to tylko się w tym utwierdził. W dodatku wie, że jako pełniąca obowiązki prezydenta tak naprawdę nie będzie miała nic do gadania.

– W sprawach państwowych być może – ocenił Patryk. – Ale dzięki temu na czas kampanii dostajemy dodatkowe narzędzia. Teresa może wygłaszać orędzia, pojawiać się w mediach nawet podczas ciszy wyborczej i korzystać ze wszystkiego, co wiąże się z tą posadą.

Milena przez chwilę się namyślała, a Hauer dostrzegł, że wreszcie także do niej dotarło, jak niecodzienna to sytuacja. Chronowski nie powinien zgadzać się na układ, który mu zaproponowali. Nawet jeśli mógł szachować ich zdjęciem z Azamatem.

– Zdajesz sobie sprawę, że jest tylko jedno wytłumaczenie? – spytała Milena.

– Jest ich całkiem sporo.

– Mówię o tych realnych.

Hauer napił się piwa i nabrał głęboko tchu. Mimo że nie była to pora na afobam, chętnie wziąłby choć jedną tabletkę. W dzień taki jak ten właściwie byłoby to całkowicie usprawiedliwione, bo poziom stresu od momentu wybuchu na Wiejskiej nie opadał.

– Więc? – upomniała się o uwagę Mil. – Jesteśmy gotowi założyć, że ta opcja jest słuszna?

– Nadal nie wiem, co masz na myśli.

– Doskonale wiesz – odbąknęła. – Bo jedynym wytłumaczeniem tego, że Swoboda dostała fotel prezydenta, jest to, że działa razem z Chronowskim.

Było to zarazem jedyne sensowne i kompletnie niemożliwe wyjaśnienie. Ale na dobrą sprawę nie stanowiło dużego odstępstwa od normy – cała polityka sprowadzała się do paradoksów i absurdów.

– To by też tłumaczyło, dlaczego odsunęła cię na etapie negocjacji sejmowych.

– Nie.

Mil podniosła się z kanapy, podeszła do niego i zabrała mu butelkę piwa. Napiła się, a potem wróciła na swoje miejsce, wysyłając jasny sygnał, że mimo późnej pory powinien zachować trzeźwość umysłu.

– Innym wytłumaczeniem jest to, że to Swoboda kontroluje Chronowskiego – dodała. – Tyle że to całkowicie nieprawdopodobne. Po pierwsze, nic na niego nie ma, a po drugie, gdyby miała, wymusiłaby znacznie większe ustępstwa. I nie pozwoliłaby na wprowadzenie stanu wyjątkowego.

– Może więc ktoś inny zmusił go do oddania pałacu?

– Kto?

Hauer uniósł wzrok i odchylił głowę. Przez moment się zastanawiał, ale nic nie przychodziło mu na myśl. Wszystko to nie miało sensu, nie służyło żadnemu konkretnemu celowi i nie przyczyniało się do wzrostu poparcia jednej konkretnej partii. Zupełnie jakby stał za tym ktoś spoza polityki.

– Musimy dotrzeć do tej notatki – odezwała się Milena. – Znajdziemy ją, znajdziemy odpowiedzi. Może nawet więcej.

Hauer pokiwał głową, przekonany, że faktycznie tak może się stać. W końcu Bianczi oddał życie za próbę odkrycia tej tajemnicy. To sprawiało, że zyskiwała dodatkową wagę.

– Widzę, że nie muszę cię przekonywać.

– Nie – przyznał Patryk.

– Więc masz już jakiś plan?

– Oględny. Skorzystajmy z Kitlińskiej. Jest teraz poza służbami, a Bianczi z jakiegoś powodu miał do niej zaufanie.

– Nie jakiegoś, tylko dość jasnego. Była zausznikiem Seydy – skwitowała Mil. – O ile jemu to wystarczało, o tyle nam niekoniecznie musi.

– Masz inną propozycję?

– Tak – przyznała i lekko się uśmiechnęła. – Jest całkiem prosta.

– Więc nie zostawiaj jej dla siebie – odparł, ponaglając ją ruchem ręki.

Milena pociągnęła łyk piwa i odstawiła butelkę na stół.

– Podzielimy to społeczeństwo, Patryk. Stworzymy w nim tak dużą wyrwę, jakiej historia jeszcze nie widziała.

– To jest twój sposób na rozwiązanie problemu?

Skinęła głową i zsunęła się z kanapy, tak by znaleźć się tuż przed jego wózkiem. Skrzyżowała ręce na jego udach, a potem położyła na nich głowę. Spojrzała na niego z dołu, jakby to on był górą nie tylko w ich związku, ale we wszystkim. Jej niewinne spojrzenie nie miało jednak nic wspólnego z cnotliwością – przeciwnie, stanowiło doskonały przykład jej wyrachowania.

– Tylko wzdłuż takich pęknięć powstają wielkie rzeczy – dodała. – Gdyby nie one, na Ziemi nigdy nie powstałyby kontynenty, prawda?

Hauer milczał.

– Spolaryzujemy społeczeństwo tak, że będzie miało tylko dwa wyjścia.

– Jakie?

– Albo oni, albo my – odparła z przekonaniem. – Albo Chronowski, albo Hauer. Albo fałsz i obłuda, albo prawda i przejrzystość. Albo spiski, albo ostateczne odsłonięcie wszystkich tajemnic zepsutego rządu.

Przesunęła ręką po wewnętrznej stronie jego uda.

– Obrócimy całą scenę polityczną w popiół – dodała. – A potem na jej ruinach zbudujemy naszą własną. Bez pomocy Teresy, bez udziału Kitlińskiej.

Patryk znów zamilkł, choć żona wyraźnie liczyła na odpowiedź.

– Tylko w ten sposób dotrzemy do notatki. I dowiemy się, co stało się z Seydą. Jeśli przy władzy zostanie jakikolwiek człowiek związany z Chronowskim, wszystko zamiotą pod dywan. Rozumiesz?

Co do tego akurat nie miał wątpliwości.

– Teraz nie chodzi już o Pedep, UR czy SORP. Nie liczy się lewica, prawica, podatki, zasiłki, wydatki, dotacje... Jutro budzimy się w innym świecie, Patryk. A w nim podział będzie przebiegać zupełnie inaczej.

– Jak?

– Po jednej stronie będą ci dążący do odkrycia prawdy, a po drugiej ci, którzy chcą ją ukryć.

Nie wątpił, że tym razem znajdą się po właściwej stronie barykady.

– Nic innego nie będzie się liczyło – ciągnęła Mil. – A my zrobimy z tego użytek. Wygramy te wybory, Patryk. Pokonamy Chronowskiego i pozbędziemy się raka, który trawi polską politykę. A ty raz na zawsze zamkniesz sprawę Seydy.

– Przecież...

– Nie jestem ślepa. Widzę, że teraz tylko to ma dla ciebie znaczenie. Przestała liczyć się władza, zapisanie się w historii i zrobienie z tego kraju gracza, przed którym wszyscy czują respekt. W tej chwili zależy ci jedynie na tym, by dowiedzieć się, kto zawinił przy tym zamachu, i wymierzyć sprawiedliwość.

Brzmiało to jak tyrada, ale właściwie stanowiło dość rzetelny opis rzeczywistości. Hauer przypuszczał zresztą, że nie on jeden za punkt honoru postawi sobie teraz owo wymierzenie sprawiedliwości.

– Nie obchodzą mnie twoje motywacje – dodała Mil.

– Nie?

– Dopóki będziesz wykazywał się taką determinacją jak zawsze, kieruj się czym chcesz. Dla mnie liczy się jedynie efekt. Totalne zwycięstwo.

Nie był to ani pierwszy, ani z pewnością ostatni raz, kiedy przeszło mu przez myśl, że to jego żona powinna być w polityce, a nie on. Milena wolała jednak pozostawać w cieniu, a kierowanie wszystkim zza kulis sprawiało jej większą satysfakcję niż uczestniczenie w samym przedstawieniu.

Jej słowa rozbrzmiewały mu w głowie, kiedy kładł się spać. Pożałował, że nie wziął tabletki i nie dokończył piwa. Z pewnością zasypiałoby mu się łatwiej.

Kiedy jednak w środku nocy obudził go sygnał komórki, Hauer był zadowolony, że jest trzeźwy i nieotumaniony afobamem. Telefon, który odebrał, wymagał całkowitej ostrości umysłu.

– Jak się masz, Patryk? – zapytał nieznany rozmówca.

Hauer kojarzył ten niski głos syntezatora mowy z rosyjskim akcentem.

Rozdział 13

Najbardziej żywiołowe, najgwałtowniejsze i wybuchowe emocje powoli opadały, a życie zdawało się po kilku dniach wracać do normy. Przynajmniej dla większości ludzi. W przypadku Kitlińskiej było wręcz przeciwnie – im więcej czasu mijało od zamachu, tym bardziej nowa rzeczywistość wydawała jej się obca.

Przez media przetoczyła się lawina krytyki pod jej adresem i wyglądało na to, że po raz pierwszy prawica, lewica i centrum były co do czegoś zgodne. Według niemal wszystkich polityków i komentatorów to Anita Kitlińska stanowiła najsłabszy punkt prezydenckiej ochrony – i jeśli trzeba było wskazać jedną konkretną osobę, która zawaliła, to właśnie w nią należało wymierzyć palec.

Anita zamawiała jedzenie na dowóz z Route 18, nie chcąc pokazywać się w publicznie. W ciągu paru dni z osoby, która chowała się w cieniu ochranianych ludzi, stała się jedną z najbardziej rozpoznawalnych postaci w mediach.

Charakterystyczne rude włosy i raczej nietuzinkowa uroda sprawiały, że nietrudno było wypatrzeć ją na ulicy. Szczególnie że ubierała się wciąż tak, jakby szła do pracy – w szafie właściwie nie miała innych rzeczy, w których mogłaby pokazać się publicznie.

Ostatecznie więc zamknęła się w domu i zwróciła do jedynej osoby, którą chciała widzieć. Agnieszka bez wahania zadeklarowała wsparcie, po czym zaczęła zjawiać się codziennie i nawet robić zakupy. Choć nie sprawiała wrażenia, jakby było to dla niej kłopotem, Kitlińska wiedziała, że jest inaczej.

Jej była partnerka od pewnego czasu żyła w innym związku i wedle wszelkiego prawdopodobieństwa była w nim szczęśliwa. Przynajmniej jeśli pominąć ewentualne kłótnie, do których musiało dochodzić z racji systematycznych odwiedzin u byłej dziewczyny.

Tego dnia Agnieszka zjawiła się rankiem, przed pracą. Przyniosła trochę świeżych owoców i warzyw – nic, bez czego nie można by się obejść, więc Anita przypuszczała, że to typowa wizyta kontrolna.

– Jak sobie radzisz? – spytała Agnieszka.

Kitlińska starała się ignorować zapach jej perfum, który zawsze działał na nią jak narkotyk. Robiła wszystko, by nie patrzeć na lśniące, długie blond włosy opadające luźno na ramiona. I trzymała się na odległość, by nie doszło do choćby przypadkowego kontaktu fizycznego.

– Świetnie – odparła. – Wczoraj wieczorem jakiś polityk UR przedstawił mnie jako dokładne przeciwieństwo Tima McCarthy'ego.

– Kogo?

– Agenta Secret Service, który własnym ciałem zasłonił Reagana podczas zamachu przed Hiltonem.

Agnieszka wyraźnie nie wiedziała nic na jego temat, a sam atak na amerykańskiego prezydenta kojarzyła tylko niejasno. Zawsze powtarzała, że nie interesuje się polityką, dopóki ta nie wchodzi jej do łóżka.

O tym ochroniarzu trudno było jednak nie słyszeć. Pomijając to, co zrobił, zapisał się w historii także czymś innym. Został agentem Secret Service tylko dlatego, że lata wcześniej obejrzał film, w którym Ronald Reagan wcielał się w rolę jednego z nich.

– Gdybyś miała okazję, nie wątpię, że też zasłoniłabyś Seydę.

Anita skinęła głową.

– Skutek byłby taki, że można byłoby dopisać cię do listy ofiar.

– Może udałoby się…

– Co? Przyjąć na siebie wybuch? Nie żartuj.

– Może wystarczyłoby, żeby prezydent przeżyła.

– Siła była zbyt duża – odparła stanowczo Agnieszka, choć wielu komentatorów na antenie NSI z pewnością by się z nią nie zgodziło. – Zresztą każde życie jest tyle samo warte, Kita. Żadna robota tego nie zmienia.

– Robota nie, ale…

– Daj spokój. Byłaś równie istotna jak ona.

– Nie – zaprzeczyła cicho Anita. – Ona była kimś więcej niż zwykłym politykiem. Była szansą dla kobiet i…

– Bzdura – ucięła Agnieszka, stawiając siatkę z Fresh Marketu przy lodówce. Powoli zaczęła wyciągać warzywa. – Takich jak ona jest wiele.

Kitlińska nie miała zamiaru polemizować. Swoje wiedziała – i w ostatnich dniach odnosiła wrażenie, że to zdanie podzielała zdecydowana większość społeczeństwa. A może zadziałał efekt zakazanego, a raczej utraconego owocu? Tego, że najlepsze wydawało się to, co już nieosiągalne? Tak czy owak, panowało dość powszechne przekonanie, że Seyda jest nie do zastąpienia.

– Raz powiedziała w debatach prezydenckich o związkach homoseksualnych – dodała Agnieszka. – Raz.

Właściwie Anita nie pamiętała tej wzmianki, ale od pewnego czasu przestała przywiązywać do tego wagę. Sfera uczuciowa zeszła na dalszy plan, liczyło się tylko to, co miało związek z ochranianymi osobami.

Jej życie skurczyło się do służby. Nie, stało się służbą. A teraz ktoś brutalnie rozdzielił jedno i drugie, tworząc rany, które natychmiast zaczęły się jątrzyć.

– Pamiętasz to?

– Nie.

– Ktoś z WiL-u czy SORP wypomniał jej, że w Niemczech związki partnerskie są dozwolone od dwa tysiące pierwszego roku, a ona odparła, że jest tak dlatego...

– Teraz pamiętam – wpadła jej w słowo Anita. – Powiedziała, że tam Zieloni walczyli o to od lat osiemdziesiątych. U nas wtedy dopiero przyjmowano godło, hymn i barwy Polskiej Rzeczypospolitej Ludowej.

Według większości była to dobra odpowiedź. Wymijająca i niedotycząca *clou* problemu, ale zgrabna. W dodatku pokazywała, że Seyda ma pewną wiedzę, którą potrafi wykorzystać do celnej riposty.

Anicie znów przeszło przez myśl, że drugiej takiej polityk już nie będzie. Zupełnie jak z Kennedym w Stanach. Wielu będzie próbowało, ich sztaby wyborcze będą nazywać ich „nową Seydą", ale nie będzie miało to wiele wspólnego z rzeczywistością.

Kitlińska była zdeterminowana, by działać. Nie interesowało jej oczyszczenie własnego imienia, nie szukała odkupienia w mediach. Była jednak gotowa zrobić wszystko, by wskazać winnych. I doprowadzić ich przed oblicze sprawiedliwości.

Kiedy kilka godzin po wyjściu Agnieszki skontaktował się z nią Hauer i zaproponował spotkanie, nie wahała się ani chwili.

Temperatura szczęśliwie była dość niska, więc Kitlińska naciągnęła czapkę na głowę, wybrała najmniej wyjściową kurtkę, jaką miała w szafie, a potem wymknęła się przez tylne drzwi na podwórko.

Niedługo potem czekała już na Patryka w miejscu, w którym kilka dni temu mieli spotkać się z Bianczim. Parę osób kręciło się w okolicy Elizeum, ale na tyłach muzeum znów byli sami.

Dopiero teraz Anita uświadomiła sobie, dlaczego młody reporter wybrał akurat to miejsce. Chodziło z pewnością o Hauera. Mógł podjechać stosunkowo blisko, zaparkować z tyłu Giełdy Papierów Wartościowych, a potem niezauważenie dostać się tutaj po względnie dobrym chodniku. To uświadamiało jej, jak istotny był dla Biancziego Patryk.

To jednak nie wystarczało, by mu zaufała. Był politykiem z krwi i kości i nie mogła o tym zapominać. Nie musiała jednak mu ufać, by mieć świadomość, że tylko współdziałając z nim, uda jej się odkryć prawdę.

– Jak sobie radzisz? – rzucił niczym stary, dobry znajomy.

Kitlińska nie odpowiedziała.

– Czyli nie najlepiej?

– Nie. Po prostu nie spodziewałam się przyjacielskich pytań.

– A czego?

– Konkretów – odparła, podchodząc do jednego z drzew ciągnących się wzdłuż utwardzonej ścieżki. Oparła się o nie i powiodła wzrokiem w kierunku eksponatów wystawionych na zewnątrz muzeum. – Myślałam, że do czegoś dotarłeś.

– Dotarłem – potwierdził. – Choć może raczej powinienem powiedzieć, że coś dotarło do mnie.

– Co takiego?

– To, że nie nadajesz na politycznych falach. Nie łapiesz zawoalowanych uwag.

Obróciła głowę w jego kierunku i posłała mu pytające spojrzenie.

– Moje pierwsze pytanie nie było przyjacielskie – dodał. – Chodziło mi o to, czy nadajesz się do tego, co planujemy.

– A co planujemy?

Znów wbiła wzrok przed siebie, choć cały czas czuła na sobie jego badawcze spojrzenie. Nie doczekawszy się żadnej odpowiedzi, uznała, że powinna rozwiać wątpliwości Hauera. Z jego punktu widzenia była słaba i słaniała się na nogach po wszystkich ciosach, jakie otrzymała. Musiał zastanawiać się, czy jest w stanie zrobić to, czego będzie wymagała od niej sytuacja.

– Wszystko ze mną w porządku – zapewniła. – Pomijając to, że się we mnie gotuje, jak widzę nowe bzdury na swój temat.

Hauer nadal milczał.

– Większość to nawet nie science fiction, ale fantasy rodem z *Malazańskiej Księgi Poległych.*

Zerknęła na niego, ale najwyraźniej potężne tomiszcza pióra Stevena Eriksona były mu nieznane.

– Większość? – spytał. – Co konkretnie?

– Choćby to o mojej matce, TW „Loli".

– Jesteś pewna, że...

– Jestem – ucięła. – Bo skoro ja sama nie poznałam nigdy mojej matki, to przypuszczam, że nie dotarł do niej żaden dziennikarz.

Uśmiechnęła się blado, licząc na to, że Patryk nie będzie drążył tematu. Nawet z bliskimi znajomymi nie lubiła dyskutować o prywatnych, rodzinnych sprawach, co dopiero z człowiekiem, któremu nie mogła w pełni ufać.

– Nie znałaś matki? – spytał, mrużąc oczy.

– Nie.

– Bo?

– Nie było mi to dane.

Czekał, aż rozwinie, a Kitlińska w końcu uznała, że nie ma innego wyjścia. Musiała nieco się odsłonić, pokazać mu przynajmniej część prawdziwej siebie i dać jakąś podstawę do tego, żeby podjął ostateczną decyzję. I powierzył jej to, z czym się tu zjawił.

Miała zamiar załatwić to jak najszybciej. I jak najmniejszym kosztem.

– Porzuciła mnie na placu Zwycięstwa. W miejscu, gdzie nazajutrz miał zostać postawiony pomnik Starzyńskiego.

Sądziła, że Patryk dopyta o szczegóły, ale najwyraźniej uznał, że nie będzie jej ponaglał.

– Znalazł mnie żołnierz, który nocą miał pilnować pracowników Warexpo przygotowujących pomnik – ciągnęła. – Oddał mnie pod opiekę sióstr zakonnych, mieszkałam z nimi aż do pełnoletniości.

Mogła mówić o tym, że mężczyzna ten był dla niej ojcem, mimo że nie łączyły ich żadne więzy krwi, ale kiedy Hauer pokiwał głową zamyślony, uznała, że nie ma takiej potrzeby. I dobrze. Ojciec zmarł wiele lat temu, jeszcze zanim wybrała ścieżkę zawodową, ale rana nigdy się nie zasklepiła.

– A pozostałe sprawy? – zapytał.

– Trafili co do mojej orientacji seksualnej – przyznała. – Co, jak przypuszczam, oburza konserwatywną część ciebie.

Patryk posłał jej przelotne spojrzenie.

– Nie mam żadnych innych części – odparł. – Ale nic mi do tego. Bardziej interesują mnie te sprawy z wyłudzaniem VAT-u.

– To kompletne brednie.

– Związki z radykalnymi grupami?

– Równie realne jak bezstronność przetargów, które organizujecie.

– Zaległości podatkowe?

– Mam ich tyle, ile wy przyzwoitości.

– Przekroczenie punktów karnych?

– Nieznaczne. Ale wystarczające, żebym musiała oddać prawko – przyznała, obracając się. Oparła się plecami o pień. – To wszystko? Czy jeszcze coś potrzebujesz wiedzieć?

– Tylko to, jak daleko jesteś gotowa się posunąć.

Właściwie nie musiała odpowiadać. Patrzyła na Patryka dostatecznie długo, by uznał, że otrzymał wystarczające zapewnienie. Rozejrzał się jeszcze kontrolnie, zanim w końcu przeszedł do rzeczy.

– Wiem, który urzędnik w MSW sporządził notatkę – oznajmił. – Znam numer jego gabinetu i wiem, przy którym komputerze pracuje.

– Skąd?

– Dobre pytanie.

– Na które powinieneś znać odpowiedź. I ja też.

Hauer wzruszył ramionami, a potem powiedział jej o telefonie, który odebrał jakiś czas temu w środku nocy. Anita słuchała z niedowierzaniem, głównie dlatego, że nie przypuszczała, iż Patryk podzieli się z nią sprawami, o których nie rozmawiał nawet z żoną.

– I nie powiedziałeś o tym Milenie?

– Ani jej, ani Swobodzie – potwierdził. – Rosjanin wyraził się jasno.

– Rosjanin?

– Rozmówca używał syntezatora mowy ze wschodnim akcentem – wyjaśnił Hauer. – Program nazywa się Ivan i od jakiegoś czasu za sprawą pranków telefonicznych robi furorę na YouTubie.

Sam ten telefon brzmiał jak jeden z tych wybryków, które co jakiś czas przewijały się Kitlińskiej w sugestiach wyświetlanych filmów. Parę razy sprawdziła z ciekawości, w czym rzecz, ale nigdy nie obejrzała żadnego do końca.

– Co konkretnie powiedział? – spytała.

– Że mogę rozmawiać o tym tylko z jedną osobą. Z tobą.

Anita uniosła brwi.

– Dlaczego?

– Nie wiem. Starczy powiedzieć, że Rosjanin nie był zbyt rozmowny.

– Ale…

– Zaznaczył, że jeśli powiem o tym komukolwiek innemu, natychmiast się wycofa. A jeśli wierzyć jego słowom, ma mi jeszcze sporo do przekazania.

Kitlińska nie rozumiała, dlaczego ktokolwiek miałby wskazać akurat na nią. Owszem, nadawała się do tego, by odkryć prawdę o zamachu na Seydę. Miała kompetencje, była przeszkolona i zdeterminowana. Ale dlaczego wyłącznie ona miałaby wchodzić w grę? Z pewnością było wiele osób, którym rozmówca Hauera mógłby zaufać.

Przez chwilę zastanawiała się nad tym, kto nim jest. Informator Biancziego? Gracz z zagranicy, który korzysta z Ivana nieprzypadkowo? Druga opcja wydawała się raczej niemożliwa. Pierwsza za to dość prawdopodobna.

– Co jeszcze ci przekazał? – spytała Anita.

– Konkretne namiary na urzędnika, który sporządził notatkę. Tylko tyle.

– Albo aż tyle – odparła i przykucnęła przy drzewie. – Dzięki temu możemy pójść tą samą drogą co Bianczi. I dotrzeć do notatki.

– Wątpię.

– Bo?

– Bo nie bez powodu Rosjanin wspomniał o konkretnym pomieszczeniu i komputerze, z którego korzysta urzędnik. Musiał założyć, że od niego samego niczego się nie dowiemy.

– Ale skoro Bianczіemu się udało…

– To nie znaczy, że nam też się uda – zaoponował Hauer. – Po pierwsze, nie mamy pewności, że ten pracownik MSW w ogóle współpracował z Bianczim. Po drugie, nawet jeśli tak było, to po wypadku Biancziego facet dostał jasny sygnał, żeby siedzieć cicho.

Kitlińska mruknęła potwierdzająco. Miało to sens.

– W takim razie co proponujesz? – spytała.

– Czas na propozycje dawno się skończył – odparł stanowczo. – Teraz czas działać.

Zanim zdążyła zapytać go, co ma na myśli, podjechał do niej i wręczył jej niewielką plakietkę. Szybkie zerknięcie wystarczyło, by rozpoznała przepustkę wydaną przez ministerstwo.

Potem zauważyła, że Patryk podciąga rękaw i sprawdza godzinę. Zrozumiała, że wcale nie przesadzał, mówiąc o tym, że czas działać już teraz.

– Z tym wejdziesz, gdzie trzeba – powiedział. – Skierujesz się do gabinetu, który wskazał Rosjanin, i poczekasz.

– Na co?

– Na to, aż siedzący w środku urzędnik zostanie wezwany przez przełożonego.

– I?

– Wejdziesz do jego gabinetu, sprawdzisz komputer i poszukasz notatki.

W jego głosie nie było ani nuty wahania, ani śladu niepewności. Nie dopuszczał, że Kitlińska może zgłosić jakiekolwiek obiekcje.

– Jak to załatwiłeś? – spytała.

– Nie wszystkie kadry się wymienia po zmianie władzy – odparł. – Trochę naszych urzędników ostało się po wyborczym zwycięstwie Pedepu i SORP. To taki nasz własny *deep state*.

Anita uniosła wzrok.

– Nie słyszałaś o tym?

– Słyszałam przede wszystkim o serialu, skądinąd chyba niezbyt dobrym, ale gra Mark Strong, więc...

– Nie ma polskiego odpowiednika – kontynuował wątek Hauer, nie zważając na wtrącenie. – Najbliższy to chyba „państwo w państwie".

I bez tego tłumaczenia Kitlińska wiedziała, w czym rzecz. O *deep state* od pewnego czasu trąbiono przede wszystkim w Stanach. Według komentatorów i polityków z prawej strony sceny politycznej demokratyczne władze tak naprawdę stanowiły fasadę, za którą kryły się osoby w istocie sprawujące władzę.

Finansiści, oficerowie służb, także urzędnicy rozsiani po różnych działach administracji. To oni mieli stanowić prawdziwy szkielet państwa, a nie ci, którzy wygrywali wybory.

– Chcesz powiedzieć, że nadal jesteście grupą trzymającą władzę? – bąknęła Kitlińska.

Patryk uśmiechnął się szeroko.

– Gdyby tak było, nie musielibyśmy uciekać się do spotkań na tyłach muzeów – odparł. – Ale fakt faktem, mamy kilku swoich ludzi w tym czy innym ministerstwie.

– Więc wasz *deep state* nie jest zbyt głęboki.

– Wystarczająco, żeby cię wprowadzić do MSW i zwolnić konkretny gabinet.

– I jak mam się do niego dostać po wyjściu urzędnika?

– Z tym sama będziesz musiała sobie poradzić – odparł Patryk, a potem jeszcze raz zerknął na zegarek. – Masz jeszcze trochę czasu, żeby na coś wpaść.

Nie sądziła, by nawet długi namysł mógł cokolwiek zmienić. Akcja była przygotowywana naprędce i ostatecznie będzie opierała się na improwizacji. Kitlińska nie była przyzwyczajona do takiego sposobu działania i nie miała pewności, czy sobie poradzi. Wiedziała jednak, że zrobi wszystko, by dostać w ręce tę notatkę.

– O której zaczynamy? – odezwała się.

– Bądź pod MSW o szesnastej i czekaj na mój telefon. Większość pracowników wyjdzie, a ciebie wpuści jeden z ochroniarzy.

– W porządku.

– Jak tylko znajdziesz się w gabinecie urzędnika, sprawdź komputer.

– Nie będzie miał hasła?

– Przypuszczam, że będzie, ale jeśli wejdziesz zaraz po nim, system może nie zdąży się zablokować.

– Żartujesz sobie?

Brzmiało to tragicznie i potwierdzało, że scenariusz był układany na ostatnią chwilę. Bez odpowiedniego przygotowania, bez rozeznania i planu działania z prawdziwego zdarzenia.

– Co, jeśli hasło jednak będzie?

– Olejesz komputer i przeszukasz teczki – odparł bez wahania Hauer. – Masz sygnaturę, może uda ci się znaleźć tę notatkę.

– „Może" to zbyt często pojawiające się słowo w całym tym przedsięwzięciu.

Patryk otworzył usta, by od razu zripostować, ale w ostatniej chwili się rozmyślił. Przez chwilę patrzył Anicie prosto w oczy, po czym odwrócił wózek w kierunku, z którego przyjechał.

– Jeśli masz lepszy pomysł na to, jak zdobyć tę notatkę...

– Nie mam. Mówię tylko, że to wszystko brzmi jak prowizorka.

– Bo nią jest – przyznał Hauer. – Tyle że albo ją bierzemy, albo uznajemy, że sprawa zamachu na Seydę i śmierci Biancziego jest zamknięta.

Kitlińska nabrała głęboko tchu, a potem skinęła głową. Nie musiała dodawać nic więcej, by Patryk miał świadomość, że zrobi wszystko, do czego się zobowiązała. Pożegnali się zdawkowo, jak dwoje kontrahentów, którzy właśnie ubili interes i do jego sfinalizowania pozostały już jedynie formalności.

W rzeczywistości rezultat był wielką niewiadomą, a im bliżej było wyznaczonej godziny, tym szybciej rosły wątpliwości Anity. Mimo to zjawiła się o wyznaczonej porze przy jednym z wejść do budynku i czekała na znak od Hauera.

Kiedy tylko go otrzymała, weszła do gmachu pewnym krokiem, jakby była absolutnie przekonana, że postępuje słusznie. I jakby wszystko to nie stanowiło jednego wielkiego aktu desperacji.

Zatrzymała się jednak w pół kroku zaraz za progiem, czując, jak komórka wibruje w kieszeni żakietu. Tym razem nie był to jej telefon, ale ten, który ktoś zostawił jej w autobusie. Zupełnie o nim zapomniała, traktowała go jedynie jako nośnik, na którym otrzymała informacje na temat notatki W-29/17 – nie jako sposób na to, by sygnalista się z nią skontaktował.

Natychmiast sięgnęła do kieszeni. Kiedy odebrała, usłyszała nieznany kobiecy głos. Rozmówczyni musiała mieć nie mniej niż dwadzieścia lat, ale Anicie wydawało się, że nie przekroczyła jeszcze trzydziestki.

– Cokolwiek robisz, natychmiast przestań – oznajmiła.

Kitlińska spojrzała za siebie.

– I uciekaj, jeśli tylko jeszcze możesz.

– Kto mówi?

– Nieważne. Ładujesz się prosto w ręce służb.

– Co?

– Czekają na ciebie w gabinecie urzędnika – odparła bez chwili zastanowienia rozmówczyni. – Jeśli tam wejdziesz, to po tobie.

Kitlińska zaczęła czujnie się rozglądać.

– Skąd o tym wiesz?

– Nie ma czasu na wyjaśnienia. Uciekaj.

– Moment…

– Hauer cię rozgrywa. Nie ufaj mu.

Rozłączyła się, zanim Anita zdążyła o cokolwiek zapytać. Co to miało znaczyć? Kim była ta dziewczyna? I dlaczego Hauer miałby ją zdradzić?

Z trudem przełknęła ślinę, mając wrażenie, jakby wszyscy wokół działali przeciwko niej. Zawahała się, spojrzała na drzwi, a potem zrobiła krok do tyłu. Uświadomiła sobie, że tak naprawdę nie zna motywacji Hauera i nie może być pewna, czy nie prowadzi własnej gry. Mimo kilku przebłysków człowieczeństwa wciąż zależało mu przede wszystkim na jednym – na władzy. I z pewnością nie zawahałby się przed spisaniem Kitlińskiej na straty.

W końcu uznała, że przezorności nigdy za wiele. Wycofała się na ulicę, a potem obeszła budynek. Z oddali przez chwilę obserwowała okna gabinetu, w którym rzekomo miała znaleźć notatkę.

Po chwili dostrzegła kobietę, która zza firanki nerwowo rozglądała się po ulicy, a zaraz potem kilku mężczyzn w garniturach, równie zirytowanych. Nie miała wątpliwości, że patrzy na czekających na nią funkcjonariuszy służb specjalnych.

Rozdział 14

W Ogrodzie Zimowym Hauer czuł się nieswojo. Ostatnim razem był tutaj, kiedy Seyda zaprosiła go na rozmowę – tę, od której na dobre rozpoczęła się ich współpraca. Jedli kurczaka lub indyka na parze, a atmosfera była stanowczo zbyt serdeczna. Teraz pod oszkloną kopułą pomieszczenia, które niegdyś było otwartym tarasem, panował zupełnie inny nastrój.

Jedynym powtarzającym się elementem było podwójne espresso z ziaren *medium roast* oraz fakt, że przy stole siedział gospodarz Pałacu Prezydenckiego. Tuż obok miejsce zajęła żona Patryka.

Zarówno Teresa, jak i Milena patrzyły na niego wyczekująco. Hauer na przemian sprawdzał zegarek i komórkę.

– Wciąż nic? – spytała Mil.

Pokręcił głową.

– Mogła się rozmyślić? – odezwała się Swoboda.

– Nie sądzę. Była dość zdeterminowana.

– Co konkretnie jej powiedziałeś?

– Tyle co wam – odparł ciężko. – O telefonie Rosjanina, o tym, bym oprócz niej z nikim o tym nie rozmawiał, i o tym, gdzie szukać notatki.

W Ogrodzie Zimowym zaległa ciężka cisza.

– Dodałem też, że ani pani, ani Mil nie macie o niczym pojęcia.

Teresa sięgnęła po swój kubek, przechyliła go i uświadomiła sobie, że nie ma już kawy. Rozejrzała się za kimś z obsługi, poniewczasie orientując się, że przed momentem odprawiła wszystkich i poleciła, by jej nie przerywać.

Była wyraźnie zmęczona, może nawet zmordowana. Patryk nie spodziewał się wprawdzie, by po kilku dniach na stanowisku sprawiała wrażenie wypoczętej, ale nie przypuszczał także, że tymczasowa prezydentura aż tak da jej w kość.

Najcięższa musiała być decyzja o wprowadzeniu stanu wyjątkowego – to ona stanowiła ostatecznie potwierdzenie, że Chronowski w końcu postawił na swoim.

– Nie musiałeś tego robić – powiedziała Swoboda, patrząc na Patryka.

– Wolałem trzymać was od tego z daleka. Tak naprawdę nie wiemy, jak groźna jest Kitlińska.

– Ani dlaczego Rosjanin wskazał akurat ją – poparła go Milena.

Swoboda w zamyśleniu przesunęła dłonią po oktagonalnym, lakierowanym stole. Potem znieruchomiała i przez moment trwała w jednej pozycji.

– Wszystko w porządku? – odezwała się Mil.

Teresa zrobiła głęboki wdech i kiedy powietrze dotarło do jej płuc, zaniosła się suchym, nieprzyjemnym kaszlem.

– Przepraszam – rzuciła, osłaniając usta. Spojrzała na Hauera. – Masz oczywiście stuprocentową rację, że to podejrzane. Dopóki nie wiemy, kim jest Rosjanin, nie możemy ufać także Kitlińskiej.

– Nie posunąłbym się tak daleko, ale…

– Nie? A co o niej wiesz?

Patryk położył ręce na blacie, przez co jego wózek nieco się przesunął. Błyszcząca, marmurowa posadzka raczej nie była projektowana z myślą o niepełnosprawnych. Szczególnie jeśli chodziło o wejście do Ogrodu Zimowego, a konkretnie o kilka stopni, które Hauer musiał pokonać.

– Wiem wystarczająco wiele, żeby być ostrożnym, ale też ufnym co do jej motywów.

– Czyli?

– Wystarczy mi, że Bianczi przekazał jej informacje.

– A jednak sam zwracasz uwagę, że może stanowić zagrożenie.

– Bo może – przyznał. – Tyle że niekoniecznie musi sama o tym wiedzieć.

– Co masz na myśli? – spytała Teresa, wyraźnie się ożywiając.

– Że padła ofiarą manipulacji. Nie wiem czyjej, nie wiem w jakim celu, ale jedno jest pewne: dotychczas nie funkcjonowała w tym świecie i jest podatna na różne zagrywki.

Milena powiodła wzrokiem po witrażach okiennych i skinęła głową.

– Naiwności na pewno jej nie brakuje – zauważyła. – Od razu łyknęła to, że nie powiedziałeś nam o telefonie.

– Nie miała powodu sądzić, że kłamię.

– Miała ich aż nadto, Patryk – odparła Mil zdecydowanym tonem.

Nie musiała rozwijać, dla wszystkich było to jasne.

– Zostawmy sprawę Kitlińskiej – zabrała głos Swoboda. – Prędzej czy później się odnajdzie i ustalimy, dlaczego w ostatniej chwili postanowiła zrezygnować.

– Może tak nie postanowiła. Może ktoś zmusił ją, by to zrobiła.

Teresa spojrzała z powątpiewaniem na Hauera, jakby sugestia, że państwowe służby mogą przymusić kogoś do określonego działania lub jego zaniechania, była kompletnie absurdalna.

– Tak czy owak, odezwie się do ciebie – skwitowała Swoboda.

– Być może.

– Na pewno. W tej chwili jesteś jedyną osobą, do której może się zwrócić.

– Jeśli wierzyć mediom, ma kilka byłych partnerek, z którymi utrzymuje... relacje.

– Właśnie – odparła pod nosem Swoboda. – Jeśli wierzyć mediom.

Odpowiedzieli milczeniem, a Teresa po chwilowym namyśle sięgnęła po teczkę opartą o jej krzesło. Wyjęła z niej kilka kartek i rozsunęła je na blacie. Potem obróciła jedną z nich stronę Hauerów.

– Aktualne sondaże – oznajmiła. – Sytuacja nie wygląda dla nas najlepiej. Pedep i SORP zyskują na... cóż...

– Na śmierci swoich polityków – dokończyła Milena. – To całkowicie normalne. I spodziewane.

Swoboda podsunęła kolejną kartkę.

– Wprowadzenie stanu wyjątkowego oceniane jest pozytywnie.

– Nawet bardzo – mruknęła Mil, przyglądając się wynikom. – Wygląda na to, że ludzie zapisali to na konto zasług Chronowskiego.

– Dziwisz się? – odezwał się Hauer. – W momencie kryzysu zacisnął pięść, uniósł ją i wmówił wszystkim, że niezbędne są rządy silnej ręki.

– Trend się długo nie utrzyma – włączyła się Teresa. – Ludziom zaczną doskwierać ograniczenie swobód obywatelskich i nadmierne uprawnienia służb.

Patryk nie był co do tego przekonany, szczególnie kiedy za zmianami stał tak wyrachowany człowiek jak Chronowski.

– Po zamachu we Francji stan wyjątkowy trwał dwa lata – zauważył Hauer.

– Polska to nie Francja.

– Rzeczywiście, nie. Kiedy my jedliśmy sztućcami, oni...

– Daj spokój – ucięła Swoboda, a potem podsunęła mu kolejny wydruk. – To sondażowe badanie pokazuje, kto w UR ma szansę zostać lokomotywą wyborczą.

Patryk przesunął wzrokiem po liście. Widniało na niej ośmiu polityków, wszyscy mieli porównywalne poparcie w okolicach dwunastu procent. Wyglądało to fatalnie.

– Twojego nazwiska oczywiście nie ma – dodała Teresa. – Mojego także nie. Jak widzisz, mamy problem.

– Który da się łatwo rozwiązać – odezwała się Milena.

– Jak?

– Patryk pociągnie UR, ale bez jasnej deklaracji, czy będzie ubiegał się o stanowisko szefa rządu.

– Publicznie zadeklarowaliśmy, że nie będzie.

– I? – odparła Mil. – To nie byłby pierwszy ani ostatni raz, kiedy polityk konfabuluje.

– Umiejętnie może to robić, ale w tym wypadku padła jasna deklaracja. Jeśli postąpi wbrew temu, ośmieszy się w oczach ludzi.

Swoboda miała rację. Kłamanie stanowiło nawóz, dzięki któremu można było uprawiać politykę – klucz tkwił w tym, by nikt nie wiedział, z jakiego gnoju składa się mieszanka użyźniająca grunt.

– To wyjątkowa sytuacja – zauważyła Milena. – Będzie niejedna okazja, żeby się z tego wycofać.

– W jaki sposób?

– Argumentując to dobrem państwa – odparła żona Hauera, a potem machnęła ręką. – Na razie po prostu poprowadzi UR w wyborach, nie będzie komentował ewentualnego objęcia teki premiera i uparcie będzie zbywał temat. Tyle wystarczy.

Swoboda pokręciła głową.

– Ludzie pozwolą zrobić z siebie idiotów, tylko jeśli zachowamy pozory, że tego nie robimy. A ty proponujesz jawne oszustwo.

– Proponuję tylko, żeby wystawiać Patryka do debat, promować go medialnie i...

– I ryzykować, że zrazimy do siebie elektorat? Nie.

Milena i Hauer wymienili się krótkimi spojrzeniami. Zanim zjawili się w Pałacu Prezydenckim, długo spekulowali, jak Teresa podejdzie do tej kwestii. Oboje byli zgodni, że będzie protestować, ale ostatecznie przystanie na wersję Mil. Tymczasem wszystko wskazywało na to, że nie ma zamiaru tego robić.

Swoboda podniosła się i podeszła do tarasowych drzwi. Wyjrzała na ogród i przez moment się nie odzywała.

– Znajdźcie sposób, żeby to przepchnąć, a będę za – zadeklarowała w końcu. – Mój jedyny warunek jest taki, by nikt nie czuł, że robi się z niego kretyna.

Odwróciła się i spojrzała na Hauerów.

– Już to zrobiliśmy – odparła Milena.

– To, co mówiłaś, bynajmniej nie...

– Nie dała mi pani dokończyć – ucięła Mil. – A dopiero miałam zamiar przejść do konkretów.

Żona Hauera wstała i podeszła do Teresy. Patryk po chwili również się zbliżył i zajął miejsce po drugiej stronie. Swoboda nie odnotowała, że została niemal otoczona.

– Więc proszę bardzo – rzuciła. – Przejdź do konkretów.

Milena skrzyżowała ręce i wyjrzała daleko przed siebie.

– Wie pani, czego nam potrzeba do całkowitego zwycięstwa? – spytała, ale nie czekała na odpowiedź. – Dwóch rzeczy. Po pierwsze, wywołania w ludziach przekonania, że za zamachem kryło się coś więcej niż działanie dwóch dżihadystów. Po drugie, utwierdzenia ich w tym, że tylko Patryk stanowi gwarancję odkrycia, co tak naprawdę się wydarzyło.

Swoboda zerknęła na nią z ukosa.

– Dążenie do prawdy – dodała Mil. – Nie ma w polityce potężniejszego narzędzia. Szczególnie, kiedy wie się, jak go używać.

– To nadal nie brzmi jak rozwiązanie.

– Ale nim jest – odparła stanowczo Milena. – Proszę się zastanowić. Zaczniemy od stworzenia powszechnego poczucia, że zamach to tylko element większego spisku. Pojawi się podejrzliwość, a zaraz po niej lęk. Potem pokażemy ludziom, że jest tylko jeden polityk, którzy może odkryć prawdę. Tę prawdę. Jedną, dobrze chronioną przez inne siły i druzgocącą.

– I jaka to prawda?

– To nie ma żadnego znaczenia. Liczy się tylko to, że Patryk będzie tym, który robi wszystko, by ją ujawnić.

– W jaki sposób?

– Proszę to zostawić nam.

Teresa spojrzała na Hauera, a kiedy ten skinął głową, przeniosła wzrok na Milenę.

– To wciąż nie konkrety, na które liczyłam.

– Ale zamysł jest dobry, prawda? – odparła Mil z uśmiechem. – O szczegóły proszę się nie martwić, mamy już wszystko zaplanowane.

– Więc...

– Im mniej jednak pani wie, tym lepiej. Jako głowa państwa nie powinna pani uczestniczyć w budowaniu strategii wyborczej.

Tudzież w fabrykowaniu materiałów, manipulacjach i sprawnym, wyjątkowo wyrachowanym marketingu politycznym – o tym jednak Mil nie wspomniała.

– Dojdziemy do takiego etapu, że Patryk nie będzie ubiegał się o stanowisko premiera, ale społeczeństwo będzie liczyło na to, że je obejmie – kontynuowała Mil. – Sam będzie zarzekał się, że złożył deklarację, ale oczekiwania i presja okażą się zbyt duże.

– Nie chcem, ale muszem? – mruknęła Teresa.

– Mniej więcej. Tylko w wersji zaprawionej wszystkim, co wiemy na temat PR-u.

– I sądzicie, że to się uda?

Hauer w końcu odchrząknął, zwracając na siebie uwagę.

– Udawało się już nieraz, nie tylko w Polsce – powiedział. – Jeśli dobrze to zorganizujemy, wygramy nie tylko te, ale także kolejne wybory.

Mil pokiwała głową z przekonaniem.

– Wszystko zależy od tego, jak długo będziemy dochodzić do prawdy – oznajmiła. – Jakie przeszkody będziemy napotykać, jak istotne rzeczy odkrywać i ilu ludzi okaże się być przeciwko nam.

Teresa odwróciła się od okna i wróciła do stołu. Opadła na nieco wysłużone, skrzypiące krzesło, a potem położyła łokcie na stole. Wyraźnie miała dosyć, zarówno politycznych knowań, jak i państwowych obciążeń związanych z nową funkcją.

Przez moment przeglądała rozłożone na blacie papiery, zanim znalazła kartkę, której szukała.

– Jest jeszcze jedna sprawa – odezwała się.

Fakt, że chciała zmienić temat, Patryk potraktował jako wstępne przyzwolenie na to, co planowała Mil. Po prawdzie go nie potrzebowali, mogli zacząć działać bez wiedzy UR, a potem postawić wszystkich przed tak zwanym faktem dokonanym. W tej sytuacji Hauer nalegał jednak, by zachować całkowitą jedność ich obozu.

– Sondaż prezydencki – dodała Swoboda, a potem podała Patrykowi wydruk.

Przebiegł wzrokiem po nazwiskach i widniejących obok procentach.

– Wygląda nieźle – ocenił. – Na zwycięstwo w pierwszej turze nie ma pani wprawdzie co liczyć, ale w drugiej nie powinno być problemu.

Teresa westchnęła.

– To dość logiczne, nieprawdaż? – odezwała się cicho. – Ten, kto w danej chwili siedzi w pałacu, dostaje bonus.

– No tak.

– I Chronowski także o tym wie.

Co do tego nikt nie miał najmniejszych wątpliwości.

– Więc dlaczego dopuścił do takiej sytuacji? – spytała Teresa, a potem zgarbiła się, wodząc wzrokiem po papierach, jakby to gdzieś w nich mogła znajdować się odpowiedź.

Dopiero teraz Hauer zrozumiał, co jest prawdziwym powodem jej zmęczenia. Miała świadomość, że Chronowski realizuje swoje cele, ale za nic nie mogła ich przejrzeć. Wiedziała, że w jakiś sposób wszystko przebiega po jego myśli, nie potrafiła jednak zobaczyć ani kierunku, ani tym bardziej rezultatu, który premier chciał osiągnąć.

– Dlaczego? – powtórzyła, podnosząc oczy. – Nie musiał tego robić, mógł wybrać na marszałka kogoś z Pedepu.

Żadne z Hauerów się nie odezwało.

– Nic, co dostał w zamian, nie było warte fotela prezydenta – dodała Swoboda. – To nie ma sensu.

Patryk wiedział, że jest wręcz przeciwnie. Miało to głęboki sens – problem polegał na tym, że nie potrafili go dostrzec.

Wraz z Mileną zostali w pałacu do późnego wieczora, by dopiąć wszystkie ogólne sprawy związane z początkiem kampanii. Unikali zagłębiania się w szczegóły głównie po to, by Teresa mogła wszystkiemu zaprzeczyć, gdyby ich knowania kiedykolwiek wyszły na jaw.

Wrócili do domu vanem, nie komentując spotkania przy Krakowskim Przedmieściu. Nie było nad czym deliberować, wszystko poszło po ich myśli. Ogólna strategia wyborcza została zaakceptowała, listy do sejmu i senatu wstępnie ułożone, a głównie założenia programowe potwierdzone.

Nie spodziewali się żadnych niespodzianek, przynajmniej już nie tego dnia. A mimo to jedna czekała na nich przed wejściem do mieszkania.

Kitlińska sprawiała wrażenie, jakby właśnie cudem uniknęła śmierci.

Rozdział 15

Anita przekroczyła próg, zupełnie ignorując wszystkie swoje służbowe instynkty. Nie sprawdziła, czy ktoś jeszcze znajduje się w mieszkaniu, nie ustaliła ewentualnych dróg ewakuacji i nie upewniła się, że mieszkanie Hauerów nie jest naszpikowane podsłuchami.

Zamiast tego szybkim krokiem weszła do salonu, a potem usiadła w fotelu. Odetchnęła z ulgą, jakby znalazła się w miejscu zapewniającym upragnione schronienie.

– Co ty tu robisz? – zapytał Patryk.

Milena stała obok wózka. Oboje patrzyli na nią, jakby przybyła z innego świata. W pewnym sensie być może tak było.

– Ryzykuję – odparła.

– To znaczy?

Spojrzała na Hauerów i głęboko wciągnęła powietrze do płuc. Nie miała żadnej gwarancji, że jest tutaj bezpieczna, a mimo to zachowywała się, jakby tak było. Pomogła z pewnością reakcja Mileny i Patryka – gdyby nie to, że szybko i bez wahania wpuścili ją do środka, z pewnością byłaby bardziej podejrzliwa.

– Nie wiem, komu mogę ufać – powiedziała. – Ale jeśli nie wam, to już chyba nikomu.

Mil podeszła do niej ostrożnie, jakby miała do czynienia z tykającą bombą.

– O czym ty mówisz? – spytała. – I wciąż nie odpowiedziałaś na pytanie: co tu robisz?

– Szukam schronienia.

– Przed?

– Przed służbami, przed Chronowskim, przed Rosjanami... – wymamrotała, kręcąc głową. – Kurwa mać, sama nie wiem.

– Spokojnie.

Posłała Milenie długie spojrzenie. Nie znały się, ale Kitlińska dostatecznie długo przebywała w towarzystwie Seydy, by wiedzieć, że żona Hauera może pretendować do miana najbardziej bezwzględnej i przebiegłej osoby w polskiej polityce. Mimo że formalnie w niej nie uczestniczyła – a może właśnie dlatego.

Teraz jednak jej cechy charakteru mogły okazać się przydatne. Intuicja podpowiadała bowiem Anicie, że tylko współpracując z Hauerami, uda jej się dotrzeć do prawdy. Niewykluczone, że tym samym pomoże im w wyborczym zwycięstwie, ale kwestie partyjne i polityczne nie miały dla niej żadnego znaczenia.

Patryk podjechał bliżej, wyrywając ją z zamyślenia.

– Mów – rzucił. – Co się stało w MSW?

– Zasadzka się stała – odburknęła Kitlińska. – Czekali na mnie w gabinecie, byli gotowi od razu mnie zgarnąć.

– Za co? – spytała Mil.

– Za cokolwiek. Włamanie, próbę wykradzenia dokumentów, nie wiem. Z pewnością robotę papierkową mieli już wykonaną.

Anita otarła czoło, mimo że krople potu dawno wyschły. Szła do mieszkania Hauerów szybkim krokiem, mając wrażenie, że tuż za nią podąża cała grupa tajniaków, ale i bez tego zmagałaby się z falami gorąca. Oblewały ją, ilekroć uświadamiała sobie, w jak beznadziejnej sytuacji się znalazła.

– Skąd wiedziałaś, że na ciebie czekają? – spytał Patryk. – I jakim cudem się wymknęłaś?

– Dostałam cynk, jak tylko weszłam do gmachu.

– Od kogo?

– Dobre pytanie – odparła Anita i osunęła się nieznacznie.

Powoli zaczęła przedstawiać im szczegóły, sprawiając przy tym wrażenie zmęczonej i nieczujnej. W rzeczywistości przypatrywała się uważnie ich reakcjom i starała się ustalić, czy ich zaskoczenie jest realne, czy pozorowane.

Kiedy skończyła, oboje wyglądali na podobnie zagubionych.

– I twierdzisz, że nigdy wcześniej nie rozmawiałaś z tą kobietą? – spytała Milena.

– Raczej dziewczyną. I nie, nie poznałam głosu.

– A ten telefon…

– Znalazłam go w autobusie. Ktoś go zostawił na siedzeniu obok.

– I nie widziałaś kto?

– Już mówiłam, że nie.

To krótkie przesłuchanie prowadzone przez Milenę z pewnością było konieczne, ale także irytujące. Anita robiła jednak wszystko, by nie okazywać rozdrażnienia.

– Nie odniosłaś wrażenia, że któryś z pasażerów ci się przygląda? – kontynuowała Mil. – Nie rozmawiałaś z żadnym z nich?

– Nie.

– I nie zwróciłaś uwagi na…

– Zaraz – wpadła jej w słowo Kitlińska. – Rozmawiałam z jedną dziewczyną. Ale już po tym, jak znalazłam telefon. Zapytałam jej, czy widziała, kto go zostawił.

Gdyby nie młody kobiecy głos, dzięki któremu uniknęła aresztowania, z pewnością by o tym nie pomyślała. Teraz wydało jej się, że pasowałby do osoby w wieku tamtej pasażerki.

– Jak wyglądała? – odezwał się Patryk.

– Krótkie włosy, raczej szczupła, dość ładna, ale...

– Miała kolczyki?

– Całkiem sporo.

W oczach Hauera pojawił się wyraźny błysk.

– Jeden w brwi, niewielki w nosie, a dodatkowo...

– Kilka nieco za dużych w uchu?

Skinęła głową, mrużąc oczy. Naszła ją niepokojąca myśl, że przyjście tutaj było błędem, a Hauer mógł okazać się nie ratunkiem, tylko źródłem problemów.

– Samara – rzucił, unosząc wzrok.

– Kto?

– Jedna z niewielu osób, którym ufał Bianczi – wyjaśnił Patryk. – Spotkała się kiedyś ze mną w Autonomii i przekazała mi wszystko, co udało mu się ustalić w aferze interkonektora.

Anita otworzyła usta, ale się nie odezwała. Odrzuciła rudą grzywkę na bok i przechyliła głowę, czekając na więcej.

– Bianczi musiał przed śmiercią coś jej powiedzieć – dodał Hauer. – Względnie zostawił jej kilka instrukcji, na wypadek gdyby coś mu się stało.

Kitlińska wyciągnęła stary smartfon i przyjrzała się urządzeniu.

– Czyli to od Biancziego?

– Na to wychodzi.

– W takim razie...

– Musimy ją znaleźć – uciął Patryk. – Bo najwyraźniej to ona ma wszystkie informacje.

– Jeśli tak, to dobrze się ukryje. Albo już to zrobiła – zauważyła Milena.

Tym razem Anita musiała się z nią zgodzić. Dziewczyna wiedziała doskonale, że jeśli tylko służby zwęszą jej trop, nie ustaną, dopóki jej nie dopadną. Sam fakt, że zdecydowała się kontaktować przez podłożony telefon, dowodził, jak jest ostrożna.

– Kim ona jest? – spytała Kitlińska.

– Nie wiem – odparł Hauer. – Widzieliśmy się tylko raz, posługiwała się wyłącznie tą ksywą. Powiedziała mi tyle, że wzięła się od torebki.

– Od torebki?

Patryk wzruszył ramionami.

– To wszystko, co wiem. Właściwie wystarczyło mi wtedy, że Bianczi jej ufał. – Na moment zrobił pauzę, wpatrując się w oczy Kitlińskiej. – I teraz też.

Anita potwierdziła ruchem głowy.

– A tobie co powiedziała? – spytał.

– Oprócz tego, żebym nie wchodziła do gabinetu, bo czekają tam na mnie funkcjonariusze?

– Oprócz tego.

– Żebym ci nie ufała – odparła, wciąż dokładnie analizując jego reakcję. – Bo mnie rozgrywasz.

– W jaki sposób?

– Tego nie powiedziała.

Milena poruszyła się nerwowo i powiodła wzrokiem po żakiecie Kitlińskiej, jakby szukała zarysu kabury.

– I mimo to postanowiłaś tutaj przyjść? – spytała Mil. – Czy właśnie dlatego?

Anita uznała, że jeśli po raz trzeci usłyszy pytanie o to, co tutaj robi, to wstanie i wyjdzie. Uniosła błagalnie oczy, a potem podniosła się z fotela. Obeszła go i położyła ręce na oparciu.

– Gdybym chciała was zaatakować, dawno bym to zrobiła – oznajmiła, a potem wymierzyła palcem w Hauera. – I gdybyś chciał to samo zrobić wobec mnie, też byłoby już po sprawie.

– Więc tak po prostu uznałaś, że zignorujesz ostrzeżenie i mi zaufasz? – odezwał się Patryk.

– Nie tak po prostu. Prezydent Seyda była gotowa z tobą działać, więc ja tym bardziej powinnam. Poza tym twierdziła, że w gruncie rzeczy jesteś porządnym facetem, mimo że sprawiasz wrażenie wyjątkowego sukinsyna.

Hauerowie milczeli, najwyraźniej niegotowi przyjąć takie tłumaczenie. Nie dziwiła im się, wszak wszystko traktowali swoją miarą. W ich świecie zaufanie komuś tylko dlatego, że wcześniej zrobiła to inna osoba, było nie do przyjęcia.

Przez chwilę czekali na dalsze wyjaśnienia, a Kitlińska w końcu uznała, że powinna im je przedstawić.

– Po wyjściu z MSW i sprawdzeniu, że ktoś rzeczywiście na mnie czekał, uznałam, że mogło do tego dojść tylko z dwóch powodów.

– Jakich? – zapytał Hauer.

– Numer jeden: rzeczywiście mnie rozgrywasz i dałeś służbom znać, żeby mnie zatrzymały. Numer dwa: ty albo ja jesteśmy podsłuchiwani i dzięki temu służby wiedziały, co mieliśmy zamiar zrobić.

Patryk wyraźnie zbladł i rozejrzał się nerwowo. Od razu uświadomił sobie, która z tych opcji jest właściwa i co oznacza.

– Był tylko jeden sposób, żebym ustaliła, co i jak – ciągnęła Anita. – I tylko jedna osoba gotowa mi pomóc i mająca ku temu odpowiednie narzędzia. Hubert Korodecki. Skontaktowałam się z nim, jak tylko oddaliłam się od MSW.

Milena syknęła pod nosem, a Hauer z rezygnacją pokręcił głową. Angażowanie w to wszystko Korodeckiego z ich punktu widzenia było nie do pomyślenia. Nie miało znaczenia, że Seyda całkowicie mu ufała, dla nich liczyło się tylko to, że był z Pedepu.

Mimo to żadne z nich nie zwerbalizowało swoich obiekcji.

– Nie znajduje się w najbliższym kręgu Chronowskiego, ale w partii ma całkiem niezłą pozycję – dodała Kitlińska. – Niektórzy po prostu żywią do niego sympatię, inni mają wobec niego długi. Przypuszczam, że skorzystał przede wszystkim z pomocy tych drugich.

– W jaki sposób? – spytał Patryk.

– Udało mu się ustalić, że ABW wybitnie się tobą interesuje.

– Mną?

– Hubert nie zna szczegółów, ale wie jedno: jesteś inwigilowany. W dodatku bez zgody sądu.

Hauer zacisnął dłonie na kółkach wózka i zaklął cicho. Potem ruszył w stronę lodówki i po chwili wrócił z trzema otwartymi piwami. Swoją butelkę opróżnił niemal do połowy jednym łykiem.

– Nie mają prawa... – zaczęła Mil.

– Zgoda sądu nie jest teraz nikomu do szczęścia potrzebna – przerwał jej szybko Patryk. – I będzie tak, dopóki trwa stan wyjątkowy.

– Mimo wszystko potrzebują jakiejś wymówki, dupokrytki, czegokolwiek.

– Teraz już nie. A nawet gdyby musieli później się z tego tłumaczyć, mają zdjęcie ze Starbucksa.

Milena obróciła butelkę w dłoni, ale się nie napiła. Kitlińska za to skorzystała z chęcią, choć miała wrażenie, że potrzebowała czegoś znacznie mocniejszego, by ukoić zszargane nerwy.

– Założyli podsłuchy? – spytał Hauer.

Anita powiodła wzrokiem po pokoju.

– Jeżeli tak, to tylko w twoim telefonie. Nie ryzykowaliby wejścia do mieszkania na strzeżonym osiedlu, gdzie cały czas ktoś się kręci.

A przynajmniej ona nie robiłaby tego na ich miejscu. Jeśli chcieli, by delikwent się nie zorientował, istniało aż nadto sposobów – od podsłuchiwania telefonu aż po inwigilację w internecie.

– Banda skurwieli... – szepnęła Milena.

– Którym wyjątkowo zależy na tym, żeby nikt nie dotarł do tej notatki – dodała Kitlińska.

Patryk dopił piwo i z impetem odstawił butelkę na stół.

– To udowodnili już, wjeżdżając autem w Biancziego – syknął. – Teraz tylko to potwierdzają.

Anita skinęła głową.

– Tyle że wciąż nie wiemy, kim oni w istocie są – zauważyła.

– Stawiałbym na Chronowskiego, gdyby nie to, że...

– Że sam Bianczi go wykluczył – dopowiedziała Anita. – Więc?

Nie doczekała się odpowiedzi i jeśli Hauerowie jakimś cudem wiedzieli więcej od niej, żadne z nich nie dało tego po sobie poznać. Najwyraźniej nie mieli także zamiaru snuć spekulacji.

– Ktoś mu podległy? – nie dawała za wygraną. – Ktoś, kto chce się wykazać bez jego wiedzy?

– Nie sądzę – odparła Mil.

– Więc może ktoś, kto nim steruje zza kulis?

– To już bardziej prawdopodobne. Szczególnie że oddał Pałac Prezydencki bez walki, zupełnie jakby ktoś go do tego zmusił.

W pomieszczeniu znów zaległa cisza. Kitlińska szybko postanowiła ją przerwać.

– Więc co teraz? – odezwała się.

Uświadomiła sobie, że Patryk wbija w nią wzrok, a zarazem sprawia wrażenie, jakby jej nie widział.

– Zadzwoń do Korodeckiego – zaproponował.

– Po co?

– Niech załatwi ci wejście do MSW.

– A jeśli znów będą na mnie czekać?

Sięgnął po butelkę Mileny, a ta podała mu ją bez słowa.

– Nie będą, bo pojedziesz tam jeszcze dziś w nocy – oznajmił. – Jeśli Hubert rzeczywiście ma się na coś przydać i jest gotów nam pomóc, załatwi to.

– Jak?

– Jego *deep state* jest znacznie głębszy niż nasz – oznajmił Hauer.

– Z jakiegoś powodu zabrzmiało to w twoich ustach lubieżnie.

Patryk zignorował tę uwagę, a potem znów wziął stanowczo zbyt duży łyk.

Anita skrzywiła się lekko.

– Coś nie tak? – spytał.

– Jeśli nie zwolnisz, za godzinę lub dwie będziesz musiał zejść z wózka, bo prowadzenie w takim stanie...

Zawiesiła głos, niepewna, czy może sobie pozwolić na takie uwagi. Kiedy Patryk i Milena nieznacznie się uśmiechnęli, uznała, że najwyraźniej nic nie stoi na przeszkodzie. Okazji do żartów jednak już nie miała – chwilę po tym, jak zapadła decyzja, zadzwoniła do Huberta, a atmosfera natychmiast stała się poważna.

Korodecki wprawdzie nie miał informacji, którymi oni dysponowali, ale i bez nich wiedział, że jedynym sposobem dojścia do prawdy jest współdziałanie z Kitlińską.

Nocne wejście nie wchodziło jednak w grę. Jeden z ludzi Huberta miał wpuścić ją do budynku tuż przed szóstą rano, zanim zjawią się pracownicy. Nie będzie miała wiele czasu, ale dzięki temu, że wiedziała, czego i gdzie szukać, przypuszczała, że tym razem misja może się powieść.

Noc spędziła na kanapie u Hauerów, ale nie zmrużyła oka. Tuż przed piątą ostatecznie zrezygnowała z próby zaśnięcia – i jak to zwykle bywa, dopiero wtedy poczuła, że powieki robią jej się ciężkie.

Zanim jednak zmorzył ją sen, drzwi sypialni Hauera gwałtownie się otworzyły. Patryk wyjechał z pomieszczenia, wściekle popychając kółka.

Kitlińska natychmiast poderwała się na równe nogi.

– Co się dzieje? – zapytała.

– Włącz NSI – rzucił przez zęby, wskazując telewizor.

Zrobiła, co polecił, a po chwili jej oczom ukazał się nieco zaspany prezenter, który właśnie przedstawiał pierwsze informacje związane z tematem zapowiadanym na czerwonym tickerze na dole ekranu.

„POLICJA ODNALAZŁA SAMOCHÓD, KTÓRY POTRĄCIŁ DZIENNIKARZA".

– Mają go? – spytała Kitlińska, mrugając nerwowo. – Znaleźli kierowcę?

– Nie – odparł szorstkim, nieprzyjemnym głosem Patryk. – Ale wiedzą, kto nim był.

– Kto?

– Ty.

Rozdział 16

Patrząc w oczy Kitlińskiej, Hauer odnosił wrażenie, że ma przed sobą nie funkcjonariuszkę jednej ze służb, ale typową polityczkę. Mimo że niespodziewana informacja była jak uderzenie prosto między oczy, Anita uniknęła nokautu. Właściwie wyglądała, jakby nic się nie stało.

Jej milczenie mogło oznaczać wszystko i trwało zdecydowanie zbyt długo. Patryk spojrzał na zegarek i uzmysłowił sobie, że cenny czas ucieka.

– Nie skomentujesz? – odezwał się.

Kitlińska w końcu oderwała od niego wzrok i spojrzała na telewizor.

– A jest co komentować?

– Jak widzisz.

Anita oskarżycielsko wymierzyła w ekran i pokręciła głową.

– To jakieś brednie.

– Policja twierdzi, że znalazła samochód – zaoponował Hauer. – I że są w nim twoje odciski palców.

– Nie policja, tylko media.

Pierwsze doniesienia rzeczywiście pochodziły od dziennikarzy i nie znalazły potwierdzenia w oficjalnych komunikatach. Było jednak jeszcze zbyt wcześnie, by ktokolwiek z komendy zorganizował konferencję lub przygotowywał oświadczenie, a oprócz tego medialne doniesienia zdawały się dość precyzyjne. I szczegółowe.

– W aucie nie znaleźli żadnych innych śladów. Tylko twoje.

– I? Ktoś je podłożył, Hauer.

Patryk zmrużył oczy.

– To powinno być dla ciebie oczywiste – dodała.

– Co konkretnie?

– Że to kolejny etap wrabiania mnie w coś, dzięki czemu będą mogli się mnie pozbyć. Najpierw paszkwile, potem pierwsze zarzuty, a teraz to.

Mówiła spokojnym, wyważonym tonem, obok którego Hauer nie mógł przejść obojętnie.

– „To" jest dość poważną sprawą – zauważył. – Zamkną cię, jak tylko ktoś wpadnie na twój trop.

– Wiem.

– I jeśli rzeczywiście mają tak mocne dowody, rozprawa będzie formalnością.

– Zdaję sobie z tego sprawę.

– A mimo to zachowujesz się, jakbyś dowiedziała się, że dziś po południu będzie mżawka.

Kitlińska podniosła pilota i ściszyła nieco telewizor, jeden z reporterów zaczynał bowiem z entuzjazmem od początku relacjonować wszystkie detale.

– Nie bez powodu dochrapałam się stopnia chorążego – powiedziała. – Szkolą nas do radzenia sobie w trudnych sytuacjach.

– Ta nie jest trudna. Jest dla ciebie tragiczna.

– Zobaczymy.

Jej optymizm był kompletnie nieuzasadniony – jeśli rzeczywiście ktoś pofatygował się, by spreparować dowody, zapewne kolejne elementy tej akcji były już gotowe. Kitlińska nie powinna mieć żadnych złudzeń – prędzej czy później trafi prosto do zakładu karnego.

– Poza tym nie mów mi, że się tego nie spodziewałeś – dodała. – Skoro ja zdawałam sobie sprawę, że to dopiero początek, ty też musiałeś. Oni zrobią wszystko, żeby mnie uciszyć i zatuszować sprawę.

– Może – przyznał. – Ale w takim razie więzienie...

– Nie jest najgorszym, co mi grozi.

– I wciąż jesteś gotowa iść z nimi na wojnę?

Odłożyła pilota na stolik i znów wbiła nieruchome spojrzenie w Patryka.

– Jestem to winna Seydzie – oznajmiła z przekonaniem. – Poza tym jeśli nie ja, to kto? Ty?

Zerknął na nią rozczarowany.

– Jesteś politykiem opozycji. Nawet jeśli odkryjesz coś znaczącego, połowa ludzi potraktuje to jako element kampanii przeciwko Chronowskiemu. Nie wspominając już o tym, że w najbliższym czasie będziesz zajęty raczej serwowaniem wyborczego fałszu niż dochodzeniem prawdy.

Puścił ten przytyk mimo uszu i znów skontrolował godzinę.

– Ile mamy czasu? – spytała Anita.

– Niewiele. Jeśli mamy działać, musisz jechać pod MSW.

– I modlić się, żebym nie trafiła na żadnego policjanta.

Hauer skinął głową, a z sypialni Mileny doszedł ich dźwięk budzika, który niemal natychmiast umilkł. Żona Patryka nie należała do osób, które drzemką odwlekały to, co nieuniknione.

Patryk uświadomił sobie, że oni także nie mogą tego robić. Czas naglił jeszcze bardziej niż przed momentem. Bladym świtem jedynie garstka ludzi wiedziała o ustaleniach NSI. Za nie więcej niż pół godziny sytuacja jednak diametralnie się zmieni i przypadkowy przechodzień pod gmachem MSW może przekreślić cały ich plan.

Kiedy Mil wyszła z pokoju i przeciągnęła się, Patryk wskazał jej komodę w przedpokoju.

– Podasz kluczyk do audi? – spytał.

Milena bez słowa otworzyła szufladę, a potem wyciągnęła button i spojrzała na męża pytająco. Gdy wskazał Kitlińską, Mil rzuciła jej urządzenie.

– Nie macie w zwyczaju witać się rano, co? – mruknęła.

– Co się dzieje? – zapytała Milena.

Hauer zapewnił, że wyjaśni jej wszystko za moment, a potem powiedział Anicie, gdzie zaparkowane jest czarne audi A5 sportback. Kitlińska nie zwlekała. Zapewniła go, że odezwie się, kiedy tylko uda jej się dostać do gabinetu urzędnika, a potem opuściła mieszkanie Hauerów.

Patryk potrzebował tylko chwili, by wytłumaczyć żonie, co się wydarzyło. Sprawiała wrażenie równie niezaskoczonej takim obrotem spraw jak Anita. Tyle że w jej wypadku nie był to wynik służbowego szkolenia, ale raczej wrodzonego przekonania, że cokolwiek by się działo, wszystko jest pod kontrolą.

Po chwili zaczęła przygotowywać śniadanie – w ten dzień tygodnia wypadała kolej pancake'ów ze zmielonych płatków owsianych, banana, masła orzechowego i syropu z agawy. Do tego Mil dodawała trochę jogurtu naturalnego i aquafaby, a Patryk obserwował każdy jej wytrenowany ruch. Przywodziła na myśl maszynę – i właściwie nie ograniczało się to do robienia śniadania.

– Jak zareagowała? – odezwała się po chwili.

Smażące się na patelni placki zaczęły roztaczać przyjemną woń.

– Mniej więcej tak jak ty.

– Zaczęła robić ci śniadanie?

Milena obejrzała się przez ramię, a Hauer posłał jej powątpiewające spojrzenie.

– Nie zaskoczyło jej to – odparł. – Zupełnie jakby była na to przygotowana.

– Albo jakby to była prawda?

– Co sugerujesz?

Mil podniosła patelnię i wykonała kilka sprawnych ruchów, by masa jednolicie rozeszła się po powierzchni.

– Że to ona go potrąciła? – dodał Patryk. – Że nas ogrywa? Że ułożyła jakiś makiaweliczny plan, żeby nas zniszczyć?

– Tak daleko bym nie poszła.

– Ale?

– Nie było żadnego „ale".

– Było w twoim głosie.

Po chwili usiedli przed telewizorem z plackami, które na dobrą sprawę zapewniały Patrykowi energię na cały dzień. Wprawdzie od kiedy trafił na wózek, musiał nieco zmniejszyć liczbę przyjmowanych kalorii, ale poranna porcja wciąż wystarczała na kilka godzin.

– Popadasz w paranoję? – spytał, przegryzając pancake'a.

– Nie. Mówię tylko, że w tej chwili nie wiemy, kto za tym wszystkim stoi.

– Z pewnością nie Kitlińska.

– Pewność możemy mieć tylko co do jednego, Patryk.

– Do podatków, śmierci i tego, że polityk zawsze kłamie? Nawet kiedy mówi „dzień dobry"?

– Nie – odparła, odrywając kawałek placka. – Co do tego, że gdzieś żyje najniebezpieczniejszy człowiek na świecie. I jest nim między innymi dlatego, że nikt nigdy nie pozna jego tożsamości.

– To uniwersalna prawda czy komentarz do naszej sytuacji?

– Jedno i drugie.

Hauer miał wrażenie, że odnosi się to także do roli jego żony w polityce, ale zachował tę myśl dla siebie. Milena miała rację także co do tego, że właściwie wszystko było możliwe. Nawet to, że Kitlińska w jakiś sposób nie jest ofiarą, ale sprawczynią.

Zanim zdążył się nad tym zastanowić, musiał skupić całą uwagę na NSI. Dziennikarze potwierdzili wszystkie wcześniejsze doniesienia i oznajmili, że dotarli do nowych informacji.

Zaraz potem pokazano amatorski filmik nakręcony nocą gdzieś pod lasem, nieopodal jednopasmowej, zniszczonej drogi. Masywna, stara latarnia rzucała pomarańczowe światło, zbyt słabe, by widzieć detale, ale wystarczające do dostrzeżenia stojącego na poboczu samochodu z wgniecionym przodem.

– Udało nam się ustalić, że to pojazd, który potrącił dziennikarza naszej stacji – oznajmił reporter. – Mają to potwierdzać także wstępne analizy uszkodzenia maski i błotnika.

Prowadzący robił wszystko, by mówić bez emocji, ale w jego głosie było wyraźnie je słychać. Hauer przypuszczał, że nie on jedyny w redakcji NSI mocno odczuł stratę. I wszyscy z pewnością robili, co w ich mocy, by jak najszybciej ustalić sprawcę. Może właśnie dzięki ich determinacji te materiały ujrzały światło dzienne, a może stało się tak dlatego, że ktoś im je podsunął.

Jak państwo wiedzą, udało nam się potwierdzić, że w samochodzie odnaleziono odciski palców i inne ślady Anity K. To jednak nie wszystko.

Hauerowie wymienili się krótkimi spojrzeniami.

– Zastrzegający sobie anonimowość funkcjonariusz policji, z którym rozmawialiśmy, podał także, że odnalezione auto należy do Anity K.

Milena się nie odezwała, ale nie musiała, by Patryk wiedział, że stała się jeszcze bardziej podejrzliwa. Odciski palców można było zbagatelizować, ale fakt, że samochód należał do Kitlińskiej, był niepokojący.

Dziennikarz zaczął powtarzać wszystkie informacje, jakie udało im się zebrać, co znaczyło mniej więcej tyle, że nowych konkretów Hauer nie usłyszy. Przynajmniej nie na antenie NSI.

– Podasz mi komórkę od Samary? – spytał.

Mil popatrzyła na niego pytająco.

– Zakładam, że nasze mogą być na podsłuchu – wyjaśnił.

– Politycy uczą się na błędach kolegów po fachu, Patryk. Afera Watergate zrobiła swoje.

Może rzeczywiście tak było, przynajmniej co do zasady. Chronowski jednak z pewnością nie miałby oporów przed pogwałceniem prawa do prywatności i stosowaniem wszystkich środków inwigilacji, jakie miał pod ręką. Właśnie z tego względu Kitlińska na wszelki wypadek zostawiła Patrykowi telefon. Jeżeli wszystko będzie szło po ich myśli, miała przekazać mu pierwsze ustalenia przez internet, on jednak potrzebował wieści już teraz.

Wybrał numer Anity i nie musiał długo czekać, aż odbierze.

– Tak? – spytała niepewnie.

– Właśnie znaleźli twój samochód.

Potrzebowała chwili, by rozpoznać głos.

– Hauer?

– I potwierdzili, że to to samo auto, które potrąciło Bianciego – oznajmił, a potem podał jej markę, model i kolor.

Wszystko się zgadzało, a przynajmniej tak wniósł po milczeniu, którym odpowiedziała Anita.

– Jesteś tam? – spytał.

– Tak.

– To twój samochód, prawda?

Potwierdziła cichym mruknięciem.

– Nie używałam go od kilku miesięcy – zastrzegła. – Zabrali mi prawo jazdy, a samochód stał u mnie na podwórku. Przynajmniej do czasu, aż ktoś najwyraźniej sobie go pożyczył.

Zaklęła cicho, jakby z pretensją do siebie za to, że nie przewidziała takiego scenariusza.

Hauer nie sądził, by jakikolwiek zarzut był uzasadniony. Jeśli ktoś rzeczywiście ukradł auto spod mieszkania Kitlińskiej, a potem użył go, by uciszyć Bianczego, oznaczało to, że plan był skrupulatnie przygotowany. I skonstruowany tak, by nikt się nie połapał aż do momentu, gdy będzie za późno.

Patryk potarł brodę, zastanawiając się nad tym, czy nie przesadza. Jeśli nie – i jeśli Bianczi miał rację co do notatki – to należało uznać, że to wszystko zaczęło się na długo przed tym, jak doszło do zamachu.

– Jak straciłaś prawo jazdy? – odezwał się w końcu.

– W taki sam sposób jak każdy inny pechowiec – odparła. – Dążysz do czegoś konkretnego? Bo dojeżdżam już do MSW.

– Sam nie wiem.

Przez chwilę ona także się namyślała, a Hauer usłyszał audiobooka, którego słuchał, kiedy ostatnio siedział na miejscu kierowcy w swoim audi.

– Sądzisz, że ktoś to zaplanował już wcześniej? – zapytała.

– Może. Wszystko zależy od tego, czy zasłużyłaś na to, żeby zabrali ci prawko, czy nie.

– Przekroczyłam prędkość o kilka razy za dużo i miałam wyjątkowego pecha.

Wyjątkowy pech w tej sytuacji bynajmniej nie brzmiał jak coś przypadkowego.

– To znaczy? – zapytał Patryk.

– Miałam czarną passę kontroli drogowych.

– Jak czarną?

– Zatrzymywali mnie kilka razy w ciągu paru dni.

Ton jej głosu dobitnie świadczył o tym, że ona także przynajmniej dopuszczała możliwość, że nie było to skutkiem pecha. Gdyby chciano pozbawić ją prawda jazdy, właściwie nie wymagałoby to wielkiego zachodu – tak w przypadku Kitlińskiej, jak kogokolwiek innego. Wystarczyło przez te parę dni jechać za nieszczęśnikiem i czekać, aż złamie przepisy.

– Sprawdzę to – powiedział. – Teresa ma jakichś znajomych w Biurze Ruchu Drogowego KGP.

– Wy wszyscy macie gdzieś jakichś znajomych, prawda?

– Tak funkcjonuje państwo – odparł Hauer. – I to nie od dziś.

– Każdy zna każdego, bo wszyscy gdzieś kiedyś się ze sobą zetknęli. Ktoś komuś zrobił przysługę, bo ktoś inny zna kolegę kolegi, a…

– Mniej więcej – uciął Patryk. – Daleko od MSW jesteś?

Zanim odpowiedziała, rozległ się dźwięk czujnika cofania.

– Właśnie parkuję – odparła.

– Gdzie?

– Spokojnie, w bezpiecznym miejscu. W bocznej uliczce przy TM1.

– TM1?

– Technikum mechaniczne niedaleko siedziby MSW.

Jedyną instytucją, jaką Hauer znał w pobliżu, była Agencja Bezpieczeństwa Wewnętrznego. Znajdowała się przy Rakowieckiej, ale gmach połączony był z ministerstwem. Gdyby któryś z funkcjonariuszy dostał cynk, że Kitlińska znajduje się w MSW, nie musiałaby długo czekać na zjawienie się całego oddziału.

– Bądź ostrożna – odezwał się Patryk.

– Martwisz się o mnie, Hauer?

– Raczej o powodzenie misji.

– Misja to duże słowo.

Usłyszał, jak zamyka za sobą drzwi auta.

– Ale właściwe. Dobrze wiesz, ile od ciebie teraz zależy.

Nie odpowiedziała, a on oczami wyobraźni zobaczył, jak przemyka wzdłuż zespołu szkół w kierunku ministerialnego gmachu. O tej porze w tamtej okolicy nikt nie powinien się kręcić, a do samego budynku dzięki Hubertowi powinna dostać się bez trudu. Wciąż jednak wiele mogło pójść nie tak.

– Nie rozłączaj się – polecił Hauer.

– Chcesz mieć przekaz *live*, to włącz TVN24, zaraz pewnie się tutaj…

– Nie wywołuj wilka z lasu. A tym bardziej dziennikarza z Wiertniczej.

Kitlińska znów zamilkła, ale chwilę później Patryk usłyszał, jak wymienia z kimś zdawkowe, ciche uwagi. Przypuszczał, że znalazła się przy jednym z tylnych wejść do gmachu. Chwilę później to potwierdziła – i rzeczywiście na żywo relacjonowała mu wszystko, co się działo.

– Korytarze są puste – mówiła cicho. – Wygląda na to, że nikogo nie ma. Zaraz sprawdzę, jak sytuacja na piętrze.

Tam również na nikogo się nie natknęła i bez trudu dotarła do gabinetu urzędnika, który sporządził notatkę. Hauer usłyszał, jak Anita głęboko wciąga powietrze do płuc.

– Chwila prawdy – powiedziała. – Albo *deep state* Huberta rzeczywiście jest głębszy niż twój, albo…

Dźwięk naciskanej klamki. Potem skrzypienie otwierających się drzwi.

Najwyraźniej Korodecki nie przesadzał, gdy mówił, że załatwi z jednym z ochroniarzy, by gabinet był otwarty. Patryk po chwili usłyszał, jak Kitlińska zamyka za sobą drzwi.

– Wszystko w porządku? – spytał.

– Tak. Siadam właśnie przed komputerem.

Kolejna chwila prawdy. Wprawdzie hasła do tego konkretnego konta nie udało im się zdobyć, ale Hubert zapewnił ich, że mogą skorzystać z profilu administratora. Nie mieliby dostępu do ustawień i programów urzędnika, ale nic nie stałoby na przeszkodzie, żeby sprawdzić twardy dysk.

Hauer słuchał, jak Kitlińska stuka w klawiaturę. Potem zrobiła przerwę i powoli wcisnęła jeszcze jeden klawisz, z pewnością „enter".

– I? – spytał.

– Poczekaj chwilę.

– To nie powinno trwać tak…

– Nie, nie – ucięła. – Muszę na moment się rozłączyć. Oddzwonię.

– Poczekaj.

Za późno. Cokolwiek sprawiło, że Anita podjęła decyzję, iż pora zakończyć rozmowę, nie podlegało dyskusji.

Rozdział 17

Kitlińska nie miała wątpliwości, że sygnał świadczący o nadejściu innego połączenia oznaczać może tylko jedno. Dzwoniła Samara. A to sugerowało, że Anita znów mogła znaleźć się w niebezpieczeństwie.

– Tak? – spytała.

Co do pierwszego się nie pomyliła. Co do drugiego – na szczęście tak. Już po krótkiej wymianie zdań z Samarą zrozumiała, że nie musi się niczego obawiać.

Rozmowa trwała jeszcze chwilę. Anita zastanawiała się, czy nie zdradza rozmówczyni zbyt dużo, ale ostatecznie uznała, że sytuacja wymaga otwartości. Hauer i Milena mogli mówić i myśleć, co chcieli. Koniec końców była zdana na siebie i potrzebowała jakiejś gwarancji. Telefon od Samary był okazją, której nie mogła przegapić.

Sprawdzenie komputera i cała rozmowa z dziewczyną trwały niecały kwadrans. Anita raz po raz zerkała na zegarek, nie mogąc opędzić się od uporczywego wrażenia, że któryś z urzędników akurat tego dnia postanowi zjawić się w pracy nieco wcześniej.

Z niedowierzaniem przeglądała materiały na twardym dysku, a z pomocą Samary udało jej się także odpalić program pocztowy. Po przejrzeniu maili miała już właściwie wszystko, po co tutaj przyszła.

I znacznie więcej, niż spodziewała się mieć. Odkrycie było druzgocące.

Rzuciła jeszcze kilka słów do telefonu, a potem się rozłączyła. Wiedziała, że powinna natychmiast oddzwonić do Hauera i przekazać mu wszystko, co znalazła. To, co znajdowało się na serwerze pocztowym, rzucało zupełnie nowe światło na sprawę.

Zamiast jednak skontaktować się z Patrykiem, trwała w bezruchu, nie odrywając wzroku od ekranu. Gdyby nie to, że miała przed sobą dowody, nigdy nie uwierzyłaby w to, o czym świadczyły.

W końcu potrząsnęła głową i wybrała numer Hauera. Przypuszczała, że on także jej nie uwierzy, dopóki sam nie zobaczy informacji, które miała przed oczami.

Podniosła się, czekając na nawiązanie połączenia. W końcu Patryk odebrał.

– Wszystko okej? – spytał nerwowo. – Miałaś zaraz oddzwonić, a minęło dobre piętnaście minut.

– Wiem.

– Coś nie tak?

– Nawet nie wiesz, jak wiele jest nie tak – odparła i westchnęła. – Przede wszystkim nie ma żadnej notatki. A oprócz tego...

Urwała, słysząc kroki w korytarzu.

– No? – ponaglił ją Patryk.

– Czekaj – szepnęła. – Ktoś idzie.

Wbiła wzrok w drzwi, jakby mogła je przejrzeć i zobaczyć, kto się zbliża. Kroki były dość ciężkie, powolne. Przypuszczała, że należały do mężczyzny.

– Jesteś dalej w gabinecie? – spytał nerwowo Hauer.

– Tak – odparła szeptem. – Ale chyba muszę się ewakuować.

Zrobiła krok w kierunku wyjścia.

– Uważaj na siebie. I nie zostaw żadnych śladów.

Zamknęła oczy i przeklęła się w duchu. Szybko wróciła do klawiatury, wylogowała się z konta administratora i wyłączyła komputer. Zbliżyła się do drzwi i nasłuchiwała.

– Powiedziałaś, że nie ma żadnej notatki?

– Mhm – potwierdziła cicho.

– Ale...

– Później wszystko wyjaśnię – ucięła. – Teraz bądź cicho.

Przywarła do drzwi, starając się ustalić, gdzie znajduje się mężczyzna. Zaraz jednak stwierdziła, że się pomyliła – kroki nie należały do jednej, ale do dwóch osób, dlatego wydawały się tak głośne.

Po chwili rozległy się dwa niskie głosy. Kitlińska nie rozumiała, o czym rozmawiają mężczyźni, ale wymiana zdań była prowadzona spokojnie, leniwie. Nic nie wskazywało na to, żeby wiedzieli o jej obecności.

Miała nadzieję, że zaraz usłyszy, jak ci dwaj mijają wejście do gabinetu i idą dalej. Stało się jednak inaczej. Kiedy zatrzymali się przy drzwiach, rozpoznała głos jednego z nich. Należał do ochroniarza, który wpuścił ją do budynku.

– Ja tam nigdy nie przychodzę wcześniej – odezwał się. – Nawet jakby mi płacili podwójnie. Swoje odespać muszę.

– Zrozumiałe – odparł drugi mężczyzna.

Anita nie rozpoznała tego głosu, przypuszczała jednak, że należy do osoby zazwyczaj urzędującej w gabinecie, w którym się znajdowała.

Dopiero teraz dotarło do niej, że urzędnik zaraz wejdzie do środka. Zastanie ją za biurkiem, zaalarmuje służby, a ochroniarz nie będzie miał innego wyjścia, jak zatrzymać ją aż do momentu pojawienia się funkcjonariuszy.

Gorączkowo powiodła wzrokiem po pokoju. Żadnej drogi ucieczki.

– Panu płacą za te nadgodziny? – spytał ochroniarz. – Czy tam w sumie przedgodziny, bo jeszcze...

– Niestety nie – uciął pracownik MSW. – Ale wie pan, jak to jest. Kiedy minister prosi, żeby coś zostało zrobione natychmiast, nie ma innego wyjścia.

– Taa... – odparł przeciągle rozmówca, jakby wiedział doskonale, o czym mowa.

Zachowywał spokój, starał się odwlec moment otwarcia drzwi, ale Kitlińska przypuszczała, że w środku mężczyzna cały dygocze. Miał świadomość, że jedno słowo z ust Anity może sprawić, że nie tylko wyleci z pracy, ale także narazi się na odpowiedzialność karną.

– To naprawdę takie ważne, panie Arku? – spytał.

Grał na czas, ale na co tak naprawdę liczył? Że Kitlińskiej nagle uda się zdematerializować?

Znów rozejrzała się, jakby gdzieś w gabinecie mogło znajdować się tajemne przejście. Niczego takiego jednak tutaj nie było, istniały tylko dwie drogi wyjścia: drzwiami lub oknem.

– Wszystko w porządku? – rozległ się głos Patryka.

Nie odpowiadała, uznając, że nie czas teraz na kojenie nerwów Hauera. Najpierw musiała uspokoić własne. Podeszła do okna, odciągnęła zasłonę i wyjrzała na zewnątrz. Gabinet znajdował się na trzecim piętrze, o zejściu po elewacji nie byłoby mowy, nawet gdyby wspinała się jak Klara Kabelis.

Nie oznaczało to jednak, że nie może szukać ratunku tą drogą. Podobnie jak kilkanaście innych biur obok, także to dysponowało wyjściem na niewielki taras. Był wąski, poprzedzielany masywnymi kolumnami, które zabierały sporo miejsca, ale Kitlińska bez trudu mogła się tam ukryć.

Otworzyła okno i natychmiast poczuła poranny chłód. Obejrzała się przez ramię z obawą, że akurat teraz urzędnik ostatecznie skończy rozmowę i wejdzie do środka. Klamka nie drgnęła, ale Kitlińska była przekonana, że zaraz tak się stanie.

Wyszła na zewnątrz, nerwowo się rozejrzała i podeszła do skraju tarasu. Spojrzała w dół i utwierdziła się w przekonaniu, że nie ma mowy, by znalazła drogę zejścia. Mogła jednak ugrać trochę czasu.

– Jesteś tam? – upomniał się o uwagę Hauer.

Anita wsunęła komórkę do spodni, odwróciła się z powrotem do okna i próbowała zamknąć je od zewnątrz. Bez skutku. Mimo że temperatura była niska, czuła, że robi jej się coraz goręcej. Nie słyszała już wymiany zdań i wiedziała, że tylko moment dzieli urzędnika od wejścia do biura.

Klęła w duchu, siłując się z oknem i za wszelką cenę próbując je choćby przymknąć. Ilekroć jednak to się udawało, okno na powrót się otwierało. Trudno, uznała, musi próbować do skutku. Dotarła tak daleko i dowiedziała się tak istotnych rzeczy, że nie mogła pozwolić, by nadgorliwy urzędnik pokrzyżował jej plany.

Nagle kątem oka dostrzegła, że klamka w końcu drgnęła. Natychmiast odsunęła się na bok i przylgnęła plecami do ściany, dopiero teraz czując, że ma mokre plecy. Serce biło jej coraz szybciej, a umysł zaczynał podsuwać najgorsze scenariusze.

Zerknęła na boki. O ile jej pamięć nie myliła, w tym ciągu znajdowało się piętnaście pokoi. Do żadnego z nich jednak nie miała szansy wejść, chyba że wybiłaby okno. I to nie rozwiązałoby problemu – znalazłaby się w zamkniętym od zewnątrz gabinecie.

– Co to ma znaczyć? – rozległ się głos urzędnika.

Nie miała wątpliwości, że ten, którego ochroniarz nazwał Arkiem, wbija wzrok w otwarte okno i czeka, aż rozmówca wytłumaczy mu, jak to możliwe.

Anita z trudem przełknęła ślinę i zaczęła powoli przesuwać się w kierunku jednej z kolumn, starając się nie wydać żadnego dźwięku. Schowała się za nią, a potem nasłuchiwała.

– Ktoś tutaj był? – spytał urzędnik.

– Przypuszczam, że sprzątaczka.

Kitlińska pochwaliła w duchu ochroniarza. Zrozumiała, że teraz to on jest jej jedyną szansą na ratunek. Jeśli zachowa przytomność umysłu, być może uda mu się przekonać urzędnika, że nie dzieje się nic podejrzanego.

Ale co potem? Anita przypuszczała, że urzędnik zostanie w gabinecie przynajmniej przez kilka godzin. Do tego czasu cały gmach się zaludni, a ona straci jakąkolwiek szansę, by opuścić go niezauważona.

Całe to przedsięwzięcie sprowadzało się do tego, żeby dostać się do ministerstwa i wyjść z niego, zanim pracownicy zaczną schodzić się na kolejną odsłonę codziennej, ośmiogodzinnej gehenny urzędniczej.

Teraz nie było na to szans. A prawdziwe piekło czekało raczej Kitlińską, kiedy tylko dobiorą się do niej służby.

– Nie było tu sprzątane – odezwał się urzędnik.

– Jest pan…

– Niech się pan rozejrzy. Nikt nie robił żadnych porządków.

Anita przylgnęła do kolumny, za którą się chowała.

– A nawet gdyby, sprzątaczka nie zostawiłaby otwartego okna.

– Więc może pan nie domknął?

Cisza. Kitlińska spodziewała się, że urzędnik posłał ochroniarzowi pełne powątpiewania spojrzenie.

– Nie otwierałem tego okna od tygodni, może miesięcy – odezwał się.

– Cóż… sugeruje pan, że doszło do włamania?

– A panu wygląda to na co innego?

Głosy były coraz wyraźniejsze i Anita nie miała wątpliwości, że mężczyźni podchodzą do okna.

– Nikt nie dostałby się od zewnątrz – zauważył ochroniarz.

– Nie? – odparł z powątpiewaniem urzędnik. – Już nie takie rzeczy widziałem.

– Ale nie wygląda, żeby cokolwiek zginęło. Dlaczego ktoś miałby się włamywać?

Rozmówca nie odpowiedział, ale nie musiał, by Kitlińska wiedziała, że tym razem jego głos byłby jeszcze lepiej słyszalny.

Milczenie się przeciągało.

– Jeśli pan chce, powiadomię przełożonego – odezwał się ochroniarz.

Anita nastawiła uszu, ale odpowiedź wciąż nie nadchodziła. Dopiero po chwili uświadomiła sobie, dlaczego tak jest. Rozległo się ciche stukanie w klawisze, a ona zrozumiała, że urzędnik sprawdza komputer.

– Nie – powiedział po chwili.

Odetchnęła.

– Proszę powiadomić zastępcę szefa ABW.

– Słucham?

– Natychmiast!

Zanim do Kitlińskiej dotarło, że jej sytuacja stała się jeszcze bardziej opłakana, rozległ się dźwięk szybko zbliżających się kroków, a potem odgłos zamykanego okna.

Znalazła się w potrzasku. Bez szans na ratunek.

Funkcjonariusze dotrą tutaj najwyżej za dwie, może trzy minuty.

Szybko podeszła do skraju tarasu, nie zważając już na to, czy zostanie dostrzeżona. Chwyciła za kamienny murek i wychyliwszy się, powiodła wzrokiem po elewacji. Tuż pod nią ze ściany budynku wystawało kilka klimatyzatorów. Dwa tworzyły niemal schodki, po których mogłaby zejść.

Tyle że dalej nie byłoby gdzie postawić nogi. Skok z takiej wysokości równałby się śmierci.

Z trudem przełknęła ślinę i zaczęła chodzić wzdłuż tarasu, rozglądając się i podejmując kolejną irracjonalną próbę znalezienia drogi ucieczki. W końcu zatrzymała się i uznała, że najwyższa pora zmierzyć się z rzeczywistością.

Nie zejdzie po elewacji, nie ucieknie przez którekolwiek z biur, nie zostanie cudownie uratowana w ostatniej chwili. Zaraz zjawią się funkcjonariusze ABW, a niedługo potem trafi do aresztu śledczego. I odpowie za wszystkie swoje rzekome przewinienia.

Nie miała wątpliwości, że spreparowanych dowodów jest równie dużo jak samych zarzutów. Prokuratura upora się z jej sprawą w mig.

Podeszła do okna gabinetu, z którego przed momentem wyszła, i powiodła wzrokiem po wnętrzu. Po ochroniarzu i urzędniku nie było śladu, opuścili pomieszczenie, a potem zamknęli drzwi.

Anita stała przed oknem, patrząc na swoje odbicie i mając wrażenie, że nie rozpoznaje osoby widocznej w szybie. Widziała zrezygnowaną, pokonaną i pogodzoną z losem kobietę.

Sięgnęła do kieszeni po telefon.

– Jesteś? – spytała nerwowo.

– Tak – odparł natychmiast Hauer. – Co tam się dzieje?

– Mają mnie.

– To znaczy?

– Zaraz zgarnie mnie ABW.

Mógł zadać właściwie niezliczoną ilość pytań, ale tego nie zrobił. Zamiast tracić czas na upewnianie się, czy sytuacja naprawdę jest bez wyjścia i czy może jej pomóc, przeszedł od razu do tego, co najistotniejsze.

– Co ustaliłaś?

– Przede wszystkim to, że notatka nie istnieje.

– To już mówiłaś. Co jeszcze?

Anita otworzyła usta, ale w tym samym momencie dostrzegła przed sobą ruch. Zanim zdążyła odpowiedzieć na pytanie Patryka, drzwi do gabinetu otworzyły się, z hukiem uderzając o ścianę.

Do środka wpadło dwóch funkcjonariuszy ze służbową bronią w rękach. Od razu wycelowali prosto w nią, a ich ostrzegawcze okrzyki odbiły się echem po korytarzach.

Kitlińska znała każdy element scenariusza, który realizowali.

Natychmiast podniosła ręce, wypuszczając komórkę. Ledwo ta uderzyła o ziemię, Anita skrzyżowała dłonie za głową, a potem obróciła się tyłem do funkcjonariuszy. Padła na kolana, kiedy jeden z nich otwierał okno.

– Spokój, kurwa! – ryknął.

Kitlińska z niepokojem odwróciła głowę.

– Na glebę, już! – krzyknął drugi.

– Ręce na plecy!

Szybko się położyła i wykonała wszystkie polecenia, ale odnosiła wrażenie, że dwóch oficerów ABW zupełnie to ignoruje. Zachowywali się, jakby nie dostrzegali jej gotowości do podporządkowania się ich komendom.

– Spokój! – powtórzył jeden z nich.

Drugi krzyknął, by wykonywała polecenia i nie stawiała oporu.

Zanim zorientowała się, że ci dwaj nie stawili się tutaj, by wypełniać obowiązki służbowe, ale odegrać przypisane im role, było już za późno.

Jeden z nich złapał ją za ramię i szarpnął w górę. Podniosła się, cofnęła o krok i spojrzała w dwa wycelowane w nią pistolety. Wstrzymała oddech, przekonana, że któryś z oficerów zaraz pociągnie za spust.

Zrobili wszystko, co powinni. Jeśli na korytarzu byli jacyś świadkowie, to z pewnością słyszeli wykrzykiwane komendy. Potwierdzą później, że Kitlińska rzeczywiście stawiała opór, a użycie wobec niej siły było w pełni uzasadnione.

To nie było zatrzymanie, ale egzekucja.

Mieli się jej pozbyć. Nie poprzez fabrykowanie dowodów, nie dzięki kompromatom. Ktoś polecił, by raz na zawsze usunąć problem.

– Ręce za głowę! – krzyknął jeden z funkcjonariuszy.

Wykonała polecenie.

– Ręce za głowę, już! – powtórzył mimo to.

Oderwała wzrok od lufy i spojrzała temu człowiekowi prosto w oczy. Nie znalazła w nich tego, czego szukała. Żadnych emocji, współczucia czy choćby zrozumienia sytuacji. Mężczyzna sprawiał wrażenie, jakby wykonywał rutynowe zadanie.

– Rób, co mówię! – krzyknął jeszcze głośniej.

Anita przypuszczała, że ktoś na pewno zadbał o to, by żaden ze świadków nie znalazł się zbyt blisko. Mieli słyszeć wydawane polecenia, ale nie widzieć, co w istocie się działo.

Gorączkowo szukała ratunku, ale umysł odmawiał jej posłuszeństwa. Nie potrafiła zebrać myśli, sparaliżowana przekonaniem, że znalazła się w przedsionku śmierci.

Zacisnęła dłonie na karku i przeniosła wzrok na drugiego funkcjonariusza. On również sprawiał wrażenie automatu, nie człowieka. Nie mogła liczyć na to, że sumienie ruszy któregokolwiek z nich.

Nie było sensu próbować ustalić, kto wydał rozkaz jej zabicia. Była przekonana, że jeśli tylko otworzy usta, funkcjonariusze natychmiast ją zakrzyczą. Cofnęła się o pół kroku i dostrzegła, że jeden z przeciwników mruży oko.

Zrobiła jeszcze krok w tył i uderzyła plecami o kamienną barierkę na końcu tarasu, nieomal tracąc równowagę. Przeszło jej przez myśl, że upadek z takiej wysokości może okazałby się lepszym sposobem, odejścia z tego świata.

Celujący do niej mężczyzna przesunął palec na spust, a potem napiął mięśnie. Anita zrozumiała, że od tragedii dzielą ją już tylko sekundy.

Poczuła, że cała się trzęsie. Uniosła wyżej dłonie i otworzyła usta, chcąc podjąć beznadziejną próbę przemówienia do tych ludzi.

Nie zdążyła.

Kątem oka dostrzegła, jak ktoś wychodzi na taras z gabinetu.

– Co tu się dzieje? – rozległ się głos mężczyzny, którego natychmiast rozpoznała.

Był to jeden z zastępców szefa ABW, znany w środowisku pułkownik Regliński, którego Kitlińska spotykała przy różnych okazjach. Nie zamienili ze sobą więcej niż kilku zdań i nigdy nie przypuszczałaby, że tak ucieszy ją widok tego oficera.

– No? – dodał.

Dwóch funkcjonariuszy wciąż wbijało w nią wzrok. Odniosła wrażenie, że w końcu dostrzegła w ich oczach jakieś emocje. A konkretnie złość.

– Wyjaśni mi to któryś? – dodał zastępca szefa ABW.

– Stawiała opór, panie pułkowniku.

– Nie widzę, żeby to robiła.

– Przed momentem istniało niebezpieczeństwo, że…

– Teraz najwyraźniej już go nie ma.

Anita dopiero teraz poczuła, że jest cała zlana potem, a serce bije jej tak mocno, jakby miało rozerwać klatkę piersiową.

Starając się opanować drżenie całego ciała, zamknęła na moment oczy.

Była uratowana. Musiała powtórzyć to sobie kilkakrotnie w duchu, by na dobre zrozumieć.

Kiedy podniosła powieki, zobaczyła, że dwóch uzbrojonych funkcjonariuszy nieco się wycofało. Zerkali na przełożonego, jakby obawiali się, że udzieli im reprymendy.

– Co ona tu robi, do cholery? – zapytał Regliński.

– Włamała się do biura. Potem próbowała uciec.

Najwyższy stopniem oficer rozejrzał się z powątpiewaniem.

– Niby którędy? – rzucił.

Nie otrzymawszy żadnej odpowiedzi, spojrzał pytająco na Anitę. Ona jednak nie miała zamiaru niczego prostować. Mimo że pułkownik okazał się wybawicielem, z pewnością nie był gotów przyjąć za prawdę jakichkolwiek jej wyjaśnień.

Ostatecznie potraktuje ją tak, jak wskazywały na to dowody – jak podejrzaną o co najmniej kilka przestępstw, w tym potrącenie ze skutkiem śmiertelnym pod gmachem MSW. Jeśli miała się z czegokolwiek wytłumaczyć, mogła zrobić to jedynie przed sądem.

Pułkownik Regliński zrobił krok w jej stronę, przyglądając jej się uważnie.

– Czego tu szukałaś? – spytał.

Kitlińska milczała.

– Słyszysz, o co pytam?

Podszedł jeszcze bliżej, a ona trwała w absolutnym bezruchu. Mimo że dwóch funkcjonariuszy nie stanowiło już bezpośredniego zagrożenia, nie miała zamiaru dawać im żadnych powodów do interwencji.

– Wytłumacz mi to, chorąży – dodał Regliński.

Kitlińska przełknęła ślinę. Jego wyważony ton świadczył, że jest rzeczywiście gotów wysłuchać jej wyjaśnień. Może jednak warto byłoby ich udzielić? Nie, nie tutaj, nie teraz. Będzie jeszcze na to pora, uznała w duchu Anita.

Kiedy zatrzymał się tuż przed nią, wbiła wzrok gdzieś ponad jego głową, unikając jego spojrzenia. Wyprostowała się nieznacznie, ale był to jedyny ruch, jaki wykonała.

Spodziewała się, że kątem oka dostrzeże irytację na twarzy pułkownika. Zobaczyła jednak coś innego.

Uśmiech.

Krótki, niewyraźny, ale znaczący. Grymas, który sprawił, że w mig zrozumiała, iż niebezpieczeństwo nie zostało zażegnane. Wręcz przeciwnie.

Kiedy jej wzrok padł prosto na oczy pułkownika, ujrzała w nich wyraźną satysfakcję. Nagłą, dziką i złowieszczą. Zaraz potem zobaczyła, jak mężczyzna bierze niewielki zamach, i zanim zdążyła zareagować, poczuła mocne uderzenie w klatkę piersiową.

Nie była na to przygotowana, pułkownik uśpił jej czujność. Cios był na tyle mocny i niespodziewany, że Kitlińska nie miała najmniejszych szans złapać równowagi.

Jej przeciągły, przeraźliwy krzyk rozciął spokój poranka. Ucichł w momencie, kiedy ciało Anity z impetem spadło na ziemię.

CZĘŚĆ 2

Rozdział 1

Zamieszanie w mediach trwało bez końca i sprawiało, że cała sytuacja wydawała się Hauerowi jeszcze bardziej odrealniona. Stała się dla niego rzeczywista, dopiero kiedy w internecie trafił na amatorskie zdjęcia wykonane z pierwszego piętra gmachu MSW.

Nie trafiły na szanujące się portale, a z tych mniej dbających o standardy dość szybko znikały. Odnalezienie ich jednak w sieci nie nastręczało żadnych problemów.

Znacznie trudniej było pogodzić się z tym, co przedstawiały. Kilka ujęć pokazywało leżącą w nienaturalnej pozycji Kitlińską. Miała szeroko otwarte oczy i usta, a wokół jej ciała rozlewała się krew. Tuż obok leżała roztrzaskana komórka.

Media z prawej i lewej strony sceny politycznej były niemal całkowicie zgodne co do przebiegu wydarzeń – i trudno było się im dziwić, wszak Kitlińska od kilku dni przedstawiana była jako wcielenie zła. Najpowszechniejsza wersja zakładała, że włamała się do MSW, by usunąć obciążające ją dowody lub spreparować materiały mające świadczyć o jej niewinności.

Podobnie jasne było dla wszystkich, w jaki sposób Kitlińska zginęła. Miał to być skutek nieszczęśliwego wypadku, do którego doszło, kiedy Anita próbowała uciec przed funkcjonariuszami ABW. Relację z tych zdarzeń przedstawił sam zastępca szefa agencji.

– Wyłączysz wreszcie te brednie? – rozległ się głos Mileny, który wyrwał Hauera z zamyślenia.

Spojrzał na telewizor i uświadomił sobie, że na antenie NSI trwa kolejna runda snucia spekulacji. Patryk ściszył trochę, a potem rzucił pilota na kanapę. Jak długo słuchał tych konfabulacji? Wydawało mu się, że niedawno włączył telewizor, ale w rzeczywistości minęło już kilka godzin. Kilka straconych godzin. Nie miał wątpliwości, że mógł je spożytkować znacznie lepiej niż poprzez zanurzanie się w marazmie.

Przede wszystkim powinien zacząć dochodzić prawdy. Wersja ogólnie przyjęta przez media nie miała nic wspólnego z tym, co się wydarzyło. Kitlińska została zamordowana, bo dotarła do czegoś, co skrzętnie ukrywano.

Ale do czego konkretnie? I co miała na myśli, mówiąc, że notatka nie istnieje?

Jeśli rzeczywiście tak było, znaczyło to, że Bianczi zginął bez powodu. I że ktoś wmanewrował go w sprawę, za którą zapłacił najwyższą cenę.

Hauerowi wszystko to wydawało się bez sensu. Nie rozumiał, dlaczego ktokolwiek miałby targnąć się na życie dziennikarza, skoro nie było żadnej notatki. A zatem może to Kitlińska została ograna?

Na szukanie odpowiedzi było za późno. Oboje nie żyli. I o ile Patryk zdołał w końcu oswoić się z myślą, że już nigdy nie zobaczy młodego reportera, o tyle śmierć Kitlińskiej zupełnie na powrót wytrąciła go z równowagi.

– Wyłączysz to? – spytała Mil, wchodząc do salonu. – Będą maglować ten temat w kółko aż do momentu, kiedy zacznie się analiza jej orientacji seksualnej w kontekście wektora upadku.

Patryk spojrzał na żonę z rezerwą i się nie odezwał.

– Coś nie w porządku? – spytała.

– To, że w tej chwili mi nie do śmiechu.

– Mnie też nie. Wyśmiewam tych ludzi, nie Kitlińską.

Hauer przyglądał się entuzjazmowi na twarzach rozmówców w studiu. Wszyscy byli przekonani, że Anita stała się ofiarą własnych machlojek. I żaden z nich nie miał zamiaru stawać w jej obronie.

Przeciwnie, zaczynali wygłaszać tyrady pod jej adresem i wszystko wskazywało na to, że dopiero się rozkręcają. Zanim jednak do tego doszło, Milena podniosła pilota i przełączyła kanał.

– Niczego się od nich nie dowiesz – podsumowała. – Chyba że chcesz podszkolić się w pustosłowiu.

– Ani od nich, ani od kogokolwiek innego.

Uniosła pytająco brwi.

– Rozmawiałeś ze Swobodą?

Hauer zaprzeczył ruchem głowy.

– Nie było sensu – odparł zrezygnowany. – Rząd trzyma ją na dystans od wszystkiego, co istotne, a ona nie ma żadnych narzędzi, żeby to zmienić. Ale rozmawiałem z Hubertem.

Milena posłała mu długie krytyczne spojrzenie.

– Nie powinieneś tego robić.

– Daj spokój.

Podeszła do niego, przysiadła na stoliku obok i przez moment wpatrywała się w męża.

– Zaraz rozpocznie się prawdziwa wojna, Patryk. Nie powinieneś tuż przed jej wybuchem rozmawiać z wrogiem.

– Akurat w tej chwili Korodecki nim nie jest.

– Jest – zaoponowała stanowczo. – On i każda inna osoba z Pedepu. Mogą psioczyć na premiera, mogą utyskiwać na stan demokracji pod jego rządami, ale ostatecznie każdy go poprze. Wiesz dlaczego?

Mruknął potwierdzająco, choć i bez tego żona wiedziałaby, że doskonale zna odpowiedź. Wszyscy byli gotowi stanąć murem za Chronowskim, bo wszyscy chcieli dostać się po raz kolejny do sejmu. Nikt nie był gotów łamać swojej kariery tylko dlatego, że Adam miał gdzieś wszelkie wartości.

Czy sytuacja zmieniłaby się, gdyby wiedzieli, że to on mógł stać za tym, co się działo? Być może. O ile tylko mogłoby to bezpośrednio zaszkodzić członkom Pedepu.

Hubert jednak zdawał się bardziej pryncypialny od reszty. I jako jedyny był na tyle blisko z Seydą, by poświęcić swoją karierę na dochodzenie prawdy.

– Jeśli ktoś zwęszyłby, że się kontaktujecie…

– To co? – wpadł jej w słowo Patryk.

Zrobił to nieco zbyt ostro, ale był to rezultat gromadzącej się od jakiegoś czasu irytacji. Odnosił wrażenie, że Mil żyje w innym świecie, w którym nigdy nie doszło do zamachu, ludzie nie zginęli i żadna tragedia nie miała miejsca. Świecie, w którym liczyły się tylko wydźwięk medialny i marketing.

– Portale miałyby używanie – odparła, a potem nabrała głęboko tchu. – Zaraz pojawiłyby się sugestie, że razem coś knujecie.

– Zdementujemy, jeśli będzie potrzeba.

– To nic nie da – odparła Milena, nachylając się do niego. – Wiesz dobrze, że przynajmniej część twojego elektoratu to twardzi, skrajni konserwatyści. Do utraty ich sympatii w zupełności wystarczy informacja, że kontaktujesz się zakulisowo z pedepowskim lewakiem.

– Przesadzasz.

– Chciałabym przesadzać, ale oboje zdajemy sobie sprawę, że tak nie jest. W UR masz tyle samo zwolenników, ile przeciwników. A ci drudzy tylko czekają na taką okazję. Natychmiast w ciebie uderzą, a potem…

– W porządku, w porządku – uciął Patryk. – Chciałem po prostu się czegoś dowiedzieć.

– I dowiedziałeś się?

– Nie – odparł ciężko Hauer.

Korodecki nie miał mu nic konkretnego do przekazania. Potwierdził jedynie wersję, która krążyła w mediach. Kitlińska została zaskoczona przez oficerów ABW, spanikowała i w trakcie ucieczki straciła życie.

– Właśnie – mruknęła Milena. – Bo jest tylko jeden sposób, żebyś odkrył prawdę.

– Jaki?

– Polecić służbom, by do niej dotarły – odparła pewnym głosem. – Ale to będziesz mógł zrobić dopiero wtedy, gdy staniesz się ich przełożonym.

Mil położyła ręce na podłokietnikach wózka i spojrzała mu prosto w oczy. Mimo że byli małżeństwem już wiele lat, Hauer od pewnego czasu czuł się nieswojo, ilekroć dochodziło do takiej bliskości. Być może w ostatnim czasie oddalili się od siebie za bardzo, odzwyczaili od intymności i zaczęli postrzegać się jedynie jako sojuszników we wspólnym przedsięwzięciu.

– Walka o prawdę nie odbędzie się w salach sądowych, gmachach ministerstw czy zaciszach gabinetów – dodała. – Ale w studiach telewizyjnych, stacjach radiowych i ostatecznie przy urnach wyborczych.

Hauer lekko skinął głową.

– Jedynym sposobem, żebyś ustalił, co tak naprawdę się wydarzyło, jest zostanie premierem – dodała. – Będziesz miał nieograniczone możliwości.

– Zdaję sobie z tego sprawę.

– I nie tylko ty – zauważyła. – Chronowski też jest tego świadomy i zrobi wszystko, absolutnie wszystko, żeby wygrać te wybory.

Hauer miał wrażenie, że te z dnia na dzień stały się czymś więcej niż politycznym starciem. Teraz stawka była znacznie wyższa.

– Użyje służb, państwowych mediów, kontaktów zagranicznych i wszystkiego, co przyjdzie mu do głowy, żeby cię zniszczyć.

– Wiem.

– Więc nie dawaj mu dodatkowych narzędzi – odparła Mil, przysuwając się jeszcze bliżej. – Chronowski buduje w tej chwili cały scenariusz, w którym zrzuca winę za zamachy na określoną grupę ludzi. Korodecki może się w niej znaleźć.

– Bo?

– Bo jest jednym z tych, którzy mu w Pedepie przeszkadzają.

Miała rację, zresztą na miejscu Adama w tej sytuacji też zacząłby od oczyszczenia przedpola.

– Jeśli tak się stanie, a potem okaże się, że ucinaliście sobie z Hubertem pogawędki...

Nie musiała kończyć. Znalezienie się w kręgu podejrzeń było na tym etapie wystarczające, żeby pożegnać się z wygraniem wyborów. Wyborów, które mogły okazać się równie ważne jak te w trakcie transformacji ustrojowej.

– Teraz każdy najmniejszy krok ma znaczenie – dodała Mil.

Patryk spojrzał jej w oczy, a potem odsunął wózek. Szybko cofnęła ręce.

– W takim razie dobrze, że ja nie mogę zrobić ani jednego – odparł.

– Na razie.

W jej głosie zabrakło optymizmu. Pierwotny plan zakładał, by na HauerHubie relacjonowali postępy w rehabilitacji, pokazywali systematyczną poprawę i walkę Patryka o to, by kiedyś znów stanął na nogi. Przy wszystkim, co się działo, nie miał jednak czasu na zabiegi, tym bardziej na budowanie medialnego przekazu. Gdyby wybory miały odbyć się w normalnym terminie, być może z zamiarów Mileny coś by wyszło. Teraz jednak tę perspektywę należało przekreślić.

– Nie potrzebujesz cudownego ozdrowienia, żeby wygrać – dodała po chwili.

– Nie? Przed chwilą twierdziłaś, że Chronowski ma do dyspozycji wszystko. My nie mamy nic.

– Tylko w sensie instytucjonalnym.

– Nie tylko – zaprzeczył bez wahania. – Adam już zaczął budować przekaz. I jest on dość jasny: Bianczi próbował odkryć prawdę o zamachu, a Kitlińska starała się ją ukryć. Potrąciła go na ulicy, a potem nawet odwiedziła w szpitalu, by upewnić się, że tajemnica umrze razem z nim. Ostatecznie włamała się do MSW, żeby usunąć wszystkie ślady.

Mil lekko się uśmiechnęła, ale Hauer to zignorował.

– Nie potrzeba Korodeckiego, żeby mnie pogrążyć – ciągnął. – Wystarczy, że Adam ujawni moje kontakty z Kitlińską. Od tego już krótka droga do stawiania tez, że miałem coś wspólnego z zamachem. A kiedy dorzuci do tego zdjęcia ze Starbucksa…

Urwał, a potem spojrzał na telefon, z którego dzwonił do Kitlińskiej. Należał wprawdzie do Samary, ale gdyby przyszło co do czego, służby z pewnością ustaliłyby, gdzie sprzęt znajdował się w momencie, kiedy połączono się z niego z Anitą.

Chronowski miał aż nadto sposobów, by triumfować w zbliżających się wyborach. I jeśli rozegra to umiejętnie, zgarnie całą pulę – celnymi atakami wymierzonymi w Hauera mógł pokonać także Swobodę.

Milena także zdawała sobie z tego sprawę, a mimo to uśmiech nie schodził jej z ust.

– Widzisz w tym coś zabawnego? – spytał.

Wzruszyła ramionami.

– Nie mamy szans w tej walce, Mil.

– Masz rację – przyznała. – Ale zapominasz o jednym. O czymś, co sam często mi powtarzałeś.

– Czyli?

Pozwoliła sobie na jeszcze szerszy uśmiech.

– Że zwycięska armia najpierw wygrywa, a dopiero potem dąży do walki.

Rozdział 2

Podczas tej konferencji prasowej wiele rzeczy mogło pójść nie tak. Patryk Hauer zajął miejsce na podeście w sejmowym biurze prasowym UR i powiódł wzrokiem po zebranych dziennikarzach. Sala była pełna, a za plecami Patryka znajdował się szerokokątny telewizor, na którym Mil wyświetliła logo partii.

Zainteresowanie było duże, nawet większe, niż Hauer się spodziewał. A wszystko dzięki temu, co na kilka dni przed spotkaniem z dziennikarzami zrobiła w sejmie Milena.

Zaczęła od rozpuszczenia kilku skąpych plotek w odpowiednich miejscach. Parę niezobowiązujących rozmów z reporterami na korytarzach sejmowych, parę spotkań w Czytelniku. Tyle wystarczyło, by wieść, którą chciała puścić w świat, rozeszła się lotem błyskawicy.

Pogłoski dotyczyły rzekomych spotkań Hauera i Seydy. Najpierw w Pałacu Prezydenckim, potem u Teresy Swobody.

Kiedy plotki chwyciły, Patryk nagrał na HauerHubie krótkie oświadczenie, w którym przyznawał, że do spotkań rzeczywiście doszło. Nie podał powodu, co sprawiło, że zainteresowanie natychmiast zaczęło rosnąć.

Mil powtarzała, że w polityce nie ma potężniejszej broni niż niedomówienia, a ta sytuacja dobitnie to potwierdzała.

Kiedy szum stał się na tyle głośny, że zaczęto snuć najbardziej niemożliwe spekulacje, Milena puściła w obieg informację, że Seyda i Patryk odkryli niepokojące fakty związane z rządem Chronowskiego.

Ta wieść musiała być dla premiera czerwoną lampką alarmową. Zanim jednak zdążył zareagować, Hauerowie zrzucili bombę, której miał zamiar użyć Adam.

Oznajmili publicznie, że Azamat Szachmatow, zamachowiec spod sejmu, wcześniej brał na celownik Patryka. Miał nawet podjąć próbę zaatakowania go w kawiarni przy placu Trzech Krzyży, ale ostatecznie ograniczył się do rekonesansu. A potem zamiast w niego uderzył w Seydę.

Patryk dodał, że dowody na to są w posiadaniu służb – dysponują one nawet zdjęciem, na którym widać zamachowca w jego towarzystwie.

Hauerowie zrobili to, czego wymagała sztuka prowadzenia wojen. Wyprzedzili uderzenie. Walczyli, zbiegając ze wzgórza, a nie wspinając się na nie. Atakowali nieprzygotowanego wroga. Zajmowali miejsce, w którym nie można było ich pokonać.

Zdjęcie z Szachmatowem w końcu wyszłoby na jaw. Ujawnienie go na ich warunkach było koniecznością i jednocześnie najlepszym posunięciem, jakie mogli wykonać.

Fotografia w połączeniu z tajnymi spotkaniami z Seydą tworzyła dobre, niemal jednoznaczne wrażenie: Hauer i Daria trafili na coś, co mogło zagrozić rządowi, a zaraz potem jedno z nich znalazło się na celowniku zamachowca, a drugie zginęło.

Wydźwięk był jasny – rząd mógł być zamieszany w to, co się zdarzyło. Wprawdzie brakowało dowodów, a Patryk nie miał zamiaru werbalizować żadnych podejrzeń, ale niedomówienia stanowiły niezawodny grunt dla teorii spiskowych.

W tym wypadku zresztą mogły okazać się uzasadnione. Wbrew temu, co twierdził Bianczi, wszystko wskazywało na to, iż to właśnie Chronowski jest winowajcą.

– Dzień dobry – odezwał się Hauer, obniżając nieco jeden z mikrofonów. – Dziękuję za tak liczne przybycie.

Wszystkie rozmowy w sali konferencyjnej natychmiast ustały. Dziennikarze zajęli swoje miejsca, kamerzyści zrobili zbliżenie na Patryka. Ten powiódł wzrokiem po zebranych.

– Widzę, że zjawili się także przedstawiciele zagranicznych mediów.

Większość zaczęła się rozglądać, choć Hauer rzuciłby tę uwagę, nawet gdyby nikt z zagranicy się nie pojawił. Obecność korespondentów z innych krajów jak zawsze sprawiała, że prestiż przemawiającego rósł, a krajowi reporterzy słuchali go z większą uwagą.

– Cieszę się – dodał Patryk. – Bo ta sprawa wykracza dalece poza wymiar krajowy.

Odczekał moment, by wszyscy znów spojrzeli na niego. Panował nad każdym swoim oddechem, najmniejszym gestem i intonacją. Gdyby nie afobam, z pewnością byłoby trudniej, ale tabletki zapewniały mu pełną kontrolę.

Nabrał głęboko tchu i wyprostował się.

– W ostatnim czasie w mediach pojawiały się doniesienia o moich spotkaniach z prezydent Seydą – zaczął. – I myślę, że najwyższa pora, żebym wyjaśnił, dlaczego do nich dochodziło.

Po sali przeszedł cichy szmer.

– Spotykałem się z panią prezydent kilkakrotnie przed zamachem, mieliśmy bowiem powody sądzić, że zawiązał się spisek przeciwko niej. Spisek na samych szczytach władzy.

Kilku dziennikarzy wymieniło się pobłażliwymi spojrzeniami. Hauer dobrze ich kojarzył i w duchu szybko odhaczył ich afiliacje. Młoda dziewczyna pisała dla „Polityki" i „Krytyki Politycznej". Siedzący obok niej starszy facet udzielał się w TOK FM, a znajdująca się za nimi kobieta kręciła weekendowe materiały na antenie TVN24. Takich jak oni musiał z góry skreślić – nie zdoła przekonać ich do czegokolwiek.

Kiedy przeniósł wzrok na tych, którzy pracowali w NSI, pisali dla „Głosu Obywatelskiego" i „Wprost" czy prowadzili programy publicystyczne w państwowej telewizji, znalazł zrozumienie. Ich nie musiał przekonywać, miał u nich pewien kredyt zaufania.

– O jakim spisku mowa? – odezwał się ktoś z „Newsweeka".

Tacy jak on mogli przechylić szalę. Byli otwarci nawet na przyjęcie wersji prawicy, o ile przedstawiłaby dowody. Problem polegał na tym, że na dobrą sprawę Hauer żadnych nie posiadał.

Skinął głową do reportera, jakby spodziewał się tego pytania i tak czy owak zamierzał rozwinąć ten temat.

– W tej chwili nie mogę powiedzieć wszystkiego – zastrzegł. – Ale sami państwo widzieli zdjęcia, jakie zrobiono mi na placu Trzech Krzyży.

Po tym, jak Milena posłała w świat informacje na ten temat, fotografie szybko trafiły do obiegu. Służby wprawdzie oficjalnie ich nie wypuściły, ale Patryk nie miał złudzeń – ktoś chętnie podsunął materiały jednemu lub drugiemu dziennikarzowi.

– Starczy powiedzieć, że wraz z prezydent Seydą byliśmy na celowniku człowieka, który dokonał tego haniebnego, tchórzliwego czynu pod budynkiem sejmu – dodał Hauer. – I to właśnie dlatego, że zaczęliśmy zbliżać się do wyjaśnienia zagrażającego pani prezydent spisku.

Urwał, ale nie zamknął ust, jakby chciał jeszcze coś dodać i nie mógł tego zrobić. Dziennikarze czekali w milczeniu.

– W tym celu współdziałaliśmy także z jednym z państwa.

Kiedy przeniósł wzrok na grupę reporterów związanych z NSI, kilka osób znów wymieniło się cichymi uwagami.

– Nie jest zresztą tajemnicą, że Bianczi i ja również odbyliśmy kilka spotkań.

Była to pierwsza istotna i konkretna informacja, jaką miał przekazać w trakcie konferencji. Odniosła zamierzony skutek, a wcześniejsza protekcjonalność znikła także z twarzy nieprzychylnych mu dziennikarzy.

– Uważam, że jego śmierć nie była przypadkowa – dodał Patryk.

Wymiana nerwowych uwag stała się nieco głośniejsza, ale nie na tyle, by mu przeszkadzać.

– Nie wiem niestety, do czego udało mu się dotrzeć, ale przypuszczam, że ustalił szczegóły, które od pewnego czasu staraliśmy się poznać. Dotarł do prawdy.

Ostatnie trzy słowa Hauer zaakcentował odpowiednio i lekko przeciągnął, jakby były zaklęciem. Właściwie miały nim być. To wokół nich Mil planowała zbudować całą kampanię wyborczą – nie tylko tę, ale i następną.

– O naszych spotkaniach wielu z państwa zresztą wiedziało – kontynuował Hauer. – Natomiast nie wiedzieli państwo o tym, że po śmierci Biancziego pojawił się ktoś, kto z jeszcze większą determinacją dążył do prawdy. Ani o tym, że współdziałałem z tą osobą.

Nikt z zebranych nie sprawiał wrażenia, jakby wiedział, o kim mowa. Patryka specjalnie to nie dziwiło – z ich punktu widzenia Anita była osobą działającą na zlecenie tego, kto próbował ukryć prawdę, a nie ją ujawnić.

– Mam na myśli chorąży Kitlińską.

Jeśli ktoś do tej pory nie był zainteresowany tym, co mówił Hauer, to od teraz z pewnością poświęcił jego słowom całą uwagę.

– Działaliśmy razem właściwie od momentu zamachu, wspólnie starając się odkryć, kto za nim stoi.

– Azamat Szachmatow – odezwał się ktoś.

Hauer poszukał wzrokiem osoby, która zabrała głos.

– Naprawdę sądzi pan, że ten człowiek mógł działać sam? Że samodzielnie udało mu się sforsować wszystkie zabezpieczenia? Przemknąć się przez prezydencką ochronę?

– Oczywiście, że nie – odparł dziennikarz. – Służby ustaliły, że całą operacją dowodził Abdul Gani. I są na jego tropie.

– A mimo to nadal go nie złapano? – odparował Hauer.

Rozmówca w końcu się podniósł. Był to jeden z nowych nabytków NSI, młody człowiek tuż po studiach. Najwyraźniej sympatie nie przebiegają już wzdłuż linii prawica–lewica, uznał w duchu Patryk.

– Powinien dawno zostać ujęty – dodał Hauer.

– Może nie tak łatwo znaleźć człowieka, który od lat szkolił się do unikania służb? – spytał z wyraźną wyższością w głosie reporter.

– W Polsce? – odparł Patryk. – Mimo usilnych prób Pedepu i poprzednich liberalnych rządów nie ma tu jeszcze tak wielu muzułmanów, by Abdul Gani mógł się rozpłynąć w ich tłumie.

Dwóch, może trzech dziennikarzy się uśmiechnęło. Patryk skarcił się w duchu za tę uwagę, była kompletnie niepotrzebna, a oprócz tego sprawiła, że odchodził od tematu.

Zaraz jednak zorientował się, że może wykorzystać tę sytuację. Nie było niczego lepszego od sprowokowania przeciwnika do wygłaszania twoich tez. Tak mogło się stać w tym wypadku, o ile Patrykowi udałoby się umiejętnie poprowadzić rozmowę.

– Nie ma tutaj żadnego zaplecza – ciągnął Hauer. – Nie zaszyje się w żadnym meczecie, nie zbiegnie do dzielnicy w guście Molenbeek, gdzie mógłby liczyć na pomoc ze strony współbraci. Jest zdany wyłącznie na siebie. Nie może opuścić kraju, nie może wynająć samochodu, ba, nie jest w stanie nawet wyciągnąć gotówki z bankomatu. Od razu zostanie namierzony. Jeśli nie przez policję, to przez obywateli.

Patryk wbijał wyzywające spojrzenie w oczy dziennikarza. Liczył, że ten chwyci przynętę. I w końcu tak się stało.

– Więc co pan sugeruje? – zapytał chłopak z NSI. – Że służby nie chcą go ująć?

Hauer nie odpowiadał. Wiedział, że w tej chwili milczenie jest najlepszym posunięciem. Zmusi rozmówcę, by ten prowadził rozmowę za niego.

– Że go gdzieś chowają?

Patryk wzruszył ramionami.

– Dlaczego miałyby to robić? – dodał chłopak.

– Dobre pytanie – zauważył Hauer. – Bardzo dobre pytanie.

– Na które...

– Na które odpowiedzi szukała chorąży Kitlińska w gmachu MSW – uciął Patryk, uznawszy, że dziennikarz spełnił swoje zadanie. – I powiodło jej się. Tuż przed śmiercią dzwoniła do mnie, by poinformować o swoich ustaleniach. ABW z pewnością to potwierdzi, kiedy tylko przeanalizowana zostanie aktywność telefonu, z którego rozmawiałem z chorąży Kitlińską.

Pewność jego głosu sprawiła, że nikt nie musiał czekać na komunikaty ze strony agencji, wszyscy zdawali sobie sprawę, że Hauer nie mówiłby o tym publicznie, gdyby nie dało się tego potwierdzić.

– Wbrew temu, do czego stara się przekonać nas wszystkich obecna władza, chorąży Kitlińska dotarła do prawdy. I nie tylko nie miała nic wspólnego ze śmiercią Biancziego, ale robiła wszystko, by mu pomóc. I sama przypłaciła to życiem.

Hauer spuścił lekko głowę. Przejście do kolejnej, najważniejszej części przemówienia wymagało chwilowej pauzy.

– Nie mam zamiaru pozwolić na to, by ktokolwiek więcej ucierpiał z tego powodu – dodał stanowczo. – Zrobię wszystko, by odkryć prawdę i postawić przed sądem tych, którzy w jakikolwiek sposób przyłożyli rękę do tego, co się stało.

Modulacja głosu odpowiednia, odległość ust od mikrofonu prawie idealna. Hauer przysunął się trochę do niewielkiego podestu.

– Dokonać tego mogę tylko w jeden sposób – powiedział z przekonaniem, starając się, by w jego głosie słychać było zarówno emocje, jak i opanowanie. – Zostając premierem rządu Rzeczypospolitej Polskiej.

Żaden z zebranych nie był zaskoczony tą deklaracją, ale nie miała ona wywołać szoku. Stanowiła formalne wypowiedzenie wojny i obwieszczenie Chronowskiemu, że od tej chwili rozpoczyna się konflikt, jakiego polska polityka jeszcze nie widziała.

– Mam zamiar poprowadzić Unię Republikańską do zwycięstwa w nadchodzących wyborach, a potem ujawnić wszystko, co tak skrupulatnie i bezwzględnie stara się ukryć obecny rząd. Każde działanie służb zostanie zbadane, każda decyzja polityczna przeanalizowana i każdy ciemny zaułek oświetlony. A wszystkie demony, które będą tam się chować, ujrzą światło dzienne.

Hauer mówił z lekko uniesionym podbródkiem, precyzyjnie wymawiając każde słowo. Namaszczenie, z jakim to robił, sugerowało, że w istocie przyjmuje na barki ciężar dziejowej misji. I że zależy od niej dobro tego kraju.

W rzeczywistości miał wrażenie, że usta uschną mu od tych komunałów.

Kiedy razem z Mileną układali to przemówienie, jego pierwszym pytaniem było: „Długo będę musiał tak pierdolić?". Odpowiedziała, że dopóty, dopóki nie zobaczy, że podniosła atmosfera udziela się choćby kilku dziennikarzom.

Patryk patrzył na nich z nadzieją, że dostrzeże ich przejęcie. Paru wyglądało na realnie zainteresowanych, niektórzy nawet wierzyli w to, co mówił. Wszyscy byli natomiast zaciekawieni.

Teorie spiskowe były chodliwe właściwie od zawsze. Roosevelt wiedział wcześniej o ataku na Pearl Harbor, George W. Bush o zamachu na World Trade Center i Pentagon. Lądowanie na Księżycu nakręcił Stanley Kubrick w jednym z hollywoodzkich studiów. Tak naprawdę to nie Lee Harvey Oswald zabił Johna Kennedy'ego. Pablo Escobar od początku współdziałał z CIA. Amerykańskie służby strąciły indyjski samolot pasażerski, by pozbyć się obecnych na pokładzie naukowców pracujących nad bombą jądrową. Coca-Cola i Pepsi to w rzeczywistości jedna firma. W Korei Północnej panuje raj na ziemi – i to nie jej obywatele, ale wszyscy pozostali padli ofiarą prania mózgu.

Przykładów można było mnożyć – i nawet najbardziej absurdalne zawsze przyciągały ludzi jak magnes.

W tym wypadku Patryk i Milena liczyli na dużą siłę oddziaływania. Ich argumentacja była wprawdzie do obalenia, ale z pewnością dawała do myślenia. Obok śmierci Seydy, Bianieziego i Kitlińskiej nie można było przejść obojętnie. I nie trzeba było wiele, by zrozumieć, że coś więcej jest na rzeczy.

Hauer nie wiedział, co konkretnie, ale nie miało to żadnego znaczenia, przynajmniej pod względem politycznym. Nie kłamał, kiedy mówił o odkryciu prawdy – będzie mógł poznać ją dopiero wtedy, kiedy stanie na czele rządu.

Co wówczas odkryje? Wszystkie znaki na niebie i ziemi wskazywały na winę Chronowskiego, ale Patryk wciąż nie mógł zignorować tego, co twierdził Bianczi.

– Szanowni państwo – podjął po krótkiej przerwie Hauer. – Kampania, która nas czeka, będzie najważniejszą, jaka kiedykolwiek się w Polsce odbyła. Nigdy dotychczas stawka nie była tak wysoka. Mamy bowiem wybór nie między prawicą, centrum a lewicą, ale między dochodzeniem prawdy a jej ukrywaniem. Między sprawiedliwością a bezkarnością. Między rzeczywistością a obłudą.

Wiedział, że musi powoli kończyć. Nawet zwolennicy UR mieli określony poziom tolerancji na te banały.

– Przeciwko sobie mamy nie tylko obecną władzę polityczną, ale także wszystkie narzędzia, jakimi dzięki niej Pedep oraz SORP dysponują – dodał. – Ci ludzie zrobią wszystko, by utrzymać się przy władzy. Wykorzystają służby, wykorzystają stan wyjątkowy, wykorzystają policję i sądy. Zrobią wszystko, absolutnie wszystko, byśmy nie ujawnili, co tak naprawdę kryje się za zamachem na prezydent Seydę.

Odchrząknął cicho.

– Nie zawahają się przed niczym, nawet przed uciszeniem tych, którzy im zagrażają – dodał, a potem spuścił wzrok. Zrobił krótką pauzę. – My natomiast musimy zrobić wszystko, by im na to nie pozwolić.

Nie podnosił spojrzenia, by każdy mógł zauważyć, z jakim trudem przychodzi mu wygłaszanie tych słów.

– Powinniśmy byli zrobić to już wcześniej – kontynuował. – Popełniliśmy ogromny błąd, który kosztował życie trójkę ludzi.

Odetchnął głęboko i podniósł wzrok.

– Gdybyśmy od początku działali jawnie i upublicznili starania podejmowane przez Biancziego i chorąży Kitlińską, być może udałoby się ich ocalić – dodał, a potem odsunął się lekko od mównicy.

Zarzut był jasny, jego adresat również. Patryk nie musiał ani precyzować oskarżeń, ani wskazywać Chronowskiego palcem. Niepotrzebne było także oznajmienie, że przyszła pora na pytania od publiczności – nieznaczne odsunięcie się od mównicy było jasnym sygnałem.

Dłonie dziennikarzy natychmiast wystrzeliły w górę. Patryk wybrał chłopaka z NSI.

– Twierdzi pan, że służby i sądy są skorumpowane, więc...

– Tego nie powiedziałem – przerwał reporterowi. – Twierdzę jedynie, że część spraw przydzielana jest osobom, które wykonują wolę rządu.

– Tak czy inaczej, to uniemożliwia dojście do prawdy. Jak więc zamierza pan...

– Ustalić, co tak naprawdę się stało? – dokończył za chłopaka. – Wygrywając wybory. To jedyny sposób. I zamierzam zacząć działać w tym kierunku już teraz.

Przeniósł wzrok na kamerę NSI.

– Premier z pewnością zaprzeczy wszystkiemu, co dziś państwu przedstawiłem – dodał. – Wzywam go więc do debaty. Do rozmowy jeden na jeden, podczas której zadam mu wszystkie pytania do tej pory pozostające bez odpowiedzi. I zmuszę go, by ich udzielił.

Rozdział 3

– Skurwysyn – mruknął Chronowski, a potem wyłączył telewizor.

W jego gabinecie w Kancelarii Prezesa Rady Ministrów nigdy nie panowała dobra atmosfera, ale teraz zdawała się stężeć jeszcze bardziej. Siedzący po drugiej stronie biurka Krystian Hajkowski przez chwilę wpatrywał się w wygaszony ekran, wiercąc się na krześle.

– Powinien pójść za to siedzieć – dodał Adam.

– Pójdzie.

– Rzuca oskarżeniami na lewo i prawo, w dupie ma dowody. Obraża nie tylko mnie, ale cały ten, kurwa, urząd.

Hajkowski pokiwał głową ze zrozumieniem.

– I nie ma pojęcia, że za daleko się posunął – dodał premier.

Przewodniczący SORP wyraźnie szukał odpowiedniego komentarza, ale nadaremno. Chronowski posłał mu długie spojrzenie.

– Tylko tyle masz do powiedzenia? – spytał.

– A co tu więcej dodawać? Spotkasz się z nim w debacie, wyjaśnisz to, co...

– Nie będzie żadnej debaty – przerwał mu Adam, przesuwając ręką po blacie masywnego ciemnego biurka.

Rozejrzał się, a potem otworzył jedną z szuflad i wyjął popielniczkę. Miał nie palić, przynajmniej przez jakiś czas, bo spodziewał się, że w trakcie kampanii wyrobi roczną normę. Teraz jednak czuł, że nie ma wyjścia.

– Powinieneś się z nim spotkać – odezwał się Hajkowski.

– Chyba na sali sądowej, kurwa jego mać.

– Mówię poważnie. Debata to…

– Beznadziejny pomysł.

Kiedy premier zapalił, Krystian pozwolił sobie na niewielki uśmiech.

– Boisz się go? – spytał wyzywająco.

Chronowski zaciągnął się, a potem spojrzał ze złością na papierosa, jakby fakt, że go zapalił, stanowił zwycięstwo Hauera. Natychmiast zgasił go w popielniczce i kaszlnął kilkakrotnie.

– Nie rozśmieszaj mnie – rzucił. – Padłby po pierwszej rundzie.

– Więc w czym problem?

– W tym, że zgoda na debatę to publiczne przyznanie, że to on rozdaje karty.

– Aktualnie tak jest.

– Gówno prawda. Tylko mu się tak wydaje.

Adam opróżnił popielniczkę do kosza pod biurkiem i schował ją z powrotem do szuflady. Potrzebował substytutu papierosa, nie miał jednak żadnego pod ręką.

– Nie pozwolę mu narzucić narracji – dodał Chronowski. – Skurwiel nie będzie mną sterował.

– To przecież niekoniecznie…

– Nie będzie dyktował warunków. Nie mnie.

Krystian sięgnął do kieszeni marynarki, po czym podał premierowi paczkę gum. Chronowski z powątpiewaniem spojrzał na białe listki wrigley's spearmint, ale ostatecznie wziął jeden.

– Trzeba go spacyfikować – zauważył ostrożnie Hajkowski.

Premier skinął nerwowo głową.

– Pacyfikować mogę pieprzonych górników, jak zapalą opony pod sejmem – mruknął. – Hauera po prostu zniszczę. Doszczętnie zniszczę. Ale nie w debacie.

– Zastanów się jeszcze.

– Nie mam nad czym. Ja decyduję, kiedy i z kim rozmawiam.

– Ludzie będą oczekiwali, że skonfrontujesz się z tymi zarzutami.

Adam wrzucił gumę do ust i zaczął nerwowo przeżuwać.

– Tym też się zajmę – odparł niewyraźnie. – Ale nie poprzez odpowiadanie na jego żałosne próby uderzenia we mnie.

– Możesz całą tę sytuację obrócić na...

– Nie – uciął zdecydowanie premier. – Nie będzie żadnej debaty.

Zanim zdążył dodać coś więcej, rozległ się dzwonek telefonu. Chronowski zerknął na wyświetlacz i przestał żuć. Przesunął palcem po wyświetlaczu, odrzucając połączenie.

– To wszystko – odezwał się.

Wskazał Hajkowskiemu drzwi, a ten po chwilowym zawahaniu skierował się w ich stronę. Nie sprawiał wrażenia urażonego szorstką odprawą, był do tego przyzwyczajony. Ich relacja nie opierała się zresztą na sympatii, ale na obustronnych korzyściach. Nic innego właściwie się nie liczyło.

Chwilę po tym, jak Krystian zostawił go samego, dzwonek telefonu rozległ się ponownie. Ilekroć się to działo, Chronowski czuł niepokój. Także teraz, wiedział bowiem, że Ivan próbuje się z nim skontaktować.

Przeżuwając coraz głośniej gumę, odebrał.

– Nie mogłem wcześniej rozmawiać – oznajmił. – Musiałem...

– Masz problem – przerwał mu głos syntezatora z rosyjskim akcentem.

Adam zaklął w duchu, a potem wypluł gumę na rękę.

– Hauer ujawnił zbyt wiele – dodał Ivan. – I zrobił to zbyt przekonująco.

– Nie powiedziałbym.

Rozmówca nie odpowiadał, jakby czekał na więcej.

– A nawet jeśli, to nie ma żadnych dowodów – dodał Chronowski. – Świadkowie z MSW potwierdzą, że Kitlińska stawiała opór. A ślady na jej samochodzie dowiodą, że to ona potrąciła tego dziennikarza.

Ivan wciąż milczał.

– Zadbałem o wszystko – ciągnął Adam. – Zrobiłem wszystko, co kazałeś.

– Wiem.

Znów cisza. Przeciągająca się i sprawiająca, że premier czuł się coraz bardziej nieswojo.

– I teraz także to zrobisz.

– Co konkretnie? – spytał Chronowski, przyklejając gumę do popielniczki w szufladzie.

Kiedy czekał na odpowiedź, wydało mu się, że połączenie zostało przerwane. Dopiero po chwili pomyślał, że z jakiegoś powodu Ivan potrzebuje więcej czasu niż zwykle, by wpisać wiadomość.

Przeszło mu także przez myśl, że na dobrą sprawę może rozmawiać nie z jednym, ale z wieloma ludźmi. Nie miał żadnej gwarancji, że głosem operuje konkretna osoba.

– Zgodzisz się na debatę – oznajmił Ivan.

– Zaraz...

– To nie podlega dyskusji.

Adam zacisnął mocno usta.

– Jasne?

– Tak, oczywiście.

– Zrobisz jeszcze coś – oznajmił Ivan. – Coś, dzięki czemu wygrasz tę debatę, jeszcze zanim się rozpocznie.

Rozmówca mówił jeszcze przez chwilę, a Chronowski ani razu mu nie przerywał. Kiedy Ivan skończył, rozłączył się, nie czekając na odpowiedź. Nie potrzebował jej. I bez niej miał całkowitą pewność, że Adam wykona wszystkie polecenia.

Kim był ten człowiek? I dlaczego z jednej strony mu pomagał, a z drugiej zupełnie go ubezwłasnowolnił?

Chronowski nie miał odpowiedzi na te pytania. I nie był pewien, czy chce je poznawać.

W tej chwili liczyło się, że wygraną w debacie rzeczywiście miał w kieszeni.

Rozdział 4

Pod siedzibą NSI, nieopodal centrum handlowego Wola Park, zgromadził się tłum ludzi – i niewiele mniej oblegało największe studio w gmachu, w którym za pół godziny miała rozpocząć się debata.

Główne miejsca zajęły Milena oraz młoda asystentka Chronowskiego, skrupulatnie sprawdzające oświetlenie, ustawienie stolików i każdego innego elementu scenografii, jaki znajdzie się w obiektywie. Ich chorobliwe, niemal psychopatyczne zabiegi dawały jasno do zrozumienia, że każdy detal będzie miał znaczenie.

Uzgodniona formuła była dość prosta. Prowadząca debatę dziennikarka miała wprawdzie zacząć od odpytywania polityków, ale *clou* programu stanowić miały wzajemne pytania i riposty. Wszyscy nastawiali się na regularną bitwę i nikt nawet nie starał się stworzyć pozorów, że dojdzie do pokojowej wymiany poglądów.

Kiedy Mil sprawdziła wszystko, co mogło okazać się istotne, skinęła głową do jednego z dziennikarzy NSI, a potem dołączyła do męża w charakteryzatorni. Dziewczyna pochylająca się nad Patrykiem właśnie kończyła nakładać kolor na jego dłonie.

– I jak? – spytał.

– Wszystko okej – odparła Milena, siadając na niewielkim stołku obok. Spojrzeli na siebie w lustrze. – Młoda siksa

Chronowskiego jeszcze sprawdza krzesło, ja nie muszę, bo na szczęście przywiozłeś swoje.

Uniósł brwi.

– Staram się tylko trochę cię rozluźnić – dodała.

– Nie idzie ci najlepiej.

– Bo jesteś zbyt spięty – oceniła, przyglądając mu się. – Nie zapomniałeś o afobamie?

– Nie.

Milena obróciła taboret w jego kierunku i wpatrywała się w jego profil dopóty, dopóki nie spojrzał jej prosto w oczy. Oboje sprawiali wrażenie, jakby nie odnotowywali obecności dziewczyny wciąż poprawiającej puder na rękach Hauera.

– Więc o co chodzi? – spytała Mil.

– O nic. Wszystko jest w porządku.

Skrzywiła się, jakby zaserwował jej najgorsze, najbardziej ordynarne kłamstwo.

– Wyglądasz jak trup – oceniła. – Nawet pod tym całym makijażem.

Oboje spojrzeli na jego dłonie. Czasem oponował przed tym, by one także padały ofiarą charakteryzacji, ale tym razem nie miał zamiaru tego robić. Wiedział, że będzie sporo gestykulował, a jakiekolwiek przebarwienia i zaczerwienienia nie robiłyby dobrego wrażenia.

– Co się dzieje? – zapytała Milena. – Zazwyczaj tuż przed debatą przywodzisz na myśl Ahaba, a teraz wyglądasz jak podstarzały wędkarz leniwie czekający na brzegu Wisły, aż spławik drgnie.

– Skąd te porównania do *Moby Dicka*?

Mil wzruszyła ramionami.

– Chronowski nie ma nic wspólnego z białym wielorybem – dodał Patryk. – Poza tym ten urwał Ahabowi jedną nogę, a ja nie mam praktycznie obydwu.

Żona wciąż milczała, patrząc na niego znacząco.

– Czekasz na jakąś deklarację wojenną z mojej strony? – spytał.

– Co najmniej.

Charakteryzatorka ostatecznie skończyła zajmować się jego dłońmi, wyraźnie zadowolona z rezultatu.

– Będzie dobrze – oznajmił.

– Tylko tyle masz do powiedzenia?

– A co więcej chciałabyś usłyszeć?

– Że rozjedziesz go jak pieprzony walec, zrównasz go z ziemią i zaorzesz tak, że żaden pług już nigdy nie będzie musiał po nim przejeżdżać.

– Taki mam zamiar.

– To pokaż mi to.

Hauer zrobił głęboki wdech, uznając, że być może rzeczywiście brakuje mu determinacji. Sam jednak nie rozumiał, dlaczego tak jest. Zazwyczaj w takich sytuacjach gotów był na walkę do ostatniej kropli krwi. Teraz nie czuł właściwie nic.

Może wziął za dużo afobamu? Lub wręcz przeciwnie? I może nadmiar emocji wyzwolił jakąś reakcję obronną organizmu, odcinając go od poczucia, jak wiele zależy od tej debaty?

– No? – ponagliła go żona.

– Daj mi spokój.

– Patryk...

– Muszę po prostu się skupić. Jest wiele rzeczy, o których...

– Zawsze o wszystkim pamiętasz – przerwała mu. – I nie potrzebujesz dodatkowego skupienia.

Uciekł wzrokiem, czując, że jej spojrzenie staje się coraz bardziej wrogie.

– Nie pomagasz – zauważył.

Takich uwag też nie zwykł formułować pod jej adresem. Nie był jednym z tych, którzy obrzucali winą wszystkich wokół. Jeśli coś było nie tak, zazwyczaj dostrzegał przyczyny w samym sobie.

– Staram się sprawić, żebyś się ocknął – powiedziała Mil, kładąc dłoń na jego ręce.

Kiedy lekko nią poruszył, żona szybko cofnęła swoją.

– Umażesz się pudrem – bąknął, poprawiając koszulę, by rękawy wystawały kawałek poza marynarkę. – Nienawidzę tego – dodał, przyglądając się dłoniom. – Potem wszystko jest do prania.

Milena nie skomentowała. Odczekała chwilę i ostatecznie położyła rękę na oparciu wózka, a potem nachyliła się do męża.

– Wiem, że to niecodzienna sytuacja – zauważyła.

– Bez przesady. Mam już kilka trudnych debat na koncie.

– Mówię o tym, że stawka tym razem jest inna.

Hauer dopiero teraz zorientował się, że zaschło mu w ustach. Sięgnął po plastikowy kubek z wodą i kiedy ta rozlała się po suchym gardle, poczuł, jakby od wielu godzin nic nie pił.

– Tym razem nie walczysz o poparcie, ale o to, czy ten kutas trafi tam, gdzie jego miejsce.

– Nie musisz mi tego mówić.

– Ale chyba muszę uświadomić ci, że ta myśl ewidentnie ci ciąży.

Miała rację. Nie tylko co do samego faktu, ale także tego, że unikał tej świadomości. Skupiał się na wszystkim innym, starając się odsunąć od siebie poczucie, że ta debata zadecyduje o tym, czy dowie się prawdy o zamachu.

Wygrana ustawi całą kampanię. To ona sprawi, że jedna z dwóch głównych partii będzie w ofensywie, a druga zostanie zmuszona do obrony. Ten, kto wygra dzisiejsze starcie, będzie jedną nogą za linią mety.

Patryk spojrzał na swoje odbicie w lustrze, a potem zamknął oczy.

– Oprócz tego pierwszy raz od wypadku spotykasz się z kimś w debacie.

– Nie przesadzaj, uczestniczyłem w...

– Nie miałeś jeszcze żadnej poważnej debaty na wózku – ucięła. – A teraz masz przeciwko sobie człowieka, który nie boi się wykorzystać twojej słabości.

– To nie słabość.

– Nie? Zapomniałeś już o waszym spotkaniu w przejściu podziemnym? O tym, jak niewiele było trzeba, żeby Chronowski był górą?

Gdyby ktokolwiek inny formułował te pytania, Hauer z pewnością zastanowiłby się, czy rozmawia z sojusznikiem, czy z przeciwnikiem. W przypadku Mil wiedział jednak, że żona robi to tylko po to, by nic nie zaskoczyło go po wejściu na wizję.

– Poradzę sobie z nim – zadeklarował, ale sam czuł, że w jego głosie zabrakło przekonania. – Mam wszystko, czego potrzebuję, muszę tylko...

– Musisz tylko odpowiednio to przedstawić.

Pokiwał głową.

– I właśnie to budzi moje obawy – dodała Milena.

– Nie powinno.

Omiotła wzrokiem jego marynarkę, a potem strzepnęła z rękawa pyłek, którego Hauer nie dostrzegł w lustrze. Zrobiła to tak obcesowo, jakby wymierzyła mu pstryczek.

– Skup się, Patryk – rzuciła.

– Jestem skupiony.

– Nie. Sprawiasz wrażenie przyćmionego – odparła z wyraźnym wyrzutem. – A zaraz znajdziesz się w sytuacji, kiedy będziesz musiał w ułamku sekundy formułować odpowiedzi na to, co przygotował Chronowski. Nie będzie przerwy na prysznic, w trakcie którego przeciętnemu Kowalskiemu wpadają do głowy celne riposty.

Hauer skontrolował swój wygląd w lustrze. Wizualnie wszystko było w porządku.

– Ogarnij się – dodała Mil. – To jest twoja chwila. Teraz albo nigdy.

– Zapewniam cię, że...

– Mnie nie musisz. Ale siebie tak, bo możesz być pewien, że Chronowski od początku pójdzie na noże. Jedna chwila nieuwagi z twojej strony i skończysz z kosą między żebrami.

Zanim zdążył odpowiedzieć, jeden z pracowników NSI pojawił się w charakteryzatorni i oznajmił, że niebawem wchodzą na antenę. Hauer sięgnął po plastikowy kubek, przepłukał usta wodą, a potem obrócił wózek w kierunku przejścia do studia.

Milena stanęła obok i przez chwilę patrzyła na męża.

– Ludzie na ciebie liczą, Patryk.

– Jasne – mruknął.

– Wszyscy ci, którzy chcą poznać prawdę o zamachu, będą ci za moment kibicować. I nie będzie miało dla nich znaczenia, czy jesteś konserwatystą, czy liberałem. Chcą po prostu kogoś, kto wymierzy sprawiedliwość.

Uśmiechnął się lekko.

– Coś cię bawi?

– Tylko to, że uznajesz sytuację za tak beznadziejną, by motywować mnie górnolotnymi hasłami.

Obeszła wózek i przykucnęła przed nim. Poczuł się trochę nieswojo, patrząc na nią z góry. Ostatnimi czasy rzadko miał ku temu okazję. Tak dosłownie, jak w przenośni.

– Mówię tylko, że nie możesz ich wszystkich zawieść – dodała. – Bo jeśli dasz się pokonać w tej debacie, prawda na zawsze zostanie zakopana. Chronowski o to zadba.

– Wiem – odparł z przekonaniem.

Kiedy Mil się podniosła, ruszył przed siebie. Nie miał zamiaru prowadzić dłużej tej rozmowy, bo z każdą kolejną chwilą odnosił wrażenie, że żona jest coraz bardziej zdesperowana.

A on zaczynał sądzić, że ma ku temu powód.

Wjechał do studia i dostrzegł Adama, który już na niego czekał. Z szerokim uśmiechem wymieniał się ostatnimi uwagami z młodą posłanką Pedepu, która ostatnio brylowała w mediach społecznościowych i najwyraźniej swoją aktywnością udowodniła, że to ona najlepiej przygotuje premiera do politycznych zmagań przed kamerą.

Hauer zajął miejsce przy stoliku, po czym rozejrzał się po studiu. Debata odbywała się bez udziału publiczności, a w pomieszczeniu znajdowało się jedynie kilka rekwizytów. Miało zostać wirtualnie wypełnione dopiero przez grafików komputerowych, stąd wszystkie ściany były greenscreenami.

Patryk nie skupiał się ani na otaczających go pustych, zielonych tłach, ani na tym, co pojawi się na nich w przekazie telewizyjnym. Wbijał wzrok w swojego przeciwnika, który ostentacyjnie go ignorował. Asystentka Chronowskiego skinęła do niego głową, on zaś sprawiał wrażenie, jakby miał debatować z samym sobą.

Prowadził luźną rozmowę, zrelaksowany i wyraźnie zadowolony z tego, co miało nadejść. Kiedy dziewczyna się oddaliła, wciąż nawet nie zerknął na Patryka.

Ten sięgnął do schowka przy wózku i wyjął telefon. Sprawdził, czy nikt nie próbował się z nim skontaktować, po czym wyłączył komórkę. Przyglądając się kamerzystom dokonującym ostatnich korekt sprzętu i dźwiękowcom upewniającym się, że nie ma żadnych zakłóceń, Hauer przypomniał sobie o drugim telefonie. Wyjął urządzenie od Samary, ale zanim je wyłączył, dostrzegł nową wiadomość tekstową.

Nagle znów zrobiło mu się sucho w ustach. Wiedział, że esemes może pochodzić tylko od jednej osoby. I jeśli było w nim coś znaczącego, zdekoncentruje go to jeszcze bardziej.

Nie powinien odczytywać wiadomości teraz, tuż przed rozpoczęciem debaty. Ciekawość była jednak zbyt duża.

Odblokował smartfon i wyświetlił treść. Nadawca nie był zapisany na liście kontaktów, numer wyglądał na pochodzący z internetowej bramki. Wiadomość była krótka.

„Ona żyje".

Hauer wbijał nieruchome spojrzenie w wyświetlacz. Wstrzymał oddech i ścisnął mocniej telefon, jakby trzymał coś, co mogło wymknąć mu się z dłoni.

– Panie pośle?

Z trudem przełknął ślinę, odnosząc wrażenie, że gardło mu się zacisnęło.

– Panie pośle?

Potrząsnął głową, gdy uzmysłowił sobie, że stojący obok dźwiękowiec chce poprawić ułożenie mikrofonu.

– Mogę? – spytał, pochylając się nad Patrykiem.

Hauer natychmiast wyłączył telefon i umieścił go w schowku. Nie czekając na przyzwolenie, mężczyzna zaczął szybko poprawiać kable. Do wejścia na wizję pozostała tylko chwila.

Na Boga, co tu się działo? Co miała na myśli Samara?

Nie, nie co. Kogo.

W pierwszej chwili uznał, że lapidarna informacja mogła dotyczyć tylko jednej osoby, ale chwila zastanowienia wystarczyła, by zrozumiał, że wcale tak nie jest. Dziewczyna mogła odnosić się zarówno do Kitlińskiej, jak i do Seydy. W obydwu przypadkach wydawało się to niemożliwe, ale do tej pory Samara dowiodła, że przekazuje jedynie potwierdzone wieści.

Tak musiało być także w tym przypadku.

Któraś z nich żyła.

Która? Hauer nie tylko nie potrafił odpowiedzieć na to pytanie, ale także nie wiedział, jaką odpowiedź chciałby usłyszeć. Seyda czy Kitlińska? Kogo ocaliłby, gdyby istniała taka możliwość? Na uratowaniu której z nich bardziej by mu zależało?

Mężczyzna skończył poprawiać mikrofon.

– Może pan coś powiedzieć?

– Raz, dwa. Raz, dwa – odezwał się automatycznie Hauer.

– Dziękuję.

Pracownik NSI się oddalił, a Patryk rozejrzał się nerwowo. Niemożliwe było, by Seyda przeżyła zamach. Lekarze natychmiast się nią zajęli, zaraz potem stwierdzono zgon. W przypadku Kitlińskiej było jednak tak samo. W dodatku pojawiły się zdjęcia po jej upadku.

Samara jednak nie mogła się mylić. Gdyby miała jakiekolwiek wątpliwości, nie wysłałaby tego esemesa.

– Wchodzimy za dziesięć sekund – odezwała się prowadząca, przytykając niewielką słuchawkę do ucha.

Nie, to było absolutnie niemożliwe.

– Sześć.

Samara musiała zostać zmuszona do wysłania tej wiadomości.

– Cztery.

Zapewne przez kogoś, komu zależało na tym, by wytrącić Hauera z równowagi tuż przed rozpoczęciem debaty.

– Trzy, dwa...

I najgorsze było to, że mu się powiodło.

Rozdział 5

Świetlica w zakładzie karnym była niemal pusta, co nie zdarzało się zbyt często, kiedy włączony był telewizor. Osadzeni zazwyczaj korzystali z każdej okazji do zerknięcia przez to okno na świat, bez względu na to, jaki widok się za nim rozpościerał. Tłumnie przybywali na kolejne odcinki seriali, wielu pojawiało się w porze wiadomości. Nieliczni jednak zdecydowali się śledzić debatę, która miała ustawić całą kampanię wyborczą.

Wśród zebranych był posiwiały mężczyzna w pomarańczowym stroju, świadczącym o statusie więźnia niebezpiecznego. Nie odrywał spojrzenia od ekranu, przypatrując się dwóm głównym uczestnikom tego przedstawienia.

Chronowski był pewny siebie. Siedział lekko odgięty do tyłu, z rękoma założonymi na piersi tak, że jedna dłoń leżała na przedramieniu. Manifestował arogancję i poczucie wyższości, ale nie robił tego z premedytacją – w przypadku Adama Chronowskiego była to kwestia przyzwyczajenia.

Hauer sprawiał odmienne wrażenie. Kiedy dziennikarka wyjaśniała pokrótce, na jakich zasadach będzie odbywała się rozmowa, przesunął dłonią po szyi i wygładził krawat. Wyraźnie było widać jego niepewność. Może nawet coś więcej, zaniepokojenie.

Opierał łokcie na wózku, a dłonie skrzyżował na udach. Kolejny znak, że coś jest nie w porządku.

Mężczyzna w pomarańczowym stroju nie miał wątpliwości, kto wygra ten pojedynek. Może nawet w pewnym sensie starcie już się odbyło, a widzowie mieli oglądać jedynie pobitewny obraz.

Ktoś zadziałał, zanim kamery poszły w ruch. Jakieś uderzenie zostało wyprowadzone, bo trudno było uwierzyć, że mowa ciała Patryka Hauera jest wynikiem jedynie stresu.

– Widzę, że zainteresowanie niewielkie – rozległ się męski głos zza pleców więźnia.

Ten obejrzał się i posłał niespodziewanemu gościowi długie spojrzenie. Mimo że był zaskoczony jego obecnością, nie dawał tego po sobie poznać.

Przybysz podszedł bliżej, usiadł obok osadzonego i podał mu rękę.

– Hubert Korodecki – przedstawił się.

– Miło mi – odparł więzień. – Choć powinien zacząć pan od zwyczajnego „dzień dobry".

– Słucham?

Osadzony powiódł wzrokiem po obskurnej sali.

– Zdaję sobie sprawę, że w tych murach kultura ma się nie najlepiej, ale wymiana podstawowych uprzejmości z pewnością nikomu nie zaszkodzi.

Hubert uśmiechnął się pod nosem.

– Widzę, że wszystko, co o panu słyszałem, jest zgodne z prawdą – rzucił.

– A co takiego pan słyszał?

– Że Gerard Edling ceni konwenans ponad wszystko.

Edling nie ująłby tego w ten sposób, ale miał świadomość, że na jego temat krążą różne opinie. Te związane z jego rzekomym snobizmem były niczym w porównaniu z tymi, które dotyczyły sposobu, w jaki rozprawił się z Kompozytorem.

W oczach niektórych był pozbawionym emocji zwierzęciem, które chowało się pod płaszczykiem ułożonego, uprzejmego i dbającego o savoir-vivre byłego prokuratora, specjalisty od kinezyki.

– To nieprawda? – spytał Korodecki.

– Zwykłem oceniać innych, nie siebie.

– To dość wygodne.

– Doprawdy? – spytał Gerard, wpatrując się Korodeckiemu prosto w oczy. – A może wręcz przeciwnie?

– Co ma pan na myśli?

– To, że oceniając innych, nie definiujemy ich, ale siebie.

Hubert uniósł brwi.

– Analiza drugiego człowieka jest analizą samego siebie – dodał Edling, po czym przeniósł wzrok na telewizor. – I jeśli miałbym ocenić pańskiego kandydata, to z pewnością sam nie wyszedłbym na tym dobrze.

Korodecki również zerknął na ekran.

– Premier robi całkiem niezłe wrażenie – ocenił.

– Nie miałem na myśli premiera.

– A jednak to właśnie on jest kandydatem mojej partii.

– Partii tak – przyznał Gerard. – Pana już niekoniecznie.

Hubert uśmiechnął się lekko i spojrzał kątem oka na rozmówcę, jakby chciał zasugerować, że istnieje między nimi nić porozumienia, której nie dostrzegają inni. Edling uznał, że kontynuowanie tej rozmowy będzie stratą czasu. Doceniał większość rzeczy, które burzyły nieco monotonię dnia, ale dyskusje z politykami się do nich nie zaliczały.

– Co pana sprowadza? – spytał.

– Sytuacja w kraju.

Gerard westchnął.

– Nie ma żadnego powodu dla tej lakoniczności – zauważył. – Przyszedł pan tu w określonym celu, a zatem słucham: czego pan ode mnie oczekuje?

– Wdzięczności.

Edling zmarszczył czoło i uznał, że najwyraźniej nie może liczyć na większą wylewność, o ile sam o nią nie zadba.

– Za co? – zapytał.

– Za to, że wychodzi pan z więzienia.

Sytuacje, w których Gerard nie wiedział, co powiedzieć, mógł policzyć na palcach jednej ręki. Ta z pewnością się do nich zaliczała. Otworzył usta, ale nie znalazł odpowiednich słów. Nie należał do ludzi, którzy dopytywali, czy rozmówca na pewno ma na myśli to, co powiedział – Hubert Korodecki był zresztą znany z tego, że nie rzucał słów na wiatr.

– Pełniąca obowiązki prezydenta marszałek Swoboda zastosowała wobec pana prawo łaski – dodał Hubert.

– Ależ... ja nie...

– Nie występował pan z wnioskiem, to prawda.

Gerard czekał, aż rozmówca rozwinie. Potrzebował więcej informacji, by na dobre uwierzyć, że to dzieje się naprawdę.

– Zrobiła to jedna z uprawnionych osób.

Szybko przebiegł w głowie ustawowy katalog. Z pewnością znajdowali się w nim żona, obrońca, prokurator, być może osoby uprawnione do składania środków odwoławczych na korzyść skazanego. Nikt z nich nie mógł tego zrobić.

Ale z pewnością upoważnione były także inne osoby najbliższe. W tym dzieci.

– Mój syn? – spytał Edling.

– Zgadza się.

– Kiedy?

– Parę miesięcy temu – odparł Hubert i pozwolił sobie na kolejny uśmiech, jakby starania syna o uwolnienie ojca przywracały mu wiarę w siłę więzi rodzinnych. – Sąd w ciągu miesiąca uporał się z wnioskiem, a potem ten trafił do Prokuratora Generalnego i od niego prosto na biurko prezydent Seydy. Mogę panu zdradzić, że zamierzała skorzystać z przysługującego jej prawa. Niestety nie zdążyła.

Edling opuścił głowę i powiódł wzrokiem po pomarańczowym ubraniu.

– Znała jednak pańską sprawę dość dobrze. I gdyby pański syn nie złożył wniosku, z pewnością za jakiś czas wszczęłaby procedurę z urzędu.

Zasady savoir-vivre'u nie dyktowały, co powinien powiedzieć w takich okolicznościach. Komu dziękować? Marszałek Swobodzie z całą pewnością, ale być może także Korodeckiemu? Szef kancelarii zapewne zajmował się wszystkimi sprawami, także związanymi ze stosowaniem prawa łaski.

– Widzę, że odebrało panu mowę – zauważył Hubert.

– Niecodziennie słyszę, że darowano mi karę.

– Powinien pan usłyszeć to już dawno.

– Znów wracamy do oceny innych?

– Mówię tylko, że prawo łaski mógł zastosować już prezydent Wimmer. A być może sąd w pierwszej kolejności w ogóle nie powinien pana skazywać.

Edling wskazał na dłonie rozmówcy, a ten nerwowo nimi poruszył. Dość powszechna reakcja – Gerard był przyzwyczajony, że w jego obecności wszyscy czuli się skrupulatnie analizowani. Tym razem jednak nie chodziło o mowę ciała Korodeckiego.

– Jeśli chce pan wskazywać kogoś palcem, lepiej wpierw się upewnić, że sam ma pan czyste ręce.

Hubert uniósł lekko kąciki ust.

– Kto to powiedział? – spytał. – Jakiś grecki filozof?

– Poniekąd. Jimi Hendrix.

Szef kancelarii z niedowierzaniem pokręcił głową.

– Tak czy owak, jest pan wolnym człowiekiem – dodał.

– Skazanie zostało zatarte?

– Słucham?

– Prezydent może w akcie łaski postanowić także o zatarciu skazania.

Hubert odchrząknął niepewnie.

– Cóż... muszę to sprawdzić.

– Będę zobowiązany – odparł spokojnie Gerard. – Za to i za choćby lapidarne wyjaśnienie, dlaczego w ogóle doszło do tej sytuacji.

– Uważa pan, że... – Hubert się zawahał, jakby nie był pewien, czy Edling w ogóle chce opuścić mury więzienia. – Że nie powinno do niej dojść?

– Tego nie powiedziałem.

Przygładził dłonią więzienny strój. Robił wszystko, by ujarzmić kotłujące się w głowie myśli, ale trudno było mu uwierzyć, że niebawem się z nim pożegna i na powrót będzie nosił swoje jasne garnitury.

– Niemniej jednak chciałbym wiedzieć, co przyświecało marszałek Swobodzie – dodał Gerard.

– Usunięcie niesprawiedliwości nie wystarczy?

– Nie.

Korodeckiego wyraźnie nie zadowalała tak zdawkowa odpowiedź, ale Edling nie miał zamiaru zagłębiać się w temat prawdziwych motywacji polityków oraz pozorów, jakie stwarzają.

– Czego pani Swoboda ode mnie oczekuje? – spytał.

– To nie żaden handel.

– Nie, oczywiście, że nie. Przypuszczam jednak, że ma dla mnie pewną propozycję.

– Owszem.

– Z gatunku tych, jakie Don Corleone złożył szefowi pewnej wytwórni filmowej.

Hubert docenił nawiązanie do *Ojca chrzestnego* uśmiechem, jakby rzeczywiście zasadne było przyrównywanie jego obecnej szefowej do włoskiego mafiosa.

– W przeciwieństwie do szefa wytwórni pan może odrzucić propozycję, którą zaraz przedstawię – zastrzegł jednak. – Choć przypuszczam, że pan tego nie zrobi.

– Ponieważ?

– Marszałek Swoboda chce, by pokierował pan grupą śledczych – odparł Korodecki i zbliżył się nieco, ściszając głos. – Słuchał pan wystąpienia Patryka Hauera i obserwował sytuację w kraju, więc z pewnością zdaje pan sobie sprawę z tego, że przynajmniej część rzeczy, o których mówi, jest prawdą.

Gerard nie potwierdził ani nie zaprzeczył.

– Zamach nie był rezultatem działania jednego czy dwóch fanatyków – kontynuował Hubert. – A śmierć tego dziennikarza nie była przypadkowa. Podobnie w wypadku Kitlińskiej.

– To ustali prokuratura.

– Podległa ministrowi sprawiedliwości?

– Wbrew temu, co pan zdaje się sugerować, znajdują się tam ludzie zupełnie niezależni od obecnej władzy politycznej i gotowi dochodzić prawdy. Choćby oznaczało to koniec ich kariery.

– Nie wątpię. Tyle że nikt nie dopuści ich do tego śledztwa.

Edling założył nogę na nogę, a potem skrzyżował dłonie na kolanie. Patrzył na rozmówcę ponaglająco, chcąc usłyszeć szczegóły propozycji, jaką Teresa Swoboda poleciła mu złożyć.

– Potrzebujemy człowieka z zewnątrz – dodał Hubert. – Kogoś niezwiązanego z żadną partią polityczną.

– Są takie osoby?

– Pan z pewnością do nich należy. Od lat pozostawał pan poza sferą publiczną.

– Niedobrowolnie – zauważył Edling. – Zostałem zwolniony z prokuratury także przez określone środowisko. Mogę wciąż żywić urazę.

– Wątpię – odparł z przekonaniem Korodecki i przyjął taką samą pozycję jak rozmówca. – I jakkolwiek by było, jest pan najbardziej obiektywną osobą, o jakiej mogliśmy pomyśleć. A zarazem dysponującą odpowiednimi kwalifikacjami.

– Komplementy nigdzie pana nie zaprowadzą.

– Nie muszą, bo i tak już podjął pan decyzję.

– Doprawdy?

– Oczywiście – powiedział bez wahania Hubert. – Chce pan odkryć prawdę, dowiedzieć się, kto za tym wszystkim stoi. I nie chodzi o ciekawość, ale o poczucie obowiązku.

Gerard nie miał wątpliwości, że dokładnie przestudiowali cały jego życiorys i podobne wnioski wyciągnęli na podstawie zarówno jego działań jako oskarżyciela publicznego, jak i decyzji podejmowanych w sprawie Kompozytora. Być może nawet się nie pomylili.

Tyle że było coś jeszcze. Coś, czego Korodecki z pewnością mu nie zdradzi.

Prawdziwy powód, dla którego wybrali akurat jego.

– Jest pan odpowiednim człowiekiem – dodał Hubert. – I wierzymy, że uda się panu dotrzeć do prawdy.

– W jakim charakterze?

– Słucham?

– Jako kto mam działać? Zostanę przywrócony do służby, zatrudniony w jakiejś innej formacji?

– Myśleliśmy o bardziej… nieoficjalnej roli.

– Rozumiem – odparł cicho Edling. – A zatem ta propozycja nie jest tak korzystna, jak próbuje pan to przedstawić.

– W jakim sensie?

– Mam działać poza prawem. A jeśli nie *stricte* poza, to balansując na jego granicy.

– Tak bym tego nie określił.

– Zatem jak? – odparł Gerard. – Chcą państwo, bym bez jakichkolwiek ustawowych uprawnień przewodził nieformalnej grupie, która będzie *de facto* robiła to, do czego upoważnione są jedynie organy ścigania.

Korodecki ściągnął brwi, przez chwilę się namyślając.

– Nie możemy zaangażować w to żadnych państwowych struktur – odezwał się w końcu. – Z pewnością pan rozumie.

– Rozumiem. Ale to wciąż nie jest odpowiedź.

– Innej nie mogę udzielić.

Edling westchnął głęboko, a potem oderwał wzrok od oczu Huberta i spojrzał na telewizor. Miał wrażenie, że większe szanse na odkrycie prawdy miałby w okolicznościach, w których teraz znajdował się Hauer.

Taka była jedna strona medalu. Druga sprowadzała się do tego, że jego obowiązkiem było zrobić wszystko, by pomóc w ujawnieniu zmowy milczenia, która mogła okazać się największym spiskiem w historii kraju.

– Więc? – spytał Korodecki. – Jaka jest pańska decyzja?

Gerard wciąż wpatrywał się w ekran.

– Proszę powiedzieć swojemu mocodawcy, że Johnny Fontane nie musi obawiać się o swoją rolę – odparł w końcu.

Hubert skinął głową ze zrozumieniem. Nie spodziewał się odmownej odpowiedzi, choć z pewnością był gotowy zareagować stosownym ultimatum, gdyby taką otrzymał. Edling zaś nie miał złudzeń, że ułaskawienie i zatarcie skazania są warunkowe.

Przez moment obaj milczeli. W końcu Korodecki wskazał na debatujących polityków.

– Co pan sądzi? – spytał. – Jako specjalista od mowy ciała?

Edling skupił się na obecnym premierze, a potem na człowieku, który miał zamiar go zastąpić.

– Że mamy do czynienia z prawdziwymi zawodnikami wagi ciężkiej – odparł.

Rozdział 6

Pierwsze uderzenie było kluczowe. Bez względu na to, czy prowadziło do nokautu przeciwnika, czy było chybione. To ono ustawiało całą debatę, a niejednokrotnie nawet ją rozstrzygało.

Dlatego dla uczestników tak istotne było, kto po wejściu na wizję jako pierwszy wyciąga rękę. Kto poklepuje przeciwnika po plecach, a kto przytrzymuje jego przedramię. Kto zamaszystym ruchem ręki zaprasza interlokutora, by zajął miejsce. I w końcu kto decyduje się na coś więcej niż zwykłe otwarcie.

Niektórzy przynosili ze sobą rekwizyty i zaczynali od wręczenia ich przeciwnikom. Mogło być to właściwie wszystko – od flagi partii politycznej po świński łeb. Problem polegał na tym, że każde niekonwencjonalne działanie mogło obrócić się przeciwko temu, kto się na nie odważył, stąd niewielu decydowało się na wykraczanie poza przyjęty konwenans. Chronowski jednak tym razem to zrobił. Nie było to zawczasu przygotowane – podjął decyzję *ad hoc*, widząc, że przeciwnik jest wyraźnie zbity z tropu.

Kiedy weszli na wizję, Hauer nadal wbijał pusty wzrok przed siebie, nie mogąc zebrać myśli. Nie słyszał pierwszych słów prowadzącej i nie dostrzegał przerażonego spojrzenia Mileny.

Mógł skupić się jedynie na tym, co przeczytał w krótkiej wiadomości.

– Panie pośle?

Zanim uzmysłowił sobie, że pytanie padło z ust jego przeciwnika, było już za późno.

– Patryk? – dodał Chronowski. – Wszystko w porządku?

Hauer potrząsnął głową, wyrywając się z marazmu. Uświadomił sobie, co właśnie się stało, i natychmiast poczuł falę gorąca przetaczającą się po ciele. Całym ciele, zupełnie jakby tylko na ten moment czucie od pasa w dół mu wróciło.

Był to najgorszy początek, jaki mógł sobie wyobrazić. Nie, właściwie nie. Ani on, ani Mil w najczarniejszych scenariuszach nie przewidywali czegoś takiego. A szybko okazało się, że to dopiero przygrywka.

Zanim Patryk zdążył odpowiedzieć, Chronowski podniósł się ze swojego miejsca i podszedł do niego. Położył mu dłoń na ramieniu i nachylił się lekko. Odegrał niekonwencjonalną scenkę, ale właściwie niczym nie ryzykował.

W każdej innej sytuacji podniesienie się widzowie potraktowaliby jako przytyk do niepełnosprawności Patryka. W tej jednak wypadło jak realna troska o rozmówcę.

– Wszystko w porządku? – powtórzył premier.

Kurwa mać. Nic nie było w porządku. Przeciwnie, w okamgnieniu cała jego kariera być może właśnie się zawaliła. W tym właśnie tkwiła potęga telewizji. Żadne inne medium nie kondensowało czyjegoś życia, całej przeszłości i przyszłości, do kilkusekundowego zdarzenia. W telewizji zaś tyle wystarczyło, by wszystko przekreślić.

Kilka słów Clintona o tym, że nie miał kontaktów seksualnych z Monicą Lewinsky. Puste spojrzenie Nixona podczas wywiadu z Davidem Frostem. Krótka uwaga ministra na temat ubezpieczeń domów podczas powodzi. Parę kropel potu podczas konferencji prasowej.

Niczego więcej nie było potrzeba.

Świadomy tego Hauer gorączkowo szukał sposobu, w jaki mógłby zareagować na tę sytuację. Wiedział, że musi zrobić cokolwiek. Natychmiast.

Umowa między partiami stanowiła jasno, że odbędzie się tylko jedna debata. Ten, kto wygra to starcie, będzie mógł korzystać z triumfu aż do dnia wyborów. Nie będzie szansy na rewanż, porażka jednej ze stron stanie się absolutna.

Adam pochylił się jeszcze bardziej.

– Możemy przełożyć tę rozmowę na inny termin – zaproponował.

Nie zniżył głosu do szeptu, ale powiedział to na tyle cicho, by stwarzać pozory, że mówi do Patryka, a nie do milionowej widowni.

Hauer zamrugał kilkakrotnie, a potem skupił wzrok na premierze.

– Przełożyć? – spytał.

– Ewidentnie nie czujesz się najlepiej i...

– Nie, nie czuję – przerwał mu, a potem spojrzał w obiektyw. – Ani ja, ani nikt inny w tym kraju. Wszyscy czujemy się zagubieni, bo widzimy, że nasz własny rząd stara się nas oszukać i wyprowadzić na manowce.

Adam zmrużył oczy.

– Próbujecie nas wszystkich ogłupić – dodał Patryk. – Ale zapewniam, że wam się to nie uda. Nie pozwolimy na to.

Chronowski się wyprostował, a Hauer uznał w duchu, że jedynym plusem tej sytuacji jest fakt, że od początku zaczęli zwracać się do siebie przez ty. Wiązało się to z niebezpiecznym wrażeniem, że wszyscy politycy to dobrzy kumple, ale sprawiało także, że rozmówcy występowali na tej samej płaszczyźnie. Mówienie do Chronowskiego „panie premierze" stanowiłoby niepotrzebną nobilitację rozmówcy.

Adam pokiwał głową i uśmiechnął się lekko, a potem wrócił na swoje miejsce.

Obaj przez chwilę milczeli, a prowadząca zastanawiała się, jak najlepiej wybrnąć z niecodziennej sytuacji. W studiu zapanowała chwilowa konsternacja.

– Nie dziwią mnie twoje słowa, Patryk – odezwał się jako pierwszy Chronowski.

Dziennikarka nerwowo drgnęła i przycisnęła słuchawkę do ucha. Hauer przypuszczał, że w reżyserce trwa zażarta dyskusja nad tym, jak postąpić. Pozwolenie politykom na kontynuowanie było właściwie rezygnacją z zasad cywilizowanego pojedynku i zapowiedzią odpowiednika ulicznej nawalanki. Oglądalność NSI poszybowałaby w górę, ale z pewnością stacji i prowadzącej oberwałoby się za brak dyscypliny i robienie show z rozmowy, która miała dotyczyć ważkich kwestii.

– Nie dziwią mnie zupełnie – dodał Adam. – Sam bowiem sprawiasz wrażenie mocno zagubionego. Jesteś z nami?

– Z wami? Nie – odparł Patryk. – Bo wy stanowicie wąską grupę ludzi na szczytach władzy, którzy uznali, że mogą zrobić reszcie pranie mózgów. Nie, to nie moja strona barykady. Ja znajduję się po przeciwnej, razem ze wszystkimi obywatelami, którym…

– Przed chwilą wyglądałeś, jakbyś… cóż, nie był po żadnej. I nie wiedział, co się wokół ciebie dzieje.

Hauer rozplótł dłonie i położył je na oparciach wózka. Wychylił się nieco, świdrując rozmówcę stanowczym spojrzeniem.

– Owszem – przyznał.

– Może więc jednak chciałbyś…

– Znajdowałem się w tym samym stanie, w który wprowadziliście nas wszystkich po zamachu – kontynuował Patryk. – Ale jak widzisz, ocknąłem się równie szybko jak obywatele. I widzę teraz równie wyraźnie jak oni.

– W takim razie spójrz w lustro. Może dostrzeżesz furię, która przesłania ci rzeczywistość.

– Rzeczywistość jest taka, że...

– Panowie – wtrąciła się w końcu prowadząca.

– Że... – próbował kontynuować Hauer.

– Panie pośle, uzgodniliśmy pewną formułę tego programu – nie dała sobie przerwać. – Rozumiem emocje obydwu panów, ale widzowie oczekują, że choć na jakiś czas uda nam się je powściągnąć.

Patryk zaklął w duchu. Kobieta wybrała najgorszy moment, by wejść mu w słowo. To Chronowski został z ostatnią ripostą, to ona wybrzmiała najgłośniej. Tymczasem odpowiedź Hauera przepadła; nawet jeśli wygłosi ją po tym, jak prowadząca odda mu głos, będzie już zbyt późno.

Otwarcie należało do Chronowskiego, ale Patryk zdawał sobie sprawę, że mogło być gorzej. Tylko cudem uniknął położenia na łopatki już na samym początku.

– Do kwestii związanych z samym zamachem jeszcze wrócimy – dodała prowadząca. – Tymczasem jednak poświęćmy moment na omówienie tematu polityki międzynarodowej. W niedawnym wywiadzie...

– Te sprawy są nierozłączne – odezwał się Hauer.

Ryzykował, bo przerywanie prowadzącym często brane było za zachowanie aroganckie, może nawet impertynenckie. Musiał jednak odzyskać inicjatywę.

– Tuszowanie tego, co się naprawdę stało, ma wymiar międzynarodowy – dodał czym prędzej Patryk. – Każdy z nas zdaje sobie sprawę, że Adam nie działa sam. Nie byłby w stanie. Ma wsparcie z zagranicy, być może nawet...

– Wsparcie w czym, Patryk? – przerwał mu premier. – Co konkretnie mi zarzucasz?

– Tworzenie własnej rzeczywistości.

Chronowski się zaśmiał.

– Obawiam się, że aż takiej władzy nie mam.

– Masz – zaoponował z powagą Hauer. – Bo każde nieobalone kłamstwo w polityce po chwili staje się rzeczywistością.

Rozmówca pokręcił głową i bezradnie spojrzał na dziennikarkę.

– A ty przedstawiłeś nam ich tyle, że...

– Jaki miałbym w tym powód? Czemu miałoby to służyć? – wystrzelił z pytaniami premier. – Wciąż rzucasz niepotwierdzone, ogólnikowe zarzuty, nie chcąc nawet ich sprecyzować. I wiem doskonale, dlaczego to robisz. Chcesz, żeby każdy dopowiedział sobie najgorszą wersję, o jakiej pomyśli. To tania zagrywka, Patryk.

Hauer znów przeklął w myśli swoją słabszą formę. Dał sobie przerwać pytaniem i zamiast na nie odpowiedzieć tak, by czym prędzej wrócić do wątku, pozwolił Adamowi kontynuować.

Zerknął na Milenę. Wzrok żony potwierdzał, że nie jest dobrze.

Powinien wyprowadzić kontrę, ale nic sensownego nie przychodziło mu do głowy. Presja była zbyt duża, myśli wciąż błądziły wokół odpowiedzialności, jaka na nim spoczywa, i wiadomości, którą dostał tuż przed wejściem na wizję.

Kiedy riposta nie nadeszła, prowadząca znów się uaktywniła. Jeszcze raz zaapelowała o trzymanie się wcześniej ustalonych zasad, a potem poruszyła pierwszy temat związany z polityką międzynarodową.

Hauer na moment odetchnął, wygłaszając kilka ogólnikowych deklaracji o tym, że sytuacja na Zachodnim Brzegu wymaga mediacji między Izraelem a Palestyną, bez udziału państw trzecich.

Kiedy Chronowski rozwodził się na temat nieproporcjonalności ataków z obydwu stron, Patryk zbierał siły. Wiedział, że ma tylko chwilę. Obaj musieli odbębnić analizę sytuacji na Bliskim Wschodzie czy innym ogarniętym konfliktem terytorium – przede wszystkim po to, by zachować pozory merytorycznej dyskusji, ale także by pokazać, że mają jakąś wiedzę.

W rzeczywistości wszystkie uwagi na temat izraelsko-palestyńskich relacji były zawczasu przygotowane. Podobnie jak złote myśli wygłaszane podczas segmentu o gospodarce.

Jedynym interesującym akcentem w trakcie tej części była wymiana zdań na temat reform. Chronowski twierdził, że gruntowne zmiany wymagają czasu, a Hauer natychmiast skorzystał z okazji.

– Tak gruntownych zmian dokonujecie? – spytał.

– Oczywiście. Te, które zajdą w kodeksie pracy, można określić mianem…

– Jasne – uciął Patryk. – Ale powiedz mi jedną rzecz.

Premier uniósł brwi.

– Wiesz, jak długo trwała transformacja ekonomiczna w Polsce?

– Lata.

– Niezupełnie. Ustrój gospodarczy zmieniony został jedną ustawą deregulacyjną.

– Autorstwa Wilczka. Owszem, ale…

– Minister napisał ją z jednym prawnikiem w tydzień – nie dał sobie przerwać Patryk. – W dodatku do dziś ten akt prawny jest stawiany za wzór ustawy gwarantującej swobodę przedsiębiorczości.

– Zaraz...

– A ty chcesz powiedzieć nam, że do znacznie mniejszych zmian potrzebujesz przynajmniej dwóch kadencji? Absurd.

Przeciągali linę jeszcze przez chwilę, ale ostatecznie Hauer zaliczył na swoim koncie niewielkie zwycięstwo. Nie było nawet w połowie tak głośne jak sukces Chronowskiego na początku debaty, ale dawało nieco komfortu. Małymi krokami Patryk zbliżał się do swojej zwyczajowej formy. A przynajmniej taką miał nadzieję.

Przez jakiś czas obaj odpowiadali na pytania dotyczące polityki krajowej, korzystając z każdej okazji, by wrzucić kamyczek do ogródka przeciwnika. Żadnemu z nich nie udało się uderzyć zbyt celnie, a prowadząca zaczynała sprawiać wrażenie, jakby obawiała się o spadek widowni.

– Przechodzimy do pytań wzajemnych – powiedziała w końcu.

Skróciła nieco czas wcześniejszego segmentu – i to z pewnością nie tylko dlatego, że Hauer i Chronowski zabrali jej trochę czasu na początku programu. Zarówno ona, jak i producenci zdawali sobie sprawę, że wszyscy czekają na bezpośrednie starcie.

– W drodze losowania przed programem prawo zadania pytania jako pierwszemu przypadło posłowi Hauerowi – oznajmiła dziennikarka, po czym skinęła głową do Patryka.

Miał przygotowanych kilka możliwości, a ostateczną decyzję miał podjąć na podstawie kierunku, w którym szła debata. Problem polegał na tym, że Patrykowi nie udało się jej poprowadzić w jakąkolwiek stronę. Była chaotyczna, nie skupiała się na żadnych konkretnych kwestiach.

Jedyne, co zdołał osiągnąć, to uporczywe powtarzanie frazy „dążenie do prawdy" i odmienianie jej w każdy możliwy sposób. Według Mil było to kluczowe, by stworzyć przekonanie jednoczenia się wokół jednego, wspólnego celu. Dodatkowo dzieliło obywateli na tych, którzy o prawdę walczyli, i tych, którzy ją ukrywali. W polityce nie było potężniejszej broni od rozbijania społeczeństwa na dwa obozy.

– Proszę bardzo, panie pośle – rzekła prowadząca, oddając głos Hauerowi.

Patryk obrócił wózek lekko ku rozmówcy. Uznał, że musi dalej podkreślać wspólną walkę o wyjaśnienie spisku zawiązanego przez premiera.

Kluczowe było także mówienie o zwycięstwie, które jest na wyciągnięcie ręki. Możliwe do osiągnięcia, realne, czekające tuż za zakrętem, o ile nastąpi odpowiednia mobilizacja. Oprócz tego Hauer jak mantrę powtarzał od kilku dni dwie krótkie frazy: „musimy się podnieść" i „musimy powstać". Miało to pewien przewrotny wydźwięk, kiedy słowa te wygłaszała osoba na wózku, ale dzięki temu zapadały w pamięć. W trakcie tej debaty też używał ich, ilekroć tylko mógł.

Teraz jednak musiał sięgnąć po coś innego. Zmrużył lekko oczy, wiedząc, że w tej chwili kamery robiły zbliżenie na jego twarz.

– Zacznijmy od rzeczy, która nurtuje nie tylko mnie, nie tylko całe społeczeństwo, ale także naszych partnerów międzynarodowych – odezwał się.

– I jaka to rzecz? – spytał nonszalanckim tonem Chronowski.

Patryk się skrzywił. Reguły były jasne – podczas zadawania pytań druga strona miała cierpliwie czekać i nie przerywać. Rzucenie ponaglającej uwagi dawało jasny sygnał, kto kontroluje sytuację.

Hauer pochylił się nieco i posłał oskarżycielskie spojrzenie interlokutorowi.

– Dlaczego wprowadziłeś stan wyjątkowy? – spytał. – A co więcej, dlaczego nadal trwa? Co takiego…

– Cóż, przede wszystkim…

– Co takiego sprawiło, że widzisz niebezpieczeństwo? Gdzie są…

– Jeśli pozwolisz mi…

– Gdzie są dowody na to, że cokolwiek nam grozi?

– Jak tylko…

– Gdzie jest Abdul Gani, który rzekomo miał…

– Jeżeli dasz mi szansę…

– I wreszcie, gdzie…

– Panowie – przerwała w końcu prowadząca. – Przypominam, że uzgodnione zasady pozwalają na nieskrępowane zadawanie pytań. Strona odpowiadająca powinna poczekać, aż pytający skończy.

To tyle, jeśli chodziło o wysyłanie sygnałów co do tego, kto jest górą. Hauer uśmiechnął się w duchu, nie dając jednak po sobie poznać, jaką satysfakcję poczuł.

– Więc? – rzucił, nie odrywając wzroku od przeciwnika.

Adam prychnął i zerknął pytająco na dziennikarkę. Kiedy ta skinęła głową, przechylił się niedbale na bok, jakby dyskutowali o ostatnim meczu w Ekstraklasie, a nie o krytycznej sytuacji w kraju.

– Cieszę się, że jednak mogę odpowiedzieć. W pewnym momencie myślałem, że będziemy słuchać jedynie pytań – zaczął. – Choć bardzo dobrze, że je zadajesz, Patryk. Kto pyta, nie błądzi, a ja chętnie wyjaśnię ci kilka rzeczy.

Ustalone warunki nakazywały też nieprzerywanie rozmówcy, kiedy ten odpowiada na pytania. Hauer przypuszczał, że żaden z nich nie będzie trzymał się tej zasady. Tym razem jednak Patryk ugryzł się w język.

– Po pierwsze, to nie ja wprowadziłem stan wyjątkowy, ale marszałek z twojego ugrupowania. Po drugie, stało się to na wniosek Rady Ministrów, a nie mój. Po trzecie, powód był prosty: zagrożenie bezpieczeństwa kraju.

Chronowski zamilkł, wyraźnie bez zamiaru dodawania niczego więcej. Był starym wyjadaczem i zdawał sobie sprawę, że tłumaczenie się z czegokolwiek jest źle odbierane przez wyborców.

Najgorszym zaś posunięciem było tłumaczenie się z sukcesów. Jeśli udało się zmusić przeciwnika, by zaczął to robić, z miejsca wygrywało się całą debatę. O tym jednak w tym wypadku nie było mowy – Adam nie miał zamiaru usprawiedliwiać się nawet z kwestii, z których powinien.

– To wszystko? – spytał Patryk.

– A coś jest dla ciebie niejasne? – odparował surowo Chronowski. – Jeśli potrzebujesz potwierdzenia, że istniało niebezpieczeństwo, obejrzyj materiały nakręcone na Wiejskiej po zamachu. Zobaczysz, że...

– Nie muszę – przerwał mu Hauer. – Byłem tam, w przeciwieństwie do ciebie.

– To zarzut?

– Nie. Premier ma pełne prawo chować się w budynku kancelarii.

– Jedyną osobą, która się chowała, był Abdul Gani – odparł spokojnie Adam. – I właśnie ze względu na niego konieczne było wprowadzenie stanu wyjątkowego.

Hauer zaśmiał się na tyle cicho, by nie zabrzmiało to arogancko, ale jednocześnie na tyle głośno, by nie uszło to niczyjej uwagi.

– Nie widzę w tym nic zabawnego, ale jeśli ciebie śmieszą kwestie bezpieczeństwa narodowego, to...

– Śmieszy mnie to, co starasz się osiągnąć.

– Czyli?

– Chcesz zrobić z nas wszystkich kretynów.

Adam uniósł brwi, zaskoczony bezpośredniością i faktem, że przeciwnik w poważnej debacie politycznej używa tak potocznych sformułowań.

Hauer poszedł tą drogą nieprzypadkowo. Sukces tego starcia miał sprowadzać się do czterech etapów wpływania na odbiorców. Mil opisywała je i powtarzała mu do aż przesady, a on mógł je recytować bez zająknięcia.

Po pierwsze, wyzwól emocje.

Po drugie, przedstaw fakty na poparcie tych emocji.

Po trzecie, daj do zrozumienia, że dotyczą one każdego obywatela.

Po czwarte, odwołaj się do moralności.

– Naprawdę sądzisz, że możesz traktować nas wszystkich jak kompletnych idiotów? – spytał Patryk, nie dając premierowi szansy na odpowiedź. – Twierdzisz, że ścigacie Abdula Ganiego, a jednak od zamachu nikt nie trafił nawet na jego trop. Mówisz, że wprowadzenie stanu wyjątkowego jest koniecznością, ale tak naprawdę do niczego się nie przydało. Mącisz i mydlisz nam wszystkim oczy, a najgorsze jest to, że czujesz się bezkarny.

Chronowski rozłożył ręce.

– To miała być runda pytań i odpowiedzi – zauważył.

– Nie obchodzi mnie to – odparował Patryk. – Czas zająć się tym, co dotyczy każdego z nas. Podpierając się bzdurami o polowaniu na Abdula Ganiego, bezkarnie nas podsłuchujesz, śledzisz i kontrolujesz. Za pomocą służb zbierasz informacje, o które normalnie musiałbyś występować do sądu. Nie minie wiele czasu, a wykorzystasz je, by wsadzić za kratki kogokolwiek, kto ci przeszkadza. Kogokolwiek, kto broni demokracji. Już to w historii widzieliśmy.

– Panie pośle… – jęknęła prowadząca. – Naprawdę nie na to się umawialiśmy.

Patryk nie miał wiele czasu, ale uznał, że w krótkim przekazie udało mu się zawrzeć każdy z punktów wbijanych mu do głowy przez Milenę. Chronowski posłał mu wrogie spojrzenie, a dziennikarka sprawiała wrażenie, jakby czekała na przeprosiny.

Hauer nie miał zamiaru ich składać, a kiedy prowadząca to zrozumiała, zapowiedziała blok reklamowy i zapewniła, że za moment wracają.

Światła przygasły, kobieta odetchnęła.

– Nie przeginasz? – odezwał się Adam.

– Nie.

– Wychodzisz na rozgorączkowanego bachora, Hauer.

Patryk nie miał zamiaru wdawać się w przepychanki słowne poza wizją – ani tym bardziej pozwalać Chronowskiemu na to, by podał w wątpliwość jego taktykę. Wiedział, że była ryzykowna, ale czuł, że zbudował dobrą pozycję wyjściową przed ostatnią częścią debaty.

Przeciwnicy odwrócili się od siebie, kiedy podeszli do nich współpracownicy. Milena przykucnęła obok wózka Patryka.

– Nadrobiłeś trochę strat – powiedziała.

– Ale?

– Ale musisz uderzać mocniej. Daj do zrozumienia, że na stanie wyjątkowym każdy ucierpi, bo Chronowski może bez trudu zajrzeć w historię czyjejkolwiek przeglądarki i…

– Tak, wiem.

– Jak tylko wspomni o spotkaniu w Starbucksie, podkreśl, że to ty mogłeś stać się ofiarą, że na ciebie także polował ten Kazach.

– Wiem.

Mil nabrała głęboko tchu, a Hauer dopiero teraz zdał sobie sprawę z tego, jak bardzo jest spięta. Był to raczej rzadki widok – i z pewnością nie świadczył o niczym dobrym.

Po chwili wszyscy się oddalili, a Patryk znów został sam z Chronowskim. Do powrotu na antenę pozostało kilkadziesiąt sekund.

– Nie martw się – odezwał się Adam. – Nie widać tego.

Hauer zerknął na przeciwnika.

– Co? – spytał.

Chronowski przesunął ręką przed twarzą, jakby chciał zasugerować, że coś jest nie tak z makijażem Patryka.

– Nikt nie zauważy – dodał.

Tania zagrywka. Sprawdzała się w przypadku niedoświadczonych polityków, ale Hauer nie miał zamiaru dać się na nią nabrać. Zresztą Mil przed momentem sprawdzała, czy wszystko jest w porządku.

Chyba że coś przegapiła. Że była zbyt przejęta i nie zauważyła, że...

Patryk uśmiechnął się i pokręcił głową. Najwyraźniej tanie zagrywki wciąż były skuteczne, nawet jeśli się o nich wiedziało.

Kiedy kamery znów poszły w ruch, skupiły się na Chronowskim. Teraz to on miał zadać pytanie. W jego oczach Hauer widział jedynie zadowolenie, choć nie bardzo rozumiał, z czego wynika.

Zaraz potem naszła go myśl, że w poprzednim segmencie premier pozwolił mu na dość dużo. Właściwie nie przerywał mu, kiedy wygłaszał swoje żywiołowe zarzuty. Dlaczego?

– Przed przerwą wysłuchaliśmy ciekawych rzeczy z twoich ust, Patryk – zaczął Chronowski. – Ale powiedz mi, na czym opierasz wszystkie swoje zarzuty?

Pytanie zawisło w powietrzu jak smród. Jeden z kamerzystów obrócił się w stronę Hauera, a potem zaświeciła się czerwona lampka na sprzęcie.

Patryk już otwierał usta, by odpowiedzieć, ale premier nie dał mu na to czasu.

– Z pewnością nie na faktach, bo ich nie znasz – rzucił, wyprostowując się. – A one są takie, że dziś o poranku ujęliśmy Abdula Ganiego.

Krótka pauza sprawiła, że kamerzysta mógł bez trudu nagrać reakcję Hauera.

– I dowiedziałbyś się tego wcześniej, gdyby nie fakt, że mi przerywałeś, kiedy starałem się o tym powiedzieć – dodał Adam i zrobił głęboki wdech. – W mieszkaniu Ganiego znaleźliśmy plany kompleksu prezydenckiego, którymi wcześniej posługiwał się jego współpracownik.

Hauer zaklął w duchu. Najwyraźniej wpadł w zastawioną przez Chronowskiego pułapkę.

– Już po wstępnych oględzinach wiemy, że Abdul Gani przygotowywał kolejny atak na nasz kraj – ciągnął Adam. – A więc moje pytanie brzmi: czy wciąż uważasz, że wprowadzenie stanu wyjątkowego było nieuzasadnione?

Patryk znów nie miał czasu nawet na to, by zebrać myśli.

– Nie musisz odpowiadać.

– A jednak chciałbym, bo...

– Tym bardziej że niebezpieczeństwo tym samym zostało zażegnane. Jeszcze dziś stan wyjątkowy przestanie obowiązywać.

Te dwie informacje były jak następujące po sobie mocne ciosy. Hauer czuł, że nie jest w stanie nawet unieść gardy. Mimo woli wrócił myślami do niedawnej wymiany zdań na temat stanu wyjątkowego i dopiero teraz uświadomił sobie, że premier od początku używał czasu przeszłego.

– Przywróciliśmy porządek w kraju – dodał Chronowski. – I wbrew temu, co starałeś się zasugerować, nie ucierpiały żadne zasady demokracji. Nie narażono żadnych swobód, nie ingerowano w prywatność obywateli.

Hauer spojrzał na Milenę, ale ta odwróciła wzrok.

– Może z wyjątkiem twojej.

– Co takiego?

– Byłeś widziany z terrorystą, Patryk. Popijałeś z nim kawę, rozmawiałeś. Z człowiekiem, który niedługo potem zamordował troje najważniejszych polityków w Polsce. To wystarczający powód, żeby służby ci się przyjrzały.

Hauer wiedział, że powinien czym prędzej odparować.

– I wydaje mi się, że wiesz, co znalazły – dodał Adam. – A teraz pora, byśmy wszyscy się o tym dowiedzieli.

Poprzednie uderzenia nie były nokautem, ale jedynie jego zapowiedzią. Patryk zrozumiał to dopiero teraz, ale było już zbyt późno, by zareagować.

– Odkryliśmy dowody na to, że brałeś udział w planowaniu tego zamachu.

Hauer zaśmiał się i bezradnie rozłożył ręce, podczas gdy Chronowski kontynuował:

– Zarzucasz wszystkim udział w spisku, ale prawda jest taka, że to ty za nim stoisz.

– Bzdura.

– Tak? – rzucił oskarżycielsko premier. – Więc może wytłumaczysz nam, dlaczego, wbrew temu, co chcesz nam wmówić, chorąży Kitlińska nadal żyje?

Rozdział 7

W drodze do Warszawy Gerard Edling słuchał jedynej stacji, którą niemal od momentu powstania darzył bezbrzeżną sympatią. Podobnie jak na antenie kilku innych rozgłośni, także na falach Trójki na bieżąco relacjonowano debatę.

Po jej zakończeniu czas w eterze zajął Adam Chronowski. Na zorganizowanej konferencji prasowej pod budynkiem NSI potwierdzał swoje zwycięstwo w starciu z Hauerem.

Właściwie nie było to konieczne. Nawet z przekazu radiowego wynikało, że triumf należy do niego. Premier najwyraźniej jednak miał jeszcze coś do dodania.

Gerard słuchał jego przemówienia z przekonaniem, że było zawczasu przygotowane. Podobnie jak wszystko inne tego wieczoru.

Chronowski zarysował bardzo klarowną wizję, która w całym chaosie tworzonym przez Hauera stanowiła przyjemną odmianę. Była dość prosta: Patryk i Kitlińska mieli działać razem od samego początku. Dlatego jednego ani drugiego nie było pod sejmem w chwili wybuchu – i dlatego oboje tak naprawdę ani przez moment nie byli zagrożeni.

Bianczi odkrył prawdę, więc Kitlińska go uciszyła. A Hauerowi pozostało zająć się wszystkimi niedokończonymi sprawami. Usuwając Kitlińską, usuwał także niebezpieczeństwo, że ktokolwiek dowie się o tym, co zrobił.

To ostatnie jednak się nie powiodło. Kitlińska przeżyła, a Chronowski zrobił wszystko, by do czasu wyjaśnienia okoliczności ataku nikt się o tym nie dowiedział. Kiedy umieścił ją w szpitalu, była w stanie krytycznym, ale zdołała złożyć zeznania. Obciążyła w nich Hauera i przyznała się do wszystkiego.

Wersja Chronowskiego była przekonująca, przynajmniej dla większości. Kiedy Edling spojrzał na siedzącego obok na tylnym siedzeniu Korodeckiego, zobaczył w jego oczach głębokie niedowierzanie.

Przez moment w czarnej limuzynie panowało milczenie. Ważące trzy tony audi A8 L security mknęło po drodze ekspresowej z nieprzepisową prędkością, a silnik o mocy pięciuset koni mechanicznych robił swoje.

– Wiedział pan o tym? – odezwał się Gerard.

Hubert potrząsnął głową, ale nadal sprawiał wrażenie, jakby nie potrafił się rozbudzić.

– To piramidalna bzdura – ocenił.

– Zdaję sobie z tego sprawę. Pytam o to, czy wiedział pan, że premier zamierza robić z niej użytek?

– Nie.

– To przewodniczący pańskiej partii.

– Jestem obecnie na jej obrzeżach – odparł Korodecki, przesuwając dłonią po łysej głowie. – Konsekwencja współpracy z Teresą Swobodą.

Edling przypatrywał mu się przez moment. Większość polityków na jego miejscu skorzystałaby z pierwszej lepszej okazji, by uderzyć w nowego, pochodzącego z UR gospodarza Pałacu Prezydenckiego. Mógł odejść z kancelarii z hukiem, broniąc zasad, moralności czy innych górnolotnych rzeczy.

– Dlaczego pan został? – spytał Gerard. – W prezydenckiej administracji?

– Z prostej przyczyny. Chcę dojść prawdy.

– Która nie ma nic wspólnego z tym, o czym mówił premier?

– Absolutnie nic.

– Może w takim razie ktoś powinien powiedzieć to głośno. W mediach.

– Z pewnością zrobi to Patryk Hauer.

– Tyle że on jest atakowany. Każde jego słowo będzie traktowane jako obrona, nie jako dochodzenie do prawdy, o której tak dużo mówił.

Hubert wyjrzał przez okno, zaczął kręcić się w fotelu, a potem sięgnął do pilota. Włączył funkcje masażu i znaczącym spojrzeniem zaproponował rozmówcy, by zrobił to samo. Edling nawet nie drgnął.

– Będziemy w Warszawie za trzy godziny – odezwał się Korodecki. – Do tej pory marszałek Swoboda wszystko ustali.

– W jaki sposób?

Masażer zaczął pracę, a Hubert odgiął głowę i zamknął oczy.

– Słyszał pan kiedyś o *deep state*?

– Nie. To nowe określenie?

– Określenie być może tak, zjawisko nie – przyznał Korodecki. – A teraz niech pan sprawdzi te fotele. Elektryczna regulacja, podnóżki, ogrzewanie, funkcja wietrzenia i masażu. Niczego więcej do szczęścia nie potrzeba.

Gerard poprawił pasy, a potem wbił wzrok przed siebie. Nie zweryfikował, czy Hubert miał rację co do siedzeń, ale kiedy dotarli do Warszawy, uznał, że polityk Pedepu nie mylił się co do Teresy Swobody.

Przyjęła ich w Ogrodzie Zimowym, a oprócz niej przy ośmiokątnym stole z dziurą pośrodku czekał już Patryk Hauer.

Wyglądał tak, jak Edling się tego spodziewał. Przegrany, pokonany i zrezygnowany.

Gerard zajął miejsce wskazane przez jednego z pracowników kancelarii, a potem spojrzał na stół. Znajdował się na nim raczej standardowy zestaw powitalny – głównie kawa i ciasta. Z punktu widzenia Edlinga stanowiło to jednak niemal rozpustną ucztę.

Wodził spojrzeniem po przestronnym, przeszklonym pomieszczeniu, a potem zawiesił wzrok za oknem. Nie mógł oderwać go od widoku, jaki się przed nim rozpościerał.

– Pierwszy raz w Pałacu Prezydenckim? – spytała Teresa.

Gerard wciąż przyglądał się ogrodowi.

– Nie. Kiedyś już tu byłem – odparł, a potem przeniósł uwagę na rozmówczynię. – Wtedy jednak nie trafiłem tutaj prosto z więzienia.

– No tak.

Zerknął na dwa posągi stojące przy ścianach i przeszło mu przez myśl, że sprawiają wrażenie znacznie bardziej ożywionych od Hauera.

– Wątpliwej urody ozdoby – powiedziała Swoboda, lekko się uśmiechając.

– Przeciwnie – odparł Gerard, a potem wskazał jeden z posągów. – *Psyche z gołębiami* dłuta Wiktora Brodzkiego z tysiąc osiemset osiemdziesiątego pierwszego roku. – Przeniósł wzrok na drugi. – I *Kalina* Piusa Welońskiego, tylko piętnaście lat młodsza od swojej towarzyszki. Obydwie rzeźby to imponujące dzieła.

Korodecki zajął miejsce między nim a Swobodą i odchrząknął. Jeden z pracowników postawił przed Patrykiem filiżankę z espresso, a potem się oddalił. Poseł sięgnął po nią automatycznie i opróżnił jednym łykiem.

Dopiero teraz wyglądał, jakby się przebudził i dostrzegł przybysza.

– Gerard Edling? – spytał.

Były prokurator skinął głową.

– Nie ma chyba sensu zaprzeczać.

– To pan do mnie dzwonił przed zamachem, prawda?

– Zgadza się. I żałuję, że nie udało mi się zareagować wcześniej.

Nikt nie dodał nic więcej, a cisza trwała aż do momentu, kiedy odezwała się Swoboda.

– Dziękuję, że tak szybko się pan zjawił.

– Wolę od razu spłacać swoje długi.

– Nie ma pan wobec mnie żadnego.

W jej głosie zabrakło przekonania, ale gdyby nawet się do niego zmusiła, dla Edlinga jasne było, że musi zrobić to, czego od niego oczekiwano. Najchętniej prosto ze Strzelec Opolskich pojechałby do syna, ale Emil z pewnością rozumiał, że musieli jeszcze trochę poczekać na spotkanie po latach.

– Mimo to jestem do usług – zapewnił Gerard. – I wygląda na to, że będą państwo potrzebowali każdej pomocy – dodał, patrząc na Hauera.

Patryk mruknął potwierdzająco pod nosem, unosząc wzrok na przeszkloną kopułę nad stołem.

– Przydałby mi się dobry adwokat – rzucił. – Zna pan jakiegoś?

– Kilku.

– W takim razie…

– Do postawienia zarzutów nie dojdzie – przerwała im Swoboda. – Cała sprawa jest nie tyle naciągana, ile kompletnie absurdalna.

– Skąd ta pewność? – chciał wiedzieć Edling.

Jej bezpośredniość świadczyła, że ci ludzie od razu uznali go za członka swojego grona. Całkiem słusznie. Od długiego czasu sympatyzował z prawicą i nigdy nie krył się ze swoimi poglądami. Natomiast fakt, że ostatnie lata spędził w więzieniu, właściwie gwarantował, że nie był zamieszany w żadne układy polityczne.

I jakkolwiek moralnie oceniać by jego działania podczas „Koncertu krwi", były prokurator udowodnił, że nie zawaha się przed niczym, by odkryć prawdę i wymierzyć sprawiedliwość wszystkim, którzy odpowiadali za przewinienia.

– Chorąży Kitlińska rzeczywiście przeżyła upadek – podjęła Teresa. – I prawdą jest to, co mówił Chronowski na temat ukrycia jej z dala od wszystkich.

Gerard słuchał z zaciekawieniem, nalewając sobie kawy.

– Na tym jednak kończą się fakty, a zaczynają jego fantazje – ciągnęła. – Kitlińska została przyjęta do szpitala MSW w stanie krytycznym. Udało nam się ustalić, że nie mogłaby złożyć żadnych wyjaśnień, a prognozy lekarzy... cóż...

– Nie wyjdzie z tego – dokończył za nią Patryk.

Edling sięgał po ciasto, ale słysząc to, od razu się rozmyślił.

– Koniec końców nie potwierdzi ani nie zaprzeczy temu, co przedstawił w debacie Chronowski – dopowiedziała Swoboda. – Prokuratura będzie miała jedynie zeznania z drugiej ręki, więc nie postawi żadnych zarzutów. Sprawa za parę miesięcy rozejdzie się po kościach, ale do tego czasu zbierzemy cięgi.

– A zatem to typowa wrzutka?

– Tylko i wyłącznie – potwierdziła. – Chronowski wykorzystał sytuację, by zbudować swoją narrację. Nie miał wyjścia po tym, co publicznie zasugerował Patryk.

Klasyczna sytuacja w polityce, uznał w duchu Gerard. Ten sam zbiór faktów, dwie różne interpretacje. I zarzuty o kłamstwo z obydwu stron.

Hauer twierdził, że Chronowski uknuł spisek, więc ten drugi postanowił wykazać, że tak naprawdę pierwszy stoi za tym wszystkim. Zantagonizuje to wyborców Pedepu i UR jeszcze bardziej i z pewnością nikt nie zmieni z tego powodu frontu. Do zwolenników innych ugrupowań i niezdecydowanych umiejętna retoryka mogła jednak przemówić.

Edling postawił się w sytuacji hipotetycznego, wahającego się wyborcy. Komu by zaufał? Hauerowi, dlatego że swoją wersję przedstawił jako pierwszy? Czy może Chronowskiemu, urzędującemu premierowi?

– Co państwo planują? – odezwał się.

– Jest tylko jedno rozwiązanie – odparła Teresa.

– Zebrać gremium psefologów i postępować wedle ich oceny?

Troje polityków siedzących przy stole wymieniło się zdezorientowanymi spojrzeniami.

– Psefologów? – bąknął Korodecki.

– Badaczy preferencji wyborczych – wyjaśnił Edling. – Powinni państwo wiedzieć, jak się nazywają, skoro cały swój byt w przestrzeni publicznej budują państwo na...

– Tym razem rozwiązanie nie ma nic wspólnego z polityką – przerwała mu Swoboda. – Ani tym bardziej z marketingiem politycznym.

Gerard wbił w nią nieruchomy wzrok, a w Ogrodzie Zimowym temperatura zdawała się nagle spaść do poziomu sugerującego, że jego nazwa jest nieprzypadkowa.

– Coś nie tak? – zapytała Teresa.

– Bardzo nie lubię, kiedy ktoś mi przerywa.

– Słucham?

– To dla mnie odpowiednik czkawki podczas werbalizowania myśli. Reklamy w trakcie seansu kinowego czy też...

– Mówi pan poważnie?

Edling wciągnął głęboko powietrze i zacisnął usta. Powinien spodziewać się, że z politykami łatwo nie będzie – właściwie wszystkie ich dysputy publiczne opierały się na wzajemnym przerywaniu. Gdyby to zależało od niego, sprawiłby, że wszyscy musieliby porozumiewać się ze sobą za pomocą walkie-talkie. Wtedy tylko jedna osoba mogłaby mówić.

– Zostawmy to – zaproponował Hauer. – Pytał pan, jakie mamy zamiary, a prawda jest taka, że są one związane z panem.

– Domyślam się.

– Chcemy, by poszedł pan tropem odkrytym przez Bianciego i Kitlińską.

– I skończył podobnie jak oni? – zapytał bez emocji Gerard.

Rozmówcy zignorowali pytanie – zamiast na nie odpowiedzieć, nakreślili mu pokrótce, do czego udało się dotrzeć młodemu dziennikarzowi i funkcjonariuszce BOR-u. Edling potrzebował chwili, by poukładać sobie wszystko w głowie.

Sprawę utrudniał fakt, że jego uwagę wciąż ściągał widok za oknem. Nie mógł przyzwyczaić się do myśli, że zewnętrzny świat jest na wyciągnięcie ręki. Nieprzegrodzony więziennymi kratami, niezakazany wyrokiem sądowym. Dekoncentrowała go także przeszklona kopuła nad głową. Świat nagle zaczął jawić się jako znacznie większy.

Ostatecznie jednak wszystko, co musiał zrozumieć, było nieskomplikowane. Pewien sygnalista w MSW sporządził notatkę dowodzącą, że władze wiedziały o planowanym zamachu pod sejmem. Przekazał informację Bianciemu, ale zanim ten zdążył przedstawić ją Hauerowi i Kitlińskiej, zginął.

Funkcjonariuszkę zaś spotkał niemal taki sam los, kiedy uzyskała dostęp do komputera urzędnika, który sporządził notatkę W-29/17.

Wszystko to układało się w całkiem logiczną całość i jasno wskazywało winnego. A mimo to przy stole nie było co do tego zgody.

– I twierdzą państwo, że to nie premier Chronowski stoi za tym wszystkim? – spytał Edling.

– Tak kazał nam sądzić Bianczi – zabrał głos Patryk. – I Samara.

– Samara? Jak ten model Łady?

– Nie, to ksywa pochodząca od... zresztą nieważne. Chodzi o dziewczynę, która zostawiła Kitlińskiej smartfon w autobusie.

Gerard pokiwał głową w zamyśleniu.

– I to także ona napisała panu, że chorąży Kitlińska żyje?

– Właściwie nie sprecyzowała, o kogo chodzi. Ale tak, ona.

– W takim razie to ją przede wszystkim należałoby przesłuchać.

Teresa sięgnęła po półmisek z ciastem, przysunęła talerzyk Edlinga i nałożyła mu kawałek.

– Niech pan mi wierzy, że zrobiliśmy wszystko, żeby ją znaleźć – zapewniła. – Ale ponieważ nie chcemy alarmować premiera, mamy ograniczone możliwości.

– A jednak twierdzą państwo, że to nie on za tym stoi.

– Ale może być zamieszany – zauważył Korodecki.

– Nawet jeśli nie jest, będzie torpedował wszystkie nasze działania – dodał Hauer.

Trudno się z tym nie zgodzić, uznał w duchu Edling. Premier z pewnością zrobiłby wszystko, by druga strona nie odniosła zwycięstwa pozwalającego przechylić szalę wyborczą na jej korzyść. Dobro państwa nie miało tu nic do rzeczy.

– Jeśli nie on, to kto? – spytał Gerard.

Jedyną odpowiedzią był dźwięk talerzyka przesuwanego po stole. Edling spojrzał na ciasto, a potem podziękował skinieniem głowy.

– Chce pan coś do tego? – spytała Teresa.

– Odpowiedzi.

– Tego akurat nie mamy na stanie.

– W takim razie wystarczy mi wino. Czerwone.

Swoboda popatrzyła na niego pytająco, jakby nie była pewna, czy mówi poważnie.

– Preferuję kupaż dwóch odmian. Regenta i cabernet cortisa. Ewentualnie diany z chambourcinem, choć zaznaczam, że pijam tylko polskie.

Cisza się przeciągała.

– Zobaczę, co da się zrobić – odezwała się w końcu Swoboda.

– Będę zobowiązany. W zakładzie karnym nie było wielu okazji, jak się pani domyśla.

Teresa mruknęła potwierdzająco, a potem przywołała jednego z pracowników i poleciła mu, by sprawdził, jakie mają wina. Kiedy mężczyzna się oddalił, sama nałożyła sobie kawałek ciasta. Wbiła w nie widelczyk, zawahała się i odłożyła go.

– Liczyłam na większą wolę działania z pana strony – rzuciła.

– Moja wola jest dość duża, jakkolwiek nie mam żadnych narzędzi, żeby ją spożytkować.

– To znaczy? – zapytał Hauer. – Czego pan oczekuje?

– Wspomniano o jakimś zespole, którym miałbym pokierować.

Teresa odsunęła talerzyk, kręcąc głową.

– To nieaktualne – oświadczyła. – Będzie pan działał sam.

– Mogę wiedzieć dlaczego?

– Krótko mówiąc, nie ufamy w tej chwili nikomu.

Edling odniósł wrażenie, że nie tylko w tej chwili. I że marszałek sejmu właśnie wygłosiła nie tylko swoje polityczne credo.

– Będzie pan działał sam – powtórzyła. – A zacznie pan od ustalenia, co jest w tej pieprzonej notatce.

Gerard przesunął dłonią po siwym zaroście. Zapuścił brodę w więzieniu, choć nie przyszło mu to łatwo. Ostatecznie jednak stanowiło pewien manifest i dowód na to, że nie został całkowicie ubezwłasnowolniony przez państwo.

Kodeks karny wykonawczy mówił jasno, że więzień nie może zmieniać swojego wyglądu, bo powinien być łatwo identyfikowalny. W szczególności dotyczyło do zarostu, o czym strażnicy więzienni przypomnieli mu już w pierwszym dniu, kiedy zrezygnował z golenia się.

Byli nieugięci aż do momentu, kiedy Gerard wykazał przed dyrektorem zakładu karnego, że zakaz zapuszczania brody narusza jego wolności zagwarantowane w Konwencji o ochronie praw człowieka i podstawowych wolności. Kiedy przywołał wyrok Europejskiego Trybunału Praw Człowieka, który ten pogląd potwierdzał, dyrektor wydał zgodę.

– Jedna rzecz jest dla mnie enigmatyczna – odezwał się.

– Jaka? – spytał Hubert.

– Chorąży Kitlińska w rozmowie z posłem Hauerem kategorycznie stwierdziła, że żadna notatka nie istnieje.

Patryk potwierdził ruchem głowy.

– A zatem dlaczego mam jej szukać? Przyjęli państwo, że chorąży kłamała? Została oszukana? Czy może miała coś innego na myśli?

Już po pierwszych reakcjach widział, że żadne z nich nie ma dla niego dobrej odpowiedzi.

– To nasz jedyny trop – zauważyła Swoboda. – Wychodzimy z założenia, że jeśli pan nim ruszy, dotrze pan do tego samego co Anita.

Znów miał ochotę podkreślić, że to zapewne doprowadzi do podobnego finału, ale była inna rzecz, która interesowała go bardziej.

– Dostęp do MSW będzie teraz pilnie strzeżony – zauważył. – Nie dostanę się tam równie łatwo jak chorąży.

– To prawda.

– Więc jak mam uzyskać dostęp do tego komputera?

– Nie do komputera – odezwał się Hauer. – Do człowieka.

– Chcemy, by wyciągnął pan z sygnalisty wszystko, co wie – podjęła temat Teresa. – Z jakiegoś powodu sporządził notatkę i poinformował Biancziego. Ten człowiek chce mówić.

– Użycie czasu teraźniejszego jest nie na miejscu.

– Zobaczymy.

– Urzędnik był gotów ujawnić notatkę tuż po zamachu, ale teraz, kiedy jedna osoba przez nią zginęła, a druga niebawem do niej dołączy, z pewnością zastanowi się dwa razy.

– Przekona go pan.

– W jaki sposób?

– Z pewnością jakiś pan znajdzie – zapewniła Swoboda.

Gerard odkroił kawałek ciasta i spróbował. Po długim żywieniu się jedynie więziennym menu jego kubki smakowe niemal eksplodowały. Przymknął oczy, przeżuwając deser i myśląc o pierwszym łyku wina, jaki weźmie.

– Szczególnie że się panowie znają – dodała Teresa.

Edling przestał przeżuwać i zamarł. A więc podczas rozmowy z Korodeckim w świetlicy słusznie założył, że wysłannik nie mówi mu wszystkiego. I że istnieje dobry, konkretny powód, dla którego politycy zwrócili się akurat do niego.

Z pewnością od razu zapytałby, kim jest urzędnik, gdyby nie to, że nie zwykł mówić z pełnymi ustami. Nawet w takiej chwili.

– Nie chce pan wiedzieć, jak dobra to znajomość?

Wszyscy patrzyli na niego, oczekując, aż przełknie. Inną osobę te ponaglające spojrzenia być może wprawiłyby w konfuzję, Gerard jednak był do podobnych rzeczy przyzwyczajony.

– Naturalnie, że chcę – powiedział w końcu. – Kim jest ten człowiek?

– Arkadiusz Tyburski.

Edling doskonale go pamiętał. Był partnerem Beaty Drejer, spotkali się kilkakrotnie, ale znali się głównie za sprawą podwładnej Gerarda, która jednemu opowiadała o drugim i odwrotnie.

– Widzę, że wie pan, o kim mowa.

– Wiem – potwierdził Edling.

– I z pewnością zdaje pan sobie sprawę, że wybraliśmy pana nie tylko ze względu na brak związku z obecną władzą i zdolności w zakresie kinezyki.

– Tak.

Gerard robił wszystko, by nie dać poznać po sobie zdziwienia. W rzeczywistości jednak potrzebował chwili, by na dobre dotarło do niego, że faktycznie wyszedł z więzienia głównie dlatego, że mógł dotrzeć do Arka.

– Sądziłem, że pracuje w sektorze prywatnym. O ile mnie pamięć nie myli, Beata twierdziła, że cały czas był w rozjazdach.

– Jakiś czas po „Koncercie krwi" zatrudnił się w ministerstwie – odezwał się Hubert. – I pracował tam aż do incydentu z Kitlińską. Po nim został natychmiast przeniesiony, ale nie wiemy dokąd.

Przez moment panowała cisza.

– Zresztą pogada pan z nim o przeszłości, jak tylko się spotkacie.

Edling zamknął na moment oczy.

– To nie problem? – spytała Swoboda.

– Co konkretnie?

– Przeszłość. I fakt, że był w związku z Beatą Drejer?

– Nie.

Była to nadal otwarta, jątrząca się rana, ale Edling nie miał zamiaru nikogo o tym informować. A w szczególności osób, które w tej chwili polegały na jego opanowaniu.

– W takim razie znajdzie go pan, a potem ustali, o co w tym wszystkim chodzi – oznajmiła Teresa.

– A w dalszej kolejności przekażę wszystko posłowi Hauerowi?

Patryk zamrugał kilkakrotnie, jakby przebudził się z letargu.

– I tym samym pomogę mu wygrać wybory? – dodał Gerard.

– Ma pan coś przeciwko? – spytała Swoboda.

– Wręcz przeciwnie. Wydaje mi się, że w tej chwili to jedyny scenariusz, który może nas uratować.

– Uratować? – włączył się Korodecki. – Przed czym?

Gerard znów zrobił pauzę, by zjeść kawałek ciasta. Wciąż smakowało dziwnie, jakby po raz pierwszy w życiu miał w ustach coś równie słodkiego.

– A jak pan sądzi? – odparł. – To, co się dzieje, wymaga wykorzystania całego szeregu mechanizmów państwowych. Skoro to nie szef polskiego rządu za tym stoi, sprawcą musi być przywódca innego kraju.

– Jakiego?

Edling odsunął talerzyk, uznając, że się przesłodził.

– Przypuszczam, że odpowiedź niedługo poznamy – zapewnił.

Rozdział 8

Podczas gdy Gerard Edling robił wszystko, by odnaleźć byłego partnera swojej podwładnej, Hauer skupiał się wyłącznie na kampanii wyborczej. Wraz z Mileną przygotowali spot i kilka dni po feralnej debacie siedzieli w kuchni, analizując klatka po klatce reklamę UR.

– Wygląda całkiem nieźle – powiedziała.

Rzeczywiście tak było. Ujęcia przedstawiające polityków przeciwnych partii były jakby przykurzone i zabrudzone. Kiedy na wizji pojawiał się Patryk, wszystko się oczyszczało i rozjaśniało.

– Brzmi też w porządku – ocenił.

Wybrali dwóch lektorów. Jeden, o pewnym i ciepłym głosie, opisywał to, co zrobi Hauer, kiedy zostanie premierem. Drugi, modulując niepewnie tembr, mówił o wszystkich cieniach rządu Chronowskiego.

Był to prosty trik, używany głównie przez firmy farmaceutyczne przy przedstawianiu atutów i efektów ubocznych działania danych preparatów. Patryk odnosił czasem wrażenie, że to, co oni robią w trakcie kampanii wyborczej, duże koncerny realizują na co dzień.

Tym drugim udawało się jednak przekonać społeczeństwo do swoich produktów. W przypadku Unii Republikańskiej nie było tak wesoło – po debacie notowania partii zaczęły spadać na łeb na szyję. I nie chodziło tylko o to, co Chronowski zarzucił Patrykowi, ale o sposób, w jaki to zrobił. Był ewidentnym wygranym jedynego bezpośredniego starcia między nimi.

Milena i Hauer obejrzeli spot do końca, a potem popatrzyli na siebie.

– Wyszło naprawdę imponująco – odezwała się Mil.

– Robi robotę.

– I przekona niezdecydowanych.

Jeszcze przez chwilę wlepiali w siebie spojrzenia, po czym oboje uciekli wzrokiem.

– Jeśli naprawdę musimy obrzucać się wzajemnie takimi banałami, to jest źle – odezwał się Patryk.

Milena wstała, podeszła do lodówki i przez chwilę czegoś w niej szukała. Sprawiała wrażenie, jakby miała przygotowane danie na każdą okazję, choć ich dobór był dla Patryka cokolwiek niejasny.

W końcu wróciła z dwoma deserami własnej roboty. W mleku kokosowym dość długo moczyła nasiona chia, dodała trochę syropu z agawy, ekstraktu waniliowego i całość udekorowała borówkami. Pudding wyglądał całkiem nieźle, ale Hauer nie miał apetytu.

– Chronowski jest na wygranej pozycji – mruknął.

– Do czasu.

– Aż? – odparł, mieszając deser. – Na horyzoncie nie widać żadnej zmiany, Mil.

– Pojawi się, jak tylko Edling coś ustali.

– Nawet jeśli, to...

– Chronowski pójdzie siedzieć – zapewniła. – Czy stoi za tym wszystkim, czy nie, ma na koncie wystarczająco dużo grzechów.

Hauer westchnął.

– Od jakiegoś czasu mam wrażenie, że nawet odsiadka by mu nie przeszkodziła – powiedział, obracając łyżeczkę w puddingu. Właściwości żelujące tych nasion były wręcz niepoważne. – Słyszałaś kiedyś o Eugenie Debsie?

– Nie.

– Tuż po pierwszej wojnie światowej stratował na prezydenta. I mimo że siedział w więzieniu, dostał dziewięćset tysięcy głosów.

– Trafniejsza byłaby ciekawostka historyczna o Johanie de Witcie.

– Tego z kolei ja nie znam.

– Był premierem Holandii w siedemnastym wieku. Podpadł tak bardzo, że wściekli obywatele nie tylko go zabili i rozczłonkowali jego ciało, ale niektóre części nawet zeżarli.

Hauer przestał mieszać pudding.

– Taką przyszłość wróżysz Chronowskiemu? – spytał.

– Aż taką optymistką nie jestem. Ale zapewniam cię, że dostanie od nas po dupie.

– Niby jak?

Pytanie zabrzmiało oskarżycielsko, jakby to Milena na pewnym etapie czymś zawiniła i ich kampania właśnie przez to straciła rozmach. Patryk uniósł przepraszająco dłoń, świadomy, że wszystkie zarzuty powinien kierować pod swoim adresem.

– Mam na myśli tylko to, że czas nam się skończył – wyjaśnił. – I nie mamy w odwodzie niczego, co mogłoby odwrócić tendencje sondażowe.

– Mamy całą strategię, Patryk.

– Która się nie sprawdza. Poparcie dalej nam spada... i będzie spadało aż do dnia wyborów. Nie wygrzebiemy się spod lawiny, którą wyzwoliłem.

Milena z irytacją odgarnęła grzywkę na bok i nie ulegało wątpliwości, że to nie spadające na oczy kosmyki włosów ją denerwują, ale polityczny letarg męża.

– Masz rację – powiedziała. – Nie wygrzebiemy się, bo nie sposób tego zrobić, kiedy leżymy pod tą lawiną bez ruchu.

– Nie mówię, żebyśmy...

– Najwyższy czas brać się do roboty – rzuciła, a potem podniosła swojego iPhone'a, który służył jako centrum dowodzenia kampanii. Szybko przejrzała zagregowane wiadomości na Squidzie i pokiwała głową, jakby znalazła to, czego szukała. – Był zamach w Jemenie.

– Okej.

– Wygląda całkiem nieźle – oceniła.

– Ile ofiar?

– Siedemnaście.

– Nie ma czegoś większego? I bliżej Europy?

– Nie – odparła Mil i przesunęła palcem po ekranie. – Ale to dobrze. Puścisz tweeta potępiającego atak i podkreślisz znieczulicę na to, co dzieje się z daleka od nas.

– Zamach był na chrześcijan?

– Nie, na muzułmanów.

– W takim razie...

– To nie ma znaczenia – odparła Milena i znacząco spojrzała na jego telefon na stole.

Podniósł go niechętnie, a kiedy żona zaczęła przedstawiać mu szczegóły, zaczął wprowadzać treść tweeta.

– Co piszesz? – spytała.

– Że potępiam ohydny...

– Nie, nie. Lepiej odrażający i tchórzowski.

– W porządku – mruknął.

Po chwili wiadomość była gotowa i poszła w świat. Wystarczyło poczekać chwilę, by pojawiły się pierwsze reakcje. Popierający Patryka prawicowcy sadzili ciche lajki, część lewicowców przyklasnęła faktowi, że Hauer nagłaśnia ataki na muzułmanów.

Wysłał parę odpowiedzi, przy wszystkich starając się mniej lub bardziej nawiązać do tego, że Polska pod rządami Chronowskiego jest na jak najlepszej drodze, by stać się Jemenem Europy.

Od pewnego czasu podobnie wyglądał każdy poranek Patryka. Internetowo-medialny maraton zaczynał już w trakcie śniadania, a potem nie zwalniał aż do momentu, kiedy kładł się do łóżka. Dzień kończył podobnie, jak zaczynał – tweetem. Gdzieś między tym udawało mu się znajdować czas na zabiegi rehabilitacyjne, ale miał wrażenie, że nawet wtedy jego umysł był pochłonięty jedynie sprawami związanymi z PR-em.

– Dobra – rzuciła Mil. – Rzuć jeszcze coś na HauerHuba.

– Co?

Pospiesznie przejrzała notatki.

– Pojedź Niemöllerem.

Podniosła się, podeszła do niego i poprawiła mu nieco fryzurę. Sprawdziwszy jego wygląd, poprzesuwała kilka książek stojących na półkach za nim, a potem przysunęła mu filiżankę z espresso i pudding chia.

– Dajesz – powiedziała.

Podczas gdy ona dalej przeglądała Squida, Patryk wyciągnął rękę niczym *selfie stick* i włączył nagrywanie.

– Obowiązkiem nas wszystkich jest reagowanie za każdym razem, kiedy dochodzi do odrażających i tchórzowskich ataków za granicą – zaczął. – Ale nie tylko. Równie istotne, a może ważniejsze jest zabieranie głosu, kiedy podobne rzeczy robią ludzie w Polsce. Przypomina mi to słowa pewnego niemieckiego pastora, Martina Niemöllera, który...

– Uhm.

Hauer spojrzał na żonę, świadomy, że ciche mruknięcie nie było przypadkowe. Nie musiała się odzywać, by wiedział, że jego krótka wypowiedź zabrzmiała, jakby odgrywał Hamleta na deskach Teatru Współczesnego.

Spróbował ponownie, tym razem zmieniając nieco przekaz, by zabrzmiał bardziej naturalnie.

– Niemöller był antynazistą, w trudnych czasach stanął po właściwej stronie barykady – kontynuował. – Jego problem polegał na tym, że popełnił ten sam grzech, którego dziś dopuszczamy się my wszyscy.

Patrząc prosto w obiektyw, Hauer odsunął szklankę z deserem.

– Kiedy naziści przyszli po Żydów, milczał, bo nie był Żydem. Kiedy wzięli się do komunistów, milczał, bo nie był komunistą. Kiedy powsadzali do więzień socjaldemokratów, milczał, bo nie był socjaldemokratą. Kiedy uderzyli w związkowców, nie ruszył palcem, bo nie był związkowcem.

Patryk zrobił krótką pauzę.

– Kiedy przyszli po niego, nie było już nikogo, kto mógłby mu pomóc.

Kątem oka Hauer dostrzegł, że Milena kiwa z głową z zadowoleniem, choć nie odrywała spojrzenia od iPhone'a.

– Nie powtarzajmy błędu Niemöllera – dodał. – Działajmy już teraz.

Wyłączył nagranie i przez moment trwał w bezruchu. Był zmęczony codziennym wygłaszaniem komunałów i pompatycznych kwestii. Czuł się bardziej jak sprzedawca w przydrożnym kebabie niż polityk starający się o fotel premiera.

– Puszczasz? – odezwała się Mil.

Skinął głową, a potem załadował materiał na HauerHuba.

– Co dalej? – spytał.

– Jest *photo op*.

Nie „sposobność do zdjęć", nawet nie „okazja do fotki". Patryk miał wrażenie, że od pewnego czasu każdy szanujący się specjalista od marketingu politycznego musiał posługiwać się obcymi terminami. *Exit poll* czy *gerrymandering* już dawno weszły do słownika, a od jakiegoś czasu poszerzano go o rzeczy takie jak *headline*, *target group*, kampania displayowa, *content*, polityczny *branding*, SEO, SEM czy w końcu *buzz* w miejsce szumu medialnego.

– Słyszałeś? Mamy *photo op*.

– Jaki? – spytał Patryk.

Milena spojrzała na niego, jakby właśnie zrobił coś wyjątkowo przewrotnego.

– Na Odolanach grupa kobiet protestuje przeciwko opóźnieniom w budowie objazdu dla TIR-ów.

– Znowu?

– Mają tam chmury pyłu, jakby nadciągnął na nich saharyjski piach. Pod domami przewala im się jakieś dwa tysiące ciężarówek każdego dnia.

Hauer nabrał głęboko tchu. Miał nadzieję, że tego dnia marketingowa mordęga ograniczy się do internetu, ale najwyraźniej musiał pożegnać się z tą perspektywą.

– I co na tym ugramy? – spytał.

– Sporo – zapewniła Mil. – Zjawisz się tam jako obrońca mieszkańców, interesujący się nawet sprawami, które gówno obchodzą całą resztę mieszkańców tego kraju.

– Skoro gówno ich obchodzą, wątpię, żeby…

– Wyobraź sobie to, Patryk – przerwała mu. – Wiesz, jakie tam są drogi?

– Nie.

– Właściwie nieistniejące. Zbudowali osiedla, ale zapomnieli między innymi o dojazdach, a oprócz tego ciężarówki rozjechały całą infrastrukturę – odparła, coraz bardziej zapalając się do tej perspektywy. – Będziesz przedzierał się na wózku przez nierówne szutrowe drogi, żeby wesprzeć grupkę kobiet. To będzie idealne.

– I logistycznie niewykonalne – odbąknął. – Nie masz pojęcia, jak trudno jest przejechać po czymś takim.

– Tym lepiej. Zrobimy dramę.

Na dobrą sprawę nie musiała go przekonywać. Po opublikowaniu na Instagramie zdjęcia, na którym Patryk wiązał krawat, byli gotowi do drogi. Przez chwilę Hauer patrzył jednak na swoje odbicie i zastanawiał się nad tym, czy cała jego egzystencja niebawem nie skurczy się do tej internetowej.

– O czym myślisz? – odezwała się stojąca za nim Milena.

– O tym, że ten wypad jest symptomatyczny.

– W jakim sensie?

Oderwał wzrok od swoich oczu i spojrzał na żonę.

– Przemieszczam się w realnym świecie tylko po to, żeby w wirtualnym wrzucić zdjęcie z nowego miejsca.

– I? – odparła. – Zdefiniowałeś właśnie całe swoje pokolenie.

Patryk uśmiechnął się lekko i nie odpowiadał.

– Nie czytałeś tych wszystkich raportów o… instagramowalności, powiedzmy?

– Nie.

– Brytyjczycy dowiedli, że jakieś dwie piąte milenialsów wybiera wakacyjny kierunek nie ze względu na atrakcje, ofertę sportową, kulturową czy jakąkolwiek inną, tylko na podstawie tego, czy zdjęcia stamtąd będą dobrze wyglądać na Insta.

– Świetnie.

– Czujesz się usprawiedliwiony?

– Tylko jeśli chodzi o Instagram – odbąknął z przekąsem. – Ale te Odolany chcesz obrobić na Fejsie, więc…

– Zanim powiesz o kilka słów za dużo, weź pod uwagę, że nic w historii nie rozwijało się tak szybko jak Facebook. Nic.

– Twórcy rzymskiego imperium mogliby polemizować.

– Życzyłabym im powodzenia – odparła stanowczo, a potem nachyliła się i poprawiła Patrykowi krawat. – Bo nawet Rzym nie rozrastał się tak dynamicznie. Chrześcijaństwu w najlepszym okresie też nie przybywało tak szybko wyznawców.

– Trafna analogia...

– Telewizja? Nawet się nie umywa. A co bardziej znaczące, nawet sam internet nie rozwijał się w takim tempie.

– Ehe – odparł Hauer, a potem odwrócił wózek i znacząco skinął głową w stronę drzwi.

Na Odolanach zjawili się jeszcze przed innymi politykami, choć sępy z pewnością już krążyły. Patryk porozmawiał chwilę z grupą kobiet, a potem udzielił krótkiego wywiadu lokalnej rozgłośni radiowej. Milena zrobiła parę zdjęć, odczekała chwilę, po czym podeszła do rozmawiającego z protestującymi męża. Przeprosiła, oznajmiła, że muszą już uciekać, a potem obróciła wózek Hauera. Było to znacznie lepsze niż odciąganie go za rękę i stwarzało wrażenie, jakby rzeczywiście chciał zostać dłużej, ale nie mógł ze względu na inne obowiązki.

– Co teraz? – spytał Patryk.

– Masz jeszcze trochę czasu do wywiadu w Superstacji, więc możemy coś przekąsić. Krowarzywa przy Zbawixie?

Hauer milczał, podczas gdy żona przeglądała zrobione mu zdjęcia. Szybko uznała, że brak odpowiedzi oznacza zgodę.

– Potem jedziemy do NSI na kolejny wywiad – oznajmiła.

– Mhm – mruknął. – Brakuje tylko Animal Planet.

– Hę? – spytała, odrywając wzrok od ekranu.

Patryk wskazał na niego palcem.

– Małpy właśnie tam powinny występować, nie sądzisz?

– Nie zaczynaj.

Hauer nie kontynuował tematu, bo wiedział, że do niczego dobrego to nie doprowadzi. Uznał zresztą, że kiedy tylko zasiądzie przed jaglanexem w ciemnej tortilli, od razu się zrelaksuje. Kiedy jednak pokonali nierówności drogowe i dotarli do czekającego w oddali vana, Patryk od razu zrozumiał, że na kotlet z kaszy jaglanej, pestek słonecznika i dyni nie ma co liczyć.

Oparty o samochód Gerard Edling sprawiał wrażenie, jakby miał zamiar oświadczyć Hauerowi, że ten choruje na nieuleczalną chorobę. Dopiero po chwili Patryk uzmysłowił sobie, że były prokurator wygląda tak właściwie cały czas.

– Zwariował pan? – rzuciła na powitanie Mil, rozglądając się. – Nie powinien pan się z nami pokazywać.

– Teraz to bez znaczenia.

– Niby dlaczego?

– Bo wiem, gdzie ukryto Arka Tyburskiego.

Milena zmrużyła oczy.

– Najwyraźniej specjalnie się nie postarano, skoro go pan znalazł.

– Niewykluczone – przyznał Edling. – Choć istnieje pewne prawdopodobieństwo, że po prostu nie docenia pani moich umiejętności.

– Powiedzmy, że uznałam je za trochę przykurzone przez odsiadkę.

Rozejrzała się nerwowo, a potem otworzyła drzwi do vana i szybkim ruchem ręki zasugerowała Gerardowi, by wszedł do środka. Usiadł obok miejsca na wózek, z plecami wyprostowanymi jak struna i rękoma na kolanach.

– Został oczywiście przeniesiony z ministerstwa – odezwał się. – Ale dość niedaleko. I rzecz jasna, do placówki administracji rządowej, by władza mogła mieć na niego oko.

– Jakiej konkretnie? – zapytał Hauer.

– Do delegatury mazowieckiego urzędu wojewódzkiego w Radomiu.

Patryk wymienił się spojrzeniem z żoną.

– To co pan jeszcze tu robi? – spytała.

– Czekam, aż zaproponują mi państwo, że wspólnie udamy się po odpowiedzi.

– Sądzi pan, że możemy je uzyskać?

– Są na wyciągnięcie ręki – zapewnił Edling. – Żeby jednak po nie sięgnąć, muszą zrobić państwo dokładnie to, co powiem.

Rozdział 9

W kancelarii premiera przy Alejach Ujazdowskich panowało całkowite rozprężenie. Po ostatniej debacie i najnowszych sondażach Chronowski właściwie mógł być pewien, że wynik wyborczy okaże się zadowalający.

Nie chciał kusić losu grzechem pychy, ale wszystko wskazywało na to, że nawet jeśli Pedep nie wygra w cuglach, to zdobędzie wystarczającą liczbę stołków w parlamencie, by utworzyć koalicję. Z SORP lub WiL-em, w najgorszym wypadku z obydwoma ugrupowaniami.

Chronowski nie był pewien, czy uda mu się utrzymać fotel Prezesa Rady Ministrów, ale nawet jeśli nie, umieści na nim kogoś, kim łatwo będzie mógł sterować. Zrobił to już raz z prezydentem Wimmerem, zrobi to ponownie z kolejnym premierem.

W asyście BOR-owców opuścił gmach KPRM-u, minął pomnik Piłsudskiego i kawałek dalej przeszedł przez pasy na drugą stronę ulicy, by dotrzeć do Łazienek Królewskich. Niektórzy premierzy cenili sobie bliskość największego kompleksu ogrodowego w Warszawie, on niespecjalnie. Tego dnia jednak miał zamiar przejść się pod Pałac na Wyspie, spotkać w kafejce z pewnym człowiekiem, a potem wrócić przez mostek i Nową Oranżerię na Aleje.

Obserwował ludzi, kłaniał się niezliczoną ilość razy, kilku osobom pozwolił zrobić sobie z nim selfie, a potem przysiadł na wiklinowym krześle w Trou Madame. Zamówił czarną kawę i sernik, nie miał ochoty na nic przesadnie wyszukanego.

Parę osób podeszło się przywitać, ale zdecydowana większość łypała na niego z oddali, speszona obecnością człowieka, którego na co dzień widywano w telewizji. Chronowski zdawał sobie sprawę, że ani jedni, ani drudzy nie darzyli go przesadną sympatią. Może nawet wieszali na nim psy w internecie, życzyli mu raka albo potrącenia przez samochód. Ilekroć jednak spotykał kogoś takiego na żywo, kluczowe dla rozmówcy było, by choć uścisnąć mu dłoń.

Uznawszy, że wystarczy czułości obywatelskich, wyciągnął tablet i przejrzał wiadomości. Hauer z samego rana zrobił cyrk na Odolanach, a potem pytlował w mediach na temat tragicznej sytuacji kraju.

Właściwie mówił prawdę. Oprocentowanie obligacji państwa poszło w górę o ponad sto punktów, co wywindowało koszt obsługi długu publicznego, a kurs złotego stał się rekordowo niski. Giełda w ciągu kilku dni straciła sześć procent i niektórzy wieszczyli poważny kryzys.

Wśród malkontentów znalazły się oczywiście międzynarodowe fundusze, które już zaczynały grać na polski kryzys. Pesymiści mówili o zmasowanym ataku spekulacyjnym i niebezpieczeństwie upadku całego sektora finansów publicznych w Polsce.

Chronowski podniósł wzrok i uśmiechnął się do kobiety, która robiła mu zdjęcie z oddali, a potem odkroił duży kawałek sernika. Mielił go przez chwilę w ustach, a w tym czasie BOR-owcy stanęli tak, by nikt nie zrobił premierowi niekorzystnego ujęcia.

Po chwili do Chronowskiego dołączył mężczyzna w garniturze, któremu nikt nawet nie próbował zrobić zdjęcia.

Niemal anonimowy, niewyróżniający się z tłumu człowiek, o którego statusie świadczył jedynie fakt, że funkcjonariusze nagle utworzyli szczelniejszy kordon i odsunęli nieco gapiów.

Zastępca szefa ABW spojrzał niepewnie na resztki sernika.

– Coś na ząb? – rzucił pod nosem Adam.

– Nie, dziękuję – odparł Regliński. – Zresztą jestem w niewielkim niedoczasie. Muszę pilnie załatwić kilka spraw.

– Taa... Sam ci je zleciłem, nieprawdaż?

Pułkownik potwierdził zdawkowym skinieniem głowy.

– Będę więc wdzięczny, jeśli...

– Od razu przejdziemy do konkretów, jasne – przerwał mu Chronowski. – To słucham, co z tą lesbą?

Regliński się skrzywił.

– To nie żadna obelga – zastrzegł premier.

– Cóż...

– Prawie ją zabiłeś, a będziesz obruszał się na nazywanie rzeczy po imieniu?

– To był wypadek.

– Oczywiście. Ci zamachowcy w Jemenie, o których dziś trąbił Hauer, też wysadzili się przez przypadek. Może nażarli się tych swoich pikantnych dań z sosem chili.

Pułkownik milczał.

– Dajże spokój – bąknął Adam. – Żartuję przecież.

Rozmówca przyglądał mu się uważnie, jakby starał się stwierdzić, czy rzeczywiście tak jest. Chronowski wprawdzie wiele spodziewał się po agentach Biura, ale raczej nie tego, że próbowaliby zabić podwładnych. Regliński zresztą nie miałby żadnego interesu w tym, by uciszać Kitlińską. Mógł ją ująć, zgodnie z tym, co polecił mu Adam, a potem przekazać właściwym organom.

– I dalej milczysz – zauważył premier.

– Po prostu zaskoczyło mnie pytanie.

– A mnie brak odpowiedzi – odburknął Chronowski. – Więc słucham: dycha jeszcze czy nie?

– Wciąż jest w stanie krytycznym.

– Wyjdzie z tego?

– Lekarze twierdzą, że nie ma na to szans. Jest podłączona do aparatury sztucznie podtrzymującej życie.

– Długo będzie tak wegetować?

– To już nie zależy ode mnie.

Chronowski westchnął, poirytowany obcesowością tego człowieka. Kilkakrotnie zastanawiał się nad jego odwołaniem, ale ostatecznie rezygnował, Regliński miał bowiem jeden kluczowy atut: był całkowicie lojalny.

– Od strony formalnej wszystko załatwione? – spytał Adam.

– Tak. Zostałem przesłuchany, funkcjonariusze biorący udział w zatrzymaniu również.

– I to tyle? Dziewczyna na dobrą sprawę odwaliła, nomen omen, kitę, a wy po przesłuchaniu macie to z głowy?

W jego głosie nie było przygany, raczej zwykłe zwątpienie. Obawiał się, że ta sprawa będzie ciągnęła się za nim jak smród aż do dnia wyborów. Hauer z pewnością zamierzał ją wydoić do ostatniej kropli podczas debaty, ale uderzenia Chronowskiego zupełnie wybiły go z rytmu.

– Wewnętrzne postępowanie jest w toku.

– Jest jakiś powód do zmartwień?

– Żadnego – zapewnił Regliński.

– A zewnętrzne zagrożenia?

– Helsińska Fundacja Praw Człowieka z pewnością będzie przyglądać się sprawie. Robią to, ilekroć ktoś pod okiem państwa traci życie.

Adam się tego spodziewał. Pamiętał, że jeden z pierwszych artykułów którejś konwencji o prawach człowieka zobowiązywał państwo do wyjaśniania wszystkich zgonów z przyczyn nienaturalnych. HFPC z pewnością będzie naciskać i wnioskować do prokuratury o przekazywanie informacji. Minister sprawiedliwości zrobi z tym porządek, uznał w duchu Chronowski.

– Dobra – mruknął, a potem wrzucił ostatni kawałek sernika do ust. – Co z operatorem najsłynniejszego wózka w kraju? Macie go na oku?

– Owszem. Poseł Hauer działa dość przewidywalnie.

Adam pogroził rozmówcy palcem, zapalczywie przeżuwając ciasto.

– Uważaj – poradził. – Sukinsyn na pewno szykuje jakąś wrzutkę na ostatnim etapie kampanii. Chcę wiedzieć zawczasu, co to będzie.

– Rozumiem.

– Macie go na podsłuchu?

– Tak. Wszystko zgodnie z prawem – odparł pułkownik, jakby rzeczywiście to było kluczowe z punktu widzenia premiera.

– Mhm – odbąknął Chronowski. – Po prostu nie spuszczajcie go z oka.

– Nie musimy. Jego plan dnia jest dość przejrzysty. To plus prowadzenia działań względem polityków, zjawiają się o określonych porach w określonych miejscach.

W tym musiał przyznać mu rację. Inwigilacja Hauera w dużej mierze mogłaby sprowadzać się do analizy zapowiedzi w mediach. Za moment miał być w Superstacji, potem w NSI. Wieczorem jego irytujący głos rozbrzmi na falach TOK FM.

– Monitorujcie tego chuja naprawdę porządnie – dodał Adam, rozglądając się.

– Oczywiście.

– I informuj mnie, jak tylko wymyśli coś, co powinno mnie zaniepokoić.

Pułkownik trwał w bezruchu, ze wzrokiem wbitym wprost w oczy premiera. Chronowski miał wrażenie, że rozmówca nawet nie mruga.

– Na razie niczego takiego nie dostrzegliśmy – zapewnił. – Hauerowie planują kampanię dość skrupulatnie, ale nie ma w niej niczego, czym mogliby pana zaskoczyć.

Adamowi wydawało się, że jest zabezpieczony na każdym froncie, ale był w polityce na tyle długo, by wiedzieć, że szambo może wybić w każdej chwili. Szczególnie kiedy gówno gromadziło się latami.

Mając jednak Milenę i Patryka na oku, nie musiał przejmować się przynajmniej tym, że zostanie zaskoczony. Jeśli wpadną na coś, co mu zagrozi, będzie miał czas, by przygotować obronę i kontratak.

– Jeśli to wszystko, będę wracać do swoich obowiązków – odezwał się beznamiętnym głosem Regliński.

Adam zerknął na tablet i przesunął po nim palcem.

– Tak, wszystko. Gdyby było coś, co...

Urwał i ściągnął brwi, niepewny, czy z witryny Superstacji nie przeniósł się przypadkiem na ASZdziennik.

– To jakiś żart? – spytał.

Pułkownik ściągnął brwi i w końcu zmienił pozycję. Nachylił się nad stołem, spojrzał na wyświetlacz, a potem na premiera, nie do końca rozumiejąc, w czym problem. Chronowski obrócił ku niemu tablet.

– Co to ma znaczyć? – rzucił, wskazując na nagłówek artykułu.

Stacja informowała, że ze względów niezależnych od niego, politykowi Unii Republikańskiej nie uda się zjawić na zapowiedziany wywiad. W zastępstwie wystąpić miał inny poseł tego ugrupowania.

Przeczytawszy krótki komunikat, Regliński poruszył się nerwowo.

– To...

– Co? – wpadł mu w słowo Adam. – Mieliście nie spuszczać go z oka, a nie wiecie nawet, że odwołał wywiad? Gdzie on jest? Co teraz robi?

– Obawiam się, że...

– Dzwoń do swoich ludzi – uciął Chronowski, czując, że nerwy biorą górę. – Dowiedz się, co on kombinuje. Już!

Podczas gdy Regliński próbował naprędce ustalić, z czego wynika nagłe odwołanie wywiadu, Adam robił wszystko, by się uspokoić. Wprawdzie kordon BOR-u był dość szczelny, ale niektórym przechodniom z pewnością uda się ustrzelić kilka zdjęć.

Nie mógł jednak opanować emocji. Momentalnie poczuł, że znalazł się w sytuacji zagrożenia. Hauer nie odwołałby wywiadu w najgorętszym okresie kampanii, gdyby nie chodziło o coś naprawdę istotnego. A w tej chwili mogło to oznaczać jedynie coś związanego z walką polityczną, którą toczył.

Kiedy Regliński wreszcie skończył rozmowę, Chronowski posłał mu pełne wściekłości, ponaglające spojrzenie.

– I co? – syknął. – Gdzie on jest?

– Niestety nie wiemy.

– Coś ty, kurwa, powiedział?

– Panie premierze...

Pułkownik zerknął na boki, uświadamiając tym Adamowi, że powinien trzymać nerwy na wodzy. Chronowski przymknął oczy i dopiero po chwili zorientował się, że nieświadomie wybija nogą jakiś rytm. Nabrał głęboko tchu, a rozmówca zajął miejsce przy stoliku.

– Jechaliśmy za jego vanem aż do Śródmieścia – oznajmił. – Zatrzymał się na torach przy Marszałkowskiej, niedaleko jednej z restauracji. Wraz z żoną wcześniej rozmawiali o tym, by zjeść tam obiad w drodze na wywiad. Nasi ludzie nie mogli zaparkować w tym miejscu, więc pojechali dalej i…

– I ich zgubili, do kurwy nędzy.

– Założyli, że nie muszą nieustannie mieć ich na oku ze względu na zapowiedziane wywiady.

Chronowski musiał ugryźć się w język. Rozejrzał się i dostrzegł parę osób, które mimo obecności BOR-u starały się podejść nieco bliżej.

– Macie ustalić, gdzie on jest.

– Staramy się, ale…

– Zgubiliście vana, tak? Nie macie pojęcia, gdzie go szukać?

– Niestety – przyznał pułkownik.

Premier poderwał się z krzesła, a potem bez słowa skierował do budynku. W najlepszym przypadku nikt nie zauważy nerwowej reakcji, w najgorszym ktoś wrzuci na Facebooka informację, że premiera przycisnął pęcherz.

Wszedłszy do środka, Adam skierował się do toalety, ale wyłącznie po to, by nie być narażonym na niechciane spojrzenia. Chwycił mocno za umywalkę, jakby miał zamiar wyszarpnąć ją ze ściany.

Wiedział, że jego złość była źle ukierunkowana. Hauer wykorzystał swoją niepełnosprawność jako przewagę, nie ograniczenie. Z premedytacją kazał zatrzymać się kierowcy w miejscu, gdzie nie mogli stanąć śledzący go agenci. A potem zrobił użytek jedynie z tego, co także dla Chronowskiego wydawało się oczywiste – że polityk zawsze zjawia się o czasie tam, gdzie czekają na niego kamery.

Tym razem jednak coś okazało się ważniejsze od pokazania się w mediach.

Adam puścił wodę z kranu i ochlapał twarz. Wytarł ją, unikając swojego odbicia w lustrze, a potem odwrócił się w stronę drzwi. Nie zdążył ich otworzyć, bo rozległ się dzwonek komórki. Sięgnął po nią od razu.

Nieznany numer.

A chwilę potem znajomy głos.

– Masz problem – oświadczył Ivan. – I to dość duży.

– Mówisz o Hauerze?

Brak odpowiedzi Chronowski potraktował jako potwierdzenie.

– Jaki konkretnie? – dodał Adam.

Znów milczenie.

– Jeśli nic nie zrobisz, dowiesz się niedługo z mediów.

Chronowski odwrócił się i w końcu spojrzał w lustro. Zobaczył tam dokładnie to, czego się obawiał – strach na twarzy niepewnego, tracącego kontrolę człowieka. Uciekał przed tym widokiem, jak mógł, pozorował pewność siebie, butę, nawet arogancję, a wszystko po to, by przekonać siebie i innych, że panuje nad sytuacją. W rzeczywistości to jednak nie on, ale Ivan miał kontrolę.

– I będzie już za późno na reakcję – dodał rozmówca. – Pójdziesz na dno, a razem z tobą cała partia.

Adam przełknął ślinę. Nikt nie musiał mu przypominać, czym będzie dla niego porażka wyborcza.

– Mogę cię z tego wyciągnąć – dodał Ivan.

– Jak?

Kiedy syntetyczny głos z rosyjskim akcentem zaczął mówić, Chronowski słuchał tak, by nie uronić żadnego słowa.

Rozdział 10

Podróż do Radomia zabrała godzinę i dwadzieścia minut, ale czas nie był jedyną rzeczą, jaką stracił Patryk. Przepadły mu dwa wywiady telewizyjne i prawdopodobnie także wieczorny w radiu. Edling zapewniał jednak, że tego nie pożałuje.

Jeszcze zanim ruszyli, oznajmił także, że są śledzeni przez dwóch funkcjonariuszy w nieoznakowanym samochodzie, najprawdopodobniej z ABW. Świadczyć o tym miał ich wręcz teatralnie niesłużbowy ubiór i mowa ciała sugerująca, że jednak znajdują się na służbie.

Hauer nie wnikał, czy były prokurator ma rację, ale oboje z Mileną byli zgodni co do tego, że ostrożności nigdy za wiele. Zaparkowali w miejscu, gdzie nie mógł zatrzymać się żaden inny samochód, odczekali chwilę, a potem zawrócili i skierowali się prosto do Radomia.

Teraz mogliby doprowadzić do podobnej sytuacji, uzyskując zgodę na wjazd na zamknięty dla samochodów plac Corazziego, ale zależało im na tym, by spotkanie z Arkiem Tyburskim nie odbywało się w urzędzie wojewódzkim.

Edling skontaktował się z nim po drodze i oznajmił, że jest w Radomiu i chciałby się spotkać. Nie przekazał zbyt wiele informacji, a większość czasu musiał poświęcić na przekonanie rozmówcy, że to nie żaden żart i że naprawdę wyszedł z więzienia.

Umówili się w parku Kościuszki, znajdującym się naprzeciwko urzędu. Arek czekał na jednej z ławek za niewielką muszlą koncertową. Kiedy zobaczył Edlinga, natychmiast się podniósł i wbił w niego wzrok, jakby aż do tej pory nie spodziewał się, że stary znajomy naprawdę się zjawi.

Uścisnęli sobie ręce, po czym Tyburski przyciągnął Gerarda do siebie i poklepał go mocno po plecach. Edling nie odpowiedział tym samym.

Milena i Hauer znajdowali się tylko kilka kroków za nimi, ale Arek zdawał się nie dostrzegać nikogo poza Edlingiem. Dopiero po wymianie kilku zwyczajowych uwag zorientował się, że Gerard nie przyszedł sam.

Z nieschodzącym z twarzy uśmiechem spojrzał najpierw na Milenę, a potem na Patryka. Wyraz radości nagle został zastąpiony przez niepewny grymas.

– Przecież to...

Hauerowie zbliżyli się, a Tyburski sprawiał wrażenie, jakby miał zamiar obrócić się na pięcie i czym prędzej uciec.

– Zaraz...

– Spokojnie – powiedział Gerard. – Ci ludzie są tutaj, żeby ci pomóc.

Arek spiorunował dawnego znajomego wzrokiem, jakby ten zastawił na niego pułapkę. Zasadniczo tak było, choć podstawowym zadaniem całej trójki było przekonanie Tyburskiego, że się myli.

Kiedy nagle pobladł i zaczął gorączkowo się rozglądać, Patryk zrozumiał, że nie będzie łatwo. Zgodnie z wcześniejszymi ustaleniami zostawili jednak wszystko w rękach Edlinga. Ten oddalił się na chwilę z rozmówcą, starając się go uspokoić.

– Facet zaraz da nogę – odezwał się Patryk.

– Przynajmniej wiemy, że trafiliśmy na dobrego człowieka.

Trudno było się z tym nie zgodzić, Tyburski wyglądał, jakby obawiał się, że za samo spotkanie z politykiem Unii Republikańskiej czeka go podobny los jak Biancziego i Kitlińską.

Stracili stanowczo zbyt wiele czasu na czekanie, aż Edling przekona urzędnika, ale nie mieli wyjścia. Patryk obawiał się, że do tej pory ktoś z urzędu zaalarmował służby, a te szybko puściły w obieg informację, że Arek znikł. Jeśli rzeczywiście śledzili Hauera, szybko połączą jedno z drugim.

Po chwili Gerard podprowadził do nich rozmówcę, a Patryk w duchu uznał, że nie jest najgorzej, skoro urzędnik nie zdezerterował. Wyglądał jednak, jakby wciąż miał zamiar to zrobić.

Uścisnęli sobie ręce, a potem cała trójka usiadła na ławce przy stojącym obok wózku Hauera.

– Zdajecie sobie sprawę, że to spotkanie szybko wyjdzie na jaw? – spytał Arek.

Milena skinęła głową.

– I że każde z nas będzie przez to narażone?

– Narażone na co? – zapytała.

Tyburski wyraźnie nie miał zamiaru odpowiadać.

– Nikomu nic nie grozi – odezwał się Hauer. – Szczególnie jeśli powiesz nam wszystko, co...

– Nic nie grozi? – obruszył się Tyburski. – Nie widzieliście, co stało się z tą kobietą, która włamała się do mojego biura?

Milena i Patryk wymienili się spojrzeniami.

– Byłeś przy tym? – spytała.

– Niezupełnie, ale...

– Albo byłeś, albo nie – wtrąciła się Mil. – Chyba że posługujesz się też formą astralną.

– Byłem – przyznał. – To ja ją tam zastałem, ale nie wiem, co dokładnie działo się potem. Poleciłem ochronie wezwać ABW i kiedy się zjawili…

– To ty ich ściągnąłeś?

Arek spojrzał na żonę Hauera z przestrachem i zdziwieniem, jakby dopiero teraz uświadomił sobie, że to on ponosi odpowiedzialność za to, co spotkało Anitę. W rzeczywistości musiał odczuwać tego bolesną świadomość już od pewnego czasu. I z pewnością wyrzuty sumienia były jednym z powodów, dla których nie uciekł, kiedy zobaczył Patryka.

– Nie mogłem wiedzieć, co zrobią – zastrzegł.

Milena prychnęła i rozłożyła ręce.

– Doskonale wiedziałeś. Ale zadziałał instynkt samozachowawczy, ratowałeś własną dupę.

– To nie tak…

– To dokładnie tak – uparła się. – Spanikowałeś, a Kitlińska poniosła tego konsekwencje.

Arek wreszcie przestał się rozglądać. Zamiast tego pochylił się i wbił wzrok w ziemię.

– Ale z tego, co mówił Gerard, w gruncie rzeczy jesteś porządnym gościem – kontynuowała Mil. – Przypuszczam więc, że będziesz chciał jakoś… zadośćuczynić? Nie, to chyba zbyt duże słowo. Raczej poczujesz potrzebę, by po prostu coś zrobić.

Tyburski przesunął dłonią po karku, wciąż się nie odzywając.

– I sprowadza się to do tego, że albo będziesz stawiał znicze na jej grobie, albo postarasz się, żeby jej poświęcenie nie poszło na marne.

Hauer nie miał pojęcia, czy granie na wyrzutach sumienia się powiedzie, ale jego żona najwyraźniej była pewna, że tak. Może słusznie. W końcu to właśnie od Tyburskiego wszystko się zaczęło. To on w pewnym momencie uznał, że nie może dłużej milczeć.

Czekając na jego reakcję, Patryk bacznie mu się przyglądał. Urzędnik sprawiał jednak wrażenie, jakby znalazł się nagle w innym, nierealnym świecie. Do tego prawdziwego wrócił dopiero wtedy, gdy Gerard położył dłoń na jego plecach.

Arek wzdrygnął się, choć to Edling wyglądał, jakby ten gest sporo go kosztował. Wymienili się długimi spojrzeniami, które z pewnością niosły więcej treści, niż Patryk mógł dostrzec.

– Traktowała cię jak ojca – odezwał się Tyburski.

Gerard nawet nie drgnął, a Hauer zrozumiał, że z punktu widzenia ich obydwu sprawa Kitlińskiej w jakiś sposób stanowiła odpowiednik tego, co stało się z Beatą Drejer.

– Teraz to nieistotne – odparł Edling.

– Dla mnie jest.

Gerard pokręcił głową.

– Na to już nie masz wpływu – odparł. – Ale możesz dokończyć to, co zacząłeś z tym młodym dziennikarzem. Możesz sprawić, że on i chorąży Kitlińska nie będą kolejnymi ludźmi, którzy oddali życie za nic.

– Nie rozumiesz...

– Rozumiem, że to niebezpieczne. Ale zapewniam cię, że na dłuższą metę bardziej ryzykowny jest kwietyzm.

Tyburski uniósł pytająco brwi.

– Całkowity brak działania – dodał Edling. – Który będzie prześladował cię w znacznie bardziej uporczywy sposób niż ludzie premiera.

Arek znów opuścił spojrzenie, a Milena syknęła cicho z dezaprobatą. Podobnie jak mąż zdawała sobie sprawę, że nie mają wiele czasu. Gerard także miał tego świadomość, a mimo to przywodził na myśl jogina lub innego ascetę emanującego wewnętrznym spokojem.

– Nie chodzi o mnie – odezwał się w końcu Tyburski, po czym zrobił pauzę i powiódł wzrokiem po rozmówcach. – Narażę przede wszystkim was.

– Nam nic nie grozi – odparła Mil.

– Bianczi i Kitlińska z pewnością też tak myśleli.

– Nie jesteśmy nimi. Poza tym znaliśmy stawkę, jeszcze zanim tu przyjechaliśmy.

Przysunęła się do niego i spojrzała mu głęboko w oczy. Nie mówiła już kategorycznym, ponaglającym tonem. Jej głos przypominał teraz wyważony tembr Edlinga, choć było w nim ciepło, którego byłemu prokuratorowi brakowało.

– Możesz nam zaufać – powiedziała. – Zadbamy nie tylko o swoje, ale także o twoje bezpieczeństwo.

– Jak?

– A to nie oczywiste? – odparła i pozwoliła sobie na lekki uśmiech.

– Nie.

Założyła obie ręce za oparcie ławki i uniosła wzrok. Kiedy nabrała głęboko tchu, Hauer wiedział, że przygotowuje się do wyłożenia kluczowego argumentu. Zdawał sobie także sprawę z tego, czym on będzie.

Najpierw odwołała się do uczuć i moralności, teraz uderzy w bardziej przyziemne, pragmatyczne tony. Przekona Tyburskiego, że współpraca z nimi będzie czymś nie tylko szlachetnym, ale także całkowicie logicznym.

– Wszystko, co nam powiesz, wykorzystamy w kampanii – podjęła. – I jeśli to rzeczywiście jest tak ważne, że Chronowski był w stanie zlikwidować dziennikarza i funkcjonariuszkę BOR-u, to przypuszczam, że przegra przez to wybory.

Arek skinął niepewnie głową.

– W takim wypadku będziesz mógł mieć pewność, że to my odniesiemy zwycięstwo. I obiecuję ci, że nie zapomnimy o tym, co dla nas zrobiłeś.

Jeszcze przed momentem miało to być zapewnienie, że zadbają o jego bezpieczeństwo, teraz jednak zabrzmiało jak coś znacznie większego.

– Umieścimy cię na świeczniku – kontynuowała Mil. – To najlepszy sposób, żeby cię ochronić.

– Jakim świeczniku?

– Szczegóły dogadamy po wyborach. Ale wstępnie myśleliśmy o tym, żebyś wszedł do zarządu jednej ze spółek skarbu państwa. Być może PKN Orlen.

– Ale…

– Pracowałeś w sektorze prywatnym, prawda? – spytała Milena. – Masz doświadczenie.

– Tylko że…

– Będziesz korzystał ze wszystkich przywilejów, nie tylko tych związanych z bezpieczeństwem. A jeśli będziesz potrzebował dodatkowego komfortu, twoja pensja pozwoli ci wynająć firmę ochroniarską.

Hauer wiedział, że wisienka na torcie nadchodzi. I to ona była kluczowa, mimo że Milena podała ją, jakby stanowiła jedynie element dekoracyjny.

– Stała miesięczna pensja to jakieś sześćdziesiąt tysięcy – powiedziała. – Drugie tyle otrzymasz w wynagrodzeniu zmiennym za realizacje celów zarządczych. Do tego dochodzą jeszcze premie, całkiem duże. Rocznie możesz spodziewać się około dwóch milionów.

Cisza, która zaległa, zdawała się oplatać ich tak ciasno, że nagle znaleźli się znacznie bliżej siebie.

Hauer musiał oddać żonie, że potrafiła w wyjątkowo zgrabny sposób prowadzić handel stołkami.

– Jezus Maria, nie robię tego dla pieniędzy.

– Wiem, ale pieniądze zapewnią ci absolutne bezpieczeństwo – zapewniła.

– A co z wami?

– O nas się nie martw. Po wygranych wyborach wyczyścimy służby ze wszystkich, którzy sprzeniewierzyli się złożonemu ślubowaniu.

Gerard Edling nie dawał poznać po sobie żadnych emocji, ale Patryk przypuszczał, że nie jest zadowolony z kierunku, w jakim poszła rozmowa. Ostatecznie jednak osiągnęli swój cel. Wystarczyło rzucić okiem na Arka, by wiedzieć, że Milena go kupiła. Może odwołaniem do moralności, może obietnicą gigantycznych zarobków. A może jednym i drugim. Faktem było, że Tyburski w końcu wyglądał na gotowego podzielić się z nimi swoją wiedzą.

Kiedy zaczął mówić, Patryk dostrzegł komórkę w ręku żony. Niewątpliwie miała zamiar nagrywać każde słowo, jakie od tej pory padnie.

– Co wiesz o notatce W-29/17? – zapytała.

– Całkiem sporo, bo to ja ją sporządziłem...

Wciąż brzmiał niepewnie, ale nie miało to już żadnego znaczenia. Przekroczył Rubikon, mógł iść tylko przed siebie.

– Masz ją jeszcze? – dopytała.

– Nie. Zniknęła z systemu, nie ma po niej żadnego śladu. Ale jeśli sprawdzicie rejestr, znajdziecie notatki W-28 i W-30. Ta dziura jest widoczna, ale właściwie nie stanowi odstępstwa od normy. Czasem takie przeskoki wynikają z tego, że ktoś skreślił jedną notatkę i napisał kolejną.

Milena nachyliła się do niego.

– Co było w W-29?

– Informacja o mailu, który dostaliśmy z ABW zaraz po wybuchu pod sejmem. Zawierał ostrzeżenie przed kolejnymi atakami i pokrótce opisywał to, co zaszło.

– I?

– To wszystko.

– I przez to zginęła dwójka ludzi?

– Mail przyszedł może trzy, cztery minuty po zamachu.

Milena wpatrywała się w niego ponaglająco.

– Nikt tak szybko nie zdążyłby zredagować tej wiadomości, nie wspominając już o ocenie sytuacji, zebraniu informacji i tak dalej – ciągnął z coraz większym przejęciem Tyburski. – Ktoś ewidentnie się pospieszył. Może chciał zapobiec kolejnym atakom, może spanikował, nie wiem. Ale jasne jest, że wiedział o wybuchu, jeszcze zanim do niego doszło.

Mil spojrzała na męża, komunikując mu bez słów swoje rozczarowanie. To nie brzmiało jak coś, dzięki czemu mogliby wygrać wybory. Oboje liczyli na broń największego kalibru, tymczasem Tyburski wsadził im do ręki byle pukawkę.

– To nie żaden twardy dowód – odezwał się Patryk. – Jedynie spekulacja.

– Owszem, oparta na logicznym toku rozumowania – złagodziła nieco ton Milena. – Ale Chronowski łatwo odbije piłeczkę, mówiąc, że rozwijamy teorię spiskową.

Arek westchnął i pokiwał głową.

– Wiem.

– Więc dlaczego broniłeś tego jak pieprzonej Częstochowy? – burknął Patryk.

– Bo to nie wszystko.

Małżeństwo Hauerów znów na siebie popatrzyło. W oczach obydwojga pojawił się błysk nadziei. Czekali, aż

Tyburski pociągnie temat, z trudem powstrzymując się przed ponaglaniem urzędnika.

Ile mieli czasu? Hauer przypuszczał, że od kilku do kilkudziesięciu minut. Wszystko zależało od tego, jak szybko inni pracownicy zauważą, że jeden z nich znikł na nieco dłużej, niż powinien.

– W notatce zawarłem wprawdzie tylko tyle, ale… – Urwał i z wyraźnym trudem przełknął ślinę. Zdawał sobie sprawę, że za to, co teraz powie, może podzielić los Biancziego i Anity. – Ale udało mi się ustalić o wiele więcej.

– To znaczy? – rzuciła w końcu Mil.

Arek skrzyżował ręce, potarł ramiona i złączył kolana, jakby mógł w ten sposób sprawić, że zniknie.

– Siedziby ministerstwa i ABW są połączone – podjął. – Mieszczą się w jednym budynku, ludzie wychodzą w te same miejsca na fajkę, jadają w tych samych barach w okolicy i tak dalej…

– A więc się znacie.

– Niektórzy lepiej niż inni – potwierdził.

Hauer wiedział, do czego zmierza Tyburski.

– Tego maila po zamachu wysłał jakiś twój znajomy? – spytał.

– Tak. Dobry znajomy.

Arek pochylił się nieco i właściwie brakowało mu tylko skorupy, by całkiem schować się przed światem.

– Poszedłem do jego biura, chciałem wypytać go o tę sprawę… dowiedzieć się, jakim cudem tak szybko nas ostrzegł.

– Ale? – wtrąciła się Milena.

– Ale kiedy znalazłem się w jego gabinecie, musiał na chwilę wyjść. Na niedługo, może kilka minut w porywach…

– Ale tyle ci wystarczyło, żeby skorzystać z okazji – zauważył Patryk.

Tyburski potwierdził, kiwając lekko głową.

– Chciałem tylko sprawdzić, o której wysłał pierwszego maila – zastrzegł, jakby fakt grzebania w komputerze kolegi miał postawić go w niekorzystnym świetle. – Sprawdziłem wysłane wiadomości, ale szybko okazało się, że wszystkie poszły w tym samym momencie. Nie znalazłem tam żadnego... twardego dowodu.

– Ale to nie wszystko – podsunęła Milena. – Prawda?

– Nie, bo potem sprawdziłem wersje robocze – odparł Arek i w końcu rozplótł ręce. Sprawiał wrażenie, jakby właśnie zrzucił z barków wielki ciężar. – Znalazłem w nich kilka automatycznie zapisanych kopii maila z ostrzeżeniem. Wszystkie pochodziły... jeszcze sprzed zamachu.

W niewielkim parku miejskim zdawała się zalec grobowa cisza.

– Mój znajomy zredagował tego maila kilkanaście minut przed tym, jak doszło do wybuchu pod sejmem. ABW o wszystkim wiedziała, rozumiecie?

Edling, Milena i Hauer milczeli.

– Nikt nigdy nie zwróciłby na to uwagi, gdyby ten mail został wysłany choć chwilę później. Ale mój znajomy się pospieszył. A ja znalazłem dowód, który...

Urwał, ale nie musiał kończyć. Odkrycie Tyburskiego mogło być bardziej dewastujące dla państwa niż sam zamach na jego konstytucyjne organy. Dowodziło, że rząd nie tylko miał informacje o planowanym ataku, ale także potwierdzenie, że z pewnością się odbędzie.

Nie, więcej – zdawał sobie doskonale sprawę z tego, jaki będzie rezultat, kto zginie i jak powinny zachować się służby. Wszystko to znajdowało się w instrukcjach, które znajomy Arka przygotował jeszcze przed wybuchem.

Teoria spiskowa Hauera nagle stała się po prostu spiskiem. Potwierdzonym, niekwestionowanym spiskiem.

Trudno było wyobrazić sobie burzę, jaka wybuchnie po ujawnieniu tego faktu. Chronowski zostanie publicznie zlinczowany za to, że mając pełną wiedzę o ataku, nie kiwnął palcem. Przeciwnie, czekał cierpliwie, aż dojdzie do tragedii. A potem wykorzystał ją, by obrócić swoją sytuację o sto osiemdziesiąt stopni i ustawić Pedep w pozycji do niespodziewanej wygranej w wyborach.

Konsekwencje będą jednak jeszcze bardziej daleko idące. Odpowiedzialność poniesie nie tylko Adam, ale także wszyscy, z którymi współpracował. Agencja Bezpieczeństwa Wewnętrznego albo przestanie istnieć, albo zostanie gruntownie przebudowana.

Na tym się nie skończy. Sytuacja będzie skutkowała także bezapelacyjnym zwycięstwem opozycji w wyborach. Od tego nie było już odwrotu.

– Jezu... – odezwała się jako pierwsza Milena. – To coś więcej niż dymiący pistolet. To ładunek wybuchowy, który wysadzi... cały ten kraj.

Automatycznie zapisana wersja robocza. Rzecz zupełnie prozaiczna, nieistotna i właściwie zbędna, o której większość ludzi nie pamięta, a pozostali nie są nawet jej świadomi. Kto by pomyślał, że mogła okazać się tak istotna?

Sama notatka nie była tak ważna. Znajdował się w niej jedynie trop, który wiódł dalej. Ona sama zresztą przepadła – stąd ostatnie słowa Kitlińskiej dotyczące tego, że notatka nie istnieje. Anita nie zdążyła jednak powiedzieć Hauerowi całej reszty. Reszty, którą usłyszał teraz.

– Te kopie wciąż są w skrzynce? – odezwał się Gerard.

– Przypuszczam, że tak. Nikt nie wie, że je widziałem.

– Nawet jeśli ktoś je skasował, powinno dać się je odzyskać z serwera – zauważyła Mil. – Notatkę być może też, choć ona akurat nie jest kluczowa.

Tyburski potrząsnął głową.

– Kluczowe jest co innego – powiedział z rosnącą pewnością siebie. – Bo to wciąż nie wszystko.

Hauer natychmiast wbił w niego wzrok.

– Przejrzałem inne kopie robocze – dodał Arek. – Parę z nich było elementami konwersacji między moim znajomym a jego przełożonym. Pułkownikiem Reglińskim.

Patryk nigdy go nie spotkał, ale słyszał o nim. Był jednym z najbardziej zaufanych ludzi Chronowskiego.

– Początkowo nie widziałem w nich nic istotnego, ale kiedy sprawdziłem skrzynkę odbiorczą, okazało się, że ich tam nie ma. Wszystkie zostały usunięte, zostały tylko kopie robocze.

– Co w nich było?

– Głównie niewiele znaczące, zdawkowe komunikaty. Ale gdzieś pośród tego wszystkiego zapisały się dwie wersje tego samego maila. Jedna, która nie została wysłana, zawierała imię i nazwisko pewnego człowieka, druga już nie. Mój znajomy musiał w pierwszej chwili zawrzeć je w mailu, a potem zreflektować się, że nie powinien tego robić. Usunął je, ale... cóż, nic nie znika, prawda?

Milena zmrużyła oczy.

– Co to za imię i nazwisko?

– Jewgienij Jarcew.

Ogólna konsternacja sugerowała, że nikt ze zgromadzonych nigdy nie słyszał o tym człowieku.

– Kim on jest? – spytała Mil.

– Z maila wynikało tylko tyle, że Regliński z nim rozmawiał i pytał, czy jest gotowy. Nic więcej. Ale uznałem, że skoro wszystkie te wiadomości zostały skasowane, a sam Jewgienij znikł z jednej z nich jeszcze w trakcie pisania, coś musi być na rzeczy. Zacząłem więc grzebać.

– I do czego dotarłeś?

Wszystko to zmierzało w jedynym możliwym kierunku. Hauer był tego świadomy, ale dopytująca o szczegóły żona najwyraźniej jeszcze nie.

– To Rosjanin – powiedział Tyburski. – Wspierał akcje Ludowej Milicji Donbasu w Doniecku w dwa tysiące czternastym roku, potem pojawiał się w Ługańsku i w innych miejscach.

Mil rozłożyła ręce.

– I co w związku z tym? – zapytała.

Zanim ktokolwiek udzielił odpowiedzi, Patryk zorientował się, że w mig wszystko do niej dotarło.

– Nie rozumiesz? – spytał Tyburski, najwyraźniej tego nie dostrzegając. – Jarcew to agent rosyjskich służb. Prawdopodobnie wysoko postawiony i cieszący się zaufaniem wierchuszki. Ważny gracz wywiadu i Bóg jeden wie, czy nie zausznik polityków na najwyższych szczeblach władzy.

Nikt nie skomentował, bo wydawało się to oczywiste.

– On nie tylko wiedział o zamachu – dodał Arek. – Ale prawdopodobnie uczestniczył w jego przygotowaniu. Dlatego Regliński pytał, czy jest gotowy.

– Może, ale...

– A to oznacza, że wasza wersja jest słuszna.

– Jaka wersja? – jęknęła Milena.

– Ta, że to nie było działanie jednego fanatyka religijnego.

– Sugerujesz, że...

– Ja niczego nie sugeruję, robią to dowody – odparł Tyburski z coraz większym rezonem. – Jednoznacznie wskazują na to, że za tym wszystkim stoi Rosja.

Park znów zdawał się spowity złowrogą ciszą. Hauer spojrzał na urzędnika, w momencie gdy ten ocierał pot z czoła. Temperatura nie była wysoka, ale fakt, że zrobiło mu się gorąco, był całkowicie zrozumiały.

Jeśli jego słowa były prawdą, oznaczało to, że Polska znalazła się na granicy konfliktu. Nie przepychanki dyplomatycznej, nie wojny na sankcje dyplomatyczne. Prawdziwego konfliktu zbrojnego.

Rozdział 11

Teresa Swoboda chodziła od jednego posągu do drugiego, nerwowo pocierając dłonie. Raz po raz zerkała na zegarek, ale wskazówki zdawały się przesuwać coraz wolniej.

Patryk miał zjawić się niebawem – i wprawdzie nie sprecyzował, o co chodzi, ale polecił jej, by trzymała w gotowości nie tylko szefa Sztabu Generalnego Wojska Polskiego, ale także dowódcę generalnego i operacyjnego Rodzajów Sił Zbrojnych.

Hauer nie zwykł odnosić się do niej, jakby to on był szefem partii, a ona jego podwładną. Tym razem jednak sobie na to pozwolił, a w dodatku chciał, by miała w odwodzie trzech ludzi, którzy mogli podejmować realne decyzje wojskowe w kraju.

Nie powiedział nic więcej, twierdził bowiem, że nie mogą rozmawiać o tym przez telefon.

Kiedy w końcu się zjawił, najpierw upewnił się, że cała aparatura przeciwpodsłuchowa działa, a dopiero potem podjechał do oktagonalnego stołu w Ogrodzie Zimowym. Zasiedli przy nim także Milena i Gerard Edling. Oboje sprawiali wrażenie, jakby przed momentem dowiedzieli się, że w okolicy pojawiła się nowa epidemia, na którą nie ma lekarstwa.

Po tym, jak Hauer przedstawił Teresie wszystko, czego dowiedzieli się od Tyburskiego, Swoboda poczuła się podobnie.

Krew odpłynęła jej z twarzy, a bicie serca niepokojąco przyspieszyło. Trzymanie pod telefonem dowódców wojskowych nagle wydało się całkowicie uzasadnione.

A zarazem przerażające.

Teresa spojrzała na swoje dłonie i przekonała się, że trzęsą się, jakby chorowała na parkinsona. Czym prędzej położyła jedną na drugiej. Czekała, aż ktoś zabierze głos po Patryku, ale nikt się do tego nie kwapił.

– Jesteście tego pewni? – spytała, wodząc wzrokiem po zebranych.

Żadne z nich nie sprawiało wrażenia, jakby miało jakiekolwiek wątpliwości. Wszyscy byli bladzi jak duchy.

– Tak – odezwał się w końcu Gerard, a potem odchrząknął. – Znam tego człowieka, wiem, jaki ma schemat reakcji. Nie kłamał.

Swoboda skinęła głową i spojrzała na Hauera.

– Jesteśmy pewni – potwierdził. – Rosja stała za tym atakiem.

– Ale... ale jak?

Patryk nabrał tchu.

– Nie pierwszy raz wykorzystują inne organizacje, grupy i inicjatywy, żeby realizować własne cele. Może opłacili Abdula Ganiego, by wyprał mózg Szachmatowowi, a może to oni w ogóle umieścili Ganiego w środowisku dżihadystów... Możliwości są właściwie nieograniczone.

Nie było sensu dopytywać, czy Rosjanie mieliby ku temu narzędzia. Na przestrzeni lat udowodnili, że w sferze prowokacji, manipulacji i szerzenia propagandy są światowym liderem.

– Boże... – szepnęła Teresa. – Po co mieliby to robić?

Pytania tego z pewnością nie zadałaby na chłodno, w szoku jednak myśli nie chciały się układać, zderzały się ze sobą, wzajemnie wykluczały i nie prowadziły do żadnych konkretnych wniosków.

– Przecież to szaleństwo.

– Większe od zajęcia części Gruzji? – spytał Hauer. – Od oderwania jednego, a potem drugiego kawałka Ukrainy? Od mordowania politycznych przeciwników w Wielkiej Brytanii? Od przystąpienia do wojny w Syrii po stronie dyktatury?

Swoboda nie odpowiadała.

– To była dla nich idealna sposobność – ciągnął Patryk. – W końcu mieli okazję, żeby uderzyć bezpośrednio w Europę i zrobić to zupełnie bezkarnie, zrzucając całą winę na dżihadystów. Właściwie nie, nawet więcej: wykorzystując ich do swoich celów.

Nikt nie skomentował.

– Naprawdę was to dziwi? – spytał. – Po tym wszystkim, co działo się w ostatnich latach? Najpierw wojny hybrydowe, zestrzelenie samolotów pasażerskich, anektowanie kolejnych terytoriów, cyberataki na sieci energetyczne, wspieranie sił dążących do zwiększania podziałów w Europie, ingerowanie w amerykańskie wybory... Przecież to wszystko było albo sprawdzianem, na ile mogą sobie pozwolić, albo bezpośrednim wstępem do tego, co stało się teraz.

Swoboda musiała przyznać mu rację. Już konflikt w Gruzji był czerwoną lampką alarmową. Wszystko, co działo się później, stanowiło wypadkową tego, na co świat Rosji pozwolił.

– Sami się o to prosiliśmy – dodał Patryk. – I przypuszczam, że to jeszcze nie koniec. Trojanow sprawdził, jak daleko może postawić kolejny krok. I przypuszczam, że jest zadowolony z efektu.

Teresa rozsunęła dłonie. Przestały się trząść.

– Bo nie ma pojęcia, że wiemy o ustaleniach Tyburskiego – zauważyła.

– Mówi pani, jakby to miało kluczowe znaczenie.

– A nie ma? – zapytała ze zdziwieniem.

– Nie – odparł bez wahania Hauer. – Bo nasza wiedza niczego nie zmienia.

– Mamy przecież twarde dowody, Patryk.

– I co z nimi zrobimy?

Odsunął się od stolika, jakby miał zamiar uderzyć w podłokietniki wózka, a potem gwałtownie się podnieść. Widziała, że buzują w nim emocje, które nie potrafią znaleźć ujścia.

– Oto jest pytanie, prawda? – dodał. – Jakie mamy możliwości? Na co możemy sobie w takiej sytuacji pozwolić?

Wodził wzrokiem od jednego do drugiego, ale nikt nie był gotów zabrać głosu.

– Jeśli to ujawnimy, wyjście będzie tylko jedno – rzucił.

– Wojna – odezwał się Edling.

– Oczywiście. W takiej sytuacji żaden kraj nie może pozostać bierny. Gdyby to zrobił, straciłby rację bytu na arenie międzynarodowej – skwitował Hauer i nabrał głęboko powietrza. – Puszczenie tej informacji w obieg to właściwie wypowiedzenie Rosji wojny.

– Lub też uznanie, że to ona zrobiła to jako pierwsza – zauważył Gerard. – A w takiej sytuacji zareagować musiałyby inne kraje, zgodnie z gwarancjami traktatowymi.

Teresa nie mogła uwierzyć w to, co słyszy. A jeszcze bardziej w to, że wszystko, o czym mówili Patryk i Edling, było zgodne z prawdą. Nie potrafiła wprawdzie wyobrazić sobie, jak polski przedstawiciel występuje z tymi rewelacjami na forum ONZ i NATO, ale z pewnością musiałoby do tego dojść. Przedstawiłby dowody świadczące o udziale Rosjan, a kraje połączone sojuszem z Polską nie miałyby innego wyjścia, jak postąpić zgodnie z tym, do czego wszystkie się zobowiązały.

Swoboda przeszłaby do historii jako pełniąca obowiązki prezydent, która doprowadziła do wybuchu pierwszego dużego konfliktu zbrojnego w Europie od czasów drugiej wojny światowej.

Poczuła nieprzyjemne ciarki na całym ciele i wzdrygnęła się.

– Nie możemy tego ujawnić – powiedziała.

– A jaka jest alternatywa? – włączyła się Milena. – Zachować to dla siebie? Zignorować fakt, że ABW, a więc też premier, o wszystkim wiedziała?

– Udział Chronowskiego w tej chwili...

– Ma znaczenie – przerwała jej Mil. – Ma ogromne znaczenie. I nie mówię o tym, kto wygra wybory, ale o tym, kto będzie rządził tym krajem. I jaki będzie jego kształt. To już nie są partyjne przepychanki i marketingowe gierki.

Brakowało tylko tego, by dodała, że to historyczny moment. I historyczna decyzja.

Wstrzymała się jednak, zanim uderzyła w zbyt pompatyczne tony. Mimo że w tej sytuacji być może okazałyby się całkowicie uzasadnione.

– Jakie jest inne wyjście? – dodała Milena. – Zamieść to pod dywan i pozwolić, żeby Rosjanie dalej czuli się bezkarni? I żeby w przyszłości pozwolili sobie na jeszcze więcej?

– Jeśli to ujawnimy, na nic nie będą musieli sobie pozwalać – zauważył Hauer. – Wybuchnie otwarty konflikt zbrojny.

– Możemy wszcząć mediację, może...

– W sytuacji, kiedy zabili nam prezydent i dwóch marszałków?

– Posłuchaj, Patryk...

– Tu nie ma miejsca na półśrodki, Mil. Jeśli decydujemy się to nagłośnić, wyjście jest tylko jedno.

– Bzdura. Wbrew temu, co twierdzisz, światem nie rządzą chwytliwe hasełka ze *Sztuki wojny*, ale przede wszystkim pragmatyzm. Trojanow zrobi wszystko, by nie doszło do konfliktu, pójdzie na każde ustępstwa, byle…

– Zakładasz, że weźmie odpowiedzialność – przerwał jej Hauer. – A zapewniam cię, że będzie inaczej. Machina propagandowa pójdzie w ruch i…

Urwał, kiedy Teresa uderzyła dłońmi o blat i się podniosła.

– Wystarczy – powiedziała. – Widzę tylko jedno wyjście.

– Jakie? – rzuciła z powątpiewaniem Mil.

– Ujawnić część, ale nie wszystko.

– To znaczy?

– Zaczniemy od notatki, w której…

– Nic konkretnego nie ma.

– Nie szkodzi – odparła oschle Swoboda. – Od niej jedynie zaczniemy, a potem nagłośnimy fakt, że jeden z oficerów ABW wiedział o planowanym zamachu i nikogo nie ostrzegł.

Patryk na powrót przysunął się do stołu i przypatrując się Teresie, zmarszczył czoło.

– Chce pani sprzedać to jako zaniedbanie, a nie celowe działanie?

– Tak. To jedyne wyjście.

– A jak dziennikarze zaczną pytać o Reglińskiego? – włączyła się Milena. – Albo gorzej, jak śledczy zaczną go przesłuchiwać i drążyć, skąd miał informację o zamachu?

– Sytuacja jest do opanowania.

– Wskaże na rozmowy z Jarcewem – kontynuowała żona Hauera. – I o ile pierwszego być może uda się czymś przekupić, o tyle drugiego już niekoniecznie. Kiedy nasi go przycisną…

– Nie wiemy nawet, gdzie jest – zaoponowała Teresa. – I przypuszczam, że się nie dowiemy, bo jeśli ten człowiek jest profesjonalistą, dawno zaszył się gdzieś na Syberii.

Milena pokręciła głową.

– To niewykonalne – oceniła. – Takie postępowanie sprawi, że zupełnie stracimy inicjatywę. I prędzej czy później wszystko wyjdzie na jaw.

– Nawet jeśli, to nie jako oficjalny komunikat władz państwowych.

– I wydaje się pani, że to coś zmieni?

– Zmieni wszystko. Wtedy taka informacja będzie jedną z wielu pogłosek, które można będzie łatwo zdementować.

– Powinna pani poczytać Volkoffa.

– Doprawdy?

– Zwykł mawiać, że o dementi szybko się zapomina, ale o kłamstwach się pamięta. W przypadku prawdy rozdźwięk jest jeszcze większy.

Swoboda już otwierała usta, by wyjść z ripostą, ale się nie odezwała, wbijając wzrok w Gerarda Edlinga. Trwał w bezruchu, wpatrując się w jakiś punkt za oknem. Zupełnie jak wtedy, gdy znalazł się tutaj po raz pierwszy i niemal nie rozpoznawał świata, do którego wrócił.

– Panie Edling?

Wyrwało go to z zamyślenia. Popatrzył na marszałek sejmu, ściągając brwi.

– Tak? – spytał.

– Dość długo pan milczał.

– Zamyśliłem się.

– I wynikło coś z tego?

– Być może – przyznał, a potem jeszcze raz zerknął na zieleń za oknem. – Zastanawia mnie jedna rzecz, a mianowicie to, że nikt nie przeszkodził nam w spotkaniu w radomskim ogrodzie.

Swoboda wzruszyła ramionami, nie rozumiejąc, do czego zmierza.

– Mieliście szczęście – powiedziała.

– Aż za duże.

– To znaczy?

– Arkadiusz z pewnością jest pod stałą obserwacją służb. Musiały wiedzieć, że do niego dotarliśmy, i tylko kwestią czasu było, nim przeszkodzą nam w spotkaniu. Tymczasem nikt się nie zjawił. Ani wtedy, ani teraz.

– I co w związku z tym?

– Tak nie powinno być – odparł z przekonaniem. – Premier powinien zareagować od razu, w końcu nie tylko jego kariera, ale także jego wolność wisi na włosku. Jeden ruch z państwa strony, a trafi do więzienia na resztę życia.

Zebrani spojrzeli po sobie.

– Coś pominęliśmy – dodał Edling. – Coś, co sprawia, że nie rozumiemy, o co tak naprawdę tutaj chodzi.

Swoboda okrążyła stół i stanęła obok niego. Patrzyła mu długo w oczy, a on nawet na moment nie uciekł wzrokiem, zupełnie jakby chciał pokazać, że jest pewny swoich słów.

– Sądzi pan, że się pomyliliśmy?

– Tak.

– Co do Rosjan?

– Co do wszystkiego – odparł Gerard.

Pewność w jego głosie i oczach była niezachwiana.

Rozdział 12

Decyzja, by czekać na rozwój wydarzeń, była jedną z najtrudniejszych, jakie Hauer kiedykolwiek podjął. Ostatecznie jednak nie mieli innego wyjścia, a po kilku dniach stało się jasne, że Edling miał rację.

Arek Tyburski wciąż pracował w urzędzie wojewódzkim. Nikt nie przeniósł go w inne miejsce, nikt nie wezwał na przesłuchanie. Do Mileny i Patryka nie zgłosili się mężczyźni w ciemnych garniturach, a Gerardem wciąż nikt się nie interesował.

Oznaczało to, że albo Chronowski nie ma pojęcia o tym, do czego dotarli, albo rzeczywiście pomylili się w ocenie sytuacji.

Pierwsza opcja była właściwie niemożliwa. Przy zaangażowaniu służb i wszystkich narzędzi, jakie miał do dyspozycji, premier musiał śledzić rozwój wypadków. Druga możliwość wydawała się jednak równie nieprawdopodobna.

Gdzie mogliby się pomylić? W jaki sposób mogliby dać się oszukać? Wszystko zdawało się w końcu ułożyć w logiczną całość, wszelkie wątpliwości zostały rozwiane. A mimo to Hauer miał coraz silniejsze poczucie, że brakuje w tym jakiegoś elementu. Elementu, który sprawiłby, że wszystko zobaczą w innym świetle.

Z tego względu wraz z Mileną i Swobodą postanowili w tej chwili niczego nie ujawniać. Wyszli z założenia, że

Chronowski jest na to przygotowany, być może nawet liczy na reakcję z ich strony. Żadne z nich nie mogło oprzeć się wrażeniu, że premier stara się ich w coś wmanewrować.

Kontynuowali więc wcześniejszą strategię. Hauer niemal nie przestawał pokazywać się w mediach, korzystał z każdej *photo op* i uderzał w obóz rządzący, gdy tylko nadarzyła się ku temu sposobność.

Milena dbała o to, by wyborcy mogli śledzić wszystkie jego aktywności na HauerHubie – nie tylko te związane z działalnością polityczną. Zaczynało się niewinnie, od snapa śniadaniowego, po czym żona nagrywała go podczas ćwiczeń rehabilitacyjnych, przeglądania prasy czy dojazdów do kolejnych redakcji na wywiady.

Szybko zaczął odnosić wrażenie, jakby cofnął się o niemal dwadzieścia lat i brał udział w pierwszej edycji *Big Brothera*. Brakowało tylko, by ktoś co tydzień czy dwa zapraszał pozostałych uczestników tej politycznej przepychanki do pokoju zwierzeń i pytał o nominacje.

Patryk czuł, jak sfera jego prywatności się kurczy, i nie opuszczało go przekonanie, że jeśli jakimś cudem uda im się odwrócić trend sondażowy i wygrać wybory, przyszłość będzie rysowała się w jeszcze mniej optymistycznych barwach.

Na zwycięstwo jednak się nie zapowiadało. Pedep zwiększał przewagę, głównie dzięki temu, że forsowanie teorii spiskowej przez Hauera zaczęło stawiać go w niekorzystnym świetle. Przychylne mu media traktowały te rewelacje z przymrużeniem oka, a te z przeciwnej strony barykady robiły z niego szaleńca.

Niemal każdego wieczoru przed udaniem się do swoich sypialni rozważali z Mileną, czy postępują właściwie. Dziś także kultywowali tę nową, świecką tradycję.

– Przerżniemy, jeśli tego nie ujawnimy – odezwała się.

Siedzieli w kuchni, oboje wlepiając wzrok w nietknięte jaglotto na słodko. Danie było dość proste, zawierało jedynie kaszę jaglaną, kawałki mango, trochę rodzynek i po łyżce miodu i oliwy z oliwek. Smakowało wybornie, ale tego wieczoru Hauerom apetyt nie dopisywał.

– Słyszysz? – dodała Mil.

– Aż zbyt wyraźnie.

– W takim razie powinno ci to dać do myślenia. Bo to chyba pierwszy raz, kiedy mówię o perspektywie przegranej.

Miała rację. Nie mógł przypomnieć sobie, by zrobiła to kiedykolwiek wcześniej. Od pewnego czasu jednak się na to zanosiło, bo po rozmowie w Ogrodzie Zimowym uparcie forsowała pomysł ujawnienia przynajmniej niektórych informacji.

– Chcesz przerżnąć, Patryk?

Uznał, że nie musi odpowiadać na to pytanie, i zaczął wyjadać kawałki mango.

– Zróbmy wrzutkę z notatką – ciągnęła. – Dajmy do zrozumienia, że ABW wiedziała o planowanym zamachu. W najgorszym wypadku rozejdą się pogłoski jak te z Rooseveltem i Pearl Harbor czy Bushem i atakiem na WTC. W najlepszym...

– Dziennikarze pójdą tym tropem, co ostatecznie doprowadzi do eskalacji napięcia na arenie międzynarodowej i...

– Nie serwuj mi retorycznych formułek.

– Mówię tylko, że możemy w ten sposób rozpętać piekło.

– Nie dojdzie do tego. Chronowski utrzyma swoich ludzi w ryzach i nie pozwoli, żeby opinia publiczna dowiedziała się czegoś więcej. Będzie kontrolował sytuację.

– Mam wrażenie, że on cały czas to robi – odparł cicho Patryk. – I że z jakiegoś powodu liczy na to, że wyskoczymy z tymi rewelacjami.

– To bez sensu. Co miałby na tym ugrać?

– Nie wiem, ale Edling ma rację, twierdząc...

– Edling go demonizuje.

– Tak? – spytał z powątpiewaniem Hauer. – W takim razie dlaczego służby nam nie przeszkodziły? Dlaczego nikt nie próbował nas uciszyć? Naprawdę wierzysz w to, że Chronowski po prostu się zagapił?

Nie zdążyła odpowiedzieć, bo rozległ się dzwonek telefonu Patryka. Sięgnął po smartfon od razu, licząc na to, że dzięki temu zakończy tę rozmowę. Kiedy zobaczył, kto próbuje się z nim skontaktować, był już tego absolutnie pewien.

Spojrzał na żonę, a potem obrócił ku niej wyświetlacz.

– Chronowski? – spytała z niedowierzaniem. – Czego on od ciebie chce?

– Zaraz się przekonamy.

Rozmowa nie trwała długo. Adam dzwonił właściwie tylko po to, by oznajmić, że za pół godziny będzie w Autonomii i poczeka tam na Hauera góra kwadrans. Potem wraca do kancelarii, gdzie ma zamiar spędzić noc.

Nie było czasu ani na pytania, ani na deklarację, że Patryk się zjawi. Przekazawszy, co miał do przekazania, Chronowski się rozłączył. Zdawał sobie sprawę, że Hauer z czystej ciekawości stawi się we wskazanym miejscu.

Biały van zatrzymał się pod Autonomią dwadzieścia minut po telefonie. Patryk wjechał do środka, powitał zdawkowym skinieniem kelnerkę, a potem skierował się prosto do stolika, przy którym siedział premier.

Chronowski dopijał kawę i jadł najbardziej klasyczny ze wszystkich deserów, „NATO na bogato". Hauer zamówił podwójne espresso i wahał się między „RODO-wnikiem", zupełnie nowym ciastem miodowym z masą kajmakową, którego jeszcze nie próbował, a „MAKowcem Anodiny", który dobrze znał. Ostatecznie jednak zrezygnował z deseru.

– Zjadłbyś coś – poradził Adam. – Nikniesz w oczach.

Hauer wyprostował się nieco.

– A przynajmniej tak to wygląda w mediach. Jesteś, a jakby cię, kurwa, nie było.

– Masz mi coś konkretnego do powiedzenia? Czy...

– Nie mam. Chciałem sprawdzić, czy zjawisz się na moje zawołanie.

Patryk patrzył mu prosto w oczy, nie mając zamiaru wdawać się w utarczki słowne. Było już późno, miał za sobą cały dzień wypełniony polityczno-marketingową harówą. Ostatnim, czego chciał, było boksowanie się na słowa z Chronowskim.

Poza tym wiedział, że musi poczekać jedynie chwilę, by dowiedzieć się, w czym rzecz.

– Nic nie odpowiesz?

– Mógłbym, ale musiałbym sięgnąć po dość wyświechtany tekst Lindy z *Psów* Pasikowskiego.

Adam uśmiechnął się, nie otwierając ust.

– Nie chce ci się ze mną gadać, Hauer? – spytał i parsknął. – Czy może raczej opadasz z sił na finiszu?

– Do mety jeszcze długa droga. A sił mi nie brakuje.

– Długa? – zapytał premier. – Zostało nam parę dni do ciszy wyborczej. To już ostatnia prosta, człowieku.

– Wiele się może na niej zdarzyć.

– Taa...

Chronowski wrzucił do ust stanowczo zbyt duży kawałek ciasta i musiał przeżuwać z otwartymi ustami. Nie odrywał przy tym spojrzenia od Patryka.

– W normalnych okolicznościach przyznałbym ci rację – wymamrotał. – Ale zobacz, co się dzieje. Zapierdalasz jak wół, a sondaże w dół.

Żaden z nich nie silił się na przekonywanie drugiego o zasadności lub bezsensowności badań opinii publicznej. Zarówno Pedep, jak i UR zlecały własne sondaże i Hauer przypuszczał, że wszystkie potwierdzają trend, który rysował się także w publicznych badaniach.

– Potrzebujesz odbicia – dodał premier.

– I ty mi w tym pomożesz?

– Nie, ja docisnę cię tak, że już nie wstaniesz.

Spojrzał z pogardą na wózek, jakby chciał zasugerować, że ta uwaga nie była do końca przenośnią.

– Swoją drogą, jak rehabilitacja?

– Całkiem nieźle – odparł Patryk obojętnie. – A twoja?

– Mnie nic nie dolega.

– Racja. Skurwysyństwo to nie choroba, tylko cecha wrodzona.

– Mylisz je ze skutecznym działaniem, Hauer. Robię, co trzeba, żeby wyprowadzić ten kraj na prostą.

Patryk zaśmiał się pod nosem i rozejrzał wokół. Gdyby znajdowali się w jakiejkolwiek innej restauracji, do tej pory połowa bywalców robiłaby im zdjęcia, a pozostała część próbowałaby zagadać, zrobić sobie selfie lub dostać autograf. Autonomia zapewniała jednak absolutną prywatność – nawet podczas spotkania na szczycie, kiedy rozmawiało ze sobą dwóch polityków, od których w tej chwili zależało w kraju najwięcej.

– Jedyne, co osiągniesz, to doprowadzenie nas do anarchii – rzucił Hauer.

– Do niej nam daleko.

– Poczytaj Lewisa – poradził Patryk.

– W przeciwieństwie do ciebie wyrosłem już z *Opowieści z Narnii*.

– Nie tego Lewisa. Dziennikarza, eseistę i prawnika, Alfreda Henry'ego Lewisa. Już na początku dwudziestego wieku pisał o zasadzie dziewięciu posiłków.

Chronowski zebrał okruchy ciasta na skraj talerzyka, a potem poślinił palec i zaczął je wyjadać.

– Ludzi w dobrobycie od stanu kompletnej anarchii dzieli tylko dziewięć posiłków – kontynuował Patryk. – Wystarczy, by zostali zmuszeni je opuścić, a zwrócą się przeciwko sobie, żeby zaspokoić potrzeby.

– Aha.

– Tak niewiele trzeba – dodał Hauer.

– Tyle że dzięki mnie zawsze będą mieli co do gęby włożyć.

– To metafora.

Adam rozłożył ręce.

– Ja też nie mówię dosłownie – zastrzegł, a potem skinął na kelnera i poprosił o rachunek.

Hauer czekał, aż premier podejmie temat, dla którego się spotkali. Wciąż nie rozumiał, do czego ta rozmowa miała prowadzić, ale jedno było pewne – Chronowski nie ściągnął go tutaj tylko po to, żeby wymieniać się docinkami.

Mimo to nie miał zamiaru dopytywać. Ostatnim, czego chciał, było dawanie Adamowi satysfakcji.

– W domu wszystko okej? – rzucił premier, wypatrując pracownika obsługi z terminalem płatniczym.

Hauer nie odpowiadał.

– Ostatnimi czasy trochę się ścieracie z Mileną, co? Jakbyście byli na dwóch przeciwstawnych biegunach.

– Zmierzasz do czegoś konkretnego?

– Do tego, że może dobrze zrobiłaby ci przerwa od polityki. A jej wręcz przeciwnie.

Patryk westchnął. Co jakiś czas w mediach ktoś podnosił ten temat, twierdząc, że to żona Hauera sprawdziłaby się lepiej w walce politycznej i poprowadziła Unię Republikańską do zwycięstwa. Nie było to niczym nowym. Podobnie mówiło się o Michelle Obamie czy swego czasu o Hilary Clinton.

– Z pewnością zrobiłaby w polityce furorę – odparł Patryk. – Tyle że ma wystarczająco dużo rozsądku, żeby nie pchać się na grząskie piaski.

– A ja chcę cię z nich wyciągnąć, Hauer.

– Doceniam twoją troskę.

– Więc doceń też propozycję, którą chcę ci złożyć.

Kiedy zjawił się kelner z terminalem, Adam na moment urwał. Zapłacił, po czym podniósł się, oparł o stół dwiema rękami i spojrzał z góry na Hauera. Nachylił się tak bardzo, że Patryk poczuł gryzący zapach jego wody po goleniu.

– Dam ci ostatnią szansę – oznajmił. – I to wyłącznie dlatego, że współczuję ci tego wszystkiego, przez co przechodzisz. – Poklepał oparcie wózka i wrócił do poprzedniej pozycji. – Czy raczej przejeżdżasz.

– Ciebie przejadę, Adam. I to tak, że zostanie z ciebie jedynie…

– Będziesz miał okazję spróbować, bo chcę, żebyśmy zorganizowali ostatnią debatę.

– Co?

– Jedno ostatnie starcie przed wyborami. Wielki finał kampanii – oznajmił premier i się wyprostował. – Co ty na to? Gotów?

Hauer zmrużył oczy, przyglądając się rozmówcy.

– Ostatnim razem twoim warunkiem było to, że debata miała być tylko jedna.

– Wtedy miałem pewne wątpliwości. Teraz ich nie mam.

– Co do czego?

– Co do tego, czy nie okażesz się zbyt groźnym przeciwnikiem.

– Mhm.

– Od tamtej pory utwierdziłem się w przekonaniu, że nie – oznajmił Chronowski i zerknął w kierunku wyjścia. – I wiem, że mogę tylko na tym zyskać. Więc jak będzie? Dasz się zaorać w ostatniej debacie czy chcesz zakończyć swoją karierę polityczną bez huku?

– Jedyną rzeczą, którą zakończę, będzie ta żenada, jaką są twoje rządy.

Adam klasnął cicho.

– W takim razie zgoda? – spytał, ale nie czekał na odpowiedź. – Nasze sztaby dogadają szczegóły.

Żadnych konkretów, żadnych warunków, żadnych wstępnych zastrzeżeń. Nie dość, że Chronowski wyskoczył z tą propozycją jak diabeł z pudełka, to jeszcze zdawało się, że jest gotów zrealizować ją bez względu na wszystko.

Kiedy zostawił Hauera samego, Patryk próbował zrozumieć, co kierowało premierem. W przeciwieństwie do tego, co mówił, na debacie mógł tylko stracić. W tej chwili miał coraz lepsze notowania i nawet spektakularne zwycięstwo nie zmieniłoby przesadnie sytuacji.

Porażka jednak z pewnością tak. Ryzykowanie, że do niej dojdzie, wydawało się zupełnie niepotrzebne i nieprzemyślane.

A jednak Hauer nie miał wątpliwości, że premier zrobił to nie bez powodu. Miał coś na niego. Coś wyjątkowo mocnego. Być może coś, o czym sam Patryk nie wiedział.

Była to dziwna, niepokojąca myśl, ale jednocześnie wydawała się całkiem logiczna.

Wciąż się nad tym zastanawiając, zamówił sobie tutejszy sernik o niespecjalnie kuszącej nazwie „Ser Najwyższej Izby

Kontroli", a potem zadzwonił do Mileny z nadzieją, że ona będzie miała pojęcie, w co gra Chronowski. Długie milczenie z jej strony uświadomiło mu, że jest równie zbita z tropu jak on.

– Był cholernie pewny siebie – dodał Patryk. – Jakby już wygrał tę debatę.

– Musi stwarzać pozory.

– To było coś więcej niż pozory, Mil.

– Co?

– Głębokie przekonanie.

Przez chwilę oboje milczeli, a Hauer odkrawał kolejne kawałki ciasta i przesuwał na je bok talerzyka.

– Co może mieć? – spytała w końcu żona. – Co mogłoby ci tak bardzo zaszkodzić?

– Nie wiem.

– W porządku... – spasowała w końcu. – Podejdźmy do tego od drugiej strony. Jak mógłby zdobyć cokolwiek kompromitującego na twój temat?

Patryk ostatecznie nabił kawałek sernika na widelczyk i zaczął zastanawiać się nad tym, czy służby byłyby w stanie znaleźć coś, dzięki czemu Chronowski wygrałby ostatnie starcie wyborcze.

– Widzę tylko dwie możliwości – dodała po chwili Milena. – Albo ktoś zaufany cię zdradził, albo Adam coś spreparował.

– Druga opcja odpada, szybko byśmy to obalili. Zresztą już to przetestował przy swojej wersji teorii spiskowej – odparł spokojnie Hauer. – Pierwsza możliwość właściwie też jest wykluczona.

– Dlaczego?

– Bo nawet zaufani ludzie nie wiedzą o mnie niczego, co mogłoby mi aż tak zaszkodzić.

– Mimo to ktoś mógł nas zdradzić.

– Kto? I w jaki sposób?

Milena przez chwilę zastanawiała się nad odpowiedzią.

– Jest kilka takich osób – powiedziała w końcu.

– Nawet jeśli, nikt nic na mnie nie ma.

– Chyba że sam o tym nie wiesz.

Znów ta myśl. Natrętna, absurdalna, ale jednak w jakiś sposób uzasadniona. Podczas gdy Patryk próbował ją oswoić, jego żona podniosła wibrujący drugi telefon. Zaczęła czytać wiadomość, którą otrzymała, ale najwyraźniej nie miała zamiaru porzucić wcześniej podjętego wątku.

– Chronowski nie ryzykowałby, gdyby nie był pewien, że...

Zawiesiła głos, a Hauer cierpliwie czekał, aż dokończy. Zdążył zjeść kawałek ciasta, ale ona wciąż się nie odzywała.

– Mil?

– Musimy odłożyć tę sprawę na później – oznajmiła poważnym tonem.

– Nie stać nas na to, żeby...

– Mamy w tej chwili inny problem, Patryk.

Nie był pewien, czy chce wiedzieć jaki.

Rozdział 13

Idąc do limuzyny czekającej pod Autonomią, Chronowski starał się nie myśleć o tym, co zrobił. Każdy, nawet niespecjalnie obeznany doradca polityczny natychmiast wybiłby mu to z głowy.

Po tym, jak jeden z BOR-owców zamknął za nim drzwi, Adam wyciągnął telefon i napisał krótkiego esemesa. „Zrobione".

Nie musiał czekać długo, aż Ivan się odezwie.

– Hauer zgodził się bez wahania? – spytał.

– Tak.

– Postawił jakieś warunki?

– Nie – odparł Adam. – Doskonale wie, że to jego jedyna szansa.

Rozmówca przez moment milczał.

– Ale nie wie, że to będzie jego gwóźdź do trumny – odparł w końcu.

Mimo że w głosie drgała jedynie mechaniczna obojętność, Chronowski nie mógł oprzeć się wrażeniu, iż rozmówca czuje niewypowiedzianą satysfakcję. Po raz kolejny zastanowił się nad tym, kim jest ten człowiek. Komu Hauer tak bardzo zaszedł za skórę, że ta osoba chciała go zniszczyć?

– Jesteś pewien? – spytał Adam.

Po prawdzie nie liczył na odpowiedź – i się jej nie doczekał. Rozmówca odezwał się dopiero po chwili, kiedy rządowe audi A8 pędziło już w kierunku kancelarii premiera.

– To będzie jego koniec – oświadczył Ivan. – Jego i całego UR. Upadnie połowa sceny politycznej.

Chronowski wyjrzał za okno i powiódł wzrokiem po pustych, oświetlonych ulicznymi lampami chodnikach.

– W jaki sposób? – zapytał.

– Dowiesz się w swoim czasie.

– Wolałbym…

– Dopiero przed wejściem do studia – uciął Ivan. – Dostaniesz wiadomość tekstową zawierającą wszystko, co musisz wiedzieć.

– To za późno. Muszę się przygotować.

– Nie.

– Nie rozumiesz – nie dawał za wygraną Chronowski. – To nie jest tak, że mogę sobie, kurwa, improwizować. Każdy gest będzie się liczył, każde spojrzenie…

– Nie unoś się.

Adam spojrzał na swoje odbicie w szybie i uświadomił sobie, że zaciska mocno usta. Protekcjonalny ton działał mu na nerwy, ale jeszcze bardziej świadomość tego, że posłusznie tańczy do melodii granej przez tego człowieka.

– Rób, co mówię, a zniszczysz Hauera.

– Posłuchaj…

– Nie będziesz potrzebował czasu na przygotowania – uciął rozmówca. – Ten jeden esemes wystarczy ci do całkowitego zwycięstwa. Wystarczy, że go przeczytasz.

Premier nie miał pojęcia, co tak znaczącego mogłaby zawierać wiadomość. Jeśli jednak Ivan do tej pory udowodnił cokolwiek, to właśnie to, że należało mu ufać.

Rozdział 14

Tąpnięcie. Hekatomba. Katastrofa i całkowity upadek. Media prześcigały się w wyszukiwaniu kolejnych określeń po klęsce UR w ostatnim sondażu i wydawało się, że nawet najdosadniejszy epitet nie będzie chybiony.

Hauer spodziewał się tego już po tym, gdy Milena oznajmiła mu, jaki mają kłopot.

Publikacja ukazała się na łamach „Newsweeka", co większości wyborców kazało sądzić, że nie jest kaczką dziennikarską, ale rezultatem skrupulatnie prowadzonego dziennikarskiego śledztwa.

Fakt ten zdawały się potwierdzać statystyki. Przeszukano tony akt w IPN-ie, przepytano dziesiątki świadków, zweryfikowano setki zeznań i pozbierano wszystkie okruchy informacji, tak by powstał z nich jasny obraz.

Milena dostała cynk jeszcze przed publikacją. Podobnie jak inne ugrupowania, także UR starała się wchodzić w układy ze stażystami, praktykantami, pracownikami drukarni czy ludźmi zatrudnionymi w dystrybucji, by zawczasu wiedzieć o czymś, co może im zaszkodzić.

Tak niewątpliwie było w przypadku tego materiału. Ukazał się z samego rana, a już zamówiony wieczorem sondaż potwierdzał, że artykuł znacząco wpłynął na notowania Unii Republikańskiej.

Tuż po publikacji Swoboda wezwała Patryka do Pałacu Prezydenckiego. Stawił się tam jak najszybciej, licząc na to, że tym razem nie spotkają się w Ogrodzie Zimowym. Miał go serdecznie dosyć.

Teresa czekała na niego w największym reprezentacyjnym pomieszczeniu – Sali Kolumnowej. Siedziała pod jednym z obrazów na niewielkiej ozdobnej sofie, która bardziej pasowała do wersalskiego muzeum niż siedziby głowy państwa.

Sala była pusta, choć jeszcze godzinę temu Swoboda wręczała w niej nominacje sędziowskie. Uroczystość odbębniła szybko, czasu na pytania nie przewidziała. Zdawała sobie sprawę, że wszystkie dotyczyłyby tylko jednego wątku – tego, którego od momentu publikacji „Newsweeka" starała się uniknąć.

Hauer podziękował funkcjonariuszowi BOR-u, który wprowadził go do sali, a potem podjechał do Teresy. Jeśli marszałek sejmu w ogóle odnotowała jego obecność, to nie dała tego po sobie poznać. Siedziała w bezruchu, lekko pochylona, ze wzrokiem wbitym przed siebie.

Patryk poczekał cierpliwie, aż Swoboda wróci do rzeczywistości. Powitała go bladym, pozbawionym wesołości uśmiechem, a on dostrzegł na siedzisku obok niej najnowszy numer „Newsweeka".

Na okładce znajdowała się jej twarz, a obok duży nagłówek: „TW »LOLA«".

– To prawda? – spytał.

– Nie, ale jakie to ma znaczenie?

Pytanie było retoryczne i przypomniało Hauerowi o tym, co pisał Volkoff. O dementi szybko się zapomina, kłamstwa się pamięta.

– Nigdy pani nie współpracowała?

– Błagam cię, Patryk...

– Nigdy nic pani nie podpisała?

– Nie.

– I nie jest pani matką Kitlińskiej?

Teresa uciekła wzrokiem, a on starał się nie potraktować tego jako najbardziej oczywistej odpowiedzi. W publikacji fakty zdawały się mówić same za siebie – TW „Lola" pojawiła się jakiś czas temu w mediach jako matka Anity. Nikt nie znał szczegółów, nie wiedziano nawet, skąd pochodzi ta informacja ani jaka jest tożsamość kobiety. Znano tylko pseudonim nadany jej przez Służbę Bezpieczeństwa.

Aż do ukazania się dzisiejszego artykułu. Dziennikarze dowodzili, że „Lola" to w istocie Teresa Swoboda, która w początkowym okresie PRL-u miała donosić na swoich współtowarzyszy w podziemiu.

Autorzy publikacji skupili się na tym wątku, nie drążąc spraw osobistych, ale niemal natychmiast pojawił się cały tabun dziennikarzy skłonnych wyeksploatować wątek prywatny. Zaczęli grzebać w przeszłości zarówno Swobody, jak i Kitlińskiej. I już po południu na blogach i portalach informacyjnych pojawiły się doniesienia o tym, że Teresa rzeczywiście zaszła w ciążę, a potem wedle jednej wersji oddała dziecko siostrom zakonnym, a wedle innej po prostu porzuciła.

Ci, którzy forsowali ten drugi wariant, podkreślali, że właśnie tak wyglądają rozwiązania *pro-life* Unii Republikańskiej.

Hauer nie doczekał się odpowiedzi na swoje pytanie. Chyba że jako taką mógł potraktować ciszę.

Odchrząknął znacząco, a Swoboda skupiła na nim wzrok.

– To teraz nieistotne – powiedziała.

– Wręcz przeciwnie.

– Muszę zająć się obalaniem zarzutów o tajną współpracę, a potem…

– To nic nie da.

Potrząsnęła głową, jakby powiedział coś, czym dogłębnie ją uraził.

– Nawet jeśli uda się pani wykazać, że to nie pani podpis, a notatki oficerów SB zostały przez nich spreparowane, by panią skompromitować, to…

– To co? Nie wystarczy?

– Nie – odparł z przekonaniem Hauer.

Nie miał najmniejszych wątpliwości. Przegadali całą sytuację z Mileną i oboje byli zgodni co do możliwych rezultatów.

– Jeśli potwierdzi się wątek z Kitlińską, nic innego nie będzie miało znaczenia – dodał. – Nie przepchnie pani w mediach wersji, że artykuł jest w połowie prawdziwy, a w połowie nie. To się po prostu nie sprawdzi.

Ona także musiała doskonale zdawać sobie z tego sprawę. Wiedziała, że aby zbudować kompromitujący materiał, wystarczało wymieszać nieco prawdy i kilka kłamstw. Z tak przygotowanej mikstury nie sposób było odłowić później tego, co wymyślone, od tego, co prawdziwe. Wszystko przylegało do osoby, na którą się ją wylało.

– Albo obali pani wszystko, albo nic.

Teresa zaniosła się suchym kaszlem.

– I jak przypuszczam, ta sprawa z Kitlińską będzie raczej trudna do zdementowania.

– Tak.

– Więc…

– To prawda – przyznała w końcu półgłosem.

Patryk miał świadomość, że to ciche wyznanie będzie odbijało się w jego głowie echem przez długie lata. Stanowiło nic innego jak ostatnie tchnienie politycznej kariery Teresy Swobody. Jego mentorki, kobiety, która wprowadzała go do polityki, pomogła mu się w niej odnaleźć i wspierała go, jak tylko mogła.

Teraz była skończona. Jeden trup w szafie, jedna tajemnica z przeszłości – tyle wystarczało, by dobudować do tego coś więcej i sprawić, że cała przyszłość została przekreślona.

Gasnąca wola walki w oczach Teresy to potwierdzała.

– Może powinnam to wziąć na siebie… – rzuciła ni stąd, ni zowąd.

– Co takiego?

– Całą tę sytuację – odparła, potrząsając głową. – Może powinnam ujawnić, do czego dotarliśmy, i wziąć na siebie wszystkie konsekwencje. I tak nie pogorszę już swojej pozycji.

– Obawiam się, że to tak nie działa.

Miała tego pełną świadomość, mimo to z pewnością przynajmniej przez kilka nieprzespanych nocy rozpaczliwie szukała drogi wyjścia z impasu. Z jednej strony jako głowa państwa nie miała prawa zachowywać ich odkryć dla siebie, z drugiej wyjawienie ich doprowadziłoby do międzynarodowej katastrofy.

– Konsekwencje odczułby każdy, nie tylko pani – dodał Hauer. – A rezultatów nie sposób objąć rozumem.

Teresa zakryła usta, jakby potrzebowała kaszlnąć, ale w ostatniej chwili zdusiła odruch.

– Nie bez powodu wojna rządzi się bardziej infantylnymi prawami niż kłótnie dzieci w piaskownicy – dorzucił.

– Może.

– Na pewno – podkreślił Hauer. – W pierwszym wypadku na usprawiedliwienie wystarczy powiedzieć „to on zaczął". W tym drugim nie.

Zastanowiła się nad tym przez moment, a potem po jej twarzy przebiegł nikły, niemal niezauważalny uśmiech.

– Cóż… – odezwała się. – Jedno wiemy na pewno.

– Co takiego?

– To, że ktokolwiek stoi za zamachem, odpowiada także za to, co przydarzyło się Biancziemu, Kitlińskiej i mnie.

– Ktokolwiek? – spytał niepewnie Patryk. – Mamy przecież dowody, że to Rosjanie.

– Albo tylko wydaje nam się, że je mamy.

Oderwała wzrok od jego oczu i zawiesiła go na gigantycznym złotym żyrandolu górującym nad Salą Kolumnową. Hauerowi wydawało się, że w całej Warszawie próżno szukać większego.

– Gerard ma rację, że to wszystko jest pozbawione sensu – dodała. – I że nie widzimy tego, co naprawdę się dzieje.

– A co się według pani dzieje?

– Nie wiem. Na Boga, nie mam najmniejszego pojęcia – przyznała, wciąż z uniesioną głową. – Ale jasne jest dla mnie, że Chronowski albo jest tego częścią, albo czyjąś marionetką. I że debata z nim to najgorsze, co możesz teraz zrobić.

– Nie mam wyjścia.

– Masz. Doszło już do waszego bezpośredniego starcia, obaj oznajmiliście wtedy, że kolejnego nie będzie. Możesz się tego trzymać, nikt nie będzie ci robił z tego powodu żadnych wyrzutów.

– Wyrzutów nie, ale Chronowski skorzysta z okazji, żeby zarzucić mi tchórzostwo.

– Lepsze to niż kompromitacja.

– Nie spodziewam się kompromitacji – odparł stanowczo.

– Bo nie wiesz, co na ciebie szykuje.

– To bez znaczenia.

Swoboda opuściła wzrok.

– Jeśli ma coś mocnego, wykorzysta to tak czy owak – kontynuował Hauer. – Pójdzie z tym do mediów, a ja w takiej sytuacji nie będę miał okazji, by od razu odpowiedzieć.

– Może to i lepiej. Będziesz miał za to możliwość, żeby się zastanowić.

– Do tego czasu przylgnie to do mnie tak, jak obecna sprawa do pani.

Mogła zaoponować, ale oboje wiedzieli, że ma rację.

– Poradzę sobie – zapewnił.

– Jesteś pewien?

– Tak. Będę dobrze przygotowany, zapewniam.

– Na co, Patryk? – spytała. – Na co?

Nie potrafił udzielić odpowiedzi. I obawiał się, że tylko jedna osoba ją zna – ta, z którą miał się zmierzyć.

Poczucie całkowitej niemocy stawało się coraz wyraźniejsze i doskwierało mu bardziej niż świadomość, że notowania UR lecą na łeb na szyję w sondażach. Emocje wzbierały od jakiegoś czasu, ale na dobrą sprawę dopiero teraz zdawały się osiągnąć punkt wrzenia.

Może wynikało to z kolejnych ciosów, przed którymi nie mogli się bronić, a może z faktu, że tym razem atakowano nie jego, ale Teresę Swobodę. Ikonę opozycji i w jego przekonaniu najlepszą promotorkę udziału kobiet w polityce. Osobę, którą traktował właściwie nie jak polityczną patronkę, ale jak członka rodziny.

– Muszę się z nim zmierzyć – rzucił.

Swoboda nabrała głęboko tchu, a potem obróciła się do niego i machinalnie położyła mu rękę na kolanie, jakby miała zamiar wygłosić litanię matczynych porad.

– Wiesz, że w pewnym momencie sama sięgnęłam po *Sztukę wojny* Suna Zi? – spytała.

Hauer nie odpowiedział.

– Uznałam, że skoro wyznacza ci drogę polityczną, powinnam chociaż raz ją przeczytać – kontynuowała niezrażona. – Jest tam sporo chwytliwych rzeczy, niektóre właściwie tylko dobrze brzmią, inne rzeczywiście mogą się przydać. Spośród tych drugich kilka sobie wypisałam.

Patryk, wciąż milczący, spuścił głowę, a Swoboda sięgnęła po telefon i umieściła go na swoich nogach. Szybko znalazła notatki, które zrobiła.

– Człowiek bez strategii, który lekceważy przeciwnika, skończy jako jeniec – odezwała się. – Nie sądzisz, że to na miejscu?

Liczyła na odpowiedź, a kiedy jej nie uzyskała, przesunęła palcem po ekranie.

– Atakuj, schodząc ze wzgórza, nigdy wchodząc na nie – odczytała i podniosła wzrok. – To dobra rada.

– Zna ją każdy, kto oglądał starcie Obi-Wana z Anakinem.

– A jednak ty o niej zapomniałeś – odparła cicho. – Bo nie muszę ci chyba mówić, kto w tej chwili znajduje się na lepszej pozycji.

– Nie, nie musi pani.

Schowała telefon.

– I nie muszę też zaglądać w notatki, by pamiętać o pierwszym z pięciu sposobów na zwycięstwo. Wiesz, o czym mowa?

– Wiem – powiedział i westchnął. – Że trzeba wiedzieć, kiedy walczyć, a kiedy nie.

– Otóż to.

– Ale nie dostrzega pani jednej rzeczy.

– Jakiej?

– Że jesteśmy w sytuacji bezpośredniego zagrożenia. Nasze kariery, nasza przyszłość polityczna i wszystko to, co osiągnęliśmy, wiszą na włosku.

Tym razem to Teresa nie mogła znaleźć odpowiednich słów.

– Otoczony, obmyślaj plany – wyrecytował z pamięci Patryk. – Zagrożony śmiercią, walcz.

Starała się, by w jej uśmiechu w końcu pojawił się cień optymizmu, ale nadaremno. Mimo to trwała z uniesionymi kącikami ust dopóty, dopóki ponownie nie położyła dłoni na kolanie Hauera. Zamarł tak samo jak poprzednio, a ona zdawała się dopiero teraz zrozumieć, skąd taka reakcja.

Popatrzyła najpierw na swoją dłoń, a potem na niego.

– Najważniejsza zasada prowadzenia wojny – powiedział. – Zmyl, zwiedź, a potem zaskocz przeciwnika. Zwycięstwo będzie twoje.

Rozdział 15

W wieczór przedwyborczy, tuż przed wejściem do studia, Hauer przeglądał jeszcze ostatnie sondaże. Mil odradzała mu to, twierdząc, że w tej chwili liczą się tylko dwie osoby, które za paręnaście minut znajdą się naprzeciw siebie.

Mimo to Patryk musiał sprawdzić notowania. I szybko tego pożałował.

„PDP – 39%
WiL – 20%
UR – 19%
SORP – 15%
JON – 7%".

Długo wpatrywał się w wyniki, jakby mogły się jeszcze zmienić. Sytuacja rysowała się właściwie tragicznie. Do ciszy wyborczej pozostało raptem pięć godzin i nawet najbardziej udana, pełna ciętych ripost, bon motów i nokautujących uderzeń debata nie mogła w tak krótkim czasie zmienić rozkładu głosów.

– Mówiłam, żebyś nie patrzył.

Hauer smętnie pokiwał głową.

– Wychodzi jakieś sto osiemdziesiąt mandatów dla Pedepu – powiedział. – WiL w takim układzie ma niewiele ponad dziewięćdziesiąt, my osiemdziesiąt siedem.

– O ile twój przelicznik d'Hondta w głowie nie szwankuje.

– Latami się doskonalił – odparł w zamyśleniu Hauer. – SORP miałaby sześćdziesiąt dziewięć mandatów, a JON trzydzieści dwa.

– To daje bezwzględną większość obecnej koalicji.

– Z zapasem. Nawet jeśli w trakcie kadencji urwiemy im jakichś posłów, i tak będą spokojnie rządzić.

– Więc powtórka z rozrywki – mruknęła Mil. – Kolejna kadencja z dupy.

– Gorzej, bo my spadamy na trzecie miejsce. A Olaf przechodzi na lidera opozycji.

Milena pochyliła się nad wózkiem, po czym z jednej i z drugiej strony obejrzała fryzurę męża. Każdy włos był właściwie ułożony, żaden niesforny kosmyk nie przekształcił się w sterczącego z głowy koguta.

Patryk jeszcze raz zerknął na wyniki wewnątrzpartyjnego sondażu.

– Co za burdel – ocenił.

– Dopiero teraz to zauważyłeś?

– Wszystko się pomieszało. Wyborcy prawicy głosują na lewicę, skrajni liberałowie na zatwardziałych konserwatystów, a...

– To też nic nowego, Patryk. Słyszałeś kiedyś o teorii podkowy?

– Nie.

– Ukuł ją Jean-Pierre Faye. Według niego skrajne prawica i lewica znajdują się na końcówkach podkowy i są do siebie bardziej zbliżone niż umiarkowane ideologie. Nie różnią się za bardzo, bo w gruncie rzeczy proponują to samo, wykorzystują te same narzędzia i...

– Mam na myśli to, że u nas cały podział się zatarł – przerwał jej Hauer. – Przestało się liczyć, kto proponuje cięcia budżetowe, a kto składa rozdęte obietnice socjalne. Kto chce usuwać krzyże z sal lekcyjnych, a kto wpisać do konstytucji wyraźniejsze odwołanie do wiary.

– Może to i dobrze.

Spojrzał na żonę z powątpiewaniem.

– Ostatecznie pewnych kwestii i tak się nie rozwiąże. Jak choćby problemu migrantów.

– Ta? – mruknął, czując, że żona podjudza go tylko po to, by nastawił się bardziej wojowniczo przed debatą.

– Nie ma znaczenia, czy wybory wygrywa partia chcąca zatrzymywać ich na granicy i odsyłać do kraju pochodzenia, czy ta, która zamierza przyjmować ich z otwartymi ramionami – powiedziała i westchnęła. – Koniec końców i tak przyjdą.

– Nie posądzałem cię o taki fatalizm.

Mil wzruszyła ramionami.

– To kwestia geologiczna.

– Geologiczna?

– Afryka zbliża się do Europy o jakieś cztery centymetry rocznie – wyjaśniła. – Nawet konstytucyjna większość dla UR nie zmieni ruchów tektonicznych.

Patryk zaśmiał się pod nosem.

– Półwysep Arabski jest wciskany w płytę euroazjatycką z niemalejącą siłą. I stąd trzęsienia ziemi – dodała. – Zarówno jeśli chodzi o dosłowność, jak i przenośnię.

Poklepała go po plecach, a on docenił to, że wprowadziła nieco lżejszą atmosferę przed wejściem na antenę. Omówili jeszcze kilka kluczowych punktów debaty, po czym udali się do charakteryzatorni, a z niej do studia.

Chronowski był już na miejscu, ale pozostałych polityków próżno było szukać. Formuła tego spotkania różniła się od poprzedniej – tym razem w debacie mieli uczestniczyć także liderzy innych ugrupowań.

Z WiL-u zjawić miał się Olaf Gocki, z SORP Krystian Hajkowski, a z JON-u Kazimierz Halski. Skład tej politycznej reprezentacji stwarzał wrażenie, że kręgi władzy znów skurczyły się jedynie do mężczyzn, mimo że najważniejszą funkcję w państwie wciąż sprawowała kobieta.

Być może mieli rację ci, którzy twierdzili, że osoby takie jak Milena powinny włączyć się bezpośrednio do życia politycznego. Hauer coraz częściej myślał o tym, że polityczki poświęcałyby znacznie mniej czasu na snucie planów, a więcej na ich realizację.

Wbił wzrok w Adama i czekał, aż ten go zauważy. Premier zdawał się jednak całkowicie pochłonięty swoim telefonem. Nerwowo przesuwał po nim palcem, jakby przewijał wielce istotny dokument.

Patryk wjechał na podest, który ustawiono za jedną z pięciu przygotowanych mównic. Pracownicy stacji zadbali o to, by z punktu widzenia kamery zarówno Gocki, jak i Hauer nie sprawiali innego wrażenia niż pozostali.

Było to pewne *novum*, ale nie jedyne. W debacie zasadniczo nie było prowadzącego, a dziennikarka pełniła jedynie rolę moderatora. NSI przyjęła interaktywną formułę, w której to widzowie poprzez Twittera mieli zadawać politykom pytania, dziennikarka zaś – dokonywać ich selekcji, tak by rozłożyły się po równo na wszystkich uczestników.

– Przygotowujesz swoją armię twitterian, Adam? – odezwał się Hauer, zajmując miejsce.

Premier rozejrzał się gorączkowo, jakby przez moment nie wiedział, co się dzieje. Przywodził na myśl wystraszone, złapane w sidła dzikie zwierzę, ale Patryk przypuszczał, że to mylne wrażenie. Być może tworzone celowo.

– Nie potrzebuję żadnej armii – odbąknął, znów poświęcając całą uwagę komórce.

– Jasne. Jedynie grupy trolli siedzących przed komputerami i czekających, żeby wysyłać niewygodne dla innych tweety.

Chronowski nie odpowiedział, ale dla wszystkich uczestników debaty było jasne, że każda partia przygotuje odpowiednią liczbę ludzi. Moderatorka miała wprawdzie odsiewać te pytania, które mogłyby uchodzić za atak, ostatecznie jednak wszystko będzie działo się tak szybko, że niejedno się przemknie.

Kiedy zjawili się pozostali uczestnicy, Adam wciąż nerwowo zajmował się telefonem.

– Co on robi? – szepnął Hauer.

Stojąca obok niego Milena przez chwilę przyglądała się Chronowskiemu.

– Wygląda, jakby na coś czekał.

– Na co?

Wzruszyła ramionami, jakby było jej to zupełnie obojętne. Jednocześnie uważnie spoglądała na Adama. Ewidentnie ona również spodziewała się, że szykuje coś na ostatnią chwilę.

– Nie przejmuj się nim, Patryk – powiedziała. – Po prostu robi wszystko, żeby wyprowadzić innych z równowagi.

Jego zachowanie było tak niejednoznaczne i niecodzienne, że mu się to udawało. Zamiast powtarzać w głowie najważniejsze punkty programu, Hauer myślał o tym, czym premier może go zaskoczyć.

Powiódł wzrokiem po pozostałych uczestnikach. Ich asystenci i asystentki sprawdzali, czy krawaty nie wystają spod kołnierzyków, czy fryzury są odpowiednio ułożone i czy żaden pyłek nie zaplątał się na marynarkach.

Milena przesunęła dłonią po krawacie męża w niemal intymny, zmysłowy sposób. Potem położyła dłoń na jego udzie i nachyliła się do niego.

– Jak nogi? – szepnęła.

– Bez zmian.

– Jeśli...

– Spróbuję, Mil. Spróbuję.

Kiedy ich spojrzenia się spotkały, Patryk miał wrażenie, że łączy ich coś więcej niż tylko wyrachowana realizacja wspólnych planów. Nie mógł przesądzić, czy to złuda, bo ich relacja właściwie od zawsze była podporządkowana chłodnej kalkulacji. Jeśli było w niej w ogóle miejsce na uczucia, to dość osobliwe. I niezbyt wyraźne.

Teraz jednak wydawało mu się, że Milena liczy na cud nie tylko dlatego, że zrobiłoby to piorunujące wrażenie w telewizji.

Cud? Nie, to zbyt wiele powiedziane. Hauer od pewnego czasu zaczynał odzyskiwać czucie w nogach i wiedział, że jego przypadek nie jest odosobniony. Jego rdzeń kręgowy nie został strzaskany, jak w przypadku większości wypadków komunikacyjnych, lecz przecięty. Obrażenia przypominały bardziej skutek ataku nożem. Lekarze podkreślali, że włókna nerwowe mogły się zrosnąć i zregenerować. O pełnym powrocie do zdrowia nie mógł na razie nawet marzyć, ale w tej chwili nie był mu on potrzebny.

Wystarczyłoby, żeby choć na chwilę wstał z wózka.

Wiedział, że to marketingowe marzenie Mileny, ale teraz odnosił wrażenie, że także osobiste. Zupełnie jakby powoli przestawała być przede wszystkim szefową jego sztabu wyborczego, a zaczynała być żoną.

– Dasz radę – powiedziała, pocierając jego nogę. – Wystarczy, że podniesiesz się choć na chwilę.

– Mhm.

– Wiesz, jakie wrażenie to zrobi? – dodała półgłosem. – To, co Chronowski powie w debacie, nie będzie miało żadnego znaczenia. Wszyscy będą mówili tylko o tym, czego ty dokonałeś.

– Chyba że ma coś naprawdę dużego.

– To bez znaczenia. Będzie liczył się jedynie cud na wizji.

Hauer spojrzał na Gockiego, który na wózku spędził znacznie więcej czasu i nie miał żadnej szansy na odzyskanie sprawności. W jakiś sposób to, do czego w ostatnich dniach tak namawiała go Mil, wydawało mu się nie fair wobec Olafa.

Odsunął od siebie tę absurdalną myśl i popatrzył na Milenę. W jej oczach było coś więcej niż nadzieja. Przekonanie, że mogą zapisać się w historii.

Tylko czego? Marketingu politycznego? Debat wyborczych? Owszem, o podnoszącym się z wózka polityku mówiłoby się zapewne na całym świecie i być może to przechyliłoby szalę na ich korzyść, ale czy rzeczywiście chcieli wygrać tylko dzięki temu?

Z jednej strony w jakiś sposób wydawało się to Patrykowi oszustwem, z drugiej jednak każde inne narzędzia prowadzące do zwycięstwa wyborczego także nim były. Grillowanie kiełbasy wyborczej, wygłaszanie górnolotnych haseł i rzucanie błyskotliwych ripost nie było w żadnym stopniu bardziej szlachetne od tego, co proponowała Mil.

– Uda się – dodała.

– A jeśli nie? – spytał cicho Hauer. – Wyobrażasz sobie, jaka to będzie klęska?

Patryk oczami wyobraźni widział już te wszystkie nagłówki i słyszał opinie komentatorów. Upadający w studiu polityk. Rozpaczliwa, nieudana próba wywołania sensacji. Runięcie Hauera i całego UR-u. Upadek, po którym on ani partia się już nie podniosą.

Nawet jeśli wzbudziłby współczucie, ostatecznie obróciłoby się to przeciwko niemu. W polityce nie było miejsca ani na słabości, ani na porażki. Bez względu na to, jaki miały wymiar.

– Warto zaryzykować – odezwała się Milena. – Do wygrania jest zbyt wiele, Patryk.

– Do przegrania też.

Złapała go za rękę, a potem spojrzała mu głęboko w oczy.

– Obiecaj, że spróbujesz.

– Nie muszę – odparł. – Doskonale wiesz, że to zrobię.

Posłała mu jeszcze lekki uśmiech, a potem wyprostowała się i zerknęła w kierunku moderatorki. Ta oznajmiła, że do wejścia na antenę zostało niewiele ponad dwie minuty. Zegar przy wejściu do studia odliczał czas, a z każdą upływającą sekundą Hauer czuł, że serce przyspiesza mu coraz bardziej.

Zerknął na przeciwników. Olaf zdawał się spokojny, Hajkowski robił wrażenie, jakby wszystko było mu obojętne. Kazimierz Halski jako jedyny przyniósł notatki w tradycyjnej, papierowej formie i jeszcze je przeglądał.

Chronowski wciąż skupiał się na telefonie.

– Pamiętaj, unikaj Swobody jak ognia – dodała gorączkowo Mil.

Nie musiała mu tego powtarzać, każdy członek UR zdawał sobie sprawę, że temat przewodniczącej to w tej chwili pole minowe. Otwarcie mówiło się już o tym, że zrezygnuje ze startu w zbliżających się wyborach prezydenckich, złoży partyjną legitymację i namaści Patryka na nowego szefa Unii Republikańskiej. Kwestią otwartą pozostawało, czy Hauer połączy to z jakąkolwiek funkcją państwową.

– Nie daj się wciągnąć w obronę Teresy, w porządku?

– Nie dam.

– Jeśli któryś z nich rzuci temat, trzymaj się tego, że teraz chodzi o wybory parlamentarne, nie prezydenckie.

– Wiem.

– I że Teresa sama upora się z zarzutami. Podkreśl, że dotyczą jej, a nie…

– Pamiętam o wszystkim, Mil.

Ponownie spojrzeli w stronę moderatorki.

– Dobra – rzuciła Milena. – Gdyby coś zaczęło iść nie tak, wyciągnij sprawę Kitlińskiej.

– Wiesz, że nie mogę tego zrobić.

Sprawiała wrażenie, jakby miała zamiar odpowiedzieć mu obelgą. Nagle cały wizerunek troszczącej się o niego żony znikł.

– Daj spokój – powiedziała. – Nie stać nas na to, żeby z tego nie skorzystać.

– Ustaliliśmy...

– To teraz nieważne – ucięła. – Jeśli grunt będzie usuwał ci się spod nóg, musisz się czegoś chwycić. A Kitlińska to jedyny ratunek.

– Nie mogę tego zrobić.

– Nie, rzeczywiście nie możesz. Musisz.

– Mil...

– Wystarczy wzmianka, że ABW wiedziała wcześniej o zamachu – syknęła. – Nic więcej. Nie musisz rozwijać.

– Będę musiał, bo Chronowski zarzuci mi kłamstwo.

– Niekoniecznie. Zepchniesz go do defensywy, będzie zmuszony się tłumaczyć.

Znał swoją żonę na tyle dobrze, że spodziewał się, iż w ostatniej chwili postara się jeszcze przekonać go do swojego spojrzenia. Z jej perspektywy nie miało znaczenia, że konsekwencją takich oskarżeń będzie odkrycie udziału Rosjan, a w rezultacie zarzucenie im, że dokonali agresji na terytorium członka UE, NATO i ONZ. Dla niej liczyło się jedynie to, że zapewniłoby im to wygraną.

Dla Patryka jednak nie. Ryzyko rozpętania globalnego konfliktu stanowiło zbyt wysoką cenę, której nie był gotów zapłacić. Nawet jeśli w zamian mógłby otrzymać to, czego zawsze pragnął.

– Wchodzimy za pół minuty – oświadczyła moderatorka, patrząc ponaglająco na współpracowników polityków, którzy wciąż się przy nich krzątali.

Milena cofnęła się o pół kroku, ale na odchodnym posłała jeszcze mężowi długie, znaczące spojrzenie.

– Zawsze masz to w odwodzie – powiedziała. – Gdyby wszystko inne zawiodło.

Raczej gdyby okazało się, że Chronowski rzeczywiście ma w zanadrzu coś, po czym Patryk już się nie podniesie.

Odprowadziwszy wzrokiem żonę, Hauer popatrzył na swojego głównego przeciwnika. Ten wyłączył komórkę i w końcu przestał wyglądać jak ledwie cień dawnego siebie. Wyprostował się i z wyraźną satysfakcją toczył wzrokiem po studiu.

Moderatorka zaczęła cicho odliczać. Potem kamery poszły w ruch.

– Witam państwa – powiedziała. – Przed nami decydujące starcie, które rozstrzygnie nie tylko o wyniku wyborów, ale także o tym, jaki będzie przyszły kształt naszego kraju.

Rozdział 16

Uzgodniona formuła debaty przewidywała, że kandydaci będą mieli dwie okazje do swobodnej odpowiedzi – na samym początku i na końcu. Kolejność została ustalona w drodze losowania i Hauer był z niego względnie zadowolony.

Powitanie telewidzów przypadło wprawdzie Halskiemu, ale kolej Patryka nadeszła zaraz po byłym opozycjoniście. Zaczął pewnym, spokojnym tonem, jakby miał wszystko pod kontrolą.

W rzeczywistości im dłużej Chronowski na niego patrzył, tym bardziej Hauer był przekonany, że premier w ostatniej chwili dostał coś, co wykorzysta przeciwko niemu. Może dlatego w ogóle zgodził się na debatę? Może ktoś obiecał mu kompromat, który ostatecznie pogrąży nowego lidera UR?

Ale czym miałby być? Patryk nie był święty, miał swoje za uszami, ale nigdy nie dopuścił się czegoś, co mogłoby okazać się gwoździem do trumny. Mimo to premier sprawiał wrażenie, jakby był gotów go przybić.

– Szanowni państwo, pojutrze czekają nas wyjątkowe wybory – powiedział Hauer, patrząc prosto w kamerę. – Po raz pierwszy nie decydujemy, czy Polską będzie rządziła prawica, lewica czy centrum. Tym razem będziemy wybierać pomiędzy ludźmi, którzy chcą dojść prawdy, a tymi, którzy zamierzają ją pogrzebać. Jako premier polskiego rządu zrobię wszystko, by wyszła ona na jaw.

Patryk czuł na sobie wzrok żony i nie musiał na nią patrzeć, by wiedzieć, co oznacza.

Bynajmniej nie był gotów zrobić wszystkiego. Wycofał się właściwie bez wahania, kiedy pojawiło się niebezpieczeństwo, że cała sprawa zakończy się skandalem międzynarodowym, jakiego współczesny świat nie widział. Nie był gotów ryzykować wojny dla ujawnienia prawdy, bo ta zwyczajnie nie była tak istotna.

Należało w końcu to przed sobą przyznać. Daria Seyda nie żyła, Kitlińska niebawem podzieli jej los. To, czy winni zostaną publicznie wskazani, nie miało żadnego znaczenia. Koniec końców i tak nie poniosą odpowiedzialności.

Są bowiem drogi, którymi nie należy podążać. Armie, których nie warto atakować; fortece, który nie należy oblegać; i terytoria, o które nie opłaca się walczyć.

– Podczas gdy my będziemy dokonywać tego wyboru, oczy całego świata się na nas skupią – kontynuował Patryk. – Decydować będziemy nie tylko o Polsce, o naszych sprawach i własnej przyszłości, ale także o tym, jak państwo odnajdzie się w starciu z najsilniejszym przeciwnikiem. Kłamstwem.

Zrobił krótką pauzę, by posłać znaczące spojrzenie Chronowskiemu.

– To, jak się z nim uporamy, będzie miało wpływ nie tylko na nas samych, ale także na każdy inny kraj, który znajdzie się w sytuacji zagrożenia. To my staniemy się przykładem. To my wyznaczymy drogę, którą należy podążać. Wybierzmy właściwą.

Mowa otwierająca była nieco dęta i zbyt pompatyczna, ale Milena liczyła na to, że nada starciu odpowiednio podniosły ton. Musieli sprowadzić debatę do zderzenia prawdy z kłamstwem, jeśli mieli zamiar wygrać wybory.

Swój twardy elektorat szacowali na dwadzieścia procent wyborców, przyciągnąć musieli pozostałych – a tego nie sposób było osiągnąć poprzez serwowanie tradycyjnych UR-owskich obietnic. Musieli umocnić się na pozycji strony walczącej o odkrycie prawdy, a Pedep sprowadzić do roli tego, kto stara się ją ukryć.

Chronowski jednak sprawnie odparował, forsując własną teorię spiskową, wedle której to Hauer i Kitlińska działali przeciwko Polsce. Ostatecznie wszystko sprowadzało się do słowa przeciwko słowu – i jeśli sondaże były jakimkolwiek wyznacznikiem tego, czyje przebijały się lepiej, to Patryk potrzebował cudu, by wygrać tę debatę.

Po swobodnych wypowiedziach wszystkich polityków przyszedł czas na pierwsze tweety. Moderatorka sprawnie wyłowiła kilka, które bynajmniej nie stanowiły rozgrzewki – były uderzeniami z grubej rury. Hauer przypuszczał, że stało się to nieprzypadkowo, bo debata rządziła się podobnymi prawami jak odcinek sprawnie zrealizowanego serialu.

Na początku mocne uderzenie, potem rozwinięcie akcji, kilka chwil spokoju, po czym kolejne tąpnięcie tuż przed przerwą na reklamy.

W pierwszej rundzie pojawiło się kilka błysków. Olaf Gocki, odpowiadający na pytanie o pomaganie imigrantom, rzucił, że w Polsce znajduje się jakieś siedemset pomników Jana Pawła II – i mniej więcej tyle samo ludzi kieruje się jego naukami.

Komentując sondaże, Kazimierz Halski zauważył, że i tak nie mają one wielkiego znaczenia, bo premier właściwie robi, co mu się żywnie podoba, i „cud nad urną" z pewnością jest w jego zasięgu. Dorzucił też, że „urna wyborcza to magiczna szkatułka: wrzucasz Mikołajczyka, wychodzi Gomułka", co z pewnością przemówiło do starszych wyborców, a młodszych w najlepszym wypadku natchnęło do wpisania frazy w Google.

Krystian Hajkowski mówił o Hauerze jako o „liderze faszosfery", a Patryk o obecnym ustroju jako o „demokraturze".

Chronowski czekał.

Nie wychylał się, nie sformułował ani jednego bon motu. Zachowywał się jak przyczajony drapieżnik, pewny tego, że ofiara w końcu znajdzie się dogodnym dla niego położeniu.

Była w tym jakaś arogancja. Daleko idące przekonanie, że Adam nie musi silić się na błyskotliwe uwagi, chwytliwe hasła i elokwentne riposty. Zupełnie jakby miał świadomość, że cokolwiek by się działo, ma wygraną w kieszeni.

Tuż przed przerwą stało się jasne, dlaczego tak jest.

Debata opierająca się w dużej mierze na interakcji z Twitterem pociągała za sobą wiele niebezpieczeństw – od ataku hakerów przez najazd trolli aż po zalanie kanałów komunikacji tak, że moderatorka pogubiłaby się w tej powodzi.

Organizatorzy spodziewali się tych rzeczy, byli na nie przygotowani.

Zupełnie zapomnieli jednak o tym, jak wiele szkody wyrządzić może jeden człowiek. I jeden materiał, który udostępni z odpowiednim hashtagiem.

Początkowo temat podchwyciło kilka osób, ale już po kilku minutach znacznik zaczął pojawiać się w polskich trendach. Nie minął kwadrans, a politycy w studiu na podglądzie konta NSI mogli zobaczyć, że w miejsce pytań zaczął pojawiać się jeden konkretny wpis.

Kiedy moderatorka miała wybrać ostatnie pytanie przed przerwą, tym razem dla Patryka, ściągnęła brwi i zamarła. Milczała stanowczo zbyt długo, przynajmniej jak na standardy telewizji, w której nawet sekunda bezruchu prowadzi do wrażenia, że mówiący zamienił się w posąg.

– Drodzy państwo… – odezwała się w końcu. – Wygląda na to, że sprawy przybrały dość… nieoczekiwany obrót.

Wszyscy uczestnicy debaty wlepili wzrok w ekran, na którym wyświetlano aktualną sytuację na Twitterze. Dla każdego stało się jasne, że dzieje się coś spektakularnego. A kiedy Hauer spojrzał na dwa hashtagi, które w okamgnieniu zdawały się zalać cały polski internet, zrozumiał, w czym rzecz.

Jeden brzmiał: #seyda, drugi: #pedofilia.

Spojrzał na Chronowskiego ze wściekłością, a ten odpowiedział mu pełnym satysfakcji, ale spokojnym wzrokiem. Spodziewał się tego. Na to właśnie czekał od początku debaty.

Osoba obsługująca przekaz z Twittera wyświetliła zdjęcia, zanim moderatorka zdążyła dodać coś więcej. Wszyscy spojrzeli na Darię Seydę leżącą z kilkoma dziewczynkami w hotelowym pokoju.

W studiu zaległa kompletna cisza.

Dziennikarka przeprosiła i trzęsącym się głosem oznajmiła, że wracają po przerwie.

Rozdział 17

Chronowski był doskonale przygotowany na ten scenariusz. Wprawdzie Ivan nie zdradził mu, co dokładnie zamierza zrobić, ale Adam przypuszczał, że będzie miało to związek z kompromatami na Seydę. Tuż przed wejściem na wizję dostał esemesa, który to potwierdzał.

Nie mogło być inaczej. Ivan wiedział o całej sprawie i od samego początku to właśnie dzięki temu szantażował Chronowskiego. Miał bowiem nie tylko zdjęcia Seydy, które spreparowali Adam i Hajkowski, ale także coś, o czym premier nie wiedział.

Film z oświadczeniem Darii, w którym wyjawiała absolutnie wszystko.

Nagrała go tuż przed ostatnim spotkaniem z Hauerem. Mówiła w nim o prowokacji, o odurzeniu jej GHB i o dwóch osobach, które stały za „tymi ohydnymi czynami".

Ujawnienie materiału byłoby dla Chronowskiego druzgocące. Zmarli stanowili o tyle niewygodnych przeciwników, że nie sposób było z nimi walczyć. Poza tym Seyda nie miałaby powodu kłamać – i każdy zdawałby sobie z tego sprawę.

Bogu dzięki, że nagranie nie wpadło w niepowołane ręce. Ivan najwyraźniej o to zadbał, choć Chronowski nie miał pojęcia, w jaki sposób. Tym bardziej nie wiedział, jak zyskał dostęp do zdjęć, które mieli tylko nieliczni.

Niewiadomych było dużo, ale jedno nie ulegało wątpliwości – dzięki materiałowi Ivan mógł sterować Chronowskim. Ale to także sprawiało, że nie miał żadnego interesu w upublicznianiu nagrania. A przynajmniej tej części, która obciążała Adama.

Ta dotycząca pedofilskich zapędów zmarłej prezydent mogła jednak przydać się im obydwu.

Wzięli wszystkich z zaskoczenia. Przerwa na reklamy miała potrwać pięć minut z okładem, a Chronowski był przekonany, że w tak krótkim czasie Hauer nie wymyśli niczego, czym mógłby mu zagrozić.

Ten wciąż patrzył na niego z nienawiścią w oczach, jakby miał zaraz wstać z wózka i rzucić się na niego, wiedziony ślepą furią.

– Ty skurwysynu... – wycedził.

Gocki i Halski byli wyraźnie zbici z tropu, Krystian zaś stanął na wysokości zadania i trwał z rozdziawionymi ustami. Z całej piątki wyłącznie Patryk wyglądał na osobę, która o kompromatach doskonale wiedziała.

– Nie mam z tym nic wspólnego – odparł Adam.

Hauer odblokował wózek, cofnął się zza mównicy i skierował w stronę premiera. Ten nie zamierzał ruszać się choćby o krok i kiedy Patryk znalazł się obok, Adam spojrzał na niego z góry.

– Ty nędzny, parszywy gnoju – dodał Hauer. – Jak śmiałeś...

– Nic nie zrobiłem.

Patryk zacisnął wargi, z trudem powstrzymując falę przekleństw, która niechybnie wylałaby się z jego ust.

– I będziesz teraz jeszcze łgał?

– Podobno polityk robi to nawet wtedy, kiedy mówi „dzień dobry", nie wspominając już o „do widzenia" i...

– Zamknij mordę – rzucił Hauer.

Przez chwilę mierzyli się wzrokiem, jakby była to zapowiedź przepychanki mającej skończyć się wymianą nie tylko werbalnych ciosów. Patryk zapomniał o innych uczestnikach debaty, kamerach i mikrofonach, którymi było naszpikowane studio. Chronowski wprost przeciwnie. Zdawał sobie sprawę, że NSI nie wykorzysta żadnych materiałów zza kulis, ale gdyby przyszło co do czego i sprawą zainteresowałby się sąd, stacja nie miałaby wyjścia.

Adam nie miał zamiaru przyznawać się do niczego. Ale nie planował także pozostawać całkowicie bierny.

– Bo? – rzucił. – Wstaniesz z tego żelastwa i mi przywalisz?

– Nie muszę nawet...

– Próbuj, Hauer. Ale po naszej rozmowie w łączniku wiem, że nawet pierdolone schody są dla ciebie zbyt dużym wyzwaniem.

Uśmiechnął się, czekając na odpowiedź, ale Patryk milczał.

– Co jest? – dodał Chronowski. – Myślałeś, że masz jakąś taryfę ochronną? Nie, nie masz, w żadnym wypadku. Każdego w życiu spotkało jakieś gówno, z którym musi sobie radzić, mnie też.

– Może – przyznał. – Różnica między tobą a innymi jest jednak taka, że ty na wszystko zasłużyłeś.

Adam docenił tę ripostę lekkim uśmiechem, a potem spojrzał na prowadzącą. Odwróciła się od polityków i wymieniała nerwowe uwagi z producentem, który korzystając z chwili przerwy, wparował do studia. Najwyraźniej sytuacja była zbyt napięta, by komunikowali się w tradycyjny sposób.

– Jesteś naprawdę nędznym skurwielem, Adam.

Chronowski przeniósł wzrok na Hauera, podczas gdy ten spojrzał na stojącego obok Krystiana Hajkowskiego. Jeśli Seyda powiedziała mu o szantażu wszystko, co sama wiedziała, musiał także zdawać sobie sprawę z tego, że to szef SORP odegrał kluczową rolę w sprawie GHB.

– I otaczasz się równie nędznymi skurwielami.

– To prawda – przyznał lekkim tonem Adam. – Kieruję się zasadami Realpolitik, którą ktoś kiedyś zdefiniował dla mnie prostymi, ale trafnymi słowami: może to i skurwysyny, ale moje skurwysyny.

Chronowski w końcu wyszedł zza mównicy i zbliżył się do Patryka.

– I zapewniam cię, że mam ich pod ręką wystarczająco dużo, żeby zakończyć ten żałosny spektakl, który nazywasz swoją karierą polityczną.

– Jedyne, co się skończy, to twój czas, Adam.

Premier stał wyprostowany obok wózka, czując, że dzięki temu daje przeciwnikowi jeszcze dobitniej do zrozumienia, że jest poza jego zasięgiem. Przez chwilę patrzyli na siebie bez słowa, po czym Chronowski cicho parsknął.

Uznał, że to wystarczający komentarz, po czym odwrócił się i na powrót zajął swoje miejsce. Moment później moderatorka oznajmiła, że niebawem wracają na antenę.

Kiedy Patryk się oddalił, do Adama nachylił się Hajkowski.

– Mam nadzieję, że wiesz, co robisz – rzucił.

– Spokojnie, to dopiero początek.

Może szefa SORP przekonała pewność w głosie Chronowskiego, a może fakt, że rzadko działał bez wcześniej przygotowanego planu. Tak czy owak, posłał mu krótkie, usatysfakcjonowane spojrzenie, a potem obaj przygotowali się do dalszego ciągu debaty.

Adam spojrzał jeszcze kontrolnie na Patryka, do którego podeszła żona i w ostatniej chwili starała się przekazać mu jakieś rady. Słuchał jej z uwagą, ale premier nie obawiał się, że Milena naprędce coś wyczaruje. Nawet tak zaprawiony polityczny marketingowiec jak ona nie będzie w stanie uratować sytuacji.

Po powrocie na wizję dziennikarka wciąż przeglądała tweety.

– Witamy po przerwie – powiedziała. – Nie próżnowali państwo w jej trakcie, bo wiadomości jest tyle, że właściwie nie sposób wybrać jednej konkretnej. Wydaje mi się jednak, że w tej chwili nie musimy, bo...

– Nie – odezwał się Chronowski. – Z pewnością nie musimy.

Moderatorka popatrzyła na niego z pretensją. Część uzgodnionych wcześniej zasad mogła wprawdzie zmienić się w trakcie debaty, ale jedna reguła była żelazna – prowadzącemu się nie przerywa.

– Bo wszyscy chcemy poznać odpowiedzi na te same pytania – dodał Chronowski.

– Panie premierze...

– Kto wykonał te zdjęcia? – nie dał sobie przerwać Adam. – Kto o nich wiedział? Jakim cudem polska prezydent zdołała ukryć swoje... swoje...

Rozłożył lekko ręce i w poszukiwaniu ratunku spojrzał na Hajkowskiego.

– Ohydne zapędy – podsunął Krystian.

Chronowski skinął głową z wyraźnym bólem.

– Przepraszam – powiedział. – Zdają sobie państwo sprawę, że to dla mnie wyjątkowo wstrząsające. Daria była nie tylko członkinią Pedepu, ale także bliską mi osobą, a przynajmniej tak mi...

Znów urwał, spuścił wzrok i potarł nerwowo czoło. Tym razem dziennikarka nie skorzystała z okazji, by się włączyć. Zapewne zwyczajnie nie wiedziała, co powiedzieć, a rozklejający się w studiu polityk z punktu widzenia stacji był na wagę złota.

– Nigdy nie podejrzewałbym jej o...

Pokręcił głową, jakby nie potrafił powtórzyć tego, co przed momentem podsunął Hajkowski. W końcu podniósł głowę, pozorując wysiłek, z jakim przychodzi mu wzięcie się w garść.

– Każdy z nas zastanawia się teraz z pewnością także nad tym, czy ktokolwiek mógł wykorzystać te materiały przeciwko Darii – dodał Chronowski. – W końcu była prezydentem, a szantażowanie jej mogło... Boże, nie chcę nawet myśleć, do czego mogłoby prowadzić.

Z teatralnym trudem przełknął ślinę, po czym sięgnął do kieszeni. Wyjął komórkę i zerknąwszy na nią, powiódł wzrokiem po studiu.

– Podczas przerwy otrzymałem pierwsze doniesienia z ABW – podjął. – Są niepotwierdzone, bo to dopiero robocze ustalenia, ale... cóż, niepokoją. Bardzo niepokoją.

Wbił spojrzenie w Hauera. Ten dopiero teraz zdawał się ochłonąć na tyle, by zrozumieć powód, dla którego to właśnie teraz ktoś ujawnił kompromaty na Seydę.

Ona nie mogła już ucierpieć. On z pewnością tak.

– Panie pośle – odezwał się Adam. – Wiedział pan o tych zdjęciach?

Patryk otworzył usta, ale się nie odezwał.

– Widywał się pan w ostatnich dniach przed zamachem z Darią?

– Zaraz...

– Czy spotykał się pan z nią w domu Teresy Swobody?

To ostatnie pytanie było kluczowe. Zaangażowanie w to wszystko polityczki, która w ostatnich dniach obrywała w mediach jako tajny współpracownik Służby Bezpieczeństwa, stawiało Hauera w negatywnym świetle.

– Dochodziło do takich spotkań? W tajemnicy? – dodał premier.

Patryk gorączkowo zastanawiał się nad odpowiedzią. Miał na nią raptem kilka sekund, a musiał być świadomy tego, że w takiej chwili każde kłamstwo mogło okazać się śmiertelne dla całej jego kariery. Wystarczyło, by Adam je naświetlił, pokazał jakikolwiek dowód od ABW świadczący o spotkaniu, a byłoby po sprawie. Sygnał byłby jasny.

– Tak, ale...

– ABW również to potwierdza – przyznał Chronowski. – Czego te spotkania dotyczyły?

Premier nie miał zamiaru dać mu czasu na odpowiedź. Musiał korzystać, póki Hauer był zbity z tropu i szukał drogi ratunku.

– Miał pan te zdjęcia, prawda? Wiedział pan o nich?

– Dobrze pan wie, że...

– Widzimy, że tak – wpadł mu w słowo Adam, rozkładając ręce. – Pana reakcje mówią same za siebie. Co próbował pan osiągnąć razem z Teresą Swobodą? Szantażowali państwo Darię?

– Co takiego? Jak pan śmie używać…

– Do czego próbowali ją państwo zmusić? I jak… skąd w ogóle wiedzieliście o jej…

Znów musiał na moment przerwać. Przypuszczał, że Patryk skorzysta z okazji, ale ten był zbyt zaskoczony serią ataków.

– To wyjątkowe… niegodne obrzydlistwo – dodał Adam, dalej stwarzając wrażenie, jakby każde słowo z trudem opuszczało jego usta. – Unia Republikańska przekroczyła wszelkie…

– Nie mieliśmy z tym nic wspólnego.

W końcu musiał zaprzeczyć. Tyle że tym samym dawał Chronowskiemu amunicję. Jakiekolwiek, nawet natychmiast udzielone i najbardziej błyskotliwie dementi było spóźnione i nietrafione.

– Nie? – spytał oskarżycielskim tonem Adam. – Więc nie widywał się pan z Darią?

– Nie w tym rzecz, ponieważ…

– Proszę odpowiedzieć!

– Nie muszę odpowiadać na nic, co…

– Spotykał się pan z nią w domu Teresy Swobody? – nie dawał za wygraną Chronowski, a jego ton stawał się coraz ostrzejszy. – Jest pan nam winny…

– Panu nic nie jestem winny.

– Jeśli nie mnie, to obywatelom – odparł premier, patrząc w obiektyw. – Dlaczego nie chce pan odpowiedzieć? Spotykaliście się tam? Tak czy nie?

– Niech pan…

– Tak czy nie?

Gdyby nawet debata zakończyła się w tym momencie, Chronowski mógłby świętować całkowite zwycięstwo. Nie musiał dodawać nic więcej, zmieszanie Hauera właściwie przesądzało sprawę. A brak jednoznacznej odpowiedzi i oburzenia stanowił w oczach większości widzów dowód winy przyszłego, być może niedoszłego szefa UR.

Adam wiedział, że okazał się w tym starciu górą.

– Dlaczego nie potrafi pan odpowiedzieć? – zapytał.

Kamery skupiły się na Patryku. Ten sprawiał wrażenie, jakby chciał zapaść się pod ziemię.

– No? – ponaglił go oskarżycielsko premier. – Zaprzeczy pan temu, że się widywaliście?

– Nie – powiedział w końcu Hauer.

Nawet osoby z obsługi, które normalnie pod żadnym pozorem nie wydawały żadnego dźwięku, głośno westchnęły.

– Widziałem się kilkakrotnie z Darią – przyznał Patryk. – I spotkania odbywały się też w domu marszałek Swobody.

Chronowski rozszerzył oczy z przekonaniem, że właściwie odgrywa zdziwienie. Czekał, aż Hauer zacznie się tłumaczyć, ale ten zamilkł. Patrzył na premiera wzrokiem pozbawionym wyrazu i czekał.

Na co?

Z pewnością zdawał sobie sprawę, że milczenie tylko go pogrąży. Tłumaczenie się właściwie też, ale z dwojga złego lepiej było zdecydować się na to drugie.

Przyglądając mu się, Adam dostrzegł, że Hauer mocno ścisnął dłońmi podłokietniki wózka i napiął mięśnie. Zupełnie jakby zamierzał wstać. Przez moment w studiu panowała cisza, a moderatorka wyraźnie nie wiedziała, jak zareagować na taki rozwój sytuacji.

Adam przyjął zbolały wyraz twarzy, jakby zdawkowe deklaracje Patryka mocno go ubodły. Potem znów bezradnie rozłożył ręce.

– Tylko tyle ma nam pan do powiedzenia?

– Tak.

– To doprawdy…

– Więcej powie państwu Daria Seyda.

– Co proszę?

Hauer spojrzał najpierw w kamerę, a potem na moderatorkę.

– Proszę sprawdzić hashtag #prawdaoChronowskim – powiedział.

Rozdział 18

Dziennikarka nie zwlekała. Na ekranie przed kandydatami pojawił się wynik wyszukiwania, a to samo mogli zobaczyć telewidzowie. Krótki filmik nagrany komórką pochodził z konta użytkownika „IvanSeyda".

Miniaturka ukazywała Darię patrzącą prosto w obiektyw. Materiał nie miał jeszcze żadnych wyświetleń i został opublikowany na Twitterze przed momentem.

Moderatorka najechała kursorem na symbol „play", ale się zawahała. Wszyscy w studiu zdawali się całkowicie sparaliżowani. Z wyjątkiem jednej osoby.

– To nagranie prezydent Seyda wykonała na krótko przed śmiercią – odezwał się Hauer.

Wszyscy skupili na nim wzrok.

– To jej ostatnie słowa – dodał, a potem powoli skinął głową do dziennikarki.

Kiedy ta odtworzyła nagranie, wszyscy wstrzymali oddech. W trakcie krótkiego przemówienia Darii nikt się nie odezwał.

Seyda mówiła o wszystkim, co ją spotkało. O przebudzeniu w podwarszawskim hotelu, o ustaleniu, że podano jej GHB, o szantażu, jakiego się dopuszczono. A przede wszystkim o dwóch winowajcach. Wskazała ich z imienia i nazwiska, wyprowadzając być może najpotężniejsze uderzenie w historii polskiej polityki. I zrobiła to zza grobu.

Kiedy nagranie dobiegło końca, wszyscy znów skupili wzrok na Patryku.

– Prezydent zdecydowała się nagrać ten materiał, bo zamierzała ujawnić to, co zrobili szefowie SORP i Pedepu – powiedział Hauer. – Stało się to jeszcze przed naszym spotkaniem. Podczas niego udało mi się ją przekonać, że publiczne wyjawienie prawdy okazałoby się druzgocące nie tylko dla niej, ale także dla całego kraju. Przyjęliśmy inne rozwiązanie, planowaliśmy rozwiązać tę sprawę dzięki pracy śledczej organów ścigania. Sprawy potoczyły się jednak inaczej.

Patryk patrzył prosto w kamerę, jakby pozostali politycy, włącznie z Chronowskim, nagle przestali istnieć.

– Materiał miał nigdy nie ujrzeć światła dziennego – dodał. – Także po zamachu było dla mnie oczywiste, że to nie wchodzi w grę.

Nie musiał dodawać nic więcej, by wszyscy zrozumieli przesłanie. Od początku miał w ręce nabity pistolet, którym mógł strzelić w głowę Chronowskiemu. Nie zrobił tego jednak przez wzgląd na Seydę. Nie chciał szargać jej pamięci i był gotów zrezygnować z odniesienia miażdżącego politycznego zwycięstwa na rzecz tego, co szlachetne.

W rzeczywistości nie miał pojęcia o nagraniu.

Dowiedział się o nim na moment przed resztą.

Mimo to kontynuował, jakby miał sytuację pod kontrolą i zawczasu przygotował wszystko, co zamierza powiedzieć. Oskarżył Chronowskiego i Hajkowskiego, choć na dobrą sprawę nie musiał już tego robić – Seyda wykonała całą pracę za niego. Podkreślił, że spotykali się jedynie po to, by jakoś poradzić sobie z sytuacją.

– Wiedzieliśmy, że musimy odsunąć od władzy ludzi, którzy nie tylko jej nadużywają, ale także sprzeniewierzają się wszystkiemu, na podstawie czego ją uzyskali – ciągnął. –

Zdawaliśmy sobie sprawę, że to będzie wymagało ponadpartyjnego porozumienia, i byliśmy gotowi dać mu podwaliny. Nie mieliśmy jednak szansy.

W końcu spojrzał na Chronowskiego. Czuł, że zagonił premiera do narożnika, a skrajne zaskoczenie na jego twarzy to potwierdzało. Jeszcze przed momentem Adam był pewien, że wygrał. Teraz miał świadomość, że nie mógł się bardziej pomylić.

– Nie założyliśmy jednak, że przewodniczący Pedepu i SORP zrobią wszystko, absolutnie wszystko, by utrzymać się przy władzy – dodał Hauer.

Wbił wzrok w ekran i zmrużył oczy.

Jak na zawołanie pojawił się kolejny tweet. Ten także zawierał nagranie, ale tym razem jedynie dźwiękowe. Moderatorka natychmiast włączyła odtwarzanie, by nie tracić ani chwili.

Z głośników dobiegł głos premiera. Słowa były wyrwane z kontekstu, ale dla kogokolwiek, kto interesował się w ostatnim czasie wydarzeniami politycznymi, układały się w logiczną całość.

Na początku Chronowski oświadczał rozmówcy, że przycisnął Teresę Swobodę zdjęciem Hauera z placu Trzech Krzyży. Potem oznajmił, że po tym, jak Trybunał Konstytucyjny ogłosi swoją decyzję, wybiorą ją na marszałka sejmu.

Po tym nastała pauza. Następnie rozległy się kolejne urwane deklaracje Chronowskiego. Część dotyczyła wykorzystywania władzy do realizacji partykularnych celów, część – inwigilowania Patryka i opozycji dzięki wprowadzeniu stanu wyjątkowego. W zupełności wystarczyło to do politycznej śmierci, ale to, co okazało się najbardziej dewastujące, rozległo się na samym końcu.

„Zajmę się Kitlińską". „Notatka zniknie".

„Świadkowie z MSW potwierdzą, że Kitlińska stawiała opór. A ślady na jej samochodzie dowiodą, że to ona potrąciła tego dziennikarza".

Kiedy nagranie się skończyło, w studiu zaległa kompletna cisza. Tweety wysyłane na konto NSI przestały nadchodzić. Cały świat zdawał się stężeć i na moment zastygnąć w bezruchu.

Hauer nabrał tchu, zdając sobie sprawę z tego, że to jego chwila. To, co miał zamiar powiedzieć, będzie powtarzane do znudzenia nie tylko w polskich, ale także w zagranicznych stacjach telewizyjnych. Dziś, jutro, za dziesięć i piętnaście lat.

Zaczął od ogólników, jakby po raz pierwszy mówił o spisku, który miał zawiązać Chronowski. Opisał wszystko to, co wcześniej starał się naświetlić w mediach. Powtórzył zarzuty, przywołał fakty i podkreślił, jak istotna była notatka o sygnaturze W-29/17.

Kiedy skończył, dawno minął czas przewidziany na przerwę reklamową. Nikt jednak się tym nie przejmował, a ewentualne pozwy od reklamodawców i kary Krajowej Rady Radiofonii i Telewizji były w tej chwili najmniej istotne.

Spodziewał się, że Chronowski postara się jakoś bronić, ale ten nie miał już w zanadrzu nic, czego mógłby użyć. Zaprzeczanie nie miało sensu, dowody były przytłaczające. A ostatni znajdował się w telefonie Adama.

Patryk cofnął się zza mównicy i zbliżył do Chronowskiego. Wyciągnął w jego kierunku dłoń, jakby spodziewał się, że ten coś na niej położy.

– Pański telefon, panie premierze.

– Co... – zaczął trzęsącym się głosem Adam.

– Proszę dać mi komórkę.

– Ale...

– Mam powody sądzić, że znajduje się na niej bezpośredni dowód pańskiej winy.

Krople potu spływające po czole Chronowskiego w końcu zaczęły szczypać go w oczy. Dopiero teraz zdał sobie sprawę z tego, że się poci. Przesunął dłonią pod linią włosów, a potem z niedowierzaniem spojrzał na swoją dłoń.

– Telefon – rzucił Hauer.

– Nie mam zamiaru…

– Znajduje się na nim plik, w którym zapisał pan sygnaturę notatki – przerwał mu Patryk, a potem obrócił się z powrotem w stronę kamery. – Notatki, która zniknęła z MSW i która dowodziła, że nie tylko miał pan wiedzę o zamachu, ale był całkowicie przekonany, że do niego dojdzie.

– Absurd…

– Pański podwładny zredagował maila jeszcze przed momentem wybuchu, panie premierze.

Kiedy Hauer zaczął rozwijać temat, ujawniając personalia Arkadiusza Tyburskiego i niemal wszystko, co udało im się ustalić, wiedział już, że niebawem wprowadzi się do gmachu przy Alejach Ujazdowskich. I zostanie Prezesem Rady Ministrów.

Rozdział 19

Lekarze powiedzieli jej, że była utrzymywana w stanie śpiączki farmakologicznej przez ponad trzy miesiące. Nie miała jak zweryfikować tych deklaracji, bo zdawało jej się, że została wyrwana z czasoprzestrzeni i przeniesiona do miejsca, gdzie nie obowiązywały żadne reguły.

Obudziła się w świecie, który w gruncie rzeczy był znajomy, ale kiedy tylko zaczęła mu się przyglądać, okazał się zupełnie obcy. Jedynymi rzeczami, które w pierwszych dniach po przebudzeniu zdawały się potwierdzać, że to wciąż znana jej rzeczywistość, były wizyty Agnieszki.

Podczas drugiej przyniosła jej nawet danie na wynos z Route 18, choć po drodze zupełnie wystygło. Od razu zaznaczyła, że władze szpitala pozwoliły na wniesienie czegokolwiek do sali tylko dlatego, że placówka należała do MSW, a Anita rzekomo miała znajomości na najwyższych szczeblach władzy.

– Sam premier kazał im mnie wpuścić – dodała Agnieszka, ukradkowo zerkając na funkcjonariuszy, którzy pilnowali wejścia.

Kitlińska musiała przyznać, że Patryk Hauer się postarał. W nawale roboty, jaka spadła na niego po wygranych wyborach, nie znalazł wprawdzie jeszcze czasu, by osobiście ją odwiedzić, ale ewidentnie polecił ją chronić, jakby była przywódcą wolnego świata.

Być może słusznie. Nie wiedziała jeszcze, co dokładnie wydarzyło się, gdy była w śpiączce, ale przypuszczała, że Chronowski nie siedzi w więzieniu. Jeszcze nie. A nawet gdyby było inaczej, to z pewnością jego *deep state* był równie silny jak w każdym innym przypadku. Może nawet miał więcej ludzi w strategicznych miejscach niż poprzednicy. I dla Kitlińskiej nie ulegało wątpliwości, że mógł ich wykorzystać, żeby ją usunąć.

Nie byłoby trudno. Wprawdzie nie wystarczyło już odłączyć sprzętu, by pożegnała się z tym światem, ale jej stan wciąż był na tyle niestabilny, że upozorowanie naturalnej śmierci nie nastręczałoby wielkich problemów.

Hauer jednak zadbał o jej bezpieczeństwo. Co najmniej dwóch ludzi zawsze strzegło wejścia do jej sali i nigdy nie pozwalało na to, by została z kimkolwiek sam na sam. Drzwi zawsze musiały być przynajmniej uchylone.

Prawie zawsze. Kiedy bowiem w końcu zjawił się sam Patryk, jeden z chroniących go BOR-owców zamknął je za nim.

Hauer rozejrzał się po sali.

– Jak na państwową placówkę całkiem nieźle – ocenił.

– Zmiana władzy najwyraźniej służy.

Patryk podjechał bliżej łóżka, a potem zaczął szukać czegoś w bocznym schowku swojego wózka.

– Nie sądziłem, że kiedykolwiek usłyszę z twoich ust pochwałę rządów UR – mruknął.

– Słyszysz ją tylko dlatego, że twój poprzednik był wyjątkową kanalią.

Hauer uśmiechnął się szeroko.

– Swoją drogą, gratulacje, panie premierze – dodała.

– Dzięki – odparł, w końcu znajdując to, czego szukał.

Była to niewielka zaklejona koperta, którą podał Anicie, patrząc jej prosto w oczy.

– Co to? – spytała.

– Element polityki epistolarnej.

– Hm?

– List. Do ciebie.

– Domyśliłam się, ale od kogo?

– Od pewnej tajnej współpracowniczki – odparł Patryk, wciąż się jej przyglądając. Dopiero teraz zrozumiała, że szuka fizycznego podobieństwa między nią a Teresą Swobodą.

– Rzekomej współpracowniczki.

– Ano tak – przyznał. – I tylko do czasu, aż obalimy ten bzdurny zarzut.

– Dacie radę to zrobić?

– Nowy szef IPN-u zapewnia mnie, że tak – odparł Hauer z wyraźną satysfakcją.

– Jezu... Już zaczęliście wymieniać kadry?

– Już? Zrobiliśmy to trzy miesiące temu.

– Typowa prawica.

Hauer niewinnie wzruszył ramionami.

– Ktoś musiał zrobić porządek – oznajmił.

Kitlińska odebrała kopertę, a potem obróciła ją w dłoniach. Nie była pewna, czy chce ją otwierać. Skoro Teresa tak długo utrzymywała tajemnicę, być może nie warto zmieniać obecnego stanu rzeczy.

Spojrzała na Patryka.

– Zrobiliście porządek nie tylko w tej sprawie – zauważyła.

– Ano nie.

Zmrużyła oczy, a potem z trudem podciągnęła się nieco. Nie zamierzała odbywać tej rozmowy, leżąc plackiem na łóżku.

– Jakim cudem go pokonaliście? – spytała.

– Sprytem i...

– Pytam poważnie.

Hauer skinął głową i w okamgnieniu cała wesołość znikła z jego twarzy. Anita doskonale zdawała sobie sprawę z tego, że nie przyszedł tutaj na czcze pogadanki i wręczanie listów. Był jej winny wyjaśnienia. I zamierzał ich udzielić.

– Ile wiesz? – zapytał.

– Tyle, ile było w mediach. Obejrzałam nawet tę ostatnią debatę na VOD.

Hauer przez moment się namyślał.

– Chronowski miał po niej trochę elektrolitów do uzupełnienia, prawda?

– Trochę.

– Ale jeszcze więcej potu wylał podczas sprawy przed Trybunałem Stanu – dodał Patryk. – Mil szykuje mu już paczki więzienne z wodą kokosową. Mówi, że…

– Jak to osiągnęliście?

– Dobre pytanie.

– Na które znasz odpowiedź. I jesteś tutaj, żeby mi jej udzielić.

– Może.

– Na pewno – odparła, kręcąc lekko głową z niedowierzaniem. Była przekonana, że Hauer nie ma zamiaru zwlekać, tymczasem odnosiła wrażenie, że sprawiało mu to przyjemność.

– Skoro tak twierdzisz.

– Będziesz przeciągał, Patryk? Znęcał się nad osobą, która otarła się o śmierć?

– Taki miałem plan.

Kitlińska zaśmiała się cicho i szybko tego pożałowała, bo wciąż czuła, jakby ściany gardła miała wyłożone papierem ściernym, który przesuwa się, ilekroć tchawica idzie w ruch.

– Nie masz lepszych rzeczy do roboty? – spytała.

– Na przykład?

– Rządzenie krajem?

– Właściwie jest na autopilocie. Między innymi dzięki tobie – odparł, a potem spojrzał w kierunku okna. – Pomogłaś ustawić kurs. I wszyscy zdają sobie z tego sprawę. Kiedy wyjdziesz, przygotuj się na wywiady, sesje zdjęciowe, propozycje matrymonialne i polityczne.

– Polityczne?

– Słyszałem, że zarówno Pedep, jak i SORP szukają nowych twarzy. Jesteś na ich krótkiej liście. Jeśli o mnie chodzi, widziałbym cię raczej jako przywódczynię zjednoczonego frontu obydwu tych partii. W roli takiej... lwicy centrolewicy. Co sądzisz?

– Że wolałabym zostać w BOR.

Patryk machnął ręką.

– Rozwiązaliśmy Biuro.

– Co? Dlaczego?

– Uznaliśmy, że trzeba trochę przemeblować, a zmiana nazwy to dobry sposób na sprzedanie tej idei.

– I czym je zastąpiliście?

– Służbą Ochrony Państwa. Brzmi dobrze, prawda?

W jakiś sposób był to cios, którego się nie spodziewała.

– Nazwa całkiem niezła – przyznała. – Ale skrót jakiś niemrawy. SOP?

– Cóż... FBI ani CIA to to nie jest, ale...

– Już bardziej złowrogo brzmi ZUS.

Hauer się uśmiechnął.

– Tu masz rację – przyznał.

Po tej deklaracji zaległa cisza. Oboje wbijali wzrok w okno, jakby żadne nie wiedziało, jak podjąć temat. Kiedy Kitlińska w końcu uznała, że musi o niektóre sprawy zapytać wprost, Patryk ją wyręczył.

Zaczął mówić o tym, że tuż po zamachu ktoś zgłosił się do Chronowskiego z informacją, że Seyda nagrała film, w którym oskarża go o zbieranie kompromatów, manipulowanie nią i uciekanie się do szantażu.

– Kim był ten człowiek? – spytała Anita.

– Określił się jako Ivan, zresztą taką samą ksywę wymyślił mu Adam.

– Dlaczego?

– Od nazwy syntezatora głosu, którego tamten użył.

Kitlińska skinęła głową.

– Od początku sterował Chronowskim – dodał Hauer. – Prowadził go za rękę prosto do przepaści, choć stwarzał wrażenie, jakby go od niej odciągał. Nagrywał wszystkie rozmowy i sprawiał, że Adam sam wkopywał się coraz głębiej w bagno, które sam stworzył. Kazał mu zapisać numer notatki, wykorzystać służby do śledzenia mnie, zorganizować ostatnią debatę...

Patryk urwał i nabrał głęboko tchu. Czekał chwilę na ewentualne pytania Anity, ale ona nie miała zamiaru ich zadawać. Jeszcze nie teraz. Za moment.

– Starczy powiedzieć, że Ivan cały czas działał na moją korzyść, choć przekonał Chronowskiego, że jest wprost przeciwnie.

– I to on polecił się mną zająć?

– Poniekąd. Polecił usunąć wszystko, co świadczyłoby o jakimkolwiek związku Adama z zamachem.

– Więc...

– Nigdy nie kazał wyrządzać ci żadnej krzywdy – zastrzegł szybko Patryk. – Zresztą o ile wiem, sam Chronowski tego nie usankcjonował. Była to samowolka pułkownika Reglińskiego.

Kitlińska zamknęła oczy. Nie chciała wracać do tamtych wydarzeń, choć przypuszczała, że prędzej czy później stanie przed Trybunałem Stanu w charakterze świadka. I będzie musiała przeżyć to wszystko od początku.

– Więc Ivan tak naprawdę cały czas działał na szkodę Chronowskiego?

– Tak.

– I to on rozpętał całą nagonkę na mnie? Spreparował kompromitujące materiały?

Hauer skinął głową.

– Dlaczego?

– Musiał stworzyć wrażenie, że spisek naprawdę istnieje. I że Chronowski rzeczywiście robi wszystko, by prawda nie wyszła na jaw.

– Więc to także Ivan ujawnił brudy na temat Teresy?

– Tak.

– Dlaczego? – powtórzyła Anita.

– Z tego samego powodu, dla którego robił wszystko inne.

– Czyli...

Kitlińska nie dokończyła, nagle uzmysławiając sobie, do czego to zmierza. Z trudem przełknęła ślinę, składając wszystko w całość. Szło jej powoli, elementów było zbyt wiele. Ale pasowały do siebie.

W końcu Anita zrozumiała, że tylko jedna osoba mogła za tym stać.

Na przestrzeni lat udowodniła, że jest gotowa na wszystko. Że władza jest dla niej najważniejsza. I że nie liczy się nic poza nią.

– Milena? – spytała Kitlińska. – To ona była...

– Tak.

Oczywiście. Któż inny?

Anita patrzyła w oczy Hauerowi, starając się stwierdzić, czy wiedział o tym od początku, dowiedział się w trakcie, czy może na samym końcu. Odniosła wrażenie, że on także był jedynie elementem większego planu – i nie miał żadnego udziału w jego tworzeniu.

– Dalej nie rozumiem, dlaczego miałaby uderzać w Teresę. Przecież to szefowa twojego...

Nie dokończyła, a on nie odpowiedział. Motywacje Mileny nagle stały się dla Kitlińskiej całkowicie przejrzyste. Zamierzała pozbyć się Swobody, z którą ścierała się już od jakiegoś czasu – i która zajmowała fotel w jej przekonaniu mający przypadać Patrykowi. Ale to nie wszystko.

Nie, z całą pewnością nie wszystko.

Anita nie dostała jeszcze wszystkich informacji związanych z aktualną sytuacją polityczną. Skupiała się przede wszystkim na tym, co związane z Chronowskim. Ostatnim, co oglądała, była debata. Nie miała pojęcia, co działo się potem – z wyjątkiem tego, że UR odniosła miażdżące zwycięstwo.

– O Jezu... – jęknęła.

Hauer milczał.

– Kogo wystawiliście do wyborów prezydenckich?

Kiedy Patryk odpowiedział jej szerokim uśmiechem, zrozumiała. Plan Mileny zakładał nie tylko bezwzględne zwycięstwo jej męża w wyborach parlamentarnych, ale także jej własne w prezydenckich.

Unia Republikańska nie miała już liderki, a jednocześnie po debacie cieszyła się tak gigantycznym poparciem społecznym, że mogłaby wystawić kogokolwiek i mieć pewność, że osoba ta wygra w cuglach.

– Zdobyliście...

– Władzę absolutną – dokończył za nią Hauer.

Dwoje ludzi. Nie koalicja, nie partia polityczna, nawet nie określona frakcja którejś z nich.

– Jesteś zaskoczona?

Anita nie była pewna, jak na to odpowiedzieć. Być może rzeczywiście nie powinno dziwić jej, że do tego doszło. Ta para od lat dążyła wyłącznie do jednego. Absolutnej, niekwestionowanej dominacji. I teraz ją osiągnęła.

Pytanie zawisło w próżni. Kitlińska nie zastanawiała się nad nim, ale nad tym, w czym tak naprawdę wzięła udział.

– Milena wiedziała o notatce wcześniej? – odezwała się.

– Nie. Dowiedziała się, kiedy Bianczi się z tym do nas zgłosił.

– Raczej do ciebie.

– Do nas – podkreślił Patryk.

Zrobił to nie bez powodu. Jeśli wcześniej nie należało traktować Hauerów jako jedność, to teraz z pewnością tak.

Kitlińska wyobraziła sobie reakcję Mil, kiedy ta dowiedziała się o sytuacji. Mniej więcej w tym samym czasie musiała odkryć nagranie Seydy i zrozumieć, że zyskała asa w rękawie, którym w ostatnim rozdaniu może pokonać Chronowskiego. Z pewnością przyglądała się wszystkiemu, co Daria robiła, od kiedy tylko Hauer zaczął układać z nią polityczne plany. Nie miała jednak bezpośredniego dostępu, mimo wszystkich narzędzi cyberinwigilacji, jakich używała w walce politycznej. Dopiero po tragedii pod sejmem mogła skorzystać z chaosu, jaki powstał.

Ale to nie tłumaczyło, jak znalazła polisę Darii.

– Skąd Milena miała dostęp do nagrania? – spytała Kitlińska.

– Nie wiem.

– Jasne.

– Naprawdę – odparł stanowczo Hauer. – Próbowałem to z niej wyciągnąć, ale nie jest gotowa niczego potwierdzić.

Anita przez moment się namyślała. Kto miał dostęp do domu Seydy? Do jej gabinetu? Do laptopa, który stał w jej gabinecie przy Krakowskim Przedmieściu?

– Milena nie musi niczego potwierdzać – odezwała się. – Prawda?

– Nie, chyba nie.

Hubert Korodecki.

Nie było innego wytłumaczenia. Milena musiała dogadać się z nim już na samym początku w myśl zasady, że wróg twojego wroga jest twoim przyjacielem. Wspólnie ułożyli plan, dzięki któremu ostatecznie pozbyli się Chronowskiego.

Kitlińska nie musiała pytać, kogo Pedep wybrał na nowego przewodniczącego.

Jeśli kiedykolwiek potrzebowała potwierdzenia, że polityka zdecydowanie nie była światem dla niej, to właśnie je otrzymała. Brud, jaki osadzał się na wszystkim, co z nią związane, przesłaniał prawdziwy obraz. Ale teraz doskonale go widziała. I była przerażona.

Nie miało znaczenia, w jakiej partii ci wszyscy ludzie się znajdowali. Mogli nazywać się Hauer, Korodecki lub Chronowski. Nie istniała między nimi żadna różnica.

– Jeśli mamy rację, to… – zaczął Patryk.

– Mamy. I przypuszczam, że doskonale o tym wiesz.

– To trzeba przyjąć, że musieli to zrobić. Dla Seydy.

Kitlińska długo patrzyła mu w oczy, na przekór sobie szukając dowodu, że jednak różni się on od innych.

– Wykorzystali okazję, by ukarać tego, który był wszystkiemu winny.

Anita uznała, że nie ma sensu tego rozważać. Nie teraz.

– Ale skąd ta okazja? – zapytała. – Skąd informacja o zamachu? To naprawdę Rosjanie?

W mediach całą winę ostatecznie zrzucili na Chronowskiego, co nie było trudne po zdarzeniu, które w annałach historii politycznego marketingu miało zapisać się jako „tweetstorm". Było jednak jasne, że premier nie wiedział o zamachu.

– Nie – odparł Patryk. – Rosjanie nie mieli z tym nic wspólnego.

Kitlińska zmarszczyła czoło. W jej głowie natychmiast pojawiły się możliwe scenariusze, w których Milena lub Hubert odgrywali kluczowe role. Żaden z nich nie pasował jednak do tego, od czego zaczął Patryk – jedno ani drugie nie wiedziało wcześniej ani o zamachu, ani o notatce.

– Słyszałaś o przypadku Babczenki, prawda?

– Dziennikarzu, który rzekomo...

– Zginął z rąk Rosjan, tak – potwierdził Hauer. – Ukraina zorganizowała wyjątkowo zgrabny teatr, facet leżał w kałuży świńskiej krwi, w pełnej charakteryzacji, z dziurami po postrzale... nawet żonę nabrali. A przy okazji pokazali, jak daleko są gotowi się posunąć.

– Chcesz powiedzieć, że...

– Jewgienij Jarcew to funkcjonariusz Służby Bezpieczeństwa Ukrainy. Uczestniczył w prowokacjach podczas konfliktu w Donbasie i Ługańsku. Udawał Rosjanina, nawiązał kontakty z wysoko postawionymi oficerami i...

– I dowiedział się o zamachu – dokończyła Anita. – Tak jak my na pewnym etapie.

Doskonale pamiętała, jaką walkę toczyła ze sobą Seyda, kiedy starała się przesądzić, czy doniesienia są prawdziwe, czy nie. Gdyby wtedy postąpiła inaczej, być może wszystko skończyłoby się w inny sposób.

– Powiadomił Reglińskiego, wciąż udając rosyjskiego agenta – dodał Patryk. – A on kazał zredagować Arkowi Tyburskiemu wiadomość mailową. Miało to stworzyć wrażenie, że Rosjanie nie tylko wiedzieli o zamachu, ale także mogli w nim uczestniczyć.

– A uczestniczyli?

– Nie – odparł bez wahania Hauer. – Służby niedługo po zamachu zatrzymały Abdula Ganiego, wbrew temu, co publicznie twierdził Chronowski. Przesłuchali go dość... skrupulatnie.

Kitlińska nie chciała nawet o tym myśleć.

– A Ukraińcy? – spytała. – Mieli coś wspólnego z organizacją ataku?

– Nie. O ile wiemy, Jarcew uzyskał informacje w trakcie działań operacyjnych – wyrecytował urzędowym tonem Hauer. – Działał bez pozwolenia z góry, to była całkowita samowolka. Musiał uznać, że to świetna okazja, żeby wciągnąć w to Rosjan i upozorować wszystko tak, by to na nich padł cień podejrzeń.

Anity właściwie to nie dziwiło. Rosyjskie służby korzystały z każdej okazji, by zorganizować prowokację, druga strona zatem musiała robić to samo. I liczyć na to, że sytuacja doprowadzi do dalszej alienacji Trojanowa na arenie międzynarodowej, nałożenia kolejnych sankcji i poprawy sytuacji geopolitycznej Ukrainy. Najwyraźniej nie tylko w polityce krajowej walczyło się bez skrupułów.

Jak ona postąpiłaby na miejscu Jarcewa? W sytuacji, kiedy Rosja zaanektowałaby dwa duże regiony jej kraju? I kiedy jedynym politykiem na świecie mającym jakąkolwiek strategię wobec jej państwa byłby rosyjski prezydent?

Jakiś czas temu czytała raport wysłannika USA, który stwierdził jasno, że na wschodzie Ukrainy trwa gorąca faza wojny i ma tam miejsce kryzys humanitarny. Świat przymykał na to oko, Rosja nie była gotowa dopuścić na te tereny delegacji ONZ, a mieszkańcy zostali pozostawieni sami sobie. Kitlińska przypuszczała, że gdyby przyszło co do czego, nie zawahałaby się przed niczym i postąpiła podobnie jak Jarcew.

Zamknęła oczy i głęboko nabrała tchu. Wrażenie, że obudziła się w innym świecie, powróciło.

Hauer podciągnął rękaw koszuli i spojrzał na zegarek

– Przepraszam – rzucił. – Ale muszę wracać do KPRM-u.

– Jasne.

Nie miała zamiaru go zatrzymywać, zresztą powiedział jej wszystko, co chciała wiedzieć.

Nie była jednak przekonana, czy może ufać jego słowom. Na dobrą sprawę wszystko, co usłyszała, mogło być fałszem. On, Milena i Hubert mogli działać razem od dłuższego czasu. Mogli dopuścić się rzeczy, które dla zwykłego człowieka były nie do pomyślenia.

Ostatecznie przecież każde z nich dostało to, czego pragnęło. Ponadto Kitlińska wciąż miała w pamięci, że polityk kłamie, nawet kiedy mówi „dzień dobry".

Hauer zatrzymał się w progu i obejrzał przez ramię.

– Do widzenia – powiedział, a potem się uśmiechnął.

Posłowie

Do widzenia? Czy może jednak żegnaj? Zawsze trudno mi odpowiedzieć na to pytanie, kiedy kończę pracę nad daną książką. W przypadku Forsta za każdym razem byłem przekonany, że całkowicie wyeksploatowałem konwencję górską – na każdy możliwy sposób opisałem ten czy inny szczyt, skały, kamienie i halny, a w dodatku nowe szlaki nie wyrastają jak grzyby po deszczu (choć wciąż jest szansa, że Słowacy wytyczą całkiem przystępny na Gerlach). Po zakończeniu kolejnego tomu z Chyłką mam wrażenie, że na sali sądowej nie można dokonać niczego więcej, zaś w przypadku nowych odsłon *W kręgach władzy* towarzyszy mi podobne przekonanie, tyle że dotyczące sceny politycznej.

Oprócz tego w takich chwilach zawsze odczuwam potrzebę ucieczki od konwencji, w której zanurzyłem się podczas tworzenia danej historii. Ten eskapizm jest wpisany w mój styl pracy, bez niego pewnie dawno jedynymi rzeczami, które bym pisał, okazałyby się listy z zamkniętego zakładu terapii psychiatrycznej.

To wszystko sprawia, że nigdy nie wiem, czy bohaterowie danej serii powrócą. W tej chwili wydaje mi się, że to ostatnia odsłona politycznych zmagań Hauera, Mileny i reszty, ale ponieważ do emerytury zostało mi jeszcze trochę czasu, wszystko się może zdarzyć.

Podobnie było w przypadku Gerarda Edlinga, który postanowił pojawić się w *Większości bezwzględnej* i przypomniał mi o tym, jak ciekawie się o nim pisało. Wszystkim, którzy chcieliby byłego prokuratora poznać lepiej, a nie mieli okazji, odsyłam do *Behawiorysty*, gdzie odgrywał pierwszoplanową rolę.

A teraz czas na rzeczy najważniejsze.

Podziękowania kieruję jak zawsze przede wszystkim do Ciebie. Za wspólne stworzenie naszego własnego, politycznego świata, za współdzielone emocje i za to, że zawsze towarzyszy mi poczucie, iż mam dla kogo pisać. Bez tego żaden autor nie może tworzyć – i to ono jest motorem napędowym pisarskiego fachu.

Dziękuję także moim Rodzicom, którzy skutecznie odwodzili mnie od planów zaangażowania się w politykę; przyjaciołom, z którymi długimi godzinami dyskutowaliśmy o mniej lub bardziej bzdurnych politycznych tematach; i wszystkim z Wydawnictwa FILIA, dzięki którym mogłem żeglować po wzburzonych wodach fikcyjnego politycznego bag... oceanu.

Podziękowania kieruję także w stronę tych, którzy pomogli mi przy pisaniu tej serii. Sebastian Kaleta i Tomasz Siemoniak zdradzili mi kilka faktów, bez których nie potrafiłbym poruszać się po sejmowym kompleksie, Paweł Blajer pozwolił mi bezkarnie kręcić się po studiu TVN-u (nawet podczas kręcenia na żywo „Faktów") i cierpliwie odpowiadał na wszystkie pytania, a Adam Pernala wyedukował mnie w kwestii przerwanego rdzenia kręgowego i pionierskiej metody doktora Tabakowa z Wrocławia. Wszelkie przeinaczenia, błędy i niezgodności są jak zawsze wyłączną domeną autora.

Agnieszce Krawczyk dziękuję nie tylko za przychylną opinię o poprzednim tomie, ale także za podsunięcie cytatu, dzięki któremu mogę to posłowie zakończyć w najbardziej adekwatny sposób.

Każda władza deprawuje, a władza absolutna deprawuje absolutnie.

Lord Acton

Remigiusz Mróz
4 czerwca 2018

PENTALOGIA Z KOMISARZEM WIKTOREM FORSTEM.

FILIA MROCZNA STRONA